目　录

拳探

溪 云◎著

SPM
南方出版传媒
广东人民出版社
·广州·

图书在版编目（CIP）数据

拳探 / 溪云著. —广州：广东人民出版社，2021.10
ISBN 978-7-218-14660-7

Ⅰ.①拳… Ⅱ.①溪… Ⅲ.①长篇小说－中国－当代 Ⅳ.①I247.5

中国版本图书馆CIP数据核字（2020）第237781号

QUANTAN
拳 探

溪 云 著

出 版 人：肖风华

责任编辑：钱飞遥
责任技编：吴彦斌 周星奎

出版发行 广东人民出版社
地 址：广州市海珠区新港西路204号2号楼（邮政编码：510300）
电 话：（020）85716809（总编室）
传 真：（020）85716872
网 址：http://www.gdpph.com
印 刷：广东鹏腾宇文化创新有限公司
开 本：890毫米×1240毫米 1/32
印 张：11.75 **字 数：**326千
版 次：2021年10月第1版
印 次：2021年10月第1次印刷
定 价：45.00元

如发现印装质量问题影响阅读，请与出版社（020-83716848）联系调换。
售书热线：（020）85716826

楔子

　　一切仿佛回到了古罗马的斗兽场，天然石洞堆砌而成的深坑，让阿乐成为井底之蛙。他仰视四周，一群搔首弄姿、摩拳擦掌的看客正在骚动，所有人都戴上了"马里奥"的面具，高级定制的时髦男装配上莫名欢脱的游戏人物马里奥面具，一点也没有盛装舞会的高级感，他们更像一群精神病院放风的病人。阿乐知道其中有一个是蔡文轩，他逆光仰头环视，终于看见那个端着红酒杯的人。

　　蔡文轩轻举酒杯示意，他早勘察清楚周边的情况：这里依据山洞本体修建，看台是用三层混凝土制的筒形拱搭建，逐层向外展开，形成阶梯式坡度，每层都有希腊风格的科林斯柱点缀修饰。这就是"斗兽场"的缩小复制版，气势却依然雄伟，令人叹为观止。

　　海啸般的声浪顷刻淹没了一切，那些原本拿腔作势的赌客已经解开扣子脱掉西装、舞动手臂欢呼，甚至已经有人开了香槟。

　　阿乐还没弄明白发生的一切，那个躁动的扩音器发出的声音像是西班牙语的足球解说风格，把名字的尾音拉长到了天际。

　　阿乐对今夜想了一万种可能，但唯一没想到的是，第一个对手会是他。

阿乐摆好拳架，只见五六个黑衣人抬上了一具盖着黑漆油布的"庞然大物"。

这一"庞然大物"被放在擂台中央，那油布冒尖的地方在微微起伏。

此刻全场振臂高呼，有人冲场内喷洒香槟，酒溅落在那油布上，好似一场倾盆大雨。

阿乐冷静地站在一旁，突然那油布一掀，水花四溅，一只形如鹰爪的脚趾在地上磨着，连皮肤缝里都是黑粗的毛发。

那脚趾关节活动着，"腾地"一甩，油布就仿佛铁板一样砸向阿乐，而后被阿乐迎上一脚又弹回，正落于对手脚下。

他是人？是兽？

第一章
危机四伏

四面楚歌

"阿乐！阿乐！你在哪？医院下最后缴费通知了！阿乐啊，妈妈不治了，你来接我回家吧，阿乐！"

"阿乐，处罚通知下来了，禁赛五年，你服用兴奋剂，把我们害惨了！你知不知道梁指导因为你而被终身禁止参与拳击教练工作？你可真是白眼狼啊！把你爸的脸丢尽了！混蛋！"

"阿乐，你不是想和我在全国锦标赛上较量吗？你小子不挺狂吗？拿了几个破冠军就以为自己天下无敌了？等着看你爷爷我拿全国冠军吧！"

"阿乐！"

"阿乐！"

"阿乐！"

尽管食指已紧紧塞住耳朵，那些话，阿乐却听得一清二楚，他站在晚高峰的十字路口，走投无路。

今天是2019年9月9日，对别人而言只是个普通的周一，对阿乐而言，却是人生的分水岭。

一周前，他还是拳击队的明日之星，本市传奇拳手老黑的爱子，未来的全国冠军。

此刻，阿乐蹲在繁华的街边，手机里有七十七个未接来电，而拨出的电话却只有一个。那个号码依然无人接听，传来的枯燥忙音让阿乐失去了重心，他只觉得眼前发黑，像挨了一记闷拳。

他失魂落魄地走进医院，却看见母亲和行李都立在走廊上。

"妈，谁把你赶出来的？！"他怒吼着，护士台却冷冷清清，无人搭理他。

"算了阿乐，不治了，不治了。"母亲抱起背包，颤巍巍走在前面，阿乐只把头埋在衣领里，默默哭了。

他突然想起五年前，也是这家医院，父亲在失去意识前最后对他说的话。

"阿乐！你一定要成为全国冠军！爸爸什么奖杯都有，就少一块全国锦标赛的金牌，如果当年不是赛前受伤——所以你得争气！一定要拿到全国冠军！"

如今阿乐和父亲一样倒在了全国锦标赛前，可这一次却不是遗憾，而是耻辱。

体魄健硕的阿乐像个手足无措的孩子，跟在妈妈身后，走在已经微凉的初秋冷风中。

裤兜里，手机的震动唤回了他的知觉，那条微信只有四个字——

"阿乐，危险！"

发来信息的正是阿乐发疯般四处寻找的亲哥哥——阿飞。

危险降临

最后一个同事告别后,晚报社里几十个座位上只剩下胡乱扎着头发的梦静还在加班。

今天她参加了一位前辈的追思会,一整天眼泪就像泉涌,总不知不觉就流下来,包括此刻的深夜。

同事们都无不为逝者伤心。张严,35 岁,风华正茂,副总编接班人选,金牌社会组的老大。梦静从学生时代开始,就听说了新闻系前辈张严的风光事迹:独探假药厂真相,曝光传销组织内幕,揭露名师虐待学生的丑闻,还有对一系列犯罪活动的跟踪报道。社会组就是综合组,凡是能沾上边的,张严都得带上社会组的兄弟姐妹去闯一闯,这些年自然惹了不少是非,因此就连他的车祸也变得扑朔迷离起来。

对于梦静而言,张严还有另一个身份:梦中情人。

慕名而来的梦静到社会组后,就被安排坐在张严的对桌。张严神情温柔,眉眼刚毅。安静时像个浪漫诗人,快速敲击键盘创作;辩论时,他却和拳手一样拳拳到肉。

梦静是个从小到大都被人夸赞的美女,刚过 28 岁,身材婀娜,长了一张明艳动人的脸,仿佛一眨眼就能顾盼生辉。无论何时何地,她都会成为大家议论的焦点,追她的人从没断过,可她的心只属于张严。

梦静总是最早到办公室,买一杯张严最喜欢的美式咖啡,而张严每天上班的第一件事就是习惯性地拿起咖啡,把脑袋探出显示屏,给她一个温暖的微笑。正常人都会发现她的爱意,可张严的态度仿佛总在游移,好多次,那些话都已到了两人嘴边,可他还是没说出口。梦静愿意等,直到 2019 年 9 月 9 日,那个普通的周一早晨。

那天一上班,张严刚喝过咖啡,就接了一个电话,之后神色匆匆地准备出门。他问梦静借了充电宝,梦静递过去时本想和他说一句话,可犹豫后还是没开口。没想到,此后就再也没有机会了。

那天她原本想问他,周五是她的生日,可以一起吃个饭吗?

想到这，梦静又忍不住哭了。她坐在张严的椅子上，似乎那里还有他的气息。她忍不住开始触碰张严遗留下来的每一个物件、键盘、茶杯、盆栽……由于她太熟悉他的座位，所以瞬间就察觉到异样——办公桌上少了一样东西，她最在意的东西。

原木色的相框。

那是社会组前年去青海旅游时的团队合影，照片中张严的手搭在她的肩上，而梦静穿着粉色运动衣，有意无意地把头靠在他的肩头。

张严的家人还没来整理遗物，所以那张合影哪里去了？

她翻箱倒柜似的几乎把张严的东西都翻了个遍。那是她送给他的相框，那是他们的合影，那是她最美好的回忆。可它还是丢了，就像他在这个世界消失了一样。

梦静又大哭起来。她打开抽屉拿纸巾，却发现那张合影完好地躺在纸巾盒的旁边。

可合影却又与原来有些不一样，合影上他们的脸因为某个硬物凸起而变形，她迅速拆掉相框，果然里面放了一个 U 盘。

而照片背面留着张严最后的笔迹——

"危险，报警！"

走投无路

"阿乐，我真的无能为力。我儿子还没满月，好几张嘴等着吃饭。我有钱能看着阿姨治不了病吗？"

一个平头胖子边说边把阿乐的酒杯斟满了，远近只有这一处大排档的几个灯泡"嗞嗞"亮着。

"胖三，你说我怎么就混成这样了呢！真像一场梦，最吓人的噩梦。"

"你服用禁药的那个事再去申诉解释啊！"

"谁相信我？我现在是个敲门都没人敢开的冤鬼，被拳击队唾弃的王八蛋。"

"是不是那个一直和你杠着的刘迅？听说那王八蛋最爱玩阴的，上拳台他打不过你，就玩下三滥的功夫。"

"证据呢？人家下个月就参加全国锦标赛了。五年，五年后我还能抡得起这拳头吗？"

阿乐的拳绷着青红的血管，砸向桌子，却在离几寸的地方悬了空，只无力张开，又抓起个酒瓶。

"拳赛你打不了，你妈白血病干耗着也不是个事。你哥还没信儿？"

"别提他！这个关头却无影无踪，真——"阿乐刚想破口大骂，突然想起了那条微信。

"阿乐，危险！"

阿飞到底去了哪？到底是什么危险？阿乐已顾不得多想。如今的头等大事，是他得去挣钱，挣很多很多的钱。

"胖三，咱们是铁瓷的兄弟，撒尿和泥一起长大的。我这次真走投无路了，我妈不做骨髓移植，就是等死。我爸走了，我哥丢了，我又被人冤枉打不了拳赛……我现在只愿意用我的命换我妈的命。"

"严重了，其实吧，倒有这么个来钱的道儿，就不知道你走不走。"

"只要给钱，不犯法，我都干。"

"兄弟，这么说吧，今天我找你来，是念在情分上。我帮你找了个买卖，但这事多少沾点腥儿。有个大哥瞧上你了。"

"大哥？"

"四区东哥知道吗？咱们六中以前那个大混混东强，人家混出来了，现在四处找拳手，酬劳丰厚。"

阿乐反手勾住胖三脖子上的赘肉，贴着他耳朵说："打野拳？"

"看破不说破。赢一场上万，这个和打游戏一样，你赢得越多，等级越高，越翻倍。"

"那混子为什么看上我？"

"他们都在养拳手，这个盘可大了，你阿乐在拳击圈里谁人不知？

兄弟啊，全国冠军奖金才几个钱，这个干好了，你家里就有矿了。"

"滚蛋！"阿乐这一刻想到的不是成堆的钱，而是他父亲老黑反复耳提面命的老话。

"野路子打残的不是筋骨，而是散了沉着的那口气。功夫讲究这个，对咱们拳击也在理。那人一跨进拳台，你瞪他，他唬你，全凭着沉在腰腹的那口气，散了，就成了泥人，水也能泡垮。记住，野路子就是那罂粟籽，一碰，拳就完了。"

"怎么样？干不干？东哥等你回话呢！听说他们从专业队挖了好几个人，还有老外，机会不等人。你妈靠着那几瓶盐水能撑到什么时候？干不干？痛快话！"

父亲长篇大论时刚毅的模样和母亲蜷缩在小床上痛苦的形象在阿乐的脑中越来越重合，母亲咬紧牙关不敢发出的呻吟从四面八方涌来，把阿乐封在了原地。

"我干！"

胖三赶紧倒酒，两人连干了三大杯。不久，阿乐就醉倒在胖三身上睡着了，而胖三则向街对面的一辆黑色商务车做了个手势。

那车子发动，与夜色融为了一体。

那个男人

梦静按键盘的手都在颤抖，因为屏幕上显示的一切，都可能是张严用生命换来的。

2005 年，在东城区老炼钢厂废厂里，诞生了我市第一家地下拳击场。经过十余年，已达到数十名拳手参与、千人下注的惊人规模。其中以绰号"马里奥"的庄家为首，在多次抢夺吞并地盘后，这个神秘的庄家垄断了本地的野拳市场。但在闻名于整个东三省乃至全国的地下拳击圈的同时，却没人知道他的真容。为了追求比赛的感官刺激、吸引更多的赌客，这些格斗场面异常血腥，甚至时有拳手死亡的暴力事件发生，血腥和罪恶已经在地下拳场四处弥漫，就像斯巴达克斯一样，想要获得胜利，代价有可能就是生命。

据参与的拳手透露，该组织等级森严，只有经过重重考验才可能迈向神秘的终极赛场，而只要拿到终极赛场的门票，无论输赢，拳手都会获得一百万的巨额奖励。在这个诱惑下，拳手们前赴后继，却大多倒在了血泊中。一旦进入高级别赛事，拳手的人身自由也将会被组织严密控制。这名拳手，就是因为想早日回家与病重的母亲和久未见面的弟弟团聚，才愿意配合我的调查。目前他已通过层层考验，获得了终极赛场的门票，很快我们就能拿到最关键的证据。

这些照片和影像资料就是这位拳手秘密拍下的，如果我出现任何意外，请尽快将资料交给公安机关，切勿贸然行动，切记！

梦静打开文件夹里的录像，拍摄地点都是在昏暗不明的地下室里，或在数百人包围的拳台上。两个健壮的男人在赤膊相斗，周围人嘶叫着咒骂、怒吼，鲜血、惨叫、蔑视，将一切推向了疯狂。梦静不敢相信眼前的一切，而这些文件最后编辑的时间，恰好就在车祸发生前的两天。

梦静拔掉 U 盘，就像拔掉了呼吸器，她猛灌了自己几杯水，但还是瞬间就挥发掉，根本浇不灭正在她右衣兜里燃烧的 U 盘。

张严意识到了危险，但为什么没报警？

张严和市局刑警的马队长因工作相识多年，是私交颇深的好友，按理说，张严应该第一时间和警方联系，可是他没有。

目前他已通过层层考验，获得了终极赛场的门票，很快我们就能拿到最关键的证据。

梦静又重读了这句话，显然张严的计划没能实现。或者那位拳手身份暴露身份连累了张严，或者他还不知道张严所发生的一切，正准备把关键证据交到他手上，却断了联系。

梦静评估了这份证据，只是几处地下拳场的视频资料，报警后虽会铲除这几个窝点，但根本动不了那个"马里奥"的根基。

但她还是决定把张严搜集的资料交给市局刑警大队的马队长。焦急等待了三天，对方给的反馈是证据已交到专案组，但没查到这和张严的死有必然联系，马队长表示会继续跟进，并让她不要胡思乱想。

梦静看着合影上俊朗的张严，如果不是因为这个事，他还会鲜活地在她对面敲击着键盘，而不是成为沉默的尸骨。她闭上眼睛，眼泪再次泉涌，但一个信念却在她的心中熊熊燃烧起来。

现在唯一挖掘真相的可能，就是必须尽快找到那个拳手。按张严认真谨慎的风格，他肯定会严格保密通讯方式。梦静静下心来仔细回忆张严的生活点滴，突然掠过的一幕触动了她。那是一次团队聚餐，她中途走出包间，看见张严正用一部很老旧的翻盖手机通话，那手机，她在他的办公桌上曾见过。

梦静立刻重新仔细检查张严的物品，她留意所有的边角和缝隙，终于在储藏柜隔板下面发现了被胶布粘住的手机。

手机里却空空如也，通话记录、短信、联系人都被删除，只剩刺眼的光。梦静失落地正准备按下关机键，却在冥冥之中看见了主屏上的相册，她颤抖着点开，那只有一张照片，显然是偷拍，在混乱的构图、昏暗的光线中，一个男人正望向镜头。

逼入绝境

和胖三见面后，阿乐失眠了。

在破旧的家里，唯一温暖的是妈妈均匀的呼吸。他起身检查妈妈的点滴，月光下，那似乎还是他小时候年轻健康的妈妈。阿乐想，自己是不是真的疯了？他比任何人都清楚，打野拳就是一条不归路。

其实几年前他就听过地下拳场的风声，曾有人捧着钱找他，他也不止一次听说那玩意能要人命。

阿乐的身体无意识抖了下，碰到了正在熟睡的妈妈，他憋得喘不过气，只起身，在客厅里闲逛。看见桌子上有一个包裹，寄件人写着燕小六。他们兄弟每年暑假都最爱看《武林外传》，阿乐总说哥哥阿飞长得像燕小六，哥哥则叫他白展堂，这成了兄弟俩的暗号。阿乐迅速打开，里面有一部手机，他一试，果然是阿飞的电话，包裹里还有一个字条。

阿乐，手机交给你保管，有人会联系你，如果发生危险，记得报警。妈妈就交给你了。

哥哥肯定是出事了，阿乐憋得喘不过气，关门走上午夜的街头，他需要冷静。

去年阿飞凑齐了四十多万的手术费，给妈妈进行了第一次骨髓移植，不到半年却复发。阿飞留下的钱早花光了，现在医药费一分也拿不出来，还欠了医院三万多。现在唯一的希望是进行二次骨髓移植。可所有亲友都借了个遍，大家生活都困难，东一家两万，西一家三万，都没指望能还钱，只看在老黑的情面。阿乐独来独往惯了，只一心打拳，并没多少朋友，除了胖三无人可求。上一次是阿飞捐骨髓，这一次检查显示阿乐的骨髓配型更合适，主治医生说成功的概率很高。可妈妈的身体却越来越虚弱，医生通知阿乐手术时间不能拖过一个月，他除了这一对拳头，啥都不会，不偷不抢，根本拿不出这钱。

眼前必须得先凑齐手术钱。阿乐心里乱极了，打野拳，就是来钱最快的道，可去打，这辈子就算交代了，他才23岁，练了整整十年拳，从第一场比赛开始就没怕过谁，光明正大地拿着大大小小几个冠军，这次虽被人陷害禁赛，但阿乐还是想熬过这五年，五年后自己还年轻，还有东山再起的机会。可一旦打起野拳，这一身的本事就算真废了，他就是活在下水道里的老鼠臭虫，永不见天日。

阿乐在街边小摊买了啤酒，夜深了，只有他一个人游荡在街边，哪条路都不是路，走也走不得。

他闭上眼，看见老黑威武的样子，如果老黑活着，一定会用皮带狠狠抽他，阿飞估计也会扇他几个嘴巴子……如果老黑还活着多好，他倒是个广交朋友的人。

阿乐突然一皱眉，他隐约记起一个人，老黑曾提起过自己有一个如今发财的师弟叫何伟，当年这个师弟在训练时突犯心脏病，是老黑背着他送了急诊，算半个救命之恩。这么多年，何伟和他家只偶有来往，阿乐差点忘了还有这么个人。

走投无路下，阿乐颜面也顾不得，他打听到这个何伟如今是个开发商，于是天刚亮就等在公司门口。保安看阿乐是真用了心，何伟开着路虎刚过街口时，就指给阿乐看。

何伟一身花里胡哨的名牌，听着老黑这名字琢磨了半天才仿佛想起来，让阿乐跟在他车后面进了院子。

"老黑的儿子？你爸怎么样？"

"走了几年了。"

"啊，也是可惜。找我干啥。"

"您是我爸的师弟，我能叫您叔吗？"

"用不着，这年头认亲准没好事。"

"叔，我是真走投无路了，我跟你签个借款合同都行，以后我做牛做马，你不用付我工资。现在我妈妈得了重病，得赶紧动手术。"

"卖身契？你这嫩碴子，这个世界最不缺的就是人，我能用你干啥？"

"我以前是拳击手，得过很多——"

"得！得！我们现在都是合法经商，不找打手，我看你身体还行，留在工地里干吧。"

阿乐咬着牙想了半天。

"我能干，但我能先预支工资？"

"多少？"

"十万。"

何伟乐得差点抖掉了名牌手包。

"我说你是虎啊，不懂规矩，一天一百，你干一天，我结你一天工资，别磨叽，不干快滚。"

"叔，你还记得当年你犯心脏病时是我爸背着你上的医院吗？"

"那咋的，我得对你们感恩戴德？做好事不留名，帮了别人就想讹人啊？你爸不背我肯定也有别人，滚！滚！滚！"

两个保安闻声进来，不由分说地开始推搡阿乐，阿乐抬手拧住他们的手腕，保安顿时惨叫，阿乐在他们惊诧的目光中转头离去。

这就是现实，屋漏偏逢连夜雨。

阿乐走上街头开始试工。和拳击相关的工作，因为禁赛无人敢用，其他只是一些用力气的蓝领工作。

阿乐今天面试的一个搬家公司算酬劳最丰，谈妥条件后已经快晚上9点，他想起来母亲还没吃饭，她最近经常发昏，没力气做饭，他便赶紧买了盒饭往家飞奔。一进门，阿乐差点腿软跪下：妈妈倒在床下，鼻子里流出的血铺开了一滩。阿乐用沾满了鲜血的手不停拍打着妈妈的脸，甚至哀嚎起来。这一分钟之前，阿乐不知道什么是怕，现在，知道极了。

第二章
复仇者们

为爱复仇

梦静不可自拔地陷入了对张严的思念。

她是个习惯独立生活的女人。15岁时母亲去世、父亲再婚后，她就知道自己必须要活得和其他女孩不同。她没人可撒娇，只能学着自己长大，也因为过于明艳的外貌，受到了不少异性追逐和同性排挤。她活在花了十几年为自己建造的安全"堡垒"里，拼尽全力想用工作成绩覆盖外表的焦点，直到张严的突然离世，她才发现，自己是这么孤单，满肚子的话竟不知道该和谁说。

那张他们在青海的合影被放在梦静的床头，张严在冲着她笑，如果这个男人还活着，绝不会同意她现在的冒险。

梦静只看了一眼那笑容，又把目光放回那张照片上。那个男人上半身纹了条青龙，一看就是在道上混的，找这个男人如大海捞针。可她了解张严，既然他能留下照片，就一定会有这个人的线索。

梦静翻来覆去睡不着，干脆又跑回报社，继续找线索。

张严的电脑已经翻了几遍，她定神搜索，发现了桌面上的"数独"文件夹。

张严是个"数独"迷，总喜欢搜集相关题目，梦静一个个文件打开看，突然一个想法钻进大脑：数独？电话号码？

梦静好像被击中了。

文件夹里只剩一个没填的数独表格，其中标记了 11 个红色数字，梦静按前后顺序排列出一组号码，恰好是一个手机号。

可梦静却迟疑了。

这个电话打还是不打？

一旦电话接通，就回不了头，梦静全身是汗，她还以为自己不会怕。背后的危险不言而喻，警方那又得不到反馈，她能独自扛起来这件事吗？后续可能引发一系列的连锁反应，她能顶得住吗？

梦静握住电话的手在发抖，她忍不住闭眼张嘴深呼吸，却在冥冥中想起张严拿着美式咖啡的笑容，每个清晨，那是她一天最快乐的时光。

等她反应过来，电话已经拨通，在接收信号的几秒之间，心脏猛烈的跳动声传进耳膜，却听见没有感情的系统声音告之手机已经关机。

梦静松了口气，对未来仍毫无头绪，不如先从这组电话号码入手。

电话号码登记在一个叫赵飞的男人名下。这人今年二十五岁，少年时进入拳击队，20 岁离队退役，做过夜总会保安，卖过建材，送过外卖。大概两年前他辞了工，行踪神秘，看照片他相貌发生了极大变化，以前是个清爽的男生，现在消瘦了几圈，简直面目全非。

赵飞的父亲也曾是著名拳击手，父亲去世后，他只有母亲和一个弟弟。母亲两年前得了白血病，弟弟赵乐也是拳击运动员，因服用禁药遭到禁赛处罚。

找到这个人后，梦静更不知如何是好，整日魂不守舍，日夜颠倒。周一一早，她又睡过了头，想踮脚溜进报社，却看到大家都围在自己座位旁。

她走近才看清，原来是张严的父母来收拾遗物，大家围上送别。

张严几乎和妈妈有一张相同的面孔，所以她望向自己时，梦静眼圈又红了。

"你是那个坐在他对面的同事吧？我见过你，在相册里。"张严妈妈坚强地笑了。

"是的，阿姨。"

"我能和你单独说几句话吗？"

"好。"

"我一直都想来见见你。"

梦静早就哽咽得说不出话。

"孩子，你不要哭，我们都得朝前看，张严和他爸爸一样不喜欢谈私事，这些年他唯一说起来的姑娘，就只有你。他说过你们一起完成的那些采访，一起到外地团建旅游，还说你每天都会给他买咖啡。我一直想过来看看你，但张严不让，他说自己配不上你。很多年前，一次采访中他从高处摔下来受了伤，医生说他没有生育能力了。后来他就全身心投入工作中，直到遇见你。"

张严妈妈用纸巾擦拭着梦静的眼泪，自己还是没哭。

"我本来不想告诉你，可我想想，又觉得不公平，对你们不公平。孩子，你一定要幸福地活着，如果你能幸福，相信张严一定会非常开心，他会在天堂为你祝福的。我能抱抱你吗？"

梦静很久没在年长的女性怀里肆意哭泣了，张严妈妈的手轻拍着她的背，在这个充满母爱的怀抱里，梦静突然意识到自己该怎么做了。

误入歧途

胖三给的那张名片此刻如庄家手里的花式扑克，被阿乐各种旋转摆弄，他站在一个叫小林烧烤的店前，迟迟不肯迈步。招牌上面的一个木字旁忽明忽暗，蹦着火星子跳动了几下就灭了。

"兄弟，盯你半天了，进不进去？"嚼牙签的一个秃头在阿乐面前晃着，而阿乐只看着手里揉成纸团的名片。

"东哥赏你个脸，咋地，还不给面儿？串儿都凉了，再不进去别怪我削你一脑门酒瓶渣子！"

阿乐用手指了指头顶，顺势把脑瓜歪向秃头。

"你小子，给脸不要了！"

瞬间，玻璃瓶在阿乐头发里炸开了花。阿乐只撇了撇挡住视线的血，纹丝不动。

断了偏旁的红色招牌灭了，一个大高个儿肩头挂了件不合季节的皮衣，领着三五个兄弟走出来。那大个儿绕了一圈，只为看全了阿乐。

"是个爷们，干咱这行，首先你得能扛。我东强，在六中大你七届，算是你哥，五万现金你先收着，你老娘等着呢。"

"三十万！"

"你以为你是谁？"秃子又冲上来。

"三十万，你给我三十万，我就跟你去。"阿乐目不转睛盯着东强。

东强搔着后脑勺乐了。

"后天晚上6点，六中那儿的大庙前见，自有人给你带路。你得给你东哥长脸，打赢这一场拳，我就给你钱。这些你先拿着，咱兄弟可等你发财。"

那秃头把一个印着保健药广告的袋子扔给阿乐。大个儿一抖皮衣，几个人跨上摩托扬长而去。

突然，阿乐打了个哆嗦。9月一过，这北方小城离下雪就不远了。他抱着钱，突然哭了，他得哭，要不然对不起练了十年的这一对拳头。

六中是市里有名的混子学校，几乎培养了四区大大小小的混子们。阿飞、阿乐两兄弟也曾是学校里响当当的人物。从踏进这校门，阿乐就卸桌子腿、踢铁栏杆、拍砖头，不知干了多少架。突然一天，老黑带着个黑面爷们，只出几拳就把兄弟俩打得爬不起来。

老黑说:"这是我师兄梁武,拳击队的教练,俩小兔崽子今天给你梁叔磕个头,就算领进拳击这个门槛了,以后就看你哥俩的造化了。"

阿乐记得在离六中十几步远的大庙前,他给梁武磕了头,从此真正入行,那一年他 13 岁,刚上初一。

如今的大庙跟十年前比,更堂皇,金瓦红砖,像个宝殿矗在落魄的六中旁。

阿乐一想起梁指导,更羞愧难当,他老人家本来还有两三年就能光荣退休,如今被自己连累遭拳击队开除。梁指导没给自己打电话,他更没脸去问候老人家。

刚想到这,堆垃圾的土墙前掀起一片尘嚣,阿乐还没来得及看,就被人拎进一辆微型面包车里。他坐在最后一排,被蒙上眼睛,天不到六点就全黑了,就像他的心思,摸不到任何光亮。

阿乐只心一横,反正贵贱都是一条命,拼了也罢。

初次相会

赵飞的家,在一个已经标记拆迁的筒子楼第三层,住的人家稀稀拉拉。刚到九月,这个北方小城的天就变了脸,人烟稀少的楼里猛然卷进寒风,更是显得空荡阴郁。

梦静一迈上楼梯就在发抖。她在原地待了很久,才鼓足勇气叩门,裂了几道大缝子的掉漆木门里,有个人拖着什么东西摸索了半天锁孔,才开了门。是一个快掉光头发的阿姨,还挂着没打完的点滴,梦静知道,这就是赵飞和赵乐的母亲。

"阿姨,请问赵乐在家吗?我是他的朋友。"

梦静甜美漂亮,老人很快放了心。

"阿乐?他说晚上有事,得晚点回,你找他有啥事?"

"阿姨,我刚从外地来,有要紧的事想找阿乐,我能在这等他吗?"

阿乐妈妈有些立不住脚，不作声算是默认，然后赶紧拖着身体回到沙发上。这个家几乎是空的，双人沙发，一张木床，铁皮上下铺，瘸腿的桌子，昏暗的电灯，还有一个孤独的女人。

已到了晚饭时间，饭桌上只有一个碎了的桃酥，梦静见状起身麻利地用几样菜做了顿饭，阿姨拿筷子的手抖得厉害，这让梦静想起了在养老院里的外婆，她握住那发抖的手，这时门锁被转开了。

"妈，我今天买了你最爱的芸豆包子——"阿乐的笑来不及消失，空着的另一只手已开始寻找放在门口的铁钩子。

"阿乐？"梦静看出了他的意图，举着手机赶紧上前。"我从外地捎了东西给你哥，麻烦你帮我转交。"

阿乐松开了那铁钩子，因为他看清了梦静手机里阿飞的照片。

筒子楼的尽头，风吹倒了他们的影子。

"你在哪拍的？"

"你哥哥的事你知道多少？"

"我满世界在找他，你到底在哪拍到他的？"

阿乐控制不了自己的急躁，步步紧逼，把梦静封在墙角。

"老炼钢厂。"梦静被吓到了。

阿乐只一惊，两个小时前，他刚在那打赢了第一场拳，这不过是试拳，东强告诉他，从下一场开始，一场五万，只要能连赢三场，就给他剩余的二十五万，下周五，他就要迎来第一场地下拳赛。

"他也卷进去了？"阿乐惊讶地放大了哥哥的照片，阿飞嘴角带血，似乎额头也有。

"'也'是什么意思？"梦静敏锐地瞬间抓住了有效信息。

"你来找我干什么？"

"你哥有危险，甚至是生命危险。"

阿乐知道，可他不相信这个漂亮女人。

"你是谁？"

梦静拿出记者证，并展示了张严的文字记录。

"你哥是不是消失了？你回想他这一阵子，是不是有很奇怪的举动？"

说起阿飞，亲弟弟阿乐竟快认不出这个人了。从去年起他就完全变成了另一副模样，头发剃成了朋克阴阳头，脖子上戴着很多古怪的配饰。从前阿飞都是最简单朴素的打扮，一件衣服能穿上好几年，除了声音，妈妈和阿乐都认不出现在的阿飞，更别说旁人。阿飞似乎换了张面孔，换了个身份，很久才回一趟家，回家也是偷偷摸摸带着口罩墨镜，话就更少了，只放下钱就走，为此兄弟俩大吵过好几次，每次见面都不欢而散，阿乐觉得阿飞变成了父亲老黑最看不上的社会流氓。

"这是不是他的手机号？"梦静翻出那组号码。

阿乐只愣了一会儿，回屋拿出那部手机，梦静拨过去，这一切由不得阿乐不信了。

"你现在得帮我，也是帮你哥，如果你哥没被发现，得快点找到他，如果他被——"

阿乐打断了她，充满敌意地发问："你为什么掺和进来？"

梦静坦白回答："那个被害死的记者，是我爱的人。我不能让他这么白白死了。"

"你们这帮书呆子，以为充个英雄就能为夫报仇，拯救地球了？你知道地下拳场是啥样子？你个娘们家，少掺和老爷们的事。这事我知道了，你回吧，这儿的夜路不安全。"

梦静却一把薅住阿乐的脖领子，愣把他拽了回来。

"你跑去炼钢厂大院吼几声，你哥哥就能应你出来？你是有一把好拳头，但不一定有我脑子好使！"

"我不想跟你一般见识，一边去！"

"现在情况万分紧急，你知不知道！"

"松开！"阿乐想甩开梦静，梦静却死不松手，拉扯间两人一起摔在楼道里。

他们一抬眼，阿乐的妈妈正扒着门看得目不转睛。

"啊。"阿姨"嘿嘿"笑了一下。"先吃饭再说吧，姑娘，先吃饭。"

"好咧！"梦静一股脑爬起来搂着阿姨，阿乐没法，也只能坐在饭桌前。

阿乐妈妈吃完饭一脸笑意进里屋吃药，阿乐马上一甩筷子。

"给脸不要，非逼我打女人。"

"打女人才热闹，我就跟你妈说你欺负我。"

"你长得像个人，咋那么不要脸呢？"

"你也白长个大脑袋了，看不出火候？"

"你……"

阿乐不善言辞，一时接不上话，急得一拍桌子，菜盘子同时跳起又落下，妈妈掀帘子出来。

"阿乐，你咋不知道让着女孩子，姑娘别见怪。"

"阿姨，没关系，我都习惯了，以后叫我静静就行。"

阿乐气得直接把筷子掰折了，看着开心的母亲也没再吭声。

"你们聊吧，我进里屋躺一会儿。静静你们说完话，阿姨和你聊聊？"

"好咧！"梦静的假笑浮在脸上，阿乐看着更膈应。

"你们这些'狗仔'可真会演。"

"这是我的名片，我不是狗仔队，我是社会新闻记者，你可以查查我们组这几年的报道，去打听打听张严是啥人。赵乐，现在没有证据，警察没法相信我，我为了我男人报仇，你为了救你哥哥。你有拳头，我有脑子，现在能帮我们的只有我们自己了，你咋还这么死脑筋呢？"

"你不怕死？"阿乐猛然一道目光投来。

梦静想着殡仪馆里的张严，他英俊的脸完全被毁了，不得不盖了一块红绸子。

"张严不怕，我也不怕。"

阿乐回避梦静激动的目光，如果阿飞在地下拳击场失踪，东强那伙人的嘴脸他清楚，可这个漂亮女记者一定不知道，这可不是闹着玩，阿乐下了决心，一定要赶走她。

"这是我的事情，你回吧，我心里有数。"

"你有数？你想怎么办？"

"跟你无关。"阿乐想赶紧摆脱她，恨不得立刻去找东强寻仇。

"这事拳头解决不了问题。"梦静一眼看出阿乐的意图。

"你咋觉得我能帮到你？"

"四区东哥上周找你了。"

阿乐一听不由分说，直接把梦静推出门外。

"你干什么？"梦静无法挣脱，想喊却被阿乐捂住嘴巴。

"我不认识你，凭啥信你？"

"放开我！我男人命都没了，骗你干吗？"

"东强的事你怎么知道？"

"我盯上你了，当然知道你去找东强。"

"你跟踪我？"

"赵乐，我可以和你做个交易。"

"我不打女人，不代表我今天不打你。"

说完，阿乐关上了大门。

梦静正要踢门，想起虚弱的阿乐妈妈，瞬间冷静了。

寒夜大风骤起，顺着木门那几道裂缝刮进这个空空荡荡的房子，阿乐瑟瑟发抖，他寻思生活为啥突然急转弯成了这个熊样。

这个漂亮女人的话能信吗？可阿飞到底去了哪？近几次他都是带着很多钱回家，没有他，妈早就没钱看病。阿乐问过钱的来历，阿飞不答，因为阿飞不喜欢骗人。

这女人真能豁出命来干这事？就为了个男人？

那自己能吗？

东强这些人心比煤黑，惹着他们，可能连老妈都有危险。

阿乐被眼前的一切弄得颠三倒四，加上刚恶斗一场，他累极了，倒头便睡。

梦里，阿乐回到年少。他和阿飞一起练拳，模仿着哥哥学会了一招一式，一次次被阿飞撂倒在练习场上。突然阿乐挥了一拳，阿飞躲闪不及，直挺挺倒在垫子上，阿乐上前去扶，却看见哥哥牙还沾着血，却嘻嘻哈哈说："小子，你总算练出来了。"

阿乐梦醒，不觉掉了几滴眼泪。

那晚梦静在破旧楼道里待了很久。想取得阿乐的信任并不容易，她得尽快采取行动，否则拖得越久，变数越多。她琢磨起阿乐这个人，楼道里那随风飘动的低瓦灯泡忽闪忽灭，散出了刺鼻的焦味，接着眼前一片黑暗，只能听见自己越来越快的心跳。

复仇结盟

阿乐没想到，自己的恩师梁武会找上门。

他刚从医院悻悻而归，原本主刀的大夫被派往国外公干，妈妈越来越虚弱，得尽快筹到手术费，否则就算有钱到时也做不成手术。

阿乐隔着两条马路就看清了教练，梁指导这十年来没什么变化，只是平头上染了些白。这个身影阿乐太熟悉了，每天，红日仿佛就是从这个影子身后升起，也从那落下。这个影子，陪着他度过了无数个日出日落。

梁武步伐稳健，总像在跺脚，一生气就胡须微颤，像要扑过来的狮子。这是阿乐年少时的噩梦，此刻也是他无力招架的局面。

"你这小子去哪了？"

"教练，我……"

"你这个怂货，这就被打倒了？"

"教练，我连累你了。"

"我不过是提前几年退休，没什么大不了。你的尿检到底是怎么回事？"

"我自己都不知道，抽检前一天我只是去和朋友吃了顿火锅，连酒都没喝，我是真不知道那禁药是怎么回事。"

"我在想办法申诉，我们可能被人陷害了。"

"真是刘迅他们？"

"这个事肯定能有水落石出的一天，你先跟我走。"

"去哪？"

"你看你这几天身体垮成什么样子，肌肉全懈了！一旦事实调查清楚，你还有可能提前解禁，你是个难得的好苗子，不能废了。"

"教练，我……"

阿乐没跟着梁武的步调，停在原地。

"你这小子，还没完了？我找了个地儿，我们一边训练一边等申诉结果。"

如果教练能早一周来，阿乐一定会义无反顾跟着走，但现在，他根本没法选择。母亲随时都有生命危险，他得尽快筹到手术费，况且阿飞现在还九死一生。

阿乐双膝跪地，向梁武磕头，"咣咣"砸在石子儿路面，没人喊停，阿乐就不止。

梁武这条汉子只仰天嘹了一嗓子："我三天三夜没出门，想通了一条路，你这个小混蛋又给我堵死了。老黑啊，十年前，你为啥非让我遭这罪啊，作孽！"

额头流下的鲜血让阿乐睁不开眼，脑袋像只木槌在敲打地面，突然一双手托住他满是鲜血的脸。

那双手为他擦净血迹，阿乐原地颤抖，再睁眼时，已没了梁指导的身影，橙色路灯下，只有一张女人的脸，比他上次见的时候更柔美。

"你怎么在这？还跟踪我？"

"看来你是下了决心。"

"我不想跟你废话，赶紧滚！"

"你是想赚钱，还是想找你哥？"

阿乐双腿瘫软，摇晃着站起，梦静想搭住他，却一起摔倒在地。

"你到底想干什么？"阿乐的血已干涸在眼角，又痒又疼让他烦乱不堪，只能通过怒吼来发泄。

"赵乐，你冷静听我说。刚才你本来有机会跟教练离开，但你没有，我知道你是为你妈和你哥。"

"我是为了钱！"阿乐头脑一片空白，他过去只想着如何好好打拳，现在复杂的一切，让他难以招架。

"你哥一年之内变成了另外一个人，面目全非，为什么他要这样？还不是为了保护你妈，保全你！他不想连累你们，才改头换面！"

阿乐用力压住快要爆裂的太阳穴，他心里明白，阿飞为了妈妈、为了自己所做的牺牲，可他回馈哥哥的却是冷漠和责骂，无尽的内疚已经压弯了他的脊梁。

他疼得脑袋都要炸了，梦静还想靠前，他本能地推掌一挡，只将她整个人抛了出去。

这冒失的一下，让阿乐瞬间清醒，他忙扶起梦静，梦静却狠狠扣住他的腕。

"我们做个交易怎么样？"

两个人直视对方，阿乐倒吸口气，先撤回来，说道："我和你没话说。"

"阿乐，你答应东强打野拳了？"

"和你无关。"

"你打野拳是为了你妈做骨髓移植手术吧？"

"不想和你废话。"

"那个医院的副院长是我父亲的老友，我可以出面去协调，剩余的手术费我可以先借给你。"

阿乐蹦出一声冷笑，"你这么好心，又借钱又帮我联系医院，为啥？"

梦静报以苦笑，"我说了，我为了一个男人，也因为我是一名记者，有责任去揭露真相。"

"所以我才不信你。我不相信有这种人，为了男人砸钱还玩命。"

梦静也无法相信自己会这么冲动，可她那股子与生俱来的犟劲上来，任谁也拉不回来。张严的笑容和冷冰冰的尸体反复出现她的脑海里，让她无法回头。

"阿乐，我可能真是头脑发热，可我必须得这么做。每个人都有自己的底线。我知道这次禁赛你是被冤枉的，我会帮你找出真相。你已经被东强盯上了，你哥还在里面，随时有危险。"

阿乐头脑也冷静下来。

无论如何，妈妈的命都在第一位，还要找阿飞，打野拳这条路既然决定要走，就没退路。

于是阿乐长叹口气说："把你的计划说来听听。"

梦静总算松了口气，迅速换回女记者的身份，简明扼要说道："张严说终极赛场有关键证据，所以我们的目标就是终极赛场。你要弄清楚他们组织内部结构，以及如何才能进入终极赛场。在每一场拳赛前，我会给你微型摄影机，用来拍摄现场画面，随时搜集证据。"

阿乐突然沉下脸，说："那一旦我死了呢？"

梦静面露惊诧，对于野拳，她的感官印象始终停留在类似综合格斗的电视转播上。

所以她沉默了。

阿乐倒笑了。

"打野拳，随时可能把命丢了，你能对我负责吗？"

梦静沉思良久才说："一切前提就是确保你安全，我们不是复仇，而是找到证据，让警察抓住马里奥。"

"你还是没回答我的问题。"

梦静没法回答，谁都没法保证拳台上会发生什么。

"所以我凭啥信你？"

"那你还打不打这野拳？我绝不强迫你。"

阿乐又思前想后，现实就是这么残酷，对妈妈和哥哥来说，他就是最后的希望。

梦静也猜到阿乐的决定，趁势接着说："如果你只是为了赚钱做个打拳机器，我无话可说，但如果你还想走出这个困境，就跟我联手。"

"那你不怕？"

梦静这次毫不犹豫地摇了摇头。

阿乐独自起身，他盘算这女人，也够痴情，这样的女人好像只在武侠小说里才有。

"这太危险了，如果出事我一个人担。你帮我照顾我妈。"

梦静心里暗叹自己的判断没错，赵乐最在意的还是妈妈。

"赵乐，既然你答应了我的条件，那我们就是一个团队，团队不是你一个人单打独斗，以后一切，我们都得商量着来，我会再找你的。"

梦静从橙色路灯下消失了，阿乐努力眨了下眼睛，好确定，这一切真的不是场梦。

第三章
鬼影幢幢

誓师大会

梦静和阿乐决定联手深入地下拳击赛组织的一个月前，本市公安局召开了一场特殊会议。

会议结束后，只剩下年轻警官蔡文轩还留在座位上发呆。他人如其名，气宇轩昂，文质彬彬，三十出头，长了一副时下最流行的漂亮男相。从警校校草，到各个派出所、分局的门面，所到之处皆引人注目，本不是干刑警的料，但他过分亮眼的长相又极难和刑警身份联系到一起，倒算是一种身份掩护。

"小蔡，啥时候还有闲心愣着呢！火烧屁股了都！"

一个没刮胡子的中年男人大大咧咧拿起蔡文轩旁边座位上的本子。

"哎呀，马队，这不发愁呢！脑子疼！"

"你就算脑瓜子炸了，这个'马里奥'就能顺着管道蹦到你面前？你瞅他这个怪名字。"

"'马里奥'只要拿着管子就能钻到任何他想去的地方，像极了这个人。我们布控了三年，他就像个'鬼影'。"

"就是'鬼'，也得给他铐上手铐。上个星期，在东边又发现了一具尸体，这个拳场简直就是个杀人机器。你不是已经掌握了炼钢厂的情况吗？"

"马里奥不过拿炼钢厂当试金石而已，我们缺根线钻进去。"

"啥线？"马队长挠了挠胡子。

"现在真正的拳场肯定不在炼钢场，我们只有两个身份能打入内部，投注的赌客或者拳手。这两点马里奥都看得死死的，所以他才成了'鬼'。"

"今天的誓师大会，你也都听见了。你现在的首要也是唯一任务就是尽快找到突破口，一旦再出人命，造成社会恐慌，你我都担不起这个责任。"

蔡文轩心里最清楚这个案子的紧迫性，马队只捶了一他拳，转身走了。

今天的誓师大会，标志着这个犯罪组织的追捕行动正式进入倒计时，但实话实说，蔡文轩心里根本没底。

他只叹口气。

今天省厅、市委领导、市公安局全体班子都出席了会议，连纪委领导也列席，这起案子不仅涉及有组织的赌博犯罪集团，更牵扯到某些地方官员的腐败问题，省、市领导高度重视，作为专案组的骨干，他只能全力冲刺。

一周前，案子终于有突破性进展，在对某 KTV 进行扫黄行动时，一个美籍华人落网了，搜查中发现他随身携带大量现金，通过审讯，对方承认来本市就是参与马里奥组织的地下拳赛赌博，可怎么用这条线索，蔡文轩还没想好，他看见记录本上潦草的一行字。

"加大扫黑除恶力度，百日冲刺力破大案！"

蔡文轩负责这个案子已经三年多，相关的暴力事件不断升级，罪犯愈发猖獗，还接二连三发生命案。2017 年年末在本市四区发现了第一具尸体，尸检确认其死因是遭暴力打击导致内脏器官破裂。该受害者生前为社会闲散人员，擅长武斗，曾因故意伤害罪被判入狱。经查，该人生前参与了地下拳赛活动。三个月后，在西城郊外发现了另一具男性尸体，被害人经历、死因与上一个受害者大致一样。一个月后，市公安局经研究部署，成立了打击地下拳赛组织的专案组，蔡文轩一直是专案组成员。经过多轮的调查搜证，基本确定这个地下犯罪团伙在 2015 年左右开始活跃，组织内部结构严密，曾抓获过相关成员却收获甚微。所有证据都指向马里奥就是这一切的幕后大佬，却从没有人见过他的真面目。

现在是 8 月 8 日，只剩下三个多月，蔡文轩只能把心一横，不成也得成。

他合上本子，走出会议室。

计划实施

刚破晓的中山公园，突袭的寒流没有削减老年人晨练的热情，阿乐慢跑一个小时后，在双杠上训练上臂和腹肌的力量，只见梦静从打太极拳的老人中穿行而来，尽管戴着口罩，她身段也极引人注目。

阿乐对梦静半信半疑，这女人太漂亮了，自己不自觉提防起来。他就没怎么和女人打过交道，尤其是漂亮女人。

梦静边走心里也在合计，这愣小子真有本事进终极赛场？如果真出意外，自己是不是在害他？

"你想什么呢？"阿乐问。

梦静强迫自己冷静下来，现在箭在弦上，不得不发。

"今天是星期三，我们得把计划定下来。东强可能会派人盯着你，趁天没大亮，得快点。"说完梦静将一个塑料袋塞进他的运动裤兜里。

"这有一部手机，尺寸正好能丢到马桶里冲掉。微信里的联系人基本都是微商或者做房屋销售的，我的微信名叫'赛亚人'。你要随时把拍摄的视频、照片上传到这个网盘里。记住，手机只收发微信，不能打任何电话，以防被人盯上。这里还有四个针孔摄像头，到时藏在你的拳击头套里。"

"地下拳赛不带头套，这你都不知道？"阿乐玩弄着纽扣大小的机器，一脸不屑。

"那我们得多做几次实验，确保它拍摄的画面稳定有效。我提醒你，你的目标不是去当拳王，而是要找到马里奥的线索。"

阿乐绷直胳膊在梦静眼前一挥，拳风"唰唰"砸在她脸上，梦静赶紧摸了下鼻子。

"不赢，我就出局了，什么线索都没了，所以还是得靠这个拳头。"

"我正在想办法怎么接应你。"

"你要想让我配合，就老实待着，别瞎掺和。"

梦静被激怒了，她是下了抛头颅洒热血的决心，可赵乐还是不把自己放在眼里。

"赵乐，我最后一次提醒你，我们现在是搭档，我也在玩命。"

阿乐不想理会，只侧头躲开，岔开话题，"谈谈计划吧。"

梦静边观察四周，边小声快说："东强的角色就像招募演员的副导演，本身没分量，但想见导演就必须经过他。你要取得东强的信任，一级级混上去。东强我查过了，他嗜赌成性，欠了很多赌债，估计在地下拳赛上输得一塌糊涂，所以才找你当摇钱树，你得利用这点，让他对你有依赖感。"

阿乐一皱眉头。"你是不是便衣啊，咋啥都知道？"

"我做社会新闻，自然有消息源。最好的预期，就是你赢，而且不停赢，这样才会吸引庄家的目光。"

阿乐仍是一副生人勿进的高冷表情，满不在乎地说："既然你什么都知道，那你说说我吧。"

梦静回了一声冷笑，望着正在做下蹲训练的阿乐说："你，出生于1997年，身高180厘米，臂长185厘米，属于70公斤中量级别。13岁时进入拳击队，跟随梁武教练练拳，是一名进攻型拳手。偶像是曼尼·帕奎奥。特点是出拳快，一秒五拳；步伐灵活，善于闪躲。和你的偶像一样喜欢"连续刺拳+直拳"，不同的是你的致命一击来自于右直拳。在各个级别的比赛中拿了16个冠军，本来是全国冠军最热门的人选。"

阿乐打拳，是老天爷赏饭吃，称得上天赋异禀，从踏进拳击队开始，他就成了焦点。近三年，凡他出战的比赛必场场爆满。南方专业队曾开高价想挖他过去，阿乐却无动于衷。除了打拳，除了家人和梁指导，他对什么都保持一副冷冰冰的表情，剑眉星目间处处冷淡，所以很多人说他冷漠无情。他早习惯了独处，反而害怕别人走近。

阿乐毫无反应地开始跳绳，10分钟后大汗淋漓地停下喝水，仍目不斜视，像在自言自语。"我还以为你能查出啥东西，说得头头是道，你看过拳赛吗？你懂什么是拳击吗？"

"说实话，我看得不多，但我还真得多一句嘴。你现在不是在打世界职业赛，或者全国锦标赛。地下拳场是无规则格斗，什么卑鄙手段都能使，这就叫乱拳打死老师傅。你出拳够快，一定要先抢占主动权，否则时刻都会有生命危险。能一路赢到终极赛场最好，但最重要的还是保命。"

阿乐还是充耳不闻，开始组合拳练习。梦静与他近在咫尺，竟看不清那拳的去回，只像抢起一团乱风，他脚下也步如闪电，动作迅猛，环绕、前冲、后撤、跃步，只看得梦静眼花缭乱。

但阿乐心里却丝毫不平静，他知道梦静说得没错。

第一个"菜鸟"对手一出手竟打他的眼睛，而他击倒对方的招数是背摔，根本没出一拳。

他不会告诉这个女记者自己已连着几天都睡不着，疯狂地搜索国外地下拳赛的视频，那些场面甚至连格斗都算不上，而是赤裸裸的厮杀。

阿乐闭眼想起了老黑的话：

"野路子打残的不是筋骨，而是散了沉着的那口气。"

"那人一跨进拳台，你瞪他，他唬你，全凭着沉在腰腹的那口气。"

以前无论多大，练了多久，对手多强，阿乐总是跨上拳台就盯着对方，那眼神叫人发麻。

可那个不堪一击的"菜鸟",阿乐却一眼都不想看,因为那是杀红了眼的疯狂和歇斯底里。这几天,他终于弄懂了一件事,今后他将面对的不是对手,而是兽。

暗藏玄机

2019年8月10日,确切说还有几分钟就到8月11日了。

审讯室里蔡文轩喝了口速溶咖啡,还是一筹莫展。他提审参与黑拳赌博的那个美籍华人已经快8个小时了,连他都困得睁不开眼,可对方除了无辜地哭泣,一句话都不说。

蔡文轩盯着那张惊恐的脸,突然意识到了什么。

"你是在怕什么?"

"我要联系大使馆。"

"你在我国境内参与违法活动,我们对你有管辖权。你前天的态度还很配合,为什么突然不说了?是谁在威胁你吗?我会全力保证你的安全。"

"我真的不知道,上一次是我大脑错乱胡说的。"

"那你是怎么知道马里奥的?"

"我心脏好痛!"

那人开始趴在桌上不肯起来,蔡文轩见状只好暂停审讯,另想办法。

这个美籍华人是目前专案组最关键的证人,被单独看管在单间牢房内,没见过任何外来人员,显然,这事出在局里。

有内鬼?

蔡文轩也不敢相信,可这个关键阶段,外人根本插不了手。他必须向组织汇报,但如今他该信谁?对他直接任命、也是他信任的老局长还昏迷在医院,对这个案子,他们之间是一对一汇报,可想情况有多复杂。案子拖拖拉拉了三年,也许并不是因为马里奥是"鬼",而是因为——有内鬼。

蔡文轩把咖啡残渣一口喝光，这美国人倒给了他一条重要的线索——现金交易，非法拳赛投注需用现金交易。现金确实能避免资金追踪，但前提是他们必须能消化掉大量的现金，这么巨大的现金量，是如何转移和"清洗"的？

这个赌盘规模很大，仅这个美籍华人就随身携带120多万现金，这还只是小场子，可以推算出每次赌注规模都在千万级，甚至更多。这样算来，他们需要一个很强的资金循环通道，通过洗钱将非法资金变成合法收入，现在金融机构反洗钱管控非常严格，最可能的就是通过"地下钱庄"的方式。

蔡文轩觉得可以试试这个方向，也顾不得已经半夜三更，他直接打通了警校同班同学徐刚的电话。去年局里成立打击地下钱庄的专案组，徐刚正是副组长。

徐刚睡得迷迷糊糊，缓了一会才说："昨天我们刚得到条线索，不过你这小子又犯什么神经病，睡觉！明早8点半来我办公室。"

第二天早上8点一过，徐刚拎着手包刚上三楼台阶，就看见捧着豆浆油条的蔡文轩。

"嘿，要说美男子就是不一样，'熊猫眼'也像是化了烟熏妆。"

"滚一边去！"

徐刚咬了口油条，打开办公室门，另一个同事正在打电话。

"到走廊抽一根？"蔡文轩掏出了"硬中华"。

"这是西边出太阳，铁公鸡拔毛了！"

蔡文轩小心留意身后才回头跟徐刚说："咱俩是上下铺的兄弟，才跟你交底，今天的话你得咽肚子里。"

"你又抽什么风？"

蔡文轩走到无人处，才说："现在情况挺复杂，我怀疑我们警队里有内鬼。"

"你是不是有被害妄想症啊？"

"但愿是我的幻想，我找你问地下钱庄的事先别和任何人说。你说的线索是什么？"

徐刚低头吸了口烟，说："按纪律，我不该和你说，除非你告诉我原因。"

"我在查那个地下拳赛的案子时抓到了一个赌客，可他翻供了，应该有人威胁他。现在基本能判断这个拳赛组织需要洗钱，至少每月一次，现金，金额在千万以上，咱们市有这样规模的地下钱庄吗？"

"那你以为局里为啥成立专案组啊？大概前年，邻省发生了一起恶性杀人案，一个煤老板欠了高利贷被人大卸八块，是真的被分了尸。去年省内另一个市，海参养殖场的老板同样是欠了高利贷，被人抛了海。至少这五年，邻近几省和省内各地时有这类案件发生。受害者都是欠了高利贷，都是千万级别，而且对方下手极黑。我们顺藤摸瓜调查，原来在某些民营企业家圈子里一直有个说法，说咱市有一个'聚宝盆'，在高利贷里面利息不算高，而且想要多少钱都有，24 小时内保证到账。消息传遍周围几省，甚至一些温州商人也慕名北上周转，你说这个盘子得有多大。而且全部是现金交易。"

蔡文轩兴奋得吐掉了吸了一半的烟。

"你们查到什么了？"

"这个庄家很狡猾，养了一堆马仔，让马仔放贷收款，一层层下发回流资金，据我们所知至少设了四层。"

"四层？那得多少人？"

"少说百十号人。"

"庄家不怕被人黑钱？"

"很多人都在传这是个阎王爷，庄家吃人不吐骨头，为啥要费劲将那老板大卸八块，就是告诉全天下，想动老子钱，让你生不如死。"

"你们查到第几层了？"

"这个真属于机密了。"

"省厅下了死命令，百日内必须破案，我都把自个儿性命押上了，你还信不过我？"

徐刚连忙一抹脸，本来因为没睡好而蜡黄的脸又被蔡文轩喷了唾沫星子。

"优秀英俊的蔡文轩警官，您别跟我较劲了！你去找领导申请，领导同意我全力配合！"

"一旦走漏风声被内鬼知道，这条线立刻就得被切断。"

"你是在逼我犯错误。"

"我们是在破案，你告诉我，你们到底查到什么了？"

徐刚揉碎了手里的烟。

"你知道咱们市里有个叫肥佬的人物吗？"

"听说过，几年前很猖狂，后来扫黑除恶，这人跑了。"

"根据可靠线索，他又回来了。肥佬是 20 世纪年代有名的混子，监狱八进八出，无恶不作，后来表面从事正当生意，但仍然做不少违法勾当。我们抓到的人供认，肥佬就是这个地下钱庄的大人物，但不是老大。"

蔡文轩心里自然知道，老大是谁。

"那你们为什么不抓肥佬？"

"这事跟你遇见的困境一样。"

"有人在保他？"

徐刚只闻了闻揉碎的烟叶。

"是谁在保？"

"这太敏感了。"

"是谁？"

"蔡文轩，你今天越界了。"

"是谁？！"蔡文轩罕见地怒吼起来，这声音顺着楼道荡出许久的回声。

"你疯了？文轩，这个事非同小可。"

"是谁？"蔡文轩冷冷说。

"是准备提拔到省厅的陈副局长，听好了，你不非要问吗，是陈可峰！"徐刚生气地推开蔡文轩快步离开时，仍不忘低头打量周围。

　　陈可峰是市局重点培养提拔的年轻干部，刚四十出头，这几天都在疯传他的调令，蔡文轩暗吸口冷气，这个巨坑，他是跳是填，心里突然没了主意。

第四章
拳与爱情

生死搏杀

10 月 11 日，一个周五的下午 3 点半，阿乐又来到六中边上的大庙，他看着站在街对角的梦静，也和他一样在嚼着泡泡糖。梦静像只金鱼，鼓足劲吹了个很大的泡泡，比脸都大了一圈，这让阿乐不觉笑了，突然一阵土沙子扬来，一辆面包车横在了他们的视线中间。

梦静注视着阿乐上车，心也跟着沉下来，被一无所知的焦虑占据了。那毕竟不是普通的拳赛，而是，生死场。

阿乐在车里倒很平静，眼睛被蒙住，心里清醒着，盘算如何出击最凌厉的组合拳。中途车停了，他以为到了，屁股一挪，又被人摁下。

"没到呢。"

阿乐只感身子猛晃一下，车子就像艘小船被抛进了重物。

一个人"哐当"坐在他的前座，就像一块大石头砸开了冰窟窿。那人打开窗，堵塞的喉咙，如停用很久的水管突然来了水，混着泥浆石子儿涌出来，冲窗外吐了口浓痰。

一路上那人的喉咙始终塞满了泥浆，不时要开窗吐痰，钻进来的冷风直吹在阿乐的脸上，让他愈发清醒。

到了地方，那人始终走在前面，无路可走时，俩人才分开。

阿乐被人摘了眼罩，看见凳子上只放了拳击短裤。

"我的拳套呢？"

那个曾在烧烤店前呛过他的秃子，边用匕首挑着指甲里的死皮，边呲了口黄牙笑了。

"你阿乐还用那玩意？不是拳王吗？"

阿乐低头看着淤青发乌的关节，看来要赤手空拳格斗了。

但他内心仍波澜不惊，平整得没有一丝水纹，这是他十年来每场比赛前的习惯。

门口又响起那如下水道堵塞的清痰声，阿乐看了看手上还有没愈合的伤口，换上短裤，赤背赤脚就走出来。

一个人给阿乐披了条毛毯，楼道里近乎红色的灯光，像一团火，阿乐边向前，边跳跃挥拳热身，可身子却冷得化不开。

大战之前，身体僵硬，这是大忌，可阿乐还是不慌。

尽头是一间旧仓库，几根柱子中间画了一个白圈，三五个人在柱子旁交头接耳，二层楼上还有几个戴墨镜的人，四周墙角上都安装了闪着红光的监视器。

秃子示意阿乐走进白圈。那几个正讲话的人停下，笑了。

阿乐知道对手就在身后，那堵塞的下水道通向了埋在地下的无数根管子，共振着整个地面，一个影子从后面盖住了他的脚，合着热气和恶臭扑来，阿乐突然一闪，那个巨大的影子轮了个空，差点跌倒。

"咋样？我就说这小子有两下吧，非宰了你那头黑瞎子！"东强不知从哪冒出来，钻进那人群里挺着肚子大笑。

阿乐定眼看，这人身高两米，肥膘子抖在身上，足有三百多斤，很难通过那过于肥胖的面孔去判断他的情感，挤在一起的五官，总像在生气。

"不能出白圈子，没认输的规矩，把对方打得起不来才算赢，都明白不？"

秃子刚一挥臂，阿乐脚一蹬，挥出了一击刺拳。

梦静在报社里魂不守舍地开完会，阿乐走了一个小时，按理说他应该稳赢，可这帮人根本无理可言。

她焦虑地坐立难安，是自己太自私了？还是太天真了？

时针像把钝刀划在心口上，梦静憋得喘不过气，她必须从焦虑中摆脱出来，逼着自己将精力集中在调查上。

这几天梦静反复思考着一个问题，张严查了这么久，连终极赛场的线索都查出来了，以他的工作能力和认真谨慎，不应该只有这些只言片语，她总觉得自己遗漏了些什么。

梦静捧着马克杯走在热闹嘈杂的报社办公大厅，却越走越冷。思绪渐渐模糊了工作和感情的边界，又陷入了对张严的追思里。

不知道为什么，她对张严的眷恋越来越深，每次想起张严对自己那欲言又止的神情，就胸口灼热，茶饭不思，甚至颓废迷茫。有一天夜里，梦静正睡得迷迷糊糊，只觉得张严来到床边，他们注视着对方，默默流泪，张严忍不住去触碰她的手，那个瞬间，梦静竟感到了体温，她全身一麻，醒来双泪垂。在日日夜夜的思念里，梦静的信念越来越坚定，她一定要为张严正名。他应该是个将生命奉献给真相，从未向罪恶妥协的平民英雄；而不是莫名其妙死亡，只留下衰老父母苦苦挨日子的车祸遇难者。

就是靠着这份信念，她开始了自己的计划，可如今阿乐又让她动摇了。此时此刻的阿乐在经历着什么，梦静根本不敢想，只能在心里默默祈祷他能平安归来。

不过即使梦静敢想，那间仓库里发生的一切也早就突破了她的想象极限。

此刻的场面在外人看来极具超现实风格，仿佛回到古罗马的斗兽场，一位勇士在独斗巨人。

　　伤痕累累的阿乐撇了把眼角的血，而对面那个庞然大物简直要燃烧起来，随时能爆炸，耳鼻口汩汩留下的鲜血滴答在沙土里。

　　巨人挥拳砸来，阿乐向对手刺拳的内侧移动来躲避，并同时左右勾拳疯狂击打对方肿胀的腹部，但那长满黑毛的肚子仿佛沙袋，吃掉了阿乐所有的力量，只单掌就把阿乐推出几米远。

　　"野猪！吃了他！你今天吃了他！我给你 10 万现金！"

　　围观者吹起口哨叫嚣着，阿乐迅速起身，左肩撕裂般地疼。

　　由于两个人身高体重过于悬殊，阿乐往日的进攻套路无法发挥威力，那巨人张着淌血的嘴大笑，并一步步朝阿乐压过来。阿乐开始环步移动，用速度寻找机会，绕了几圈突然前倾到腰际位置，单脚蹬地杀了记直拳，像个冲过来的超人，正中巨人毫不设防的肾脏部位，可那个被叫成"野猪"的巨人只"嘿嘿"笑着，又吐了一口血痰，拎着阿乐的脚像提着提线木偶般荡来荡去。

　　在阿乐倒置的视野里，一切都在倒流。

　　"就他还拿全国冠军？东强，你找来啥花把势啊，以为是奥运会呢？用不用称重啥的？哈哈哈哈哈！"

　　"赵乐。"阿乐闭上眼，看见了梁武指导。"人生呐，就是跨进拳台，铃声没响，比赛就得继续，你没被打倒，就还没输！"

　　"野猪"还没笑完，突然飘来一阵风，挤进了黏黏糊糊的气管，胸口顿然清爽起来，如下水道疏通后的畅快，但那风却瞬间成百上千倍地膨胀起来，如火山岩浆翻滚燃烧，冲出那还残存着笑意的嘴巴，接着，就直挺挺仰后倒地。可阿乐却没停手。

　　阿乐被溅了满身血，刚才他离死亡就差那么几秒，而现在全身却因为兴奋战栗着。

　　现实中的一切都糟透了，果然没什么比赢更爽的事了。阿乐盯着那头庞大的身躯被四五个人拖走，才突然反应归来。

　　"他没死吧？"

　　"那头猪抗活着呢！"东强递来根烟。

"不吸，给钱，回家。"

东强把纸袋子丢给阿乐。

"我以为你能轻松过关呢，'啪啪'打几下喉咙不就完了？你咋的？心慈手软的下场就是那家伙差点啃了你。他曾经活生生把一个人胳膊撕下来。阿乐，你现在可不是在打比赛，说实话，这儿可是个生死由命的地儿。"

东强用一叠钞票拍了拍阿乐的脸。

"不过你小子算是过关了，给你两个星期时间休养，下一个对手可是扛把子，就看你命够不够硬了。"

阿乐擦净手上的血，才把钱揣进怀里。

在回去的车上，阿乐却一直在发抖。左肩的伤不算什么，可他还是抑制不住地抖，满脑子都是自己刚才的所作所为。明明对方已经倒地，自己还是痛下狠手，再多几下，那人怕就没命了。他脑海里不断闪回那张鲜血飞溅的胀肿的脸，这根本就是在杀人，那人如同牲畜一样被人拖出去，大家都在为自己欢呼，可他却迷茫了，自己到底是怎么了？

阿乐在楼道里连抽了五根烟才进家门，妈妈已经把住院的东西打包整齐，梦静已经联系好明天住院的事宜，骨髓移植手术终于提上了日程。

阿乐用鸭舌帽和口罩遮盖伤口，却被妈妈看穿，这个瘦小的女人一脸愁苦地说："阿乐，你们兄弟都长大成人了，妈妈也没能力再管你们，能做的就是好好治病，不给你们添负担。其实按我的心思，我真不想活了。"

阿乐的情绪也异常低落，他赢了比赛，还有几万块，可却觉得羞愧，甚至恶心，这些他是没法对妈妈说出实情的。

妈妈显然也累了，她轻抚阿乐，并将头抵在儿子的额头上，带着哭腔说："我住进医院，就剩你一个人了，好好照顾自己。"

阿乐不想哭，就只好笑了。

"妈，全国锦标赛就要来了，我们拳队要到外地封闭训练，这一两个月恐怕见不着您了，我会常打电话。"

妈妈这才欣慰地笑了，连拍着儿子结实的肩膀："你爸要是能活着看到这一切就好了，等拿到金牌，放到你爸的坟头上。"

阿乐点点头，然后打开手机，给已被焦虑逼到筋疲力竭的梦静发了一个笑脸。

梦静终于松了口气，她在公共网吧最死角的座位，开始一帧帧研究起阿乐刚刚上传到网盘的视频画面，阿乐面机灵地将摄像头别在他肩头上的毛毯上，拍到的视频两面很清晰。显然阿乐去的地方和张严视频里的并不是一个地儿，张严视频里的房子明显更现代，墙壁上是故意做旧的工业风装修，一滩白漆中，挂着一张镶框的图，她数倍放大后，隐约看清了那东西，正是在咧嘴笑的马里奥。

难分敌友

市公安局阶梯会议室里，市局党委班子正召开全体干部职工大会，坐在角落里的蔡文轩忍不住打了好几个哈欠。昨天又熬了个通宵，一晃就到了 8 月 20 日，时间飞逝，9 月就要来了，蔡文轩被压得肩膀生疼。

台上的陈可峰副局长正在做阶段性的工作汇报，蔡文轩通常只有在这种场合才能看到并不分管自己工作的陈可峰。这个人相貌平凡又有点中年发福，还险些谢顶，是让长着刑警眼睛的蔡文轩都不会多看几眼的普通中年男人，可他的声音却浑厚有力，一开口就平添了几分英气。

"你这案子进展咋样？"身旁的马队冲他低语。

马队是蔡文轩的直属领导，侦察兵转业，业务能力极强，一直是他很敬重的前辈，两人共事多年，交情匪浅，蔡文轩本该顺水推舟讲出实情，可他却迟疑了。

不知从哪飘来的风让大家都在疯传，陈可峰的岳父，省厅某高官曾是马队在警校时的恩师，虽然平日看不出两个人有啥亲近的，可这一层关系让蔡文轩不得不提防。往往避嫌的人表面都显得疏远，如果是通过马队给那个美籍华人施压，那简直不费吹灰之力。

虽然脑子里绕了十八个弯，但蔡文轩的回答却极自然沉稳。

"愁死个人，那假洋鬼子说话颠三倒四，估计又得泡汤。"

"一百天说过就过去了，破案速度得加快，副局长刚找我谈话，人力物力全面支持。"

"马队，现阶段还是得先侦查，我再想想办法。"

"小蔡！"马队突然严肃起来，"这事非同小可，我顶多等你到9月，10月一到你还没查出来东西，这个案子我就得接手了！"

蔡文轩一听这话，心凉了半截，他不想相信那些传言，但马队的所作所为让他迟疑了。

今年年初老局长亲自重组专案组，只有蔡文轩是专职办案警员，其余人都是辅助办案，马队也从不插手，在这么敏感的时刻提这个，蔡文轩顿时心乱如麻。

可他表面仍不动声色，笑着对答："保证完成任务。"

马队的脸色毫无回转，反而露出审讯时才会出现的威严。

"那你怎么完成？"

"摸着石头过河。"

马队哼了一声，说："你小心自己别成了泥菩萨。"

会议结束，大家纷纷拿着本子奔向食堂，因为饥饿，每个人都加快了脚步，这倒让蔡文轩能更快地单独留在会议室里。

他点燃一根烟。

那个大坑就在眼前，刚才马队的一席话，让它更深不见底，甚至有一股黑色的波浪在涌动。

他掐灭烟头，却纵身跃下。

在跳前，他不是没想到后果，可能自己不仅破不了案，还得罪了涉案官员，前途未卜，可现在让他回头，也绝无可能。

蔡文轩正了正自己的警帽，快步离开会场，直奔的并不是食堂，而是地下二层的档案室，徐刚留给了他一份资料。

里面是关于肥佬的信息。

肥佬，原名唐啸，出生于 1970 年，父亲因流氓罪在 20 世纪 80 年代被判处死刑，母亲是个发廊老板，作风不良。他 12 岁时辍学混社会，在体校练了几年柔道，身手不错。曾多次因聚众斗殴伤人被捕，号称"八进八出"，后南下在东莞待了几年，2005 年回来开了全市最大的洗浴中心皇冠明珠，一时风生水起。2015 年皇冠明珠酒店停业，肥佬也突然隐退，有人说他潜逃海外。

上个月，徐刚所在的专案组在审讯过程中得知了肥佬遥控着地下钱庄的运转，但他本人却不出面。

肥佬身边曾养了一大群人，但真正能称得上左膀右臂的人只有两个，鲁军和东强。

鲁军是复员军人，不知为何当起肥佬的打手，后来成为了心腹和贴身保镖；而号称'四区东哥'的东强，则是个地地道道的小混子，从初中辍学后就开始为肥佬办事。

皇冠明珠倒闭后，这两个人的命运迥然不同。

鲁军开了个饺子馆，就在城西。而城东的东强，仍混在社会上，只不过肥佬没了踪迹。

蔡文轩知道东强的诨名，但第一次听说还有个叫鲁军的人。

他看完资料，迅速走到食堂通向院子的门口等徐刚。徐刚和几个同事说笑着走出来，看见蔡文轩脸就一拉。

走到僻静的小树林里，徐刚才怒气冲天地说："你别蹬鼻子上脸啊！说好了资料给你就拉倒了，你有完没完？"

"那个鲁军你们查了吗？"

"查了。人家金盆洗手了。"

"那东强呢？"

徐刚白了一眼蔡文轩。

"你倒是说啊。"

"听说还是老样子，在攒赌局，还有——雇了几个人打野拳。"

"你咋不早说！浪费时间啊！"

"文轩，这事咱们有必要和领导汇报一下。"

蔡文轩一摆手，今天马队的话让他更坚定了自己的想法。

"今天的事你先别声张，找到证据我自会交给领导。"

蔡文轩说完钻出小树林，正撞见马队叼着烟走过来。

"饭后一根烟，快活似神仙啊。"蔡文轩大嘴一咧，高声说笑，实则是在提醒还留在小树林里的徐刚。

"今天我说的话重了些，但都是为你好。小蔡，你有能力，老局长让你单挑这个案子也是信任你。但侦破这类型的犯罪案件，更需要团队协作，现在时间不等人，我才有了这个想法……"马队说着又递给了蔡文轩一根烟。

"这烟是重焦油，我抽不惯。您放心，如果有支援需要，一定报告组织。"

马队剩下的半截话，因为被叫去打篮球而作罢，蔡文轩原地呆立片刻，竟恍然大悟，一切似乎都串上了。

今年春节后上班的第一天，蔡文轩接的第一通电话，是来自即将退休的老局长。

老局长主抓一线侦破工作多年，颇为赏识蔡文轩。有天早起遛弯在公园碰见了蔡文轩，才知道他们是住在一个街区的邻居。这一来二往，俩人成了钓友，偶尔相约海钓。但在局里，老局长没在任何场合与蔡文轩多说一句话，那次他亲自把蔡文轩叫到办公室，显然非同小可。

老局长言语精炼，从不废话，还没等蔡文轩坐定就抛出了三点意见。

"第一，这个行动从现在开始将保密级别提到最高，关键性的线索，你必须向我一对一汇报。第二，这个案子不仅是打击地下拳赛的犯罪行为，更是一场大战，里面涉及很多错综复杂的问题，不排除有腐败问题。第三，从今天起，其余专案组人员均是兼职，只剩下你一个人专职，原因你不用问，但这个案子你得一肩挑。小蔡，考验你的时候到了。"

一个月前，老局长因突发脑溢血而昏迷，如今回想，老局长虽没明说一切，但应该是清楚所谓腐败问题涉及谁，覆盖面有多宽，可现在这一切都随着老局长的昏迷而成了未解之谜。

蔡文轩满肚子的疑问无处倾诉，就又跑去医院，在老局长病床前发呆。他心里清楚，必须得到并保护好关键证据，才能彻底捣毁这个犯罪组织和背后牵扯着的有着千丝万缕联系的利益集团。

蔡文轩总是习惯独立思考，但此刻，他却感到了久违的孤独，罪犯分子从不可怕，可怕的是藏在身边、与他朝夕相处的伪装者。

如果老局长仍能看着他，或许蔡文轩也就不会感到如此孤独了。

怦然心动

孤独。

阿乐望着黑夜，空啤酒罐扔了一地。

"对不起，我刚在赶稿，伤要紧吗？"梦静爬上天台。

她一眼便看见阿乐缠着绷带的左臂，心瞬间揪了起来，只发呆望着他。阿乐看着她的眼神，瞬间红了脸。他不习惯女孩的目光，尤其是梦静这样的美人的目光，只缩回手，插进衣兜里。

"我妈白天住进医院了，是单间病房，医生护士都挺客气，谢谢你。"

梦静看清了阿乐满脸的伤，亲眼见到那些伤口，联想起阿乐被对手拎来拎去的画面，梦静觉得自己又开始呼吸困难。那个半小时的格斗视频，她花了一晚上才断断续续看完，每看几分钟，就觉得喘不上气，必须得暂停。但她必须强迫自己看完，必须得先了解地下拳赛的残忍，才能评估以后的计划。

阿乐看出了梦静的担心，可不知道如何安慰她，只好又摆出高冷的姿态，边啃指甲边装不在乎地说："没事，只是小伤，你查到了什么？"

梦静拿出了笔记本电脑，打开了阿乐在地下拳场拍摄到的视频。

"基本判断你去的地方并不是炼钢厂。"

"我以为是呢。"

"你去的确实是城东，但是一间仓库。在一个垃圾场里面。"

"为啥呢？"

"不知道，说不定这个地下拳场是移动的，没有固定的场所，便于逃窜。"

"对了，东强说我过关了，下一个对手是扛把子。"

梦静脑海里瞬间出现了血淋淋，甚至血肉模糊的画面，心脏立刻又猛跳起来。一旁的阿乐看出了她脸色煞白，一时不知如何是好，只打开了一瓶矿泉水递过去。

"你怎么了？病了？"

梦静说不出口，只默默消化着不安。

一阵凉风吹来，梦静看见阿乐外衣领子别在里面，提醒后，阿乐却不知道为什么突然笨手笨脚弄不好，梦静只笑着伸手帮他挽出领子，她温暖的手指划过他敏感的脖颈，电流触遍了全身，让阿乐像个石墩僵在那儿。

"你怎么了？脸色不对呀，发烧了？"

梦静又想摸阿乐额头，阿乐却迅如闪电蹿到一边，只咬紧自己的指甲。今天的梦静是他从没见过的，柔弱的、惹人怜爱的、让男人想揽入怀里安慰的美女。

一想到这，阿乐也慌了，自己是魔怔了？喝醉了？还是从拳台下来仍神志不清？他慌张着迅速打岔："在柱子旁讲话的那几个人，你查出来了吗？"

"都是生面孔，不是本地人，要是我们能用公安系统查出这些人就好了。"

"你怎么不说从天而降一个英明神武帅气的人民警察多好。"

这句玩笑瞬间化解了双方的尴尬。

"没想到你还挺幽默，东强明显是话里有话，'你过关了'，说明这场拳赛就是你的入场券，那扛把子是谁？"

"反正都是亡命徒。"

自从梦静看了视频后，就冒出一个想法，现在终于到开口的时候了。

"阿乐，你如果现在退出还来得及，你认真考虑下，再打下去，一场比一场难。"

阿乐没想到梦静现在就打退堂鼓，只觉得自己的拼命白费了，一时又气又急。

"那你来找我干啥？吹得天花乱坠，我真是傻，为啥会信你？你要害怕就自己退出，反正我肯定去找我哥。你不是很爱那个男记者吗？你在耍人玩呢！"

阿乐把喝了一半的啤酒摔在梦静的脚边，梦静没躲，溅了她的羊绒大衣一身沫子。

阿乐一出手就后悔了，他不想在梦静面前这么失态，两个人又僵在那儿。

梦静没说话，只捡起散落在各处的空啤酒罐。阿乐也消了气，边踩啤酒罐边默默靠近梦静。

"三天前你还信誓旦旦在做计划呢，到底怎么了？"

阿乐一把接过梦静怀里的啤酒罐，梦静已无处可躲。

"我很爱张严，我也拼命想找到真凶，为他复仇，可我不能以你的生命作为代价。我太天真了，拳台上，你根本无法掌控你的生死。下一个对手，赢了，那再下一个呢？我太幼稚了，对不起。"

阿乐看见了她眼中隐约的泪，竟无所适从。

"如果我不打下去，我和我妈可能会被东强到处追杀，我哥哥生死未卜，杀你男人的坏蛋仍逍遥法外，说不定有一天也会找到你头上。从你找到我那天开始，就回不了头了。"

梦静再一次无言以对。

阿乐却笑了，"我们都把这事想得太简单了，你以为我深入虎穴后，你写一篇震惊全市的纪实报道，报警缉拿真凶，就能为梦中情人报仇。我以为我一身是胆，冲进去打几场拳，把他们打得满地找牙，然后就能救出我哥。那个大家伙拎起我的那刻，我还挺想乐，我们是在用小细胳膊掰大腿。开弓没有回头箭,进了拳场,脚想拔也拔不出来,只能往前走。"

梦静握紧拳头,可全身还是颤抖,一介书生,写惯了生生死死,如今到了自己要面对生死的时刻。

阿乐看见梦静的泪从那张漂亮又高傲的脸上流下,觉得自己更加无用,他的手悬在梦静的肩膀上片刻,终究还是收回来。他没有勇气安慰她,唯一能对她好的办法,就是让她远离。

阿乐在压抑中恢复了往常的高冷面孔,轻描淡写地说:"你走吧,女人本来就不该搅和进来,如果有良心,就帮我照看下老娘。今天你走,就当什么没发生,我肯定不会向任何人吐露半个字。"

梦静抓住阿乐的胳膊,急切地问:"那你呢?"

阿乐低眼看着近在咫尺的梦静,他第一次这么近看年轻女人的脸,在晚风秋夜里,她就像凝结在自己掌心的露水,那么晶莹剔透,却终会在日出时消失。

梦静,不过是一个梦而已。阿乐皱眉叹气,说:"我得去找我哥。"

梦静的手抓得更紧了,"你不走,我肯定不走!"

阿乐竟被抓得有些疼,梦静不放手,他也不知该怎么应对,越是强装高冷,心里就越是燥热,顺着脖子涨红了整张脸。他不能让梦静看见自己的窘态,只找借口解围。

"我想重看比赛,复盘一下,能再放给我看一下吗?"

可阿乐的心根本没在比赛上,因为梦静靠在他肩膀上睡着了。现在已是深秋,虽天气晴好,夜晚已四处流动着寒意。阿乐把自己的大衣脱下来,盖在梦静身上,她正睡得香甜。她离得这么近,甚至能闻到她头发里柚子味洗发水的香气,能看见她指甲平滑的轮廓,能听见她均匀轻柔的呼吸。

这一夜,梦静对于阿乐而言不再遥不可及。

阿乐是怀着复杂的心情走下天台的,虽然现实仍是惨淡,他却莫名其妙觉得愉悦,连蹦带跳地下了楼。

一楼感应灯坏了,突然晃来一个黑影,阿乐本能出拳,那影子瞬间倒地，露出了背后的"月光"——那个东强的手下秃头。

"你来干什么？"

"在天台干啥呢？有兄弟瞅见你在这，强哥知道了，请你吃宵夜。你小子下手也太狠了。"秃子边说边止鼻血。

阿乐想到天台上还有梦静，只点头答应，先走为妙。

还是那招牌上灭了木字旁的烧烤店，东强啃了口血刺呼啦的腰子。

"真得劲儿！阿乐，给你也来一串补补！一会哥哥带你去见漂亮妹妹！"

秃子嘴里咕噜咕噜地笑。阿乐面无表情，冷冷说："你们去玩吧，我得保持状态，下一场你不说是个扛把子吗？"

"我和你说的正是这事，你猜那人的外号叫什么？秃子你告诉他！"

"嘿嘿，黄金甲！"

"满城尽带黄金甲。这小子练过气功，是铁布衫那玩意吧，反正别人打的手都骨折了，他啥事没有。"

"那怎么赢他？"

"你问我？"又是一顿爆笑，"阿乐这么说吧，你要是把'黄金甲'卸了，就算真正入了这门，成了这个了！"东强直勾勾竖起了大拇指。

阿乐琢磨着这话，又问："东哥，我入了这门能有啥好处？"

"那你就是个大人物了，赚的钱你想都不敢想。"

"我咋能进去？"

"你先活着趟过'黄金甲'这关再说吧。小子！我可是在你身上押了老多钱，你得活着，而且得赢！以前那些完犊子玩意儿都倒在门槛外，可我看好你哦。"说完东强捧着阿乐的脸狠狠亲了一下，秃子爆发出更夸张猥琐的笑声。

阿乐冲进卫生间洗脸，可怎么洗被亲的那块都像被烫了一样疼，他恨不得把那块肉挖下来。

水珠从他的发梢滴落在脸上，就像是血一样冷。

第五章
战 "黄金甲"

意外发现

蔡文轩盯着东强已经三天了。三伏天里，酷暑难当，他在车里一坐就是一天，屁股泡在汗漉漉的垫子里，心却很宁静。东强这个人，一向咋咋呼呼，后面经常跟着个秃头在街上大摇大摆，有两三个妍头，成天打麻将，下午三四点才起床，是个夜行动物。

蔡文轩竟不用太打听就知道东强正在四处招兵买马，招揽了一些退役的练武者、拳手还有好武之人，摆明在养野拳手。

跟着东强上了这道的人，有些再也没回来。

比如今天蔡文轩找到的这个南方拳师，因妻子重病跟了东强打拳，如今病入膏肓的妻子奄奄一息，他也没能回家。一旁的女儿告诉蔡文轩，拳师开始拿回很多钱，突然没了踪迹，手机一直关机。

蔡文轩边安慰这个正在上高中的孩子，边悄悄塞了几百块钱。

"这帮畜生！"蔡文轩知道这个拳师的命怕是丢了，而这一切不过是为了满足某些人的贪欲和追求刺激的心理。

东强正重金招揽拳手，而且要找身体条件出众、实力超群的人。听说他赔了很多，估计是赌疯了。

所以蔡文轩打定主意，白天照常上班，晚上就盯着东强的一举一动。

因为日夜颠倒，白天蔡文轩免不了昏昏沉沉，局里的大姑娘小媳妇们都在传，蔡文轩一定是谈恋爱了，成日魂不守舍，茶饭不思，跟以往阳光开朗的他判若两人。

连蔡文轩自己都察觉出食堂里其他人的莫名目光，正在琢磨，马队端着餐盘就坐在了对面。

"你咋的了？真失恋了？"

"啥玩意儿？"蔡文轩实在太困，不想多说，起身准备回去午睡。

"你先别走，最近到底咋回事？魂不守舍的。"

"失眠，太焦虑了。"蔡文轩不耐烦地应付着。

"案子是要查，但也不能把命搭上吧。对了，你得有个思想准备，下午你抓的那个人就要放了。按治安条例，只能拘留 15 天，而且那美国人还聘了个有名的律师。"

蔡文轩心里冷笑，表面只打了个哈欠。"依法办事，听领导的。"

"你是有啥想法吗？要是工作太累了，其他同事可以跟你轮岗。"

这句话差点点爆了蔡文轩，他咬着牙戴上警帽，挤出笑说："放心，领导，我是孙悟空，有七十二变呢！"

马队也一笑。"别忘了你我之约，10 月一到，还没破案，你就得交接工作。"

"那成，我四五年没休假了，如果我没破案，想带薪休假一个月。"

"批准，啊，我话没说完呢！"马队的笑沉下来，"你是人民警察，破案是大事，但也不能违反规定，这个分寸，你自己把握好了。"

蔡文轩掂量着轻重，又嬉皮笑脸起来，"您就瞧好。"

只有在夜里，蔡文轩才能放下一切防备，变回真正的自己。白日的热浪丝毫未褪，他盯着东强在凌晨 1 点钟走进了一家烧烤店，那招牌上灭了一个偏旁。

蔡文轩熄了火，下车也进了那家烧烤店。小店里塞满了人和啤酒，东强和手下的秃头与他隔着两张桌，他们身旁还有个平头胖子，与他背对着坐。

一阵声浪扫过，蔡文轩屏住呼吸全神贯注才含含糊糊听到他们的对话。

"东哥，我哪敢扒瞎，给我两个胆子也不敢。"

"你那发小真像你说的那么神？"

"那小子马上就要去北京参加全国比赛了，你不知道他出拳多快，黄飞鸿那是无影脚，这个是无影拳呐！老厉害了，我亲眼见过，他三拳打趴下一个人。那出拳就像一阵风。"

"别扯没用的，那人家好好参加全国比赛，能过来打这个？"

"你让他打不成不就完了！他老娘得了白血病，得花老鼻子钱了。"

"咋能打不成？"

"哎呀哥哥，说实话这是我发小，不该出这主意。"

"放屁，你那账都翻了几番还不还？命贱是不？"

那平头胖子边求饶边上前和东强低语了几句，结果三个人哄堂大笑起来了。

"这小子遇见你可是倒八辈子霉了！"

"东哥，我那账？"

"事成了，当你面把欠条烧了。"

"东哥，够意思！你就是我亲大哥，我先吹一瓶！"

"滚蛋，我得多倒霉才能摊上你这样的兄弟！"

蔡文轩偷偷拍了那平头胖子的照片，东强的这个新目标，或许也是他的新线索。

怒浪席卷

连着一个星期的雾霾天，如一团浆糊黏在窗角，一片灰蒙蒙中，梦静手捧着咖啡陷入了短暂的沉思。

她抬手看表，离阿乐的下一场拳赛不到两个小时。她又开始焦灼，为了这个人。

梦静最近反反复复被同一个噩梦纠缠，电闪雷鸣中，阿乐孤独地站在漂浮于海浪之上的拳台，怒浪席卷中，时隐时现，而她不断在风雨中呼喊着阿乐。昨夜她又梦到这个场景，自己手中多了根缆绳，她微微一拽，才发现正连着那个拳台，突然好像有一只凶狠大鱼咬住鱼饵一样，猛烈的冲力下，绳子拽出去，在她手掌里撕掉层皮，鲜血直流。

梦静看着自己的双手，白皙透明纤弱，一滴血突然落进掌心，她睁大双眼，只听见手机在响，才缓过神。

电话里张严妈妈同意了梦静上门拜访的请求，这次她不仅是去探望老人，也为了寻找张严留下的证据。经过一番苦苦寻找后，最后的希望，只能是他的家。

梦静通完电话，又想起阿乐，莫名心慌，觉得一切都太疯狂了。

对于疯狂，显然阿乐更深有体会。

此刻他被关在一间密封的地下室，灰褐色铺盖了整个空间。

他习惯性地赛前抖腿，大口呼吸，铁门打开，秃子一歪脖，门外的热浪袭来，混杂着唾液、汗水、酒精和狂热，它们包围着阿乐，可阿乐仍不为所动，冷眼打量这个场地，终于在上百人的叫喊中，看见了墙壁上的那幅《马里奥》。

从第一眼起，他就在寻找这幅画来印证自己的猜测。阿飞也曾在这里打过拳，他扫过那一张张激动兴奋甚至咬牙切齿的脸，突然有人对他吐了一口痰，并骂了句很脏的土话。阿乐握紧拳头，抵在那人喉咙上，对方不停咽唾沫，慌张地四处求援。

东强从后面推开那人，走到阿乐面前。

"别和这些玩意儿较劲，别忘了，你今天的对手是他。"东强一努嘴，阿乐顺着看向拳台上那个背影。他如一根被风雨吹打了许久的松柏，屹立当间。那人回头，一个宽脸的汉子，眉眼口鼻，皆是方方正正。

"这家伙便是'黄金甲'，有气功傍身，就像是根铁柱子，打不弯，撬不折。阿乐，就看你今天是不是金刚钻了。"

阿乐只小心地把挂着针孔镜头的毛巾铺在一边，弹跳热身，毫不理会。

东强急得一把拐上阿乐的脖子，贴耳说："今天看拳赛的可不止这几个臭鱼烂虾，我老大就在包间里，我牛皮可吹大了，你要给我丢人，别怪我翻脸！"

说完东强暗掌一推，正让阿乐借劲上了擂台。

那身如劲松的方脸男人仔细打量着阿乐，只说了一句话，就让阿乐的怒火"噌"地爆发了。

"你哥哥被我捶倒了。接下来，就是你。"

阿乐闭上眼睛，台下声浪骤起，他沉溺在风暴的中心，就像困在卷起巨浪的汪洋里，只能孤注一掷。

梦静提前来到张严家，阿乐还没发来任何信息，她的焦虑在憔悴的脸上显而易见。

张严妈妈边递茶边打量她。

"你来这，一定是为了什么事。"

"阿姨，张严还有些未尽之事，需要我帮他完成，所以我得打搅你们这一趟。"

张严妈妈愣住片刻，才说："张严的爸爸是一名刑警，从来不开口谈工作上的事，直到有一天局里通知我去医院，他被人砍伤送进了重症监护室，我才知道他的工作是这么危险。报大学那会儿，张严强烈要求报考警校，是我坚决反对，原本以为学中文能稳妥当个老师或进机关，可他偏随了他爸，做起了社会记者。这些年，他们爷俩回家都是报喜不报忧，我没一天过得安心。出事前几天，我就觉得张严不对劲。"

"他怎么了？"

"他本来早出晚归，那几天突然按时下班，帮我做饭，还陪我看电视剧。我跟他说什么，他都答应着，特别反常。后来我仔细想，他的去世也许并没有那么简单，好像他早预见到了危险。"

"他跟您说过什么？"

"他特意嘱咐我，说他给我们买了一份保险，这话他反复说了好几遍。他是不是知道谁要害他？可他为什么不报警呢？"

梦静也在思索这个问题，显然张严出事前遭受了人身威胁，但他竟然选择以命相搏，这已经超出了常理，也许张严和她一样，已经没了退路。

"我想看看他的房间。"

在张严妈妈找钥匙的间隙，梦静又看了一眼手机，仍没有阿乐的消息。

剑走偏锋

蔡文轩坐在车里等了10个小时，反复刷新着一条热门新闻。

"拳坛明日之星身陷禁药泥潭，恐将毁掉职业生涯。"

他等的人就是这篇新闻的主角——赵乐。

上次在烧烤店听见东强和平头胖子的对话后，蔡文轩用了两天时间就顺藤摸瓜找到了赵乐，偏巧爆发了这宗禁药丑闻。

能让东强如此绞尽脑汁，这个赵乐肯定不简单。

蔡文轩假扮记者混进拳击圈，采访各路人马，在同行口中，赵乐是个难得一见的天才，左右手力量均衡，速度、体能、灵活度各方面都拔尖，可以说是打拳的奇才，但也是他让比赛早早没了悬念。竞技体育里，这种人是王者，更是遭人记恨的万人嫌。

沉默内向，胜负欲强，容易冲动，毫不留情，加上极出色的身体条件，这种人真落在东强的手里，定会成为杀人机器。

蔡文轩正苦找能打进内部的方法，这个赵乐无疑是天降神兵，可这个高傲孤僻的年轻人能不能担此大任，蔡文轩心里没底。

赵乐终于走出来,在身旁搀扶他的正是那个向东强献计的平头胖子。赵乐跟跟跄跄上了出租车,待他走远,那平头胖子向街边的一辆黑色商务车投了个胜利的手势,黑车猛地发动离开,露出另一辆停在稍远地方的白色小车。蔡文轩一眼就看清里面的人正在用单反相机对黑车拍照,看来还有一波人也盯上了赵乐。

一条微信打断了他的目光,马队命他立刻归队。

为了跟踪赵乐,蔡文轩已经几天没在队里露面,他记下那白车的车牌号,只好悻悻返回。

一进办公室,蔡文轩才发现大家都整齐地围在会议室里。

马队并没停下来,继续在投影前介绍案情。

"昨天傍晚 5 点半,在城东的垃圾场里发现了一具男性尸体,经法医鉴定,尸体全身腐烂,面目全非,死亡时间至少超过一周。尸检推测,该男子 35 ～ 40 岁,身高 175 厘米左右,体格健壮,目前正在比对失踪人口档案。这种案子四区发生了不止一起,尸体全部腐烂难以确认身份,被抛尸街头,死者均因残忍的外伤致死,性质非常恶劣,不排除和黑拳非法组织有密切关系。经陈局指示,由蔡文轩同志担任组长,抽调四位同志加入调查组,选定的人,明天就找小蔡报到。因为老局长还在生病,小蔡,你以后向陈局和我单独汇报工作进展,有问题吗?"

蔡文轩这次没吱声,只低头沉默。

"咋的,你有意见啊?"马队吼了一声。

蔡文轩抬头,静静盯了他几秒,呲牙笑了。

"我绝对服从领导啊。最近几天老失眠,反应迟钝。"

蔡文轩逗乐大家,也化解了这次尴尬,不过马队的目光丝毫没放松,他顿了顿才说:"现在大家采取轮休制,确保人员到位,散会。蔡文轩,你留下。"

从蔡文轩进市局刑警大队那天起,就是马队一手带的他,按理说,蔡文轩没有不信的理儿,可自从陈可峰牵扯进来,马队的一举一动就怪异起来,总想方设法插手案子。老局长的命令言犹在耳,马队又实在反常，反常到有些迫不及待的失态。

"咋的，你有想法？"马队语气缓和下来，坐在蔡文轩身旁吸烟。

"没，不过老局长说了让我一个人专职，您找这好几个，我怕没法胜任，管理不了啊。"蔡文轩笑呵呵地说，眼睛一刻也没离开马队的那张大长脸。

"小蔡，老局长躺在医院里，咱们就别让他老人家费心了。这命令是陈局长下的，你只管执行。"

"马队，不说好的10月没进展就交接吗？怎么说变就变。你这也打乱我的工作计划啊。"

"蔡文轩，老局长任命你为专职调查员，不代表永远不能调动你。说实话，你一天在外忙乎什么，没人知道。你不公开化调查内容，领导怎么知道工作进度？怎么部署下一步工作？你只管服从命令。明天一早我给你们小组开会，人，我给你选最好的，但你必须得天天和我通气。"

蔡文轩边打马虎眼，边忙想对策。现在他不信任马队，显然马队也不信任他，怎么急转直下到这个地步，蔡文轩没工夫想，但马队踏进来的这只脚，却是挡不住了，以后只好见招拆招。

表面上蔡文轩还得嬉皮笑脸着，"一切都听您的。"

这下马队终于满意了，可蔡文轩却迷茫了。

现在情况复杂，敌友难分，恐一步错，满盘输，最稳妥的方案是继续独立调查，可又没法细琢磨，整个脑袋都被赵乐这个名字占得腾不出一点儿空。

如今，蔡文轩只好剑走偏锋了。

狂暴激战

"阿乐，把他的脑壳敲碎喽！"台下的东强咬牙切齿地叫喊着。

阿乐用有些痉挛的右手揉了揉眼，一切却仍然模糊动荡，不知摇摇欲坠的是那个满脸是血的方脸男人，还是头脑发沉的自己。

这"黄金甲"仿佛真有盔甲附体，阿乐都打到饥肠辘辘了，可这男人仍像逆着风暴的老树，将根深深地盘在土里，任凭风吹雨打。

"你就这三脚猫功夫，和你哥一样。"方脸男人吐了口血。

"你咋认识他？"

"上次败在这里的是他，这次就是你。"

说完方脸男人低下重心，眉峰一皱，静待千钧一发。阿乐知道，对方消耗了自己这么久，就为了这最后一击。

方脸男人随即发起猛攻，体力快透支的阿乐依靠摇摆和下潜躲开拳头，他侧向弯腰，深度闪避，躲到对方直拳侧面和摆拳下方。阿乐调整呼吸和步伐，终于瞅准机会瞄着对手的腹腔神经丛使出右勾拳，半秒不到又跟上一击冲向头颅的刺拳。接着右手拳先击打肋骨，同侧手立即中线打上勾拳。对手在躲避过程中，只能护头挺身，露出了舒展的腹部区，阿乐则抓住机会，掀起了一阵肉眼分辨不清的刺拳加强力右直拳组合的高潮，其间并用上勾拳，上下左右齐攻，一时"火光"四溅。

这几分钟暴风骤雨的密拳，让阿乐彻底撒没了力气，只立在原地直喘。那方脸男人双手抱头蹲在地上，全场都在等他认输。可那男人突然"哈哈"一笑，向前一栽接着个前滚翻起身，掸净尘土，啥事也没有。

顿时，台下满堂喝彩。

"高手啊！"阿乐暗自惊呼。

刚才所出之拳已用尽全力，一般人只中一招恐怕就倒地不起，可这个"黄金甲"在几分钟里中了上百拳，竟毫发未伤，阿乐这回是遇到对手了。

方脸男人张开血盆大口，全力冲来，他像一头发疯的公牛，阿乐已别无选择，想赢，自己就得成为挥剑的斗牛士。

将剑与眼睛持平，踮脚，压腕，刺入后颈直入心脏。非洲牛倒地死亡，只需几秒钟，这就是心脏的威力。阿乐看了西班牙斗牛上百场转播，他佩服斗牛士的机敏胆识。

阿乐盯着那胸骨左侧第二肋骨至第五肋骨之间，他甚至能听到那激烈的心跳声。

圈养在黑暗中的公牛，眼睛被涂抹了凡士林，鼻子塞着棉花，腿被强碱性溶液腐蚀。围困在擂台上的方脸男人，眼皮肿胀，鼻子凝血，胫骨骨折，他和公牛都在等开闸那刻的疯狂。

一眨眼，那方脸男人即冲到眼前，阿乐挥动的拳头如斗牛士手持的利剑，直插心脏而去。

他没有第二次机会，那颗血红的心脏如迎击而上的红色拳套。突然风静雨止，方脸男人拔开腿，如同老树拔根，阿乐也似乎跟着一震。

他看着那男人倒地全身抽搐，突然一股力量顺着脊梁骨爬上来，像一个火球，搜遍全身。阿乐不清楚那是什么，只本能恐惧，仿佛一个庞然大物要冲出他的筋骨，用愤怒席卷这一切。

阿乐双手抱着头，看着那散了的"黄金甲"，人们踏过那曾如劲松般的身体，脚步间，阿乐一直盯着那个抽搐的方脸男人，直到视线被完全盖住，才晃过神，刚才，他动的竟然是，杀念。

他不敢置信掩藏在自己身体里的那股暴力，好在东强及时凑了上来。

"阿乐，你真是个大拿，不枉我一番心血。"

"那人不能死！"阿乐失控地大声嚷嚷。

"那人废了，没用了。"

"我说，他不能死！"

阿乐怒瞪东强，东强则阴晴不定，最终露了笑脸。

"阿乐，你够义气，那人保下了。你回去等我信，这几天哪也别去，好好养伤。"

阿乐昏昏沉沉倒在就近的一张椅子上，欢呼，懊恼，埋怨，咒骂，又绕在他身边打转。他隐约感到有人在看自己，仔细找了一圈，显然，那个人，他是看不见的。

此刻头脑混乱的阿乐只想马上给梦静发一条报平安的信息，不知为什么，就是想第一时间告诉她，他一切都好。一想起梦静，阿乐忍不住又啃起了手指甲，一点没有激战过后的兴奋，反而像个无助的孩子，蹲在无人的角落，默默享受着自己的孤独。

梦静又刷新了一遍网盘，仍没消息，她心神不宁地在张严房间里打转，可她必须得完成自己的工作。

这是她第一次走进张严的房间，大约是家人的追念让这里非常整洁，可她知道张严是一个不拘小节的男人，办公桌上永远是乱糟糟地铺开，不像现在分门别类地归集，一面桌，一架书，一张床，还有一柜衣服，处处干净利落。

卧室没有台式电脑，张严只有一台随身携带的笔记本电脑，书架上放着大概百十本书，她都一一翻过。抽屉柜子几乎是空的，张严不喜欢囤积，私人用品很少。她翻了几遍毫无进展，也许是她想多了，或者，只是想借机走进他的家吧。

梦静坐在张严的床上，阿乐还没消息，她累极了，空晃脑袋抬眼才发觉竟睡了一会，下意识寻找墙上的挂钟，眼光落到一处，顿时清醒。

梦静指着书桌上方的墙壁，询问也是刚刚醒来的张严妈妈。

"阿姨，这面墙以前是不是贴过一张地图？"一个长方形的印记留在那，明显比其他墙面更白净光洁，梦静仔细看过，应该是刚摘掉不久。

"确实是，张严为了更好地跑新闻，就挂了张本市地图，各条街道都熟稔在心。"

"这地图现在在哪？"

"你不说，我都没在意少了这张地图。"

"阿姨，麻烦仔细想想，这地图张严是什么时候拿下来的？"

"嗯……"张严妈妈仔细回忆，"张严的房间一般不让我们进，他不喜欢被打扰，不在就锁上。我曾悄悄拿钥匙进去帮他打扫，这地图我有印象，是因为张严在上面画得乱七八糟。嗯……他当时还有几张市内各区的放大图，也不知道要干啥，我以为是要报道城市规划的新闻。"

梦静喉咙痒起来，想咳又咳不出，像有一双手按在她喉咙上，忽轻忽重。

"阿姨，那些地图在哪？"

"这我真不清楚，这地图不见了我都没在意。"

"张严一般还能去哪？。"

"张严你也知道，除了写新闻，回家倒头便睡，这些年来唯一坚持下来的就是打羽毛球，一周去一次市体育馆。"

梦静只惊呼一声，也不顾张严妈妈的诧异，立刻匆忙告别。

两年前，报社组织兴趣小组，他们同时参加了羽毛球小组，为了方便练球，共租一个储藏柜存放运动装备。

张严每一步都盘算好了。

梦静喉咙上的那只手开始发狠，憋得她眼泪失控涌出。等红灯的空隙，她才注意到阿乐一个小时前报平安的消息。

寒冬将至，午夜如同空城，路灯变换再次踩下油门的那刻，梦静注意起后面的一辆深蓝轿车，那车没跟着直行，只左转飞驰而去。她隐约察觉出不对劲，停靠路边望着那车驶远。

此刻，梦静所处的路口四通八达，可她却不知哪一条路能真正通向目的地。

第六章
鬼蜮鬼蜮鬼蜮鬼蜮

逆境寻援

马队开的会很简短，新组员果然是精兵强将，为方便办公，局里还特意腾出了一间办公室，蔡文轩很热情地帮新同事搬家，恢复了以往的开朗活泼。

昨天被告知派驻人员的消息后，蔡文轩心血来潮跑到医院探望老局长，意外得知老局长的病情突然好转，这让他顿时信心倍增。蔡文轩知道自己不是在孤军奋战。只要老局长醒来，一切努力就会昭告于人。如果老局长暂时醒不过来，他必须得拿到关键证据后才能上报组织。省厅有一位老局长多年的同事，主抓纪检监察工作，老局长曾叮嘱蔡文轩，突发紧急情况时，可以直接找那位领导，但必须要做到万无一失。

经过一夜的思想斗争，蔡文轩确信只剩下这一条路，但这条路必定会崎岖险恶。赵乐是个天才，很可能会进入那个"终极赛场"，这是千载难逢的机会。但蔡文轩自己首先得接住现在迎面而来的这击重拳，甚至要做好被击倒的准备。

马队对蔡文轩的一举一动瞧得仔细，笑着拍他的后颈说："你小子还是机灵，小陈，以后你就跟着你蔡哥出勤，一起搭档也好互相照应。"

蔡文轩听完这话就立刻和那位肌肉发达的小陈相互逗趣了几句。这小陈是马队手把手带的徒弟，这摆明是在监视，蔡文轩无暇顾及这些，他只想尽快突破赵乐。

他想得太用心，被人推了一把才发现门口的马队在招呼他过去。

蔡文轩立刻满面笑容跟着出去，马队甩来一根烟，蔡文轩一闻就皱鼻子说："这烟可真冲，我抽不了，太重口了。"

马队把烟接回放在鼻下嗅着，仍盯着蔡文轩。"小蔡啊，我知道你心里肯定有想法，不愿说出来，我也不勉强你，哎，你先接电话吧。"

蔡文轩只笑着按掉来电。"没事，您说。"

可那电话还是固执地又打了进来。

马队盯着那一串号码，突然说："接吧，骚扰电话不会打两次。"

蔡文轩心理一惊，果然是老刑警，只一眼就记住号码。这是市交警大队的电话，一定是那辆白色汽车的调查结果出来了。

蔡文轩只用笑容遮掩过去，对着手机流畅说出一连常规词语，马队那灵敏的耳朵就近在咫尺，他仍面不改色讲完了电话。

"啥事？好像是交警协查？"马队手里的烟一直不着急点，揉了一会儿，又插进了烟盒。

"找交警协查发现尸体的地点的周边情况，暂时还没有进展。"

马队把那包烟放回上衣兜，用力抓住蔡文轩的肩头。"小蔡，记住，从现在起，你不是一个人在查案，以后这些事情要共享给其他组员，做好合理分工。"

蔡文轩嬉皮笑脸地送走马队，这门内坐着四位同事，门外还有陈可峰和马队，他只掏出自己的烟，匆忙深吸了一口。

白色车主调查结果出来了，梦静，本市晚报社会新闻记者。

一个女记者怎么会和黑拳的人扯上，蔡文轩觉得能解开这一切疑问的只有一个人——赵乐。

快意恩仇

阿乐找了个新住处，在一座群租大楼里。这座楼是外来打工人员群居的地方，各行各业，复杂拥挤，四面大厦围成了一个独立的小世界。是梦静一手安排阿乐住进这里，一是搬离原来的家，切断过去的关联，二是趁乱方便见面。

这里就像是九龙寨城，一缝一隙塞满了人，一上一下踏遍了脚，肉墙之间，方寸之地，口舌之变，恰是大隐隐于市的界限。阿乐穿过一道道晾衣杆，走到带着鸭舌帽的梦静身边。

"赢得不容易？"梦静不能看他，只站在人来人往的走廊，若有所思地像在自语。

"还行。那人见过我哥，阿飞乔装自己就是为了不让人找我们麻烦，可这个人却认得我。他在医院里，我一会去问个清楚。"阿乐满脸伤痕，心事重重。

梦静早看见了他的伤口，眼角整个裂开，右脸肿胀青紫，五官歪歪扭扭。

"伤得重吗？"幸好鸭舌帽遮住了梦静大半张脸，让她的焦虑不易被察觉。

而阿乐只想着阿飞的下落，全然没在意，继续发呆，他紧握栏杆的手背上遍布着的大小深浅的伤口，让梦静目不转睛。

"疼吗？"

阿乐才反应过来，连忙收回手，却无处安放。

"小伤，你怎么样？"

"我找到张严留下来的地图，上面锁定了几个方位。城东，就是炼钢厂，张严标记了三、四、五车间，估计是他们的窝点。城西，五四路和解放路的交界，是一处地点。还有一处，也在城西，倒很奇怪，是个饺子馆，老板叫张芳，听说是个挺有姿色的女人。另外还有一处，我说不好在哪，因为张严在城北的九子市那画了范围很大的一个圈，几乎覆盖整个区域。"

"九子市？那是县级市，十几个村子，几千平方公里的地方，人口少说也得五六十万，这范围太大了。"

"张严用了三种颜色的笔在那个地方画了圈，肯定特别重要。"

"难道九子市就是终极赛场？"

"现在不好说，反正这四个地方一定有玄机。情况比我们预想的要理想，说不定很快就能达成目标。"

阿乐仍一脸木讷，看着群楼天井里一群男孩的打闹。梦静觉得自己离这个沉默寡言的青年始终隔得很远，他们来自截然不同的两个世界，也许就不应该相遇。

阿乐结束了发呆，刚才空白的这段时间里，他想的不是哥哥，而是昨天的拳赛。他很想找个人问问，自己是不是疯了，为什么会动了杀念，更可怕的是那一刻他竟觉得过瘾，甚至是痛快。他越想越心烦意乱，只粗暴地打断了梦静。

"我会小心。你走吧！"

梦静被这吼叫愣住了，她不过想好心提醒阿乐要特别注意东强老大这个关键人物。

"听清楚了吗？快走！"

阿乐又大吼一声，让梦静顿时陷入了旁人的眼光，她满面涨红，委屈地快步离开。

阿乐俯视着梦静穿过天井里打闹的孩子，走出了这个与她格格不入的地方，顿时胸口的无名火顺着喉咙喷出来，他大喊着朝墙壁重击了几拳，关节旧伤遇新伤，顿时血肉模糊。

但这远不能发泄阿乐心中压抑许久的怒火，遭遇的不公、家人的不幸，让他陷入在愤怒里久久无法自拔。

他恨这个世界，他想，他是恨。

自己只不过想好好打拳，却身败名裂，差点家破人亡，曾经的拼搏努力被清零，还过着不人不鬼的日子。他太想找一个朋友痛痛快快地发泄了，或被痛骂，或干脆来一架，最好能酩酊大醉，可他却从没有过真正的朋友。过去父亲、教练和拳击队一直教导他全力拼搏赢得比赛，所有人都更在意他的成绩，阿乐只管打拳，其余一切都交给别人打理，渐渐地他开始封闭自己，甚至不需要也不习惯与人相处往来，反正一切都是为了成绩，为了冠军。如今冠军梦碎，光环消失，他才深刻体会到，原来，自己是这么孤独。唯一能让他发泄的，就是这对铁拳，它们就是他最好的朋友。

阿乐突然被蛰咬了一下，本能地缩回手，那是手背伤口的疼，他这才幡然醒悟，愧疚感迅速覆盖了切肤之痛。

阿乐掏出手机想向梦静道歉，却发现梦静已在网盘先留了一段话。

"你应该今天就去找认识你哥哥的人，免得错失机会。再啰嗦一句，东强的老大你要格外留意，也许会有什么线索。昨天我给你邮了一些营养品，应该快到了，记得签收，随时保持联系，注意休息。"

阿乐的内疚更无以复加，他犹豫半天，打上了三个字——"对不起"。

这三个字，阿乐几乎从没说过，虽然心里知道是非曲折，但就是倔在那里不松口，行动可以表示，嘴上却封得死死的，因此得罪了不少人，造成了很多误解。以前他是优秀运动员，有成绩，被人供着惯着，现在他一无所有，唯一可以袒露心声的只剩下梦静，他不想再失去了。

打完这三个字，阿乐顿时胸口泻了火，透亮地喘顺了气，慢慢归于平静。

"黄金甲"所在的医院，是阿乐妈妈曾经住院的地方，生病两年多的酸甜苦辣，阿乐记得牢实，可那个曾和他红过脸的护士长早忘了他，只麻木一指最里间的病房。

阿乐一拐进去，看到的是一对衰老的背影，棉坎肩压弯了脊背，佝偻倾向病床，床上那个方脸男人缠满了绷带，只留出插管子的缝儿。

方脸男人眨了眨眼，算是招呼，那对老人无视阿乐，仍直勾勾望向病床。

"我……"

"愿赌服输，换你躺在这，我可不会假惺惺来瞧你。"

"你说你见过我哥？"

"嗯。"

"你和他交过手？"

"对，打过一次，他不是我的对手。但没想到他活过来了。本来是该死的，就像我一样。听说你保了我的命。"

"输就输，赢就赢，没啥。"

"小崽子，这里是生是生，死是死，没其他。"

"你为啥打拳？"

"我这对老爹娘被人讹光了钱，我得还债。"

"你咋知道我是他弟？"

"后来我们又在集训营遇到了，算有了点交情，我看过你照片。他说你以后会是全国冠军，没想到也走了这路。"

"集训营是什么？"

"我为啥告诉你？"

阿乐把一万块拍在桌上，这老夫妻一眼瞅见钱，直盯着它。

方脸男人也瞅着钱，抿了抿嘴，说："我住院的钱续不上了，你也算又救了我一命。终极赛场知道吗，能在集训营中脱颖而出的人，才能进入终极赛场，我被刷下去了，但你哥选上了。"

"你不是自吹更厉害吗？"

"我是防守型，抗击打能力强。你哥打起拳像牲口，庄家自然更喜欢，而且他是真玩命。拿到终极赛场的入场券就能分100万，他说很需要钱，我也需要，但没他这么能豁出命。"

阿乐攥紧了拳头，他知道，阿飞玩命是为了妈妈的骨髓移植手术。

阿飞失踪前最后一次回家，兄弟俩还是干仗，阿乐一看阿飞遍布伤痕的脸就怒火中烧，他觉得哥哥"改头换面"，变成了社会混混，辱没家门。

阿飞只默默听着弟弟的责骂不吭声。阿乐永远记得那天阿飞离开的画面，床上的妈妈摆手说再见，一向拘谨的阿飞回头，像孩子一样也笑着挥手，而自己呢？他想起来，自己一把将阿飞推出门外，并狠狠甩上了门。

"没想到，你这个傻小子也能流眼泪。"方脸男人笑了。

阿乐快速擦干眼泪，他绝不允许自己在别人面前哭。

"你最后一次见他是什么时候？"

"8 月初，这个集训营每季度都会办一次。"

"是谁带走他的？"

方脸男人眯缝眼。"你是为了找你哥哥才进来的吧？"

阿乐只咬着牙问："是谁？"

"你小子还太嫩了，别惹上大祸。冲你救我两次命的份上，赶紧卷铺盖走人，你要真被庄家盯上，就算上天入地，都逃不出他们的掌心。"

"究竟是谁？"

阿乐一把按住钱，那老夫妇忙一同起身阻拦，方脸男人一把攥紧阿乐的手。

"是谁我真不清楚，我只见过这人，一个像弥勒佛的大肚子老头，东强见着他都像孙子，估计是管场子的老大。钱我留了，听我的，快离开，否则早晚是我的下场。"

阿乐挣脱开"黄金甲"，扭头就走，他现在就想跨上拳台，一个刺拳捣在对手的脸上，那股力量抓挠着他的后背，让他愈发怒不可遏。如果阿飞真有三长两短，他要定了这些人的命。

惊天命案

9 月一到，这个北方小城立刻秋高气爽。

马队安排的小陈几乎天天和蔡文轩形影不离，蔡文轩就算心里急得火烧火燎，表面上还是谈笑风生，因为只有这样，才有可能逃过马队的眼睛。

今天出外勤，蔡文轩先兜了几个圈，才驶到目的地。他借口让小陈去超市买东西，才放心盯起几米外正在路边打电话的梦静。

这个女记者跟踪赵乐已经三天了，而蔡文轩也跟了她三天。

"蔡哥，水。"小陈很机灵地钻进车，他似乎在寻找什么，不过蔡文轩并没给他机会，早换上了灿烂笑容。

这就是蔡文轩现在的状态，他必须让自己尽快适应这种双重生活。白天，他是人见人爱的小蔡；晚上，他则是一个影子，追踪着赵乐和梦静的一举一动。

蔡文轩正若有所思地开车，却听小陈惊呼起来："蔡哥，我们得赶紧回队里，尸体身份确认了。"

"是谁？"

"一个叫鲁军的男人。"

蔡文轩立刻刹住车。

"谁？"

"鲁军。"

返回警队的路上小陈又说了很多话，蔡文轩一句也没听进去，似乎耳膜灌了水，只能听见自己一遍遍发问。

这个鲁军不是肥佬的得力干将吗？

他不是金盆洗手开饺子馆了吗？

那到底是谁要了他的命？

蔡文轩一驶进大院，只横在门口，将钥匙丢给小陈，就一步几个台阶跑进办公楼，正和徐刚碰了面，显然他们那头也接到了通知。

徐刚示意蔡文轩走在后面，悄声说："这件事你一定当不知情，先看看情况。"

人满为患的会议室里，坐在主位上的正是副局长陈可锋。

"同志们，现在正是扫黑除恶的关键时期……"

蔡文轩没心思听，只冲着对面的徐刚使眼色。徐刚没办法，起身假装上厕所，几分钟后，他们在厕所会合了。

一见面，蔡文轩就急不可耐地发问。

"鲁军不是不干了吗，杀他的是谁？肥佬？"

"你能不能先沉住气，非得这时候问吗？"

"尸体全身腐烂，怎么确定就是他？"

"本来也没法辨认，但没想到在他胃里找出了一个硬币大小的奖章，是鲁军当兵时得的。我们到实地走访，鲁军确实一个星期没回家，但他老婆却没报警。"

"她来了吗？"

"正在来的路上。"

"这尸体听说要交给你们组？"

"所以你别掺和了。"

"你打算怎么办？那个饺子馆，我怀疑是接头点。必须把这个女人控制起来。"

"这女人来了，就不会轻易走。"

突然厕所门口响起脚步声，蔡文轩机灵一闪躲进隔间，反锁上门。

片刻后响起马队的声音。

"刚子咋了，吃坏肚子了？"

"没呀。"

"没？你蹲在这十分钟了，赶紧回去开会，小心陈局点你！"

"是！是！"

"对了，小蔡看见吗？他不是也上厕所了吧。"

蔡文轩一想坏了，索性心一横自己先出来，占据主动权，刚想推门，突然门口大乱，皮鞋蹬地下楼的声响如砸在屋檐上的流星冰雹，甚至连脚底都在震动。

他只听见马队推门询问，那鱼贯而过的脚步却丝毫未止。

"出什么事了？"

"马队，出大事了，刚才发生严重车祸，好几个同事重伤，正在抢救。"

"怎么回事？"

"送证人途中，和大货车相撞。"

"哪个证人？"

"就是那个鲁军的老婆。"

接下来的话随着他们的远去而模糊，忽然间，热闹的大楼里仿佛只剩下蔡文轩一个人。

他看着盥洗池上的镜子，仿佛就在看那惨烈的车祸现场。一辆超载的大货车甩飞了载着两名警员和一位证人的警车，血与汽油交融在一起滴滴答答地落在地上。后排中间位置上的一个女人，努力眨了几下眼，突然瞳孔如滴墨，散开。

"死者，鲁军，男，45 岁，复员军人，复员后曾在皇冠明珠洗浴中心担任保安队长，是当时老板唐啸的私人保镖。2015 年皇冠明珠停业后，他就和唐啸等人分道扬镳，在城西开了一家饺子馆。据周围群众反映，鲁军两口子热情好客，尤其是他妻子张芳长得漂亮，为人泼辣，在街坊邻居中有些名气，生意一直不错。这个张芳，31 岁，曾是皇冠明珠的大堂经理，后来和鲁军经营饺子馆。目前判断仇杀可能性最大，这个案子由徐刚小组负责跟进。"

马队简短地总结案情。此刻是晚上 7 点，距离车祸发生时间——下午 2 点半，已经过去了 4 个半小时。两名警员正在重症室抢救，而张芳不治身亡。

蔡文轩坐在会议室最角落的地方，静静观察局势。

因为思考过于专心，直到旁人关了会议室的灯，他才回过神，脑子里却仍在飞转。

鲁军以这种方式死去，实在太蹊跷了。而张芳的死，更令人瞠目结舌。

本来隐藏在背后的肥佬却以这种方式被迫推到台前，这绝对非同寻常。鲁军为什么非死不可，而这张芳更是神秘莫测。

现在千头万绪，他必须得先抓住一条线，而那条线就是赵乐。

此刻根据梦静车上的 GPS 定位显示，她正在赵乐家附近。

看来他们终于见面了。

于是，蔡文轩二话不说直奔而去。

勾魂摄魄

和"黄金甲"那番交谈后，阿乐几乎夜夜都会梦见阿飞。

今晚梦见的是他们最后打拳的情景。

那时父亲老黑病倒，微薄的工资根本负担不起医药费，阿飞决定中止训练，去闯荡社会。

哥哥的一记直拳过来，阿乐却没躲，正打在鼻梁，静止几秒，两行血顺着鼻孔流下来。

兄弟俩却笑了，同时倒在拳台上。

阿乐听见阿飞说：

"阿乐，你是我们全家的希望，无论如何，你都得拿到全国冠军。"

阿飞的手刚碰到阿乐，就将阿乐从梦里生生地拽回了现实。

有人在敲门，可以说是砸门。

只听，阿乐就知道是东强手下的秃子。

"大白天还睡呢，走一趟吧。"

"干啥？"

"麻利点，跟我走。"

阿乐上了每次来接他的面包车，车直开向市中心，停在豪华酒楼前。

十几个人的包间里，只有东强坐在那，一见阿乐就呲牙笑。

"阿乐，上坐，伤养得怎么样了？"

阿乐一想起是这些人将阿飞推向绝境，忍不住抓住桌角，怒目圆瞪，拳头卯足了劲儿，恨不得现在就打断东强的鼻梁骨，让他说出阿飞的下落。鲜血热滚滚沸腾起来，但一张脸却关掉了爆发的闸门。

是梦静。

他得为梦静的安危考虑，拳头解决不了一切，他必须冷静。

所以阿乐接过东强递来的满满一杯白酒，仰脖干掉。

东强在一边连连叫好，"阿乐，是条汉子！太给我长脸了！你可知道你小子发达的机会要来了。"

"我啥时打下一场？急着用钱。"

"我正要和你说这事。你赢了'黄金甲'，一战成名，被我大哥瞅上了，他想试试你。"

阿乐等的机会终于来了，他紧张得喉咙发干，又喝了一杯。

"咋试？"

"一般人可入不了他老人家的眼，所以一般人也过不了那关。"

"我过了呢？"

"那你就真的平步青云了，这就叫外卡参赛，你说你牛不！"东强和那秃子乐得东倒西歪，阿乐闭上眼睛，想起刚才的那个梦。

"还没有我过不了的关。"

"话可不能说得太满，我大哥的那道关，是鬼门关。"东强笑着从鼻腔哼出这句话，嘶哑低沉，像个邪恶的小丑。

阿乐眼皮没抬，自斟自饮，也从牙缝里回敬一句。

"'鬼'是谁？我不知道，也许，我就是'鬼'。"

这话引得那两人拍案叫绝，而阿乐双眼通红，全身滚烫，怒火已势不可挡。

此刻的梦静也全身滚烫，因为持续不退的高烧。为全力追踪张严留下的几条线索，她干脆请了长假，却连着病了几天。梦静终于知道自己根本没想象中勇敢，她以为自己是个独立从容的女强人，其实不过是个普通女人罢了，也会因为担心和害怕整夜焦虑失眠，魂不守舍。如果时间可以倒回，她觉得自己应该没勇气再做出当初的决定，可现在她没得选了。阿乐遍体鳞伤的样子不时会闪入她的脑海，她曾对着张严的照片发誓会不惜一切代价为他伸张正义，但代价是什么，那时的她根本来不及想，现在恐怕也晚了。

如今，梦静和阿乐都被捆在一条绳上，命悬一线，这几天生病休养，让她有了充足的时间思考，在身体痛苦的煎熬中，脑子却越来越通透，既然时光不能倒流，与其自我烦恼，不如就拼了，就像拳台上的阿乐，豁出去这一把。

她被自己的憔悴惊到了，盥洗池里的头发铺满了一层，她轻轻一抹，又落了几根，镜子里的自己像个久病在床的苍白病人。

梦静冲掉那些落发，罕见地化了一个明艳浓妆。上车握住方向盘时，她自言自语反复说：

"不能垮，不能垮，不能垮。"

五四路和解放路交界处，正在城中有名的酒吧街。张严在地图里标记的位置正是东北角那家叫欢娱片刻的酒吧。

那是间半地下室的慢摇吧，工业风的装修和视频里的风格一致。

下了一小段楼梯，就到了舞池，灯光是一种奇异的紫罗兰色，有几个人跟着音乐摇摆，更多的是空座。

梦静这等引人注目的大美人，服务生自然殷勤地凑上前。

"美女，想喝点什么，你来得太早了，还没暖场。"

"我有朋友想开生日派对，你们能包场吗？"

"这我得去问问老板。"

"那谢谢你。"梦静妩媚一笑。

这笑容，能抵挡住的男人不多，于是一分钟后，那侍者又欢脱地跑回来，很神气地说："本来老板不同意，但我说一位大美女，才勉强答应。"

"可以带我参观一下这吗？"

"当然，其实也没啥可参观的，这就是……"

梦静根本没听，只用双眼寻找。

"你们周几休息？"

"周一，这天不行，其他都可以。"

上次阿乐来这是在周一，那一天能正常营业，显然这里不止一层。

梦静在员工通道看见一道上锁的铁门，于是以开玩笑的口吻问："这是通向哪？你们还有密室？"

服务生只"哈哈"笑，看起来一无所知。

梦静记住那铁门的位置，回到大厅，却看见一个身穿机车夹克的男人倚在吧台侧身看她，后背是铆钉拼成的骷髅头。

尽管光线昏暗，女人也能直觉地知道那是个帅哥，他的长腿正踩在紫罗兰阴影的交界。

"那就是我们老板。"

梦静深吸一口气。

那男人指了指身旁的位置。

"看来我们老板想请您喝一杯，正好你们自己谈谈。"

梦静虽然大脑空白，但笑容的魅力丝毫未减。

"想喝点什么？"

"我开车，不能喝酒。"

那男人正偏向另一侧吩咐酒保，头发看来是刚洗过，蓬松地遮住了他的侧脸。

梦静的心跳开始加快，这也许是女人正常的反应，直觉告诉她英俊男人的面纱已经滑落，但梦静不知道落下后，那里是不是还有一把尖刀在等着自己。

"薄荷气泡水，不会让你发胖。"

男人回过脸，在紫色的灯光下，他像是一个盛装等待猎物的吸血鬼，精致、冷白、高傲。

"为什么选择在我们这个快要关门大吉的店开派对？"

男人把杯子推向梦静。

梦静先吸了一口气泡水，冰块让她打了个冷战，正好是她所需要的。

"我就是随便转转，你们的装修我还挺喜欢，不方便也没关系。"

"方便，美人的需求什么时候都方便。"

他的脸小得能单手握住，却在正中间打了一个很烦琐的鼻钉，随着他的呼吸，那些骷髅的小碎片不断摇动，甚至将梦静全部的注意力吸引了过去。

于是这男人笑了，这一笑，能攫了无数女人的魂。

第七章
真假难辨

神秘女人

鲁军的案子现在是机密，而蔡文轩是热锅上的蚂蚁。

可在办公室里，他仍没事哼着小曲，开着玩笑，和小陈漫无目的地扫街，所有人都觉得那个小蔡又回来了，只有他自己知道，再这么下去，恐怕自己得疯。

他恨自己浪费的这些时间，他恨自己不能二十四小时贴身跟踪赵乐，不能通过天网监控跟踪这个人的一举一动。可他什么也做不了，只能心乱如麻又若无其事，等待夜幕降临。

蔡文轩已经被徐刚拒绝了三次，可他还是厚脸皮拎着酒直接敲开了徐刚家的大门。

徐刚媳妇也是警校同学，大家熟得很，徐刚本在哄儿子，瞅蔡文轩进来，扭头要回卧室。

媳妇见状，只抱着儿子先回了房，留下这两个男人。

"干啥呀，我是瘟疫咋的？上班老远瞅着我都绕道走，你以前射击老不及格，不是我天天半夜陪你在靶场练啊？毕业分在一个派出所当片警，大冬天上街执勤，你发烧不是我背你去的医院啊？至于这么对我！"

徐刚生气地甩开膀子，"蔡文轩，你倒记着自己是个警察？"

蔡文轩哑了火，愁绪满腹无人诉说，只苦笑道："我一刻也没忘了自己是一个警察。"

"可你最近做的这些是警察该做的吗？不服从安排，武断行动，知情不报，最关键，还要逼我越权泄露机密。"

"刚子，按说这是我害了你，但我有自己的苦衷。"

"你为啥非要怀疑马队？"

"我不是怀疑，而是不确定，有些事我没法多说，在真相大白前，什么事都有可能。"

"是马队带着咱俩出来的，就你那点本事都是马队手把手教的！你怀疑陈局我不发表意见，你怀疑马队，是不是疯了？！他是啥样人你不知道？"

"那我啥样人，他也应该知道，可他现在处处针对我，更架空了我。我真是有苦难言。"

这话徐刚接不上了，现在的局面，他们谁都没想到。

徐刚沉默地抽了一根烟，才说："你想怎么办？自己单扛？"

"我每天夜里翻来覆去就想这点儿事。刚子，我现在真退不了。到底鲁军的凶案有没有进展？"

"人血肉模糊，下手贼狠。不是那枚奖章，肯定辨别不了尸体。"

"我想了，这人是老兵，又混了几年，反侦察能力应该很强，也许是故意吞的。"

"我也这么想。"

"他们太猖狂了，连警车也敢撞，我一定要将这些混蛋连根拔起。"

"大家都很气愤，都想赶紧破案。"

"撞人的大货车什么情况？"

"就是个没案底的人，硬说自己疲劳驾驶，还在审讯中。"

蔡文轩沉思片刻，接着说："我始终觉得奇怪。"

"啥？"

"为什么鲁军会死？为什么这些人不惜冒着这么大的风险也得杀了张芳？"

"我也纳闷。"

"饺子馆呢？"

"那有个很大的地下室，但被人收拾干净了。我一看就知道是非法拳场。"

两个人不知不觉坐在沙发上喝起了酒，等干了几杯，徐刚才反应过来。

"这你滑头啊！"

蔡文轩只笑着从大衣兜里掏出了花生米酱猪蹄，摊在桌上。

"你别停啊，接着说，饺子馆什么情况？"

"你可真——，就是明显被人清理过现场，周围群众说曾看见有人出入，我调了监控，在张芳出事前一天半夜，有一辆面包车拉走了一件东西。"

"什么东西？"

"不清楚，打了一个包装，挺大个。"

蔡文轩嚼着花生眯着眼又在琢磨。

徐刚一准抓住了他的心思，笑说："你小子又想什么鬼主意呢？沾上毛比猴还精！"

"如果鲁军知道自己凶多吉少，那他老婆张芳能不知道自己就在危险中吗？她不敢报警，可也不跑，为什么？"

两人对视着，徐刚恍然大悟。

"她被人盯上了。"

"正是被盯上了，他们不确认张芳是否会交代问题，所以情急之下动手。"

"那为什么不早下手，或者同时杀了这两口子，还留个活口？"

"哼！"蔡文轩自饮了一杯，砸吧嘴说："这就是张芳的价值，这个女人可不简单。"

迷失自我

10月16日这天，阿乐母子终于等来了第二次骨髓移植手术，阿乐身上插着管子，望着天花板，一直在想，这如果是一场梦该多好。

手术很成功，阿乐醒来后，见妈妈还在安睡，而梦静正轻放着一捧鲜花。

"你快走，别让人看见了。"阿乐拿起梦静的外套，催促她。

"我戴着口罩帽子进来的，你就让我待着吧，你好好休息一晚，这里安静还安全。我帮你照看阿姨。"

也不知道为什么，梦静这么一说，阿乐困意竟涌上来，一合眼就睡着了。这一夜无梦，好久没这样的好觉。醒来天已微亮，妈妈仍安详熟睡，一旁的梦静坐在旁边打盹，盖在身上的羽绒服滑落到腰际。阿乐起身将缩成一团的梦静盖实，又加了自己的毯子。

走近细看，梦静掉妆后，整个人憔悴不堪，眼皮偶尔快速跳动，嘴唇蠕动着，突然张大，呼出了一个名字，阿乐心里一动。

她竟会在梦里呼喊着他的名字。

梦静突然双眉紧皱，满面潮红，汗珠密布，她又唤了一声"阿乐"后醒来。

"梦静？梦静？"

她睁大双眼，双手抚摸着靠近自己的那张脸，梦与现实重叠，两人四目相对。

噩梦里，一个巨浪袭来，在白色碎沫里，阿乐消失不见。梦静歇斯底里地呼唤，却等不来狂风暴雨中的任何回音。

所以梦静再见到温暖晨曦中的阿乐，就如死里逃生后般庆幸，不顾一切抱住对方，那些泪流进他的衣领。

在这半梦半醒中，他们久久相拥。

阿乐全身又是一阵电流，像天台上，她温暖的手指划过他的脖颈。她急促的呼吸被他拥揽，两人仿佛在雨过天晴后的大海上，在一叶孤舟上，紧紧依偎。

阿乐实在想看她的脸，一扭自己的脸颊却触到她的额头，因为炙热，梦静猛然醒来，她瞬间推开了阿乐。

梦静还没从梦境中彻底出来，满脸羞红，裹紧衣服，推说是因为噩梦。

"这个梦很吓人吧？"

"嗯。"

"有我的梦？"

梦静的心跳丝毫没有平缓，而阿乐的心脏几乎要冲出身体。

片刻，那种飘在空气中无法名状的情愫才稍稍减退。

阿乐搔搔脑袋，讪笑道："噩梦，是因为有我？"

两人都笑了。

梦静下意识摸了摸阿乐的额头。

"退烧了，昨天你有些发热。"

那个温暖的手掌合在眉心，阿乐一阵心暖，嘴却冷冷说："我找了个亲戚来照顾我妈，你就先回吧。"

梦静觉得自己太怪异，紧张又不知所措，毕竟刚才那个拥抱太久了，如梦如幻，到现在也难以置信。

她觉得自己必须得走，才能彻底摆脱这不真实的、怦然心动的幻觉，那个人是赵乐，不是张严，是和她完全不在一个世界的，或许从不在一个频道里的赵乐。所以她立刻胡乱穿上外衣，也不顾披头散发，含糊不清地说："我给你买了干海参，你坚持吃，捐献骨髓得多休息，可惜现在没这个条件。你好好照顾自己吧。"

阿乐默默观察惊慌的梦静，胸口憋得喘不上气。看来，她是嫌弃抱他，才落荒而逃。

梦静想夺门而出，回头望阿乐，那简直是另一个人，不是高傲的拳手，而是一个坐在病床上的落寞的年轻人，他勾着身体，看着地面。

这是梦静从没见过的阿乐，脆弱孤独的阿乐。

"你怎么了，阿乐？"

阿乐转身躲开梦静的目光，他真的不知道该怎样向别人敞开心扉，尤其是在梦静面前。对于自己而言，她太遥不可及了。

梦静折回来，想缓解异样的气氛。

"按时间线推测，你哥哥是在 8 月从集训营晋级终极赛场后出事的，这里有一个细节，他本应拿到那 100 万，钱却没了踪迹，也许就是在这个阶段出了状况，被人发现了他和张严的关系。"

"'黄金甲'说阿飞是被一个大肚子老头带走的。我得先搞清楚这人是谁。"

"下一次比赛什么时间？"

"可能是下周，具体还不清楚。"阿乐不会告诉梦静那将是一道鬼门关。

"可你的身体能恢复吗？"

"这一切你不用操心，东强给我找了练拳的地方，明天我就开始系统训练了。"

两个人实在无话可说，梦静只好悄声告别。毯子上还有她洗发水的香味，是一种淡淡的柚子香，他仔细叠好毯子放在膝盖上，注视着仍在安睡的妈妈，巨大的失落冲散了眼前的一切。

那个女人再完美也和自己毫无关系，她所做的一切不过是想为爱人复仇，自己只是一个工具罢了。

为了打消这恼人的失落，阿乐逼着自己只想一件事——找到阿飞。阿飞是在拿到终极赛场的入场券后失踪的，他也必须得打进去，才能发现最后的线索。他的拳头因为肌肉兴奋而颤抖，那股存在于他身体里已久的能量似随时会脱缰的野马，准备逃出他的控制，一种未知的恐惧一点点散开，将他围住。

阿乐看向墙上镜子里的自己不禁大吃一惊，那是个完全陌生的男人，就像是酒馆里偶然相遇、不想有任何交集的亡命徒。

而梦静大步流星地走出医院，奔向她的新目标，那个鬼魅英俊的酒吧老板。

欢娱片刻酒吧，于 2017 年 10 月开业，法人代表叫欧航，和她同龄，都是 28 岁，因相貌堂堂闻名，曾是三届省散打冠军，后因伤人入狱，这间酒吧的房产也登记在他名下。

这个帅哥看来地位不低，也许是除了东强之外，另一个关键人物。

梦静闭上眼睛细想，该怎样才能从这个比女人还漂亮的男人身上挖出线索。

寻根问底

赵乐和梦静仿佛一个天平，让蔡文轩摇摆不停。

昨天他跟着赵乐去了城西仓库，还撞见梦静送别的身影。无论这两个人在琢磨什么，反正他们的行动已经开始了。

这是千载难逢的机会，但蔡文轩还是得克制冲动，在摸不清这俩人底细的前提下，他不能贸然出击，唯一能主动抓住的，就是鲁军和张芳这条线索。

饺子馆内外部监控录像显示，鲁军失踪后，饺子馆仍正常营业，里里外外不少人，有五六张熟面孔，经过调查都是常来的熟客。张芳几乎全天都守在收银台，没离开过店，显然她走不了。

监视她一举一动的人在哪？如果是远距离监控，那这个范围可就无法掌控了。

蔡文轩一身疲倦地回到办公室，已晚上八九点，其他人也都在加班。小陈拎着外卖快活地走进来，大家一哄而上，好不热闹，蔡文轩目睹这一幕，定在原地几秒，突然推门出去。

"是饺子馆内部的人。"

蔡文轩刚拨通徐刚的电话，就嚷了一句。

"什么？"

"查一查服务员、外卖员、保洁员这类的人，应该有线索。"

蔡文轩匆忙挂掉电话，只觉得不妙，果然一回头，小陈正拿着盒饭站在几步远。

"蔡哥，吃饭了。"对方热情地喊着。

蔡文轩这次怎么也笑不出来，只摆手，继续往黑暗的走廊深处走去。

他打开手机定位，梦静的车停在老城区的一座老旧住宅楼前，离这里只有两个街口。

蔡文轩为摆脱小陈，悄悄从后门溜出警局，刚过一个街口，就看见赵乐和东强手下的秃子一同走出来，那秃子不停揉着鼻子，好像挨了一拳。

梦静的车并没动，她还在这栋楼里，可东强的人也在，这可太有意思了，蔡文轩想。

秃子和赵乐上车，蔡文轩却没跟上，他在等梦静，是好奇，也是为了她的安全。这个女记者履历干净，口碑良好，来自高知家庭，人更是漂亮，是晚报社公认的社花，但她现在却甘愿冒着这么大风险，这正是蔡文轩最心里没底的地方，太不符合常理了。

正在这时，梦静裹着羊绒大衣走出来，神情警觉地环顾周围后才上车离去。

蔡文轩跟在后面，这女人并没回家，而是开车上了群玉山，在山顶瞭望台，梦静停好车，似乎是在等着人。大概 10 分钟后，另一辆黑车驶进来，梦静果然上了黑车，只片刻，两车相继离开。

他将拍到的黑车车牌发到交警大队协查，没想到却是一辆套牌车。

蔡文轩在车里盯着美艳动人的梦静走回家的身影，这是个充满疑问的女人。徐刚的电话这时插进来，带着少有的兴奋。

"查清楚了，饺子馆只有一个女服务员，我们已经控制了，在火车站抓的，再晚几分钟，她就跑到南方了。"

"太好了！局里见。"

大概15分钟后，蔡文轩赶回队里，审讯现场只有徐刚小组的几个人。现在是凌晨时分，只要天一亮，变数就多了，时间紧迫，蔡文轩被焦虑弄得神经兴奋，在观察室里不停乱转，而一墙之隔的审讯室里，徐刚仍云淡风轻，他对面坐着一个黑瘦的年轻女孩。

"姓名？"

"林阿花。"

"年龄？"

"19岁。"

"你和鲁军、张芳是什么关系？"

"我在他们店里打工。"

"你要去哪？"

"去深圳找朋友继续打工。"

"林阿花，现在给你一个机会，如果你不老实交代，后果很严重，你清楚吗？"

女孩还是沉默，身体缩在一起发抖，连打了几个喷嚏。

徐刚仔细观察了女孩的外貌。

"你是不是有毒瘾？"

这女孩抖得更厉害，徐刚只得终止审讯，让女警带她去验尿。

一走出审讯室，蔡文轩急忙迎上来。

"你能不能稳点？"

"你能不能先审？现在都快两点了，天马上就亮了。"

那掐去的后半句是马队就要插手了。

"如果吸毒，更有理由拘捕她，要不她啥也不说，天一亮还是得放人。"

"你能确保她说吗？"

徐刚嘴里的烟悬在半空几秒，才插进火苗里，他眯着眼睛深深吸了口，说："不确定，但暂时也没别的办法，难道你有？"

蔡文轩下意识咬住舌头，赵乐的事现在是机密，就算是徐刚，也得保密到底。

　　他们俩透过玻璃墙看着那女孩被带回座位。

　　"这女孩年纪轻轻因为毒品被他们控制，也是个可怜人，你得尽快摧毁她的心理防线。离太阳出来可不远了。"

　　徐刚明白蔡文轩意有所指。他推门进去，很快那女孩就情绪崩溃，她并不清楚自己的犯罪行为，只奉命监视鲁军和张芳，以此交换毒品。

　　"对方是谁？"

　　"我买毒品的白粉仔介绍的，我只要待在饺子馆里看着他俩就行，每天用微信向他们汇报，就给我冰毒。"

　　"将微信等一切联络方式都给我们，丫头，你还年轻，通过强制戒毒可以重新再来，首先，你要有一个态度。"

　　"警察叔叔，我错了。我从南方过来投奔表姐，本来在工厂干得好好的，也不想不人不鬼，求你们救救我。"

　　"这是多久之前的事？"

　　"大概七八个月前，我买不起毒品，他们让我去卖，或者，做这件事。我想至少比出去卖好，就答应了。"

　　"鲁军、张芳知道你的背景？"

　　"知道，从第一天起就知道。"

　　"那他们每天都干什么？"

　　"就是经营这家饺子馆。他们两个感情很好，都没红过脸。鲁军大哥很老实，店里基本上都是他忙里忙外，张芳姐泼辣厉害，但人很好，她最喜欢买化妆品新衣服，每天都把自己打扮得漂漂亮亮，回头客很多。他们夫妻对我真挺好。"

　　"那谈谈地下室？"

　　女孩如被喷了催泪瓦斯，鼻涕眼泪不受控制地流了一脸。

　　"这我真不知道，警察叔叔。"

　　"你在饺子馆待了七八个月，会不知道？你到底想不想坦白从宽？"

　　女警帮林阿花清理干净脸庞，能看出她曾是漂亮姑娘，如今被毒品腐蚀得只剩下一副干瘪的躯体。

"我说。每周饺子馆都会休息一天，但时间并不固定，那一天我都被撵到外面，但我知道有人在地下室打拳，碰见过几次。"

"有熟面孔吗？"

女孩摇摇头。"我基本不被允许留在店里，都是鲁军和张芳两口子在张罗，不准我插手。他们很小心，当然也提防着我。"

"鲁军失踪后，张芳有什么表现？"

"我看不出有啥变化，我告诉那头鲁军不见了，他们说知道了，让我不用管，只顾看好张芳。"

"地下室的东西是什么，挺大个那个？"

女孩空洞的眼神，在阴影中仿佛是两个窟窿，她哆嗦得厉害，"鲁军失踪后，地下室就锁住了。我没见过，但能猜到。因为——我能闻出来。"

蔡文轩隔着玻璃墙，几乎和那女孩异口同声说出来。

"是尸体。"

蔡文轩本能地后退了一步，差点跌出椅子。

又是一具尸体。

他大脑如脱落的螺丝，失控旋转着。

他猜想张芳必须等人运走这具尸体，才能撤离，本来时间充裕，没想到鲁军的尸体被人意外提前发现，恐怕张芳是来不及撤。

想到这，蔡文轩直接用蓝牙耳机呼叫徐刚。

"问她，在警察到之前，张芳是不是准备好行李要走？"

这个问题得到女孩肯定的回答。"鲁哥失踪那天起，他们就让张姐整理行李，但张姐却迟迟不走。好像是在等谁。"

"问她是谁在接头。"蔡文轩接着说。

女孩回答是几个黄毛小混混，每次都换不同的人，后期毒品都是放在超市的储物柜里自取。

徐刚看女孩毒瘾要发作，说话越来越含糊不清，一晃到了早上5点，黎明即将到来。

"年纪轻轻，就误入歧途，你必须彻底反省，趁着年轻好好改造，我们会联系你的家人。"

"我没有家人，我父母离婚后都离开农村老家了，只有一个奶奶，初中毕业时也死了，只好过来投奔表姐打工。"

"我瞅你这小姑娘挺正常，是咋染上毒品的？"

女孩的情绪再次崩溃，加上毒瘾发作，徐刚和女警赶紧上前按住了年轻发狂的身体。

而一旁的蔡文轩却对女孩的胡言乱语听得清清楚楚。

"因为一个男人，我被一个男人骗了，一个长得比女人还美的男人！我恨他！我要杀了他！"

心头一惊

阿乐在噩梦中醒来，梦杂乱无章，又令人血脉偾张。

他站在用尸体堆成的山头上，血雨如注，在雨帘的间隙，他看见了阿飞血肉模糊的脸，忽然，又消失不见。定眼一看，原来那不是血雨，而是一颗颗血淋淋的头颅。它们自转着降落，定格的瞬间他认出几张面孔，是第一场杀红了眼的毒瘾者，第二场喉咙如下水道的胖子，"黄金甲"，还有，他的哥哥——阿飞。

阿乐怒喊了一声后睁眼，胸口像是被敲碎裂开，一张嘴满是疼痛难忍的灼热感。他喝了整整一壶凉白开，才冷静过来。

他的头浸泡在凉水里，顺着嘴巴冒出几个水泡，月光透进来，幽幽静静地飘来一团青色，一个浪里白条的影子如投射的光，一闪不见了。

阿飞的水性就是这么好，阿乐无论怎么努力也追不上，突然阿飞回头，那是他12岁时的模样，可却沉着脸说："阿乐，别跟着了，兄弟缘分已尽，就此别过吧！"

阿乐一张嘴，满江的浪涌进来，呛得他一阵猛咳，这才看清屋顶的霉点，原来，这又是一个梦。

他全身像被抽了筋，躺在床上无法动弹。

此刻天才微亮，趁着楼道还没迎来混乱不堪的清晨，阿乐就睡眼惺忪地在公园开始了日常5公里的晨跑，然后去东强安排的体育馆做常规训练。绳梯快速移动训练，跳箱爆发力训练，变速跳绳提升肌肉耐力训练，小步跳快速组合拳沙袋训练，灵活移动步伐空击训练，这些都曾是阿乐的日常功课，却差点压垮了他的心肺功能，这时阿乐才意识到因为疏于训练，自己的竞技状态已经明显滑坡。他必须得加倍加量，才有可能找回出拳生风的自己。

没教练指导，阿乐就自我监督，逐步加大训练量，不到两周，体能和状态就恢复到巅峰时的八成左右，只有打拳和训练，才能让阿乐投入到忘我的快乐酣畅中，忘了现实中的烦恼与愤怒。

这天早上，阿乐刚想出门晨跑，秃子来了条信息，只三句话都好几个错别字，其实五个字就能说清楚。

鬼门关已到。

阿乐穿好了衣服，咬着灌饼上了秃子的那辆面包车。

"咋提前了？"

"规矩是老大定的，你只管使你的拳头。强哥今天有要事，他让我带个话，只赢不输。"

阿乐嚼着口香糖，今早的噩梦还没完全消失，或者他仍沉浸在这种情绪里面，不愿出来。

阿飞12岁时的样子，他真记得清清楚楚，那年暑假，哥俩泡在河里不肯回家，妈妈喊了几回也没用，老黑去外地集训，这兄弟俩撒了欢，游到太阳快下山，10岁的阿乐突然腿肚子抽筋，挣扎着沉了底，在青色的水光里，12岁的阿飞的脸不断放大，终于阿乐触摸到它，接着被拖出水面。

阿乐紧闭双眼，阿飞的那张脸还飘在水里，这一次，轮到他救他了。

按老规矩，秃子给阿乐蒙上双眼，阿乐才想起因为事发突然，忘了拿针孔摄像头。

半个小时后，再见光时，他已身处在一间泛着下水道味的封闭房间里。

这里静极了，阿乐仰头深吸了口气，看见墙角上的监控。它忽闪的红灯，就像一双不停眨动的眼睛。

阿乐闭上眼，稳住气，肯定有人正在盯着自己，可能就有那个马里奥。他收紧拳头，凸起的骨头如一排利齿，只皱着鼻子仔细嗅着什么，突然他兴奋得全身发抖，那是血的腥味。

铁门打开，秃子站在门口，阿乐低头躬身抬眼，像头猎豹，眼神带着要人命的劲儿。

猎豹在猎杀前必须要有十足的耐心和把握，尽管作为陆地上速度最快的动物，时速高达 120 公里，但这个速度最多只能保持三分钟，否则它们会因身体过热而死。阿乐出不对拳，下场就和猎豹一样，功亏一篑，有来无回。

秃子贴着他耳朵大嘴一张，冒了一句："阿乐，看你的咧！"

阿乐烦躁地一抬肘，把他顶倒在地。秃子在地上骂骂咧咧，阿乐只回头一瞅，秃子就闭了嘴。

阿乐边走边能听见秃子在不停地嘀咕着。

"这家伙是发狂了，发狂了！"

这一次，阿乐不想绷住体内流窜的那股力量，那个劲儿拽着他全身生疼，今天要彻彻底底放出去。就在这一霎那，脑袋里阿飞的脸不见了，可那是她吗？那美丽又憔悴不堪的脸？

阿乐咬住牙，决定不去再想，幽暗走廊里出现一丝声响，他的猎物出现了。

梦静站在城西的饺子馆前不知所措。

封条已斑驳不堪，只要稍微一打听就能知道，一个月前这家老板夫妇离奇死亡的事。

看来是有人先下手，张严留下的地图里还剩下炼钢厂、欢娱片刻酒吧和九子市。

　　炼钢厂是最基础的入门，九子市是重点可范围太大暂时无从下手，那个过分漂亮的欧航立刻出现在梦静的脑中。

　　梦静对这个男人的过去和现在挖地三尺。欧航曾是个年轻有为的散打运动员，性格内向，本来前途大好，十年前因为故意伤人入狱，初恋女友去世，开始走向另一面。

　　现在的欧航是个十足的花花公子，夜夜流连酒吧夜场，身边的女人络绎不绝。但上午 11 点，他必准时到一家俱乐部训练。梦静在俱乐部办了会员卡，乔装混入，暗中观察。

　　欧航跟着南美教练玩柔术，跟韩国人练空手道，还有拳击、散打。这男人拳脚刚劲，利如刀锋，经常打得陪练爬不起来。

　　他基本下午 2 点左右结束训练，常去一家叫悦心的按摩会所，待到傍晚再回酒吧。

　　今天也不例外，已经下午 6 点多，他还没出来。梦静耐心十足地等在一隅。

　　会所门口多停了几辆车，6 点半才有人陆陆续续出来，欧航混在人群里依然亮眼，他新剪了朋克风短发，穿着刺绣徽章飞行服夹克，却谨慎不愿靠前，前头一个大肚如弥勒佛的老头正慢吞吞下楼梯。梦静再仔细一看，给那个大肚子老头开车门的不正是东强吗？梦静快速用手机拍了几张照片，准备驾车撤离，却发现汽车根本无法开动。

　　梦静心头一惊，会所门口人群散尽，只剩下欧航。他点燃根烟，冲她鬼魅一笑。

险象环生

　　蔡文轩待在马队办公室快一个小时了，他哪也去不了，马队就让他等着。马队表面看是个东北糙爷们，办公室却很整洁，案头上各类用品、文件整整齐齐，唯一的私人物品是一张全家福。马队妻子带儿子在北京参加艺考培训，已经半年多没回家了。

蔡文轩看着那把空椅子，仿佛马队就坐在对面。他总是一身重焦油烟味，独好把烟掰开，捏在食指间闻，也许是沉醉在尼古丁中，也许早神游到几个世界外。今年他们已相识整十年，此刻蔡文轩却觉得也许从未认识过真正的他。

门被推到墙上晃了几下，马队大步流星进来，一股沸腾的热气跟在后面，他摘下警帽，解开扣子，从水吧拿出冷饮一口气喝完。

"工作进展怎么样？"

蔡文轩知道林阿花被放了，谁授意的不清楚，但女孩走之前，留下了她口中"比女人还美的男人"的画像。

"有条不紊地进行。"

"你小子胸脯拍得比谁都响，按道理我早该把这一摊接过去。现在上面下了死命令，你说该怎么办？"

蔡文轩已习惯了波澜不惊，他摆出傻小子的笑容，边自责边准备搪塞开溜，在马队进门时，他收到了徐刚的微信，约他尽快见面，应该是鲁军和张芳的事有了进展。徐刚连着发了几条信息，只有一个字，"急"，而他也只回了一个字，"马"，于是顿时清静了。

"老局长的嘱托，你可别忘了。"马队嗅着食指上的烟草，突然严厉说道。

蔡文轩一听这话，讪笑的脸不知该如何是好，纠结在一起的五官拧巴着，就像他不可遏制的怒火。老局长的清正廉明，就要毁在这几个蛀虫手里了，马队竟还能慢悠悠说出这句话，蔡文轩终于绷不住自己，连忙假装打了个喷嚏。

"换季昨晚着凉了，我估计是感冒了，领导，您得开开窗，别被我传染了。"

说完，蔡文轩故意打了几个能震响走廊的喷嚏，就趁机跑了出来。

一踏出门，他的脸如日夜转换，刚才的阳光已丝毫不见，只留下满腹愁绪的夜色。

徐刚早等得不耐烦，又生埋怨，蔡文轩则单刀直入主题。

"别磨磨叽叽，啥事？"

"鲁军和张芳不简单。"

"怎么不简单？"

"确切说，他们不是两口子。鲁军有妻子，在老家，根本没离婚。"

"张芳是小三？"

"哼，我也以为，后来我一想张芳这女人肯定不简单，这个张芳无婚史，在海南农村长大，父母早亡，无亲无故，初中就辍学，不过她长得白白净净，身高一米七三，一点不像那边人，也不像身份证上的父母，是个标准的美女。关键我查到她有个孩子，是个男孩，大概十三四岁了，下落不明，推算生孩子时才十八九。如果是和鲁军的孩子，不应该这样。"

"她在皇冠明珠做过大堂经理，我猜也许和肥佬那帮人有瓜葛。"

"鲁军老家的妻子只知道丈夫外出打工，按时寄钱回家，其余的一概不知，但作为妻子，她却知道一件只有夫妻间才能知道的事。"

"你是说鲁军性能力有问题？"

"当兵受伤留下的后遗症。"

蔡文轩迷糊了，那这个张芳到底是什么来历，要和鲁军假扮夫妻。

"鲁军是肥佬的心腹，也许张芳是肥佬的姘头。"

"也许是，也许不是。"徐刚压低了声音。

"你意思是？"

"究竟是谁要了张芳的命，恨不得在中途下手。如果局里真有人提供保护伞，那为什么还要起杀意？这里面的事你仔细想想吧。我得赶紧出个外勤，走了。"

徐刚戴上警帽，钻出树林，瞬间消失。

蔡文轩则彻底迷糊了，他蹲在地上抽烟，心想，这不是个地下拳赛犯罪团伙吗，怎么越整越像个迷宫，险象环生。

第八章
双重煎熬

鬼门涉险

阿乐闭着眼，周围是死寂。

这是他熟悉的拳台，围绳内 6.1 米见方的场地上，他还没遇到过对手，但那只是针对 69 公斤级别的赛事而言，而此刻对面站着的是一个 200 斤的重量级黑人拳手。

"今天按拳击的规则来，下肢不能攻击，但没有休息时间，胜者可以不收手，一局定胜负。"

台下没有观众，却架满了一圈摄影机，仿佛成百上千只眼睛浮在他们周围。

黑人拳手上身纹满了《浴血黑帮》的人物头像，这是世界拳赛场上常见的"黑又硬"，身高近两米，100 公斤上下，发达的肱二头肌比阿乐大腿都粗了一圈。除了牙齿，看不出面部任何变化，只要被他勾中一拳，小命肯定呜呼。

阿乐右脚向前一步，脚后跟和中线对齐，前脚旋转45度，微微屈膝，手抱架，掌心向内，夹肘护身，收起下巴，摆出了战架。因为好久没踏进真正的拳台，他前脚掌竟抖了一下。

这一抖，只十分之一秒，黑人的拳锋就已蹭到他的眉骨，肉眼早难以分辨，阿乐全靠本能头部闪躲，这一拳抡成旋涡，从四面八方，把阿乐困在中央。

那黑人的拳如霹雳电闪，快作电，沉如山，利为刃，阿乐只剩招架之力，开始环绕移动防守，对手又打出一记刺拳试探，阿乐奋力拍击防守，同时刺拳反击，却因身高相差悬殊而扑空。

这黑人身体力量完全占据上风，阿乐目测自己唯一稍占优势的就是移动和出拳速度，必须要找到对方露出空档的机会，所以干脆让对方攻出来，自己伺机而动。

如此悬殊的身体对抗中，这种战术无疑是自杀性的，如果对方击中了阿乐的下巴、颈部侧面、上腹腔和右肋以上任一处身体薄弱环节，比赛立马分胜负。

黑人拳手先是猛攻下巴，阿乐迅速用右手张开拳套在下颌处阻挡对方，却遭突杀的右拳转击腹部，他当即曲臂下方阻挡直拳，可半秒不到面部又迎来左直拳攻击，眨眼间阿乐右闪上身，那拳锋擦着左肩滑过。紧接右摆拳再次杀来，阿乐提腰下蹲，头部和上身前倾，腰腹发力将头贴着对方左臂下闪过。

只在两三秒内，阿乐逃过了几劫。

他已经退无可退了。

阿乐的偶像帕奎奥有一招独门绝技，被业内称为三角形防守。普通拳手护头是拳头抵在头上，手肘向下护住身体，而帕奎奥则反传统，手肘几乎直冲对手，形成三角形盾牌，并以此闪躲或阻挡攻击，这更像是泰拳的防守架势。帕奎奥的对手一般身材都比他更高大，如果用传统架势，对手容易穿透他的手套，而这种三角形防守，会更容易将对手的进攻卸掉，但致命弱点是抬起手肘后会露出腹部的破绽。

对手的身形比自己高大很多，因为发力习惯将头部作为进攻重点，必须要很深的上勾才能击中腹部，以阿乐的应变速度，应该会及时阻挡或拍击。在体力迅速消耗的情况下，阿乐当机立断摆出了偶像的三角防守架势，来节约体力，本想环步躲开，却一脚退到了围栏，他顿时心惊肉跳，这标志着他已入绝境，如果逃不出来，自己就是待宰的羔羊。突然对手堵住躲闪路线，朝着阿乐的腹部猛击刺拳，中拳后的阿乐被打乱了节奏，只能全力用掌、肘、臂、肩阻挡来拳，但那猛兽般的进攻如雨点落满全身，顷刻就将冲毁所有的防线。

阿乐的整个呼吸混乱了，他吐了口血，灌血的脑袋像沉溺在水底，他拼命朝着光亮上游，阿飞的脸就浮在阳光的背面。

"阿乐！"

他猛然惊醒，有人在呼喊他，虽然耳膜"嗡嗡"作响，但那个声音还是真切地钻了进来。

那股气从发痒的脚底板往上钻，全身烫得冒火，可他心里却想，爽，爽极了。

阿乐双眼一瞪，杀气顿开。

拳击的胜负只在秒，甚至毫秒之间，这一刹，阿乐的时钟停摆，一切都在倒数。

十，吸气拔骨动地，拳根深插入敌；

九，猫身偏头侧划，俯身曲折双臂；

八，血腥横溅四方，围绳弹回反立；

七，悬空收拳蓄势，见缝杀入腹地；

六，刺拳并发利刃，敲头直锁命门；

五、收膝跨步蹬地，冲出腋下反击；

四、转跨压肩沉肘，焚火烈焰并齐；

三、回旋单跳突变，腹腰受力拔起；

二、趁敌疏于不备，直勾上下猛追；

一、翻身骑坐在上，失魂落魄此役。

倒数十个数后，阿乐已骑坐在黑人拳手身上，疯狂击打着毫无还手之力的对手，嘴角竟还带着一丝笑容。

他终于不用遵循规则收住自己的欲望，他就是要暴打这颗大脑袋来泄愤，如今没人束缚得了他，他要痛快酣畅，为所欲为。

拳套上的腥味让他更兴奋起来，就像肉食动物在撕咬着战利品，每一滴血都标志着他的胜利。东强等人冲上来把他抛在空中，阿乐大头朝下摔在地上，终于清醒过来。

他低头看见自己全身沾满血迹，像是凶杀现场的谋杀犯，拳套的血迹成了模糊的重影，阿乐使劲揉了揉眼，才知道自己的右手在无意识抖动，尽管被左手用力握紧，仍丝毫制止不了那痉挛般的抽动。

突然间，一阵冷风从门缝进来，随之那紧锁的铁门被推开。

是掌声。

阿乐抹了把糊在眼睛上的血，看清了那鼓掌的人，一个有弥勒佛般大肚子的老头。

"阿乐，快站起来！"秃子有些惊慌。

而大肚子老头却慈眉善目地笑起来。

"咱们老祖宗的话真他娘的有理，天下武功唯快不破。一眨眼你小子就废了我花老鼻子钱请来的拳手，你得赔我！得赔我！哈哈哈哈哈！"

老头捧着肚子大笑起来，又咳嗽两声，秃子赶紧递上保温杯。老头连喝水也忍不住在笑。

"你们立了大功，这匹好马驹，给我养得膘肥体壮，要不薅掉你的秃瓢。"

"是！是！佬爷您放心，好吃好喝伺候着呢。"

"过一阵有个重局，看你的真本事了。"老头眉头一沉，瞟着满身是血的阿乐，又浮起来，上下打量几圈，方满意地缓步离开。

秃子勾上阿乐，又惊又喜。

"阿乐，你小子走运了，想吃啥？"

阿乐毫不理睬，只坐回角垫，他用拳套封住整个脑袋，不想看、不想听，更不敢想。

他的世界只漂在青色水光中，12岁的阿飞的脸就浮在眼前。阿飞在拼命呼喊，声音却消融在水中，而阿乐知道，那是在呼救。

而几十公里外的梦静却明白此刻就算呼救也没用，她机敏地观察四周，晚上7点悦心按摩会所周边，除了偶然路过的车辆，连个行人也没有。

欧航飞行夹克的铆钉、密密麻麻的耳钉，还有那骷髅图案的鼻钉共同反射出的那股冷光，让他在惨白的月色下，更像过分鬼魅的幽灵。

他笑着略过梦静惊慌失措的脸，径直走向副驾驶，然后躬身敲着车窗。

梦静咬紧嘴唇抵住哆嗦，她可能是暴露了，但也可能是机会。她按动开锁键的那刻，甚至没想好对策，但她知道，淡定从容是度过这次危机唯一可行的办法。

欧航坐上车，侧身仔细看她的五官。

"我见过你，不到一个月，你可大变样，美人，发生了什么？"

梦静知道答错一个字，自己就拔不出来。

"你倒是还能记住我，那梅小玲你还记得吗？"

欧航只笑着看戏，似乎看出了梦静憔悴之下的美。

"她被你骗上床，人毁了！那是我最好的朋友！"梦静眼泪夺眶而出，那可不是在演戏。

"你什么意思？"

"我是晚报的记者，我就要曝光你这个渣男，让姐妹们提起警觉。"

梦静抓紧方向盘，欧航扫过那双消瘦的手，只轻轻在上面一撩，她无法判断那是酥麻还是惊悚，全身僵硬起来，却激发了大脑的灵活。

她用尽全身的力量，结实地给了欧航一个嘴巴。

那一秒，梦静在心里倒数着。

十、九、八、七、六……

突然欧航上身蜷曲，头发再次遮住了脸，梦静顿住，又接着倒数。

五、四、三、二……

梦静知道那个身体正在靠近，寒气入侵，她只闭上眼，等待结局——

一。

她轻数了最后一个数字。

没错，那是一个吻。

欧航意犹未尽地下车，关车门前又露出鬼魅的笑。

"我记不住你说的那个女人，可我，记住了你。"

那张脸就像是墙上的面具，幽幽泛着冷光。

风雨欲来

蔡文轩对于梦静有太多疑问了。

她在拜访去世同事家后凌晨飙车去了体育馆，还差点发现身后跟踪的自己，她到底在干什么？群玉山上她见的人到底是谁？梦静和阿乐两人原本毫无交集，因何结盟？而最让他困扰的是，梦静这个如此美貌的女记者为什么这般豁得出命？

在没找到答案之前，蔡文轩不会贸然行事，他转而将目光投向了另一个女人身上。

蔡文轩曾和马队约定要休长假，最终只批了五天，倒也足够。

周五下班后，蔡文轩照例和大家开了会儿玩笑，调侃自己独自的一人三亚度假之旅。机票和酒店都是故意托小陈订的，他得让马队彻底放心，才能顺利完成这次海南之行。

一下飞机，他并没赶往度假区，而是上了出租车奔赴距离三亚一百多公里的一个贫困村。这是重点扶贫村，除了老弱病残，连留守儿童也少见。三十年前，张芳就出生在这里。

徐刚小组对鲁军和张芳一事的调查进展非常缓慢，尸体在太平间冷藏，至今没尸检，蔡文轩知道有人故意在拖，干脆自己直奔海南。

张芳对于这个组织而言至关重要，她到底是谁的女人？她孩子的父亲到底是谁？不过显然来这里，蔡文轩根本找不出任何答案。她的双亲早已去世，和家乡也早无往来，但这些都不是他此行的目的。

他按照地址，敲开了山麓上一户人家的院门，开门的是个白胡子老汉。

"您是村长？"

"早不是了。"老汉不太高兴。

"老村长，我想麻烦您一件事。"蔡文轩用好酒挡住了要关上的门。

"进来说吧。"

"老村长，很多年前有个叫张芳的女人您还记得吗？"

"张芳？你说的是村东的那个？可怜的女人，从小死了父母，初中没读完就去城里打工了，十几年没回来。"

蔡文轩拿出手机，打开张芳的照片，递给村长。

"这是谁？"

"张芳啊。"

老汉频频摆手。

"这根本不是她，绝对不是。"

这才是蔡文轩到此地的目的。

张芳是个孤女，这让他联想到那个林阿花，她们都是没有亲人记挂的人，也都是最容易被遗忘的人。

这个女人相当俊秀，丝毫没有海南土著的面部特征，长得更不像父母，看起来更像典型的北方人轮廓。张芳的身份如此重要，这个来历未免太小儿科，蔡文轩对自己精准的判断有些骄傲。

那下一个需要解答的问题，这个冒充张芳的女人到底是谁？

蔡文轩走出村子，才发现山间起了浓雾，早已看不见回去的路。

这是海南岛的雨季，并不是旅游的好时节，蔡文轩回忆请假时马队那似笑非笑的脸，顿感有些不妙。

浓雾一层层叠上来，农家慌忙收起耕具，蔡文轩仰头看着早辨不出天空的地方，他知道，一场暴风雨即将来袭。

想你的夜

阿乐睡醒了，床边都是呕吐物，脑子黏黏糊糊，只记得昨夜大醉。

他洗了把脸，记忆偶然浮现，他和东强、秃子，在酒瓶和美女间，东倒西歪地大声 K 歌，他真想让自己一醉不醒。冒出气泡的酒精，展露肌肤的女人，昏暗灯光中的绯红艳影，他全身都像浸泡在冰水里，毫无知觉，只有不停抖动的右手，还有一些意识。

可时间不多了，他得赶紧收拾好，15 分钟后，他约了和梦静见面。

见面地点选在街口的菜市场，他一路奔跑突然立在街口。远处，梦静正在挑选猪肉。今天她换了身打扮，像个贤惠的主妇。

昨夜的醉生梦死中，也不知是谁点了一首《想你的夜》。

"95 后"的阿乐从没唱过这首老歌，也不知道是不是跑调，只唱得声嘶力竭。

"想你的夜 / 多希望你能在我身边 / 不知道你心里还能否为我改变 / 想你的夜 / 求你让我再爱你一遍 / 让爱再回到原点"。

阿乐从不喜欢唱情歌，觉得矫情，他也曾看见朋友失恋后捧着麦克风哭得昏天暗地，他不懂那是什么感觉。昨天他唱这首歌唱到失声时，突然体会到，这种叫心痛的感觉。那和父亲去世、兄长失踪的痛心疾首不同，那是在心口里印烫了一道疤，却久久无法痊愈，蛰在那儿隐隐作痛。

唱完这首歌，阿乐跑进卫生间吐了一地，满脑子只有梦静。自己是真爱上这个女人了吗？是在什么时候呢？

是大庙的街角她吹大大泡泡糖的时候？是天台上她睡在他肩头的时候？是病床里她坐在床边睡着的时候？他不知道，只拼命地想她，在不断下沉、无能为力的疯狂里，多希望她能在身边。

梦静也看见他了，故意在挑挑拣拣，在等他过去。十几米的窄路，穿梭着想赶上早市的人们、不断按喇叭的微型面包车、几只悠闲散步的野猫野狗。

对于阿乐而言，每一步都这么艰难，他似乎永远也无法靠近她，他们本就是毫不相交的个体，未来大概也会如此。于是阿乐板起脸，重戴回满不在乎的高冷面具，但紧张和焦虑又让他忍不住咬起早渗出血丝的手指甲。

看着阿乐一步步靠近的梦静，心里更是一片忐忑。

遇见欧航这个陷阱后，她已无路可走。这个世界上她有爱她的朋友、关心她的前辈同事，可她却没法和任何人讲述现在的恐惧。昨夜她又从那个噩梦中醒来，阿乐漂泊在那风浪中间，这一次她没再害怕和呼喊，而是和他一起随着海浪起伏。巨浪猛然打在他们的身上，白色碎沫退去，他们竟近在咫尺。

梦里，她甚至能看见他纤长的睫毛和脸颊的雀斑，滔天巨浪从阿乐背后袭来，那一刻，梦静突然意识到，在这场风暴里，他们只有彼此，终于，她握住了他的手。

从这个汗流浃背的梦醒来后，就算是冒险，她也要见他一面。

可见了面，他们被挤在叫卖砍价的声浪里，却许久无法开口。

阿乐看见了她的苍白，终于憋不住问："到底发生什么了？"

"我可能被人盯上了，说不定手机也被监听，所以必须见面说。"

"是谁？"

"一个叫欧航的男人，他在组织里地位不低，基本等同东强，而且是个格斗技术很好的男人。"

两人先后脚走向鱼贩，早市收摊前各种打折叫卖声不绝，兴奋的主妇们抢购自己心仪的果蔬，不时钻过他们之间，频频打断焦急的阿乐。

"你暴露身份了？快想办法到外地躲躲，这边交给我。"

"不，我一走，更兜不住。至少现在我走不了。"

人群中，梦静被人抓住了手腕。那像是发高烧的体温，还带着湿漉漉的汗水。

梦静仍没有回头看他。

"我应付得来。"

可她的手腕被抓得更疼了，疼到眼泪掉下来。

"听我的，快走。"

"你怎么办？"

"我？我根本不重要。照顾好我妈。"

那只手松开了梦静，却被梦静回手一把又抓住。两人的目光刚触到，一个商贩用扩音器吆喝起特价商品，一时间买菜、唠嗑、砍价的人们都放下手中的事儿，朝着他们奔过来。

他们只被冲得七歪八扭，却丝毫没被冲散，因为阿乐正紧紧抓着梦静。

商贩的扩音器发出刺耳的噪声，周围的人想冲过去领取免费赠品，于是阿乐被人推了一把，倒在梦静身上，梦静也被人一推，迎了上去。

人群筑起一道结实密封的围墙，他们两个如在沙丁鱼罐头里被四周挤压，却感到了长久缺失的安全感。只要人群不散，没人会发现他们，也没人会打扰他们。

阿乐抓住梦静的上臂，棉衣下只剩一把纤细的骨头，他低头能看见她鼻尖上细密的汗珠，黏在耳畔的碎发，白得发青的手背，以及偶尔有些惊慌的嘴唇。她的脸似乎是贴在他的胸膛，可下一秒她又会挺起脖子挪开，只将急促的呼吸许久地留在那儿。

上一次他们之间那个像梦一般的拥抱，梦静觉得不真实，而这一次，阿乐却真真切切在自己的眼前。她第一次这么近看阿乐，才发现硬朗锐气掩盖下那张俊俏的脸，一字浓眉，眼尾上翘，鼻翼丰挺，却迷离多情。大学时几段青涩的感情或许都称不上爱。她最惦念的心动永远是她和张严留下合影的那次团体旅行。上山时，她体力不支落了单，是张严回来陪她走完。有一段险境，梦静几乎全身颤抖，张严伸出手，她心脏狂跳，然后紧紧拽住。那样狂跳的心，此刻又复活了。她必须离开阿乐的胸口，以免让他听到这着愧的心跳。

张严沉冤未雪，如今危机四伏，自己到底在发什么疯？！梦静狠狠推开阿乐，独自逆向逃离人群。

"你要去哪？你真要冒险？"阿乐面前略过一张张神色各异的面孔，可他只盯着那个奋力推开人潮的瘦弱女人。

"你只管打好拳，一定小心欧航这个男人，我会把他的照片和资料传到网盘，以后我们通过网盘留消息，而且一定要去网吧登录。"

梦静差一步就要迈出人群，却又一步也走不了，她又被阿乐拽住。

"你的命比这些都重要。"

梦静只甩开他的手，继续向前。

"要小心那个大肚子老头和欧航。"

"你呢？"

人声嘈杂中，阿乐再次失声。梦静只回头，和他对视几秒，突然笑了，转身消失进人流。

第九章
假意相亲

真假之谜

张芳到底是谁？

蔡文轩在三亚根本无心旅行，可他还得在这干耗几天，徐刚知道这个消息后，进入户籍系统比对张芳的面孔，竟没发现任何线索。看来登记身份证时就是用的这张脸，可以推定真张芳被人盗用了身份。真张芳唯一留下的影像资料是中学档案里的毕业合影，因为年代久远像素不清，只能模糊看出大概是个黑瘦的小姑娘，根本无法采集图像。那这个人到底在哪？她为什么会被人盗用身份而毫无察觉？难道她早死于非命，所以假张芳才能用这个身份生存下来？

根据记载，假张芳是 17 岁左右办理的身份证，也就是大约 14 年前，2005 年左右，那年肥佬的皇冠明珠开业，第二年，这个假张芳生了个男孩。当时才十七八岁的假张芳究竟为了什么非要盗用他人的身份，这件事非同小可，到底是谁在背后帮她，是孩子的父亲？

蔡文轩是个十足的推理迷，当同龄男生都在打篮球玩网游时，他一本接一本读欧美、日本的推理小说。正因这个爱好，他才走上刑警之路。这个假张芳很像推理小说的陷阱，作者在这个人物上花费笔墨，她不会是凶手，但认不出她，凶手也找不到，因为她是推理逻辑中的必要一环。

"接下来咋办？"电话里徐刚显然在吃晚饭，今天他媳妇包了饺子。

"啥馅的啊？你可别噎着了。"蔡文轩总善于苦中作乐。

"萝卜丝海蛎子的，等你回来，你嫂子给你包啊。你爸妈去北京照顾你爷爷奶奶后，你小子是不是连顿热乎饭都吃不上？你啥眼光啊，以为自己是周润发呢，挑个对象挑个稀碎。"

"别瞎扯淡。这个假张芳你准备拿她怎么办？"

"我拿她凉拌，加海蜇皮。"

蔡文轩没忍住笑。这俩人最投机的还是这种冷笑话，往往周围人直翻白眼，他们还乐得前仰后合。

"对了，你知道鲁军为啥肯这么为肥佬卖命吗？"徐刚先止住笑。

"为啥？"

"鲁军退伍后，因为冲动犯了事被拘留过，一直都找不到工作，2006年他去皇冠明珠当保安，结果惹到一个客人，差点被一帮人打死，是肥佬救了他。那枚奖章是鲁军擒拿持刀歹徒立功得的，他在部队擒拿格斗非常出名，赢过很多比赛，很有两下子。"

"你想说啥？"

"也许，这个地下组织出现的时间要比我们判断的更早，当然这是我的猜测，鲁军身手这么好，所以我才联想到的。"

蔡文轩沉默了，一直以来他以为这个地下组织诞生在近五年左右，如果将时间轴向前再推进十年，这个情况就太复杂了，那核心人物马里奥至少是个50岁左右甚至更年长的人。而2005年11月，肥佬的皇冠明珠开业，也许从那时起地下生意就已经开始了。但2015年皇冠明珠为什么突然停业，里面一定有古怪。

于是蔡文轩追问："目前你们推测肥佬的地下钱庄最早出现在什么

时间？"

"我们已经追查到 2016 年左右。"

"大概是个什么发展情况？"

"从我们掌握的个案判断，短短几年，他们的现金量翻了几番，2016 年单笔放贷不超过 30 万，而三年后竟达到千万级。"

"这个和我们最初掌握的情况相符。那会不会 2015 年关掉皇冠明珠后，他们选择全力发展地下拳赛。可为什么是 2015 年呢？一定有什么契机让他们如此选择，皇冠明珠当时还很红火，这么做冒了很大的风险。"

蔡文轩开始自言自语，徐刚不想打扰他，知趣地准备挂电话，又被妻子嘟囔了几句，才恍然大悟说："对了，你从海南回来抽空见见你嫂子介绍的相亲对象呗，人家是个晚报社的记者，特别有才，你知道我大姨姐是晚报副主编，说这小姑娘在生活版工作特别优秀，你回来赶紧看看啊。你都放我们多少次鸽子了？要不是你爸妈跟我说了无数遍，你以为我们爱管你呢！臭小子！"

蔡文轩只佯装不懂挂了线，从他走出警校上班第一天起，给他介绍对象的人就络绎不绝，甚至介绍人之间还产生过矛盾，闹得单位议论纷纷。从那时起蔡文轩心一横，凡是熟人同事介绍的相亲一概回绝，他倒不是不想成家，可工作把时间占得严丝合缝，仅有的点儿时间还得看推理小说。现在一提相亲，他就头疼。可徐刚两口子的面子实在没法驳，看来这趟相亲是避免不了了。

徐刚已经把对方微信推给蔡文轩，微信头像是个很温柔文静的妹子，名字上还备注了工作单位——晚报社。

"哎呦我去！"蔡文轩一拍大腿，他怎么竟然忘了徐刚媳妇的亲姐就是晚报社副主编这档子事，还满世界绕圈跟着梦静。

蔡文轩笑了，这个亲他是相定了，不过相亲的对象是那个困扰他很久的，梦静。

这个迷局里，蔡文轩要亲自会会这个女人。

深入虎穴

阿乐只有在训练中才能找回一丝快乐，暂时遗忘掉失落、迷茫和愤怒。

凌晨四点他就开始了一天的训练，从最初的 5 公里晨跑，只用了两周加倍到 10 公里，回到体育馆，在空旷落灰的场地，一个人进行力量训练，举 30 公斤杠铃锻炼颈部肌肉，用 100 公斤杠铃练习腕弯举、握推、深蹲、转腰，参考偶像帕奎奥的腹部训练加倍撕裂腹部肌肉。肌肉放松拉伸后，则是拳击最重要的训练课——沙袋。

阿乐像他崇拜的那些优秀拳手一样，一旦开始击打沙袋，必须连续出拳，休息间隙从不会超过两秒。他把全部注意力放在节奏和呼吸上，尽管击打了几百拳，仍力量充沛，因为他要在沙袋上练习的不是力量，而是速度。

拳击对速度有两种定义，放松速度和最大速度。放松速度就像慢跑，会保证体力消耗后持续运动。当筋疲力竭时，用放松速度继续战斗，顶尖拳手即便是在这种情况下速度也会达到每 10 秒 7 ~ 8 拳，也有人在实战中专用这种方式游走于拳台消耗对方体能。最大速度就是冲刺拳速，基本都是致胜拳，但这种速度太容易迅速消耗体力，也是这类拳手的致命短板。目前优秀拳手通常会在实战中兼备这两种速度，可以全速进攻，也可以放慢速度打持久战，始终跟随对手运动而变化。可要想在实践中彻底掌握这种能力，需要大量持久的训练，而沙袋就是最重要的一环。击打重沙包时专门训练数秒内最大冲刺强度，放缓，再冲刺，这需要极强的核心力量和呼吸控制能力。

阿乐能掌握这些，全都得益于梁武教练十年来系统科学的训练方法。梁指导虽然资格老，但不守旧，喜欢研究外国先进方法，早几年因为洛马琴科惊人的快速步伐，兴起一股绳梯训练热，而梁指导就是国内最早采用这个方法的教练之一。

经过多年的训练沉淀，阿乐打拳时，在呼吸、步伐、发力点、专注力上都开始游刃有余，这才构成了他成为优秀拳击手的基础。

可训练一结束，筋疲力尽的阿乐又开始闷闷不乐，他先一眼看到堵在门口的秃子，更让他堵心的是梦静没有任何消息。他们在网盘建了一个未命名文件夹，彼此在文档里留信息，阅后删除。可除了光标，文档里一片空白，正如他的大脑。

"乐哥，强哥找你呢。"秃子恭敬打开面包车车门。

"啥事？拳赛？"

"您上车再说，按老规矩。"

说完，有人蒙住了阿乐的双眼。梦静要求阿乐每天带着针孔摄像头，以防突发情况再次发生。

车上阿乐盘算着，肯定是开出了市区，大概100多公里，如果向北走，那不正是九子市吗？

一个小时后，阿乐被摘下眼罩，他发现自己在一处古色古香的庭院里，远视眼的他立刻看清了守在廊庭深处的保安手里握住的——金属探测器。他羽绒服领口还别着针孔摄像头，东强从里面迎出来，抱住他就热情往里请，阿乐被连推带拽，已与保安近在咫尺，如果被发现摄像头，那真是冤死，可东强、秃子一前一后把他夹住，早无路可走。

不知是急中生智还是生理反应，阿乐突然胃部痉挛，胃酸涌上来，喷了满地，东强和秃子正好中招，他边吐边摘掉摄像头，狼狈回身，见门口立着个人，正是那肚大如弥勒的老头。

老头倒是笑了。

"喝了不少啊。"

他示意阿乐到身边，今天老头穿着中式对襟大褂，手里把玩着一对核桃。

"你小子知道我是谁吗？"

阿乐按兵不动，摇摇头。

"不知道没关系，从今天起你就知道了。我从小就是个功夫迷，只看武侠电影和小说，就佩服侠肝义胆的英雄，也学着和人比试，打架可厉害，一步步混出名堂，成了别人的大哥。如今我打不动了，但喜欢瞅别人打，尤其是你这样的高手。"

老头晃着肥胖的身体，阿乐回头，东强和秃子竟不敢靠前，只剩自己陪伴左右。

这院子开阔豪气，是标准的三进四合院。第一进是垂花门之前由倒座房构成的窄院；第二进是厢房、正房、游廊组合的楼台山水；第三进则按老规矩应该是配给女眷的后罩房。

可这里不像人丁兴旺的大家族住宅，更像是供人观赏的园林景区，阿乐一直留意各处，周遭风平浪静，不过偶尔在建筑缝隙间会掠过一些影子，阿乐清楚这里戒备森严。这老头绝对不一般，他是谁？要做什么？阿乐想不出。

"怎么，你小子也害怕？"

老头仰头大笑，全身肥肉乱颤。

"我怕啥？半步跨进过鬼门关。"阿乐仍然是一贯孤傲高冷的神态。

"呵呵，你小子是好样的。我听说你讲过'鬼是谁？我不知道，也许，我就是鬼'这句话。我听完打了个激灵，心想，总算遇见条好汉。"

老头在前面领路，跨进垂花门，到处摆着冻成枯枝的花盆。

"除了拳头，我还喜欢花，就喜欢难伺候、花期短的品种，这种可遇不可求的，才有点意思。人呀其实和花差不离，别管高低贵贱，总有凋落的一天。我听说你母亲生病了。"

这突然的话锋一转，让阿乐瞬间嗓子冒火，一步也动不了。

老头背手转头，面露惊讶地笑了，"你愣着干啥？你现在为我卖命，我们就像老板和雇员，关心下属的家庭也是一种责任。听说她恢复挺好，让人给你捎话说让你好好打拳，去拿全国冠军。"

二次骨髓移植成功后，为了安全考虑，梦静托人把阿乐母亲转院到外省做术后康复，没想到竟被他们这么轻松地找到了。这次麻烦大了！阿乐只又恨又急，妈妈怎么办？还有梦静，是不是也已暴露？

老头进了正房，阿乐门口抬眼，里面空旷高阔，静如寺庙。

"请吧。"老头走进幽暗里慢悠悠地说。

阿乐只深叹闭目，虔诚祈祷，保佑母亲和梦静能平安脱险，思罢，他双目一瞪，攥紧拳头和一腔怒火，应声而入。

美人入局

2019年9月30日，一个周一，蔡文轩值完班就赶去市区的一家西餐厅，今天，他终于要和梦静面对面了。

蔡文轩早到了10分钟，点了瓶梦静很喜欢的巴黎水，心想，如果这是真的相亲，未必不会追得美人归。

这些天，蔡文轩就像梦静的影子，他知道她的一切，却又似乎什么都不清楚，比如她竟然能同意来相亲，真是出乎意料。这个女人，蔡文轩还真是心里没底。

她走进来了，柔和的灯光里，真是个光彩夺目的美人。

蔡文轩目测她身高至少一米七，纤细婀娜，明艳动人。天鹅颈上有一张耐看的鹅蛋脸，杂乱随意的野生眉下是一双含情脉脉的桃花眼。杏黄色紧身毛衣包裹着白皙姣好的身段，可惜有些减肥过度的痕迹，毛衣领口露出的锁骨尖锐得有些骇人。

"你好，蔡警官，我叫梦静，晚报记者。"

蔡文轩起身让客。双方坐定后，蔡文轩风趣地讲了几个笑话。

"你和我认识的那些刑警都不太一样。"

"哦，你和我们常打交道？"

"跑社会新闻难免会采访警察，基本都是你们宣传部安排的。我还认识你们的马队。他经常向媒体介绍案情进展情况。"

马队算是警队的发言人，这种场合都是他来应付，这女人又和马队扯上关系，蔡文轩觉得自己就在一张网里，哪都逃不过马队的关系。

"你具体分管什么工作？"

　　蔡文轩没想到梦静这么单刀直入，只四两拨千斤还了回去："我真不能说，因为工作性质，请你理解，你们记者工作应该也挺忙的吧？"

　　这漂亮女人明显有些尴尬，只喝光了巴黎水，扯了些其他无关痛痒的话题，他感觉她一直在绕着想说出口的话兜圈子，有那么一刻，蔡文轩甚至以为任务可以完成了。

　　"四区这几个月发生好几起命案，我一直在跟踪报道，也希望你们能尽快破案，找到真正的凶手。"

　　四区的这几起案件大都和马里奥的黑拳组织有关，她到底在意指什么？蔡文轩看着面颊泛红的梦静，猜测不出任何答案。

　　"最近确实发生了一系列恶性犯罪事件，我没法多说，但确实掌握了一些证据，这可不是普通性质的犯罪案件，不说了，披萨来了，趁热吃。"

　　蔡文轩夹了块披萨给梦静，芝士拉丝弄脏了印花桌布，不过这个美女显然没什么胃口。

　　"减肥？"

　　"不饿。"梦静又喝起水。

　　"你喜欢什么？运动还是其他？"

　　"现在工作太忙了。"

　　"恕我直言，我这个工作就是观察人，你这一阵是不是睡得不好？"

　　梦静惊讶地下意识摸着脸。

　　"天天赶稿。"

　　"我挺喜欢打羽毛球，你会吗？"

　　"以前打，很久没碰了。"梦静努力微笑。

　　"工作再忙也得劳逸结合。比如说我吧，最近为了案子日夜颠倒，休息日还是该吃吃该玩玩。你说呢？干工作不能搭上性命吧。"

　　蔡文轩就这句话最真心，这女人一定是因为什么才如此奋不顾身，甚至是在玩命。所以蔡文轩觉得自己有义务提醒她。

　　"社会记者很危险吧，不简单的工作，尤其对女人来说。"

　　"不，"梦静严肃板起脸，"在我看来，只有工作之分，没有性别差异。"

蔡文轩嘴里塞满了披萨，一愣，哭笑不得，这漂亮女人挺倔，也挺有意思。

"咱们成不成两说，可以交个朋友。如果你有需要，可以随时找我。"

"谢谢你，警察叔叔。"

俩人不约而同笑了。

蔡文轩觉得这个梦静又和自己预想的不同，只一回家，立刻告诉徐刚夫妇对相亲对象很满意，强烈表达了想继续相处的意愿。这让徐刚夫妇喜出望外，为了找到蔡文轩指名点姓的这位美女，徐刚媳妇不惜上门找了姐姐几次，对方才同意向梦静提起这事。同事们都清楚，梦静外形条件太出色，她也从不相亲，能配上她的人更寥寥无几，没想这俩人一拍即合，梦静的反馈也是满意，这让徐刚一家人觉得功德圆满，毕竟是他们促成这样一对郎才女貌的佳缘。

"可惜呀，这个美女对我没啥兴趣！"蔡文轩边刷牙边感叹，今天梦静的表现，更像举棋不定，她始终没开口的话到底是什么？她提起四区命案又在暗示什么？她对自己没兴趣，又同意继续见面，目的是什么？

这个女人很美，也很忧愁，尽管衣装靓丽，但那抹愁云拢在印堂，怎样也化不开。

她和自己，都陷在困境里，拔不出来。

接近午夜，蔡文轩还是睡不着，梦静和赵乐的关系困扰着他。

他们是情侣？是拍档？还是——复仇者联盟？蔡文轩被自己的幽默逗乐了，竟来了困意。睡到半夜，身体仿佛半截入土，没了直觉，全部重力只压在心跳上，他求生般奋力呼吸，胸腔痛彻，惊醒后，一身冷汗。蔡文轩下意识摸黑找手机看时间，竟发现了五十几个未接来电。

徐刚打了二十几个，而剩下三十多个都来自于马队。

第十章
心中野兽

鸿门设宴

阿乐知道这是鸿门宴。

主位上坐着大肚老头，他自己被安排在主宾，东强坐在下手，而主陪他的是一位相貌堪称惊艳的男人。阿乐一扫这人就知道他有本事傍身。

他是马里奥？

阿乐冷眼瞅着这个过分美丽的男人，这男人真是怪胎，既有比女人更美的容貌，又散发着雄性的杀气，柔与刚搅合成类似武士刀的气质，美轮美奂的刀鞘包裹着凛冽锋刃。

"我看了你的拳，果然名不虚传。"那男人笑着说。"我以前也在专业队，不过是练散打。"

"欧航，欧公子，散打冠军。"站在一旁伺候的秃子赶紧插话。

"你好。"阿乐心想，这就是梦静所说的欧航，可她没说这人生得这么美。

桌上其他三人的目光都暗藏深意，阿乐想既然非得走钢丝，那不如从容些。想罢，他倒满一杯酒起身敬了主位上的大肚子老头。

老头一饮而尽，笑着说："阿乐，是新来的小兄弟，也是目前我认为能拔尖的人才，十几秒把黑大个打趴下，厉害，厉害。"

"那我得敬你一杯喽。"美男子端起酒，"不知怎么，看了你打拳后我全身发痒，巴不得现在咱俩就来一场。"

众人哈哈大笑，阿乐不知道其意真假，只好喝酒，东强递了个眼色过来，叫阿乐沉住气。

"阿乐，你知道我以前是干啥的吗？你看我这身材怕想不到，我是练柔道的。"老头又慈眉善目地笑起来，"我不像你们，没天分混不出来，只好混别的。但我最佩服的，就是能在赛场上打倒对手的强者。这个世界虚的东西太多，真话假话，真情假意，是是非非，甚至颠倒黑白，可拳头却骗不了人！谁有本事谁就是赢家。"

阿乐明知这是歪理，却莫名听得顺耳。他从不讨人喜欢，独来独往，拳击是他与成功的唯一通道。从小赢到大，被多少人看不顺眼，甚至被匿名上访举报，有人查过他，连尿检抽查的频率也远超一般拳手，可他都不在乎，以前拳头是他最信任的朋友，现在，是他生存的本事。

"阿乐，你相信你的拳头吗？"老头笑眯眯地问。

阿乐沉默着暗中握拳。

"你是个好样的，我看不走眼，以前，我也有个兄弟身手像你，稳准狠……"老头沉默了。

东强赶紧接茬。

"佬爷，如今我们得了阿乐，等于捡了个活宝。"

老头叹笑道。

"这也算'失之东隅，收之桑榆'。阿乐，今天我叫你来，是因为我看中了你这个人才。打架的机器冷冰冰，我要的是兄弟，能过命的那种。今天在这除了你，都是能和我肥佬换命的兄弟。"

"阿乐，这是佬爷抬举你，还不赶紧跪下来认大哥？"东强咋咋呼呼地手忙脚乱。

秃子在后面踹了阿乐一脚，阿乐条件反射地跪倒在地。

"快给佬爷磕三个头，你小子就改命了！"秃子按着阿乐的肩膀，可那里坚如磐石，纹丝不动。

那老头笑呵呵地俯视他，如划过铜像上的寒光，让阿乐全身一紧。

这些人害了他哥哥，如今阿飞生死未卜，他却得跪地求荣，这个膝盖只跪过父亲和教练，但不跪，老妈怎么办？梦静能脱险吗？阿飞能活着回来吗？

阿乐抬头看着这几张面孔，老头含有深意地笑着，美男子吐出烟圈面露不屑，东强则急得抓耳挠腮。

阿乐一闭眼，想起妈妈在被推进手术室前紧紧握住他的手，想起菜市场人群推搡中和梦静的那个紧紧的拥抱。他的脑袋就像充血的拳头，随时会冲出他的掌控范围。

"好，好。阿乐，从今天起，你是我肥佬认的兄弟。几周后，你们俩要打一场拳，具体怎么安排，全看庄家的意思，只管好好训练。阿乐，你的弱点还是太依赖拳击那一套。一旦遇见比你动手更快的人，你未必有胜算，而且你的下肢无法参与进攻。这点你得和欧航学学，如今他是十八般武艺样样精通。我给你找了个师父，这人可不简单，好好学。"

阿乐什么都听不见，只记着"庄家"这两个字。

"庄家是谁？"

返程车上，蒙住眼睛的阿乐问同车的东强。

"庄家就是让我们干活的人，咱们只管拿钱，别的不用操心。"

"我打拳时，他会来？"

阿乐只听见东强毫不含糊的笑声。

"他来不来都没啥区别，反正，他什么都知道。"

"啥意思？"阿乐紧张起来。

"没啥意思，你这个愣小子只管打拳给佬爷长脸就行，不该问的别张嘴。"

阿乐知道，庄家肯定就是马里奥，看来包括叫肥佬的老头在内，他们这班人，就像是雇佣兵一样为庄家卖命而已，庄家指定他和欧航参加，说明自己果然进了马里奥的视野，第一阶段的任务算是完成。可如果想更接近马里奥，就必须得赢下指定的比赛。刚刚跪地的屈辱感又冒出来，他握紧拳头，全身筋骨却疼起来，不是损伤的疼，而是肌肉撕裂，只要愤怒占据了他，这种疼痛就会和那力量一起蹿出来。为什么自己越来越容易失控？他看着发抖的右手，竟然害怕起来。

阿乐只能深呼吸，一片混乱中，一张脸庞始终占据上风，是梦静。梦静，他不禁张嘴要念出这个名字，终于清醒了过来。

现在不仅关乎他自己，更关系到梦静的安危。他们这几日又断了联系，梦静究竟在干什么呢？

从肥佬庄园驶离的另一辆车，里面坐着欧航，因为晚高峰拥挤，两个小时后，他才抵达目的地，城中最高档的西餐厅。他在车上换了身行头，穿上一身定制西装，惹人注目的英俊暂停了餐厅里的窃窃私语，而他穿过众人，在同样一位夺目的美人面前坐下。

旁人悄悄议论甚至妒忌这一对惊为天人的俊男美女，而他们只相视一笑，久不作声。

"谢谢你能赏脸赴约，梦静女士。"

梦静看着侍者将陈年红酒注入高酒杯，那滑杯荡起的红色液体，仿佛就是从轮胎下漫过的张严的鲜血，让她不寒而栗。

"你很冷吗？"欧航端着杯底摇晃酒杯，烛光里，像个多疑狡猾的吸血鬼。

"穿得太少。"梦静赶紧裹紧披肩。这次见面绝不是一时冲动，是她在失眠的日夜里，深思熟虑的结果。

几周前，一个叫蔡文轩的刑警成了她的相亲对象，他三十出头，仪表堂堂，年轻有为，曾破了几宗要案，是刑警大队的骨干，而且就是侦破这个地下拳击组织的专案组成员。其实梦静早知道有这样一个人存在，所以才会欣然赴约，这也许就是天赐良机。而且关于蔡文轩，她还知道一个很重要的秘密。

梦静把蔡文轩的一切都调查得很仔细,蔡文轩跟查了这个案子三年,为人正派,工作执着,更因为那个秘密,以及经过一段时间的调查和近距离相处后,梦静才下了这个决心。

今天赴约之前,梦静又检查了一遍网盘里的证据,她编辑好了微信,只要轻轻一按就会把网盘地址发给蔡文轩,这就是求救的信号弹。

"牛排要趁热吃。"欧航鬼魅笑着。

梦静用刀一切,几乎是全生的牛肉。

"这种顶级牛肉,一分熟最美味,very rare steak。"欧航说着生吞了鲜红的牛肉,最后还意犹未尽地舔了嘴角的血汁。

梦静一直用打叉反复切着牛肉,一口也吃不下去。

欧航打量着梦静,只叫了服务生把牛排加工成七分熟。

"对了,上次你说的那个梅小玲怎么样了?"

这个问题梦静早有准备。

"她自杀了几次,被她妈接到美国去了。"

"对不起,我回去搜索枯肠,还是想不起这个女生,你能给我看看照片吗?"

梦静早让报社的图片编辑将自己和一个浓妆网红P了张合影,那是在夜店里常见的面孔。

欧航又琢磨了一会儿。

"灯光太昏暗,我真没印象了。既然我无法对她说抱歉,那请你代她接受我诚挚的歉意。不知道为什么,我总会引起这种误会。"欧航得意地微笑。

如果不清楚这张脸后面的黑暗,梦静也会情不自禁被吸引,但那就是一个华丽的陷阱,对于弱小动物来言,在猎人面前对已拆穿的陷阱若无其事,真是太难了,梦静咬牙笑了笑。

"那你原本准备怎么毁了我?把我的照片贴在网上被人攻击?还是准备查出我什么事?"

梦静掂量着这句话，自己在案板上早动弹不了，只边笑边下意识抓起手机，要发给蔡文轩的微信还在。

可欧航却紧紧握住了那只手，歪着头笑了，"还是你准备学我一样当感情骗子，亲手毁了我？"

他的指尖触碰到她的掌心，梦静全身一颤，别人看来是美女在求爱攻势下的怦然心动，可她自己清楚，那是战栗，遍布全身的战栗。

急转直下

那一夜，蔡文轩收到的五十多个未接电话，其实都是因为同一件事，那个他们曾经审问过的林阿花，死了。

"他们为什么非要对一个小姑娘动手？"

蔡文轩吸着烟，下班后他叫徐刚到自己家喝酒。这个林阿花只是个无足轻重的小孩，所说内容几乎当不了证据，对于地下室里的尸体也全是推测，可还是落得惨死的下场，这个犯罪团伙太心狠手辣了。

徐刚边剥花生边皱眉说："你记得我说过那个肥佬管理的地下钱庄是怎么运行的吗？全是靠人，这人最不好管了，他们的手段或是用毒品控制这种小姑娘，或是人身威胁。上上下下四层管理，哪一层哪一环出纰漏，都满盘皆输。所以我认为这些人包括林阿花的一举一动全被人监视了。"

蔡文轩干喝了一杯，叹了口气。

"这女孩的死，我真觉得挺内疚，本来被男人骗，失足就够可怜了。第二天是马队让放人的？"

"是或不是，我们都没足够的证据拘捕她，天一亮女孩果然翻供，下午就放出去了。"

"到现在，你该相信有内鬼这件事了吧。"

徐刚自斟自饮，还在犹豫。

"可这个鬼是'陈',还是马队,还不能这么快下结论。"

"马队对咱俩是有恩,但他都做到这份上了,就等于撕破脸。鲁军死了,林阿花死了,我们的线索只剩假张芳。"

"她也死了,怎么查?"

"你是怎么知道她有一个孩子的?"

"因为张芳曾在 2006 年给儿子上过户口,男婴登记姓名叫张奇,也许是用了母姓。但户口本上只有她娘俩。"

蔡文轩越喝越清醒,当机立断道:"我们要想先搞清楚张芳的来历,那就必须要回到 2005 年,查这个源头。"

"没问题,这件事交给我,你找的那位老村长的信息记下了,我准备从当年和真张芳一起打工的人开始入手,真张芳没有身份证,坐不了火车,很可能是坐着汽车外出,估计行踪范围不会太大。然后我再反向查 2005 年出现在皇冠明珠之前的张芳。两条线索交叉查询。"徐刚边说边在记事本上快速写起来。

"另外一条线,2005 年至 2019 年的张芳,我来查。"蔡文轩突然顿住,片刻才问:"你说的那个男婴是哪一年出生的?"

徐刚翻了翻记事本,念到相关信息,"2006 年,我还复印了办户口所用的出生证明,这孩子出生在本市一家高档私立妇产医院。"

"你们小组准备拿张芳这个案子怎么办?"

徐刚摇摇头说:"案子到我们小组没几天,就被马队调走了,现在在他手上把着死死的,听说还没尸检。我现在就是光杆司令,耗都耗死了。"

"他们越这样,张芳就越古怪。我们必须秘密调查,不能走漏风声。"

蔡文轩又开始愣神沉思,徐刚看表已晚,准备回家,在门口突然又想起来,忙问:"我媳妇问,你和那个女记者处得咋样?"

蔡文轩恍然回神,下意识回:"很好,很好。"

"哎呀,总算能入你的眼了!你眼光够毒呀,人家是晚报社的社花,长得像女明星,你小子贼精!"

"郎才女貌嘛。"蔡文轩顺口开起玩笑。

一说起梦静，蔡文轩倒想起件事，昨天半夜他想着案子翻来覆去睡不着，差不多快凌晨两点，突然接到梦静的一条微信，点开时却已撤回，梦静没解释原因，后来聊天中也若无其事，但这条撤回的微信让蔡文轩彻底失眠，他在试探梦静，可他觉得，梦静好像也在试探她。到底他该不该采取行动，与这两个人合作呢？

鲁军死了、张芳死了，连微不足道的林阿花也死了，加上之前四区的几起命案，这个团伙越来越嚣张，形势也越来越紧迫，百日侦破的时限所剩无几，也许，他该放手一搏。

可换念一想，那个群玉山上，梦静秘密会见的套牌车里的人到底是谁？如果搞不清楚这个问题，搞不清楚梦静、赵乐豁出命调查的真实原因，一切可能都会前功尽弃，也许还得再等等，等等。

蔡文轩又拿起假张芳的照片，那是她 20 岁左右在皇冠明珠时期的留影，这同样是个外表漂亮却背后藏着秘密的女人，他把照片按在密密麻麻写满线索链的白板上。上面所有的箭头都瞄准了这个女人。

同病相怜

"阿乐！阿乐！"

阿乐再次从噩梦里惊醒，发现竟在一家网吧里睡着了，他看了眼手表，此刻是 10 月 31 日晚上 10 点。他又打开网盘，四个小时前他就一直在刷新，梦静整整三天没有留言，刚才的噩梦里，梦静在不停哭着喊他，留下的眼泪都是血。

因为网络原因，文档打开得非常迟缓，阿乐不停按着鼠标，全身跟着抖腿的节奏焦躁地晃着，左拇指的指甲自然难逃他的啃咬。

终于出现了梦静留下的几行字，阿乐全身静止，贴着屏幕，渴望地反复读着。

"大肚子老头很关键，想查清他，你得拍张照片。我上次说的欧航是个危险人物，下手狠辣，诡计多端，在这个组织举足轻重，他见过我，一定不要暴露我们之间的关系。我一切安好，你千万小心，有事留言。"

梦静并没说什么贴心暖人的话，阿乐却不再焦躁，快速回复。

"今天知道了那个大肚子老头叫肥佬，应该是东强的大哥，他们的老巢真在九子市，但我没机会摄像。你说的欧航我也见到了，几周后，我会和他打一场拳，也许马里奥会出现，一切未知。"

他按下保存键，关掉文档，却又想说几句关心的话。

"欧航这个人很危险，你得尽快脱身，最好离开本市。我妈的行踪也被他们查到了，你不要去医院。现在我的一举一动可能都在监视当中，但如果——"

"但如果"三个字后，光标闪动了几分钟，阿乐才继续打字。

"但如果可能的话，我特别想见你一面。我现在很痛苦，我并不怕那些混蛋，我是怕我自己。"

网吧里，阿乐坐在兴奋的网瘾少年中间，东强的人守在门口，他们现在几乎无处不在。

"我几乎每天夜里都会在噩梦中醒来，然后想这两个月发生的事。我不清楚自己到底怎么了，也许我成了和他们一样的混蛋。我总梦见我哥，最近我又反复做着另一个梦，那个梦里有你。"

少年们因赢了游戏而欢呼躁动，阿乐甚至忘了正在打字，仿佛在和自己梦中的梦静对话。

"能理解我的，只有你了。大部分时候我希望你远走高飞，但有时，我却想你能留在我身边。"

阿乐又突然想起自己在 KTV 里歇斯底里地唱《想你的夜》那天。那之后的每一天，阿乐都在想着梦静，无论白天黑夜，只有暴击沙袋时，才能控制住自己。

他 23 岁，没有恋爱经历，曾有不少女孩想靠近，都被他冷冰冰回绝，可如今轮到他不敢上前。他拿什么追求这样一个女人？这双拳头？阿乐苦笑出声，干脆仰在椅子上放声大笑，那群兴奋的少年不免用奇怪的目光打量着他。

算了，还是清醒一点，别癫蛤蟆想吃天鹅肉了。阿乐关掉文档，却在错乱中点了保存。他又打开一个字一个字缓慢删除，仿佛在删除一段记忆，终于他清空全部，吸了支烟，清醒过来，准备再加上几句关于马里奥的话。

再打开文档时，却出现了五个加大加粗的字——

"你现在在哪？"

此刻十公里外的市中心公寓里，梦静正反复读着阿乐这短短的百余字。她太清楚阿乐的感受，这段时间，她一直在走钢丝，所有的紧张、忐忑、惊恐如今只剩下憔悴，内耗着走向枯竭。她知道，阿乐到了临界点，而自己也是。

"能理解我的，只有你了。大部分时候我希望你远走高飞，但有时，我却想你能留在我身边。"

这句话是在向她表白吗？梦静有些慌乱。可她为什么要慌？阿乐是个比她小五六岁的小青年，一个和她完全不同的职业拳手，她唯一深爱的只有张严，那为什么读完这句话竟会流泪？梦静狠狠扇了自己一个巴掌，望着合影里的张严，在心里默默忏悔，一定是重压冲昏了头脑，那些为了阿乐的担心和焦虑，不过是责任和同情而已。

打开文档前，梦静就在阳台看见楼下停了一辆黑车，自从欧航请她吃饭以后，那车几乎每晚都在。

欧航总是会冷不丁出现，昨天午夜还打来电话，黑暗正侵蚀着她，已快无容身之地。

所以梦静才会下意识地打出了"你现在在哪"。

一秒后阿乐发来语音通话邀请，这显然违背了他们的约定，她看着闪动的屏幕，鬼使神差地接通了。

"你好吗？"

听到阿乐问完这句，梦静只捂住嘴，强忍哽咽。

"你在吗？没关系，你不用讲话。"

梦静紧闭双眼想止住泪，却堤岸溃决，发不出一声。

"你在哭吗？"

她蹲在远离任何一个窗口的角落，抱紧膝头，瑟瑟发抖。

"你想哭，就尽情哭吧。我爸和梁指导总说我是个木头人，不知道笑，也不懂哭。能哭出来，多好啊。"

"阿乐，"梦静的哭腔比窗外凛冽的寒风更凄厉，"我真的后悔，真的，我对不起你，还连累了阿姨。"

梦静想到欧航那英俊鬼魅的脸打了个冷战。而阿乐则想起时刻处在危险之中的妈妈，一阵心寒。

无路可走之下，梦静想到了那一条路。

"我相亲的那个警察，是我们最后的机会。"

"他能相信你吗？"阿乐冷静下来，不知怎么，他竟想远离任何警察，像个惯犯的自然反应。

"不确定。"

"我马上就能接近马里奥了，再等等，如果我失败了，你再去报警，至少抓住他的可能性更大，否则，就算警察抓住肥佬也没用。马里奥不露出真面目，就会轻易逃走，而且你会更危险。"

"那你呢？"

梦静说完，有些后悔，阿乐听完，更是茫然。

"从被禁赛的那天起，以前的我就死了，如今的我，走到哪算哪。"

"阿乐，你为什么说会害怕自己？"

网吧再次沸腾，几个少年搂在一起蹦蹦跳跳。

阿乐捂住手机才能听清楚对方的话。

"我害怕，也成了他们，一样的，怪物。"

"阿乐，你要记住，你是个好人，和他们不同，等救出你哥后，你还要拿全国冠军。"

"可我的拳头沾满了血！"

阿乐失控地喊出来，突然心脏像是骤停几秒后，才接上那口气。他实在是太憋屈了。

"阿乐，我之前只想为张严报仇，突然有一天我想通了，我是个社会记者，就是要追求真相，我们寻找到关键证据，协助警方将他们一网打尽。千万别被这帮人洗脑了，你是赵乐，不是罪犯，更不是亡命徒！"

阿乐也想知道自己究竟是谁，他不愿再让梦静担心，只岔开话题。

"记住，如果连续五天我没联系你，你就不用再找我，立刻报警，然后脱身，现在就得想着到时怎么脱身。我从来没后悔过，这都是我自己的选择，所以无论发生什么，你都不用自责，好好活着，不过我真是混蛋，把我妈牵扯了进来。"

梦静抱头深埋双膝，痛哭起来。

"你真不欠我的，就这样吧，挂了。"

阿乐再不挂电话，他怕自己会特不爷们地掉泪，他最烦大男人哭了。少年时，一次大赛因为判罚争议而惜败，胜负欲极强的阿乐委屈地大哭起来，当天被老黑拿着裤腰带抽了一下午。老黑一直教育儿子们宁流血、不流泪。那之后，阿乐极少哭，但最近他却多愁善感起来，为了阿飞，为了妈妈，也为了梦静。

阿乐抬眼看，门口东强的人已打起瞌睡，只身穿过喧闹少年，孤独前行，可又觉得自己并不孤独，也许和她的那些眼泪有关。

梦静结实地哭了一场，心里是久未有的畅快。

她擦干眼泪，握着热牛奶走到窗帘后，那车消失了，她深吸口气，因为哭得太久而困意来袭，正准备关灯，却幽幽飘来几声叩响，像寒风吹打玻璃，接着门口的感应灯亮了，梦静确信，那站着一个人。

腹背受敌

张芳是谁？谁是张芳？

蔡文轩脑子里想的都是这些问题，几分钟后，他就要向领导们汇报阶段性工作，陈可锋副局长正坐在对面。

"下面由蔡文轩同志介绍具体工作情况。"

马队讲完开场白后，松懈地靠在椅子上，所有人的目光都在蔡文轩这儿。

蔡文轩只汇报表面情况，自然乏善可陈，汇报结束后大家沉默了几分钟，陈可锋终于开口讲话。

"同志们！知道今天几号了吗？都 10 月 8 日了！百日破案看来根本实现不了了！我们的底线是必须要将这个案子在 2019 年内终结，但你们看看，都办了些什么不痛不痒的事？这是市委下的死任务，多少条人命！还在这悠哉地办案子，老局长要好好的，也得被你们气病！我宣布从今天起，原专案组解散，这个星期内做好交接工作。这事老马你就牵头干吧，所有办事不力的人员全部撤换！"

陈可锋扶了下眼镜，又拍了会儿桌子，扬长而去。

蔡文轩仿佛处在耳鸣里，一切如闷鼓，他根本听不见，或者不想听，终于一句清晰的话入耳，是来自马队。

"正好借机好好休息下，这个案子牵扯你太多的精力了。案子就像生活一样，都不能钻牛角尖。我做主放你个长假，去北京看看父母散散心，处处对象，你小子，可别抑郁了。"

马队正了正警帽，昂首挺胸走出会议室。

蔡文轩被调职的消息只用了 15 分钟就在市局里传开，原本是备受重用的青年骨干遭此挫折，以后的前途多半黯淡了，果然很快又传出一波消息，蔡文轩即将被下调到基层。

因为暂时没分配新岗位，蔡文轩只好先在行政部过渡办公，身边大姑娘小媳妇进进出出，围着他叽叽喳喳，他也成天嘻嘻哈哈。很多人都说蔡文轩果然心大，甚至还有人羡慕他的女人缘。蔡文轩每天空虚地开车上下班，甚至怀疑自己患上了精神分裂症。

今天下班后他特意买了水果去医院探望老局长，与其说是探病，不如说他需要老局长，尽管那是个意识断断续续清醒、只能躺在床上的重病患者。

老局长的老伴去打晚饭，只留下他俩，蔡文轩坐在床边出神望着安详入睡的老局长，手中的苹果差点掉落，才发现自己不知不觉削好了一个苹果。

蔡文轩很擅长削苹果，能做到果皮不断且贴在苹果上，老局长刚住院时，他就展示过这个技能，老局长拎起那根长长的苹果皮，有些哭笑不得。

"你这小子，净搞些没用的。"

"我从小就被我妈骂是头倔驴。我舅苹果削得老好了，有年小学放寒假，我舅又显摆起来，说没人能比他削得好，哎？我就不服，回家就把我家一缸苹果都削了，我爸把我揍得连鸡毛掸子都折了，但我还是赢了。"

"嗯。你小子的这股驴劲儿放在侦破上，是把好手。破案子，需要耐心、恒心和信心。有时必须得耐着性子像绣花一样去磨，有时必须要在快放弃的关头咬住牙硬扛过去，更多时候，要度过毫无头绪的迷茫期。这个过程会出现很多不同的声音，遇见各种不同的突发情况。比如这个地下拳赛的案子，情况更错综复杂，绝不是一朝一夕，一股蛮力就能完成的，就看你这倔驴能不能扛住事儿了。"

蔡文轩把那颗苹果悄悄放在床头柜上，老局长仍在安详地睡着，轻微的敲门声后进来一个人，蔡文轩赶紧偏头擦干了眼泪。

"咋了？"徐刚把一束鲜花放在那颗苹果旁。

"可能得流感了。"蔡文轩趁机拿纸巾捂住鼻子。

徐刚只沉默半晌，才说："现在我有点信你说的了。但陈局到底为什么会和这个马里奥牵扯在一起？他这个人出名的谨慎，很在意自己的政治前途，太反常了。"

这也是蔡文轩一直在思考的问题。

"陈可锋，出生于1972年，原来是长跑运动员，退役后在市体校工作，大概在2009年左右和现任妻子结婚，后调进警队。他和马里奥唯一可能有交集的地方，是 2014 年他任四区分局的副局长，而皇冠明珠就在四区。"

"你真疯了！副局长你也敢查。"

"只要和这个案子有关的，我就要查。"

"那你查到了什么？"

"陈可锋太谨慎了，他的亲属都没有任何兼职，也不从事投资，都在公职单位上班。如果受贿，一定会有资金往来，但——"

"但如果是现金你就查不到，而马里奥有大量的现金。"

蔡文轩只无能为力地笑了："这些都远超我们的能力和职责，现在最重要的是保护好证据，然后再一点点深挖他们之间的关系。"

"老马今天找过我了，他们想把我也调走。"

蔡文轩哑口无言，但心里那股倔劲儿却冲上来，许久冷笑一声。

"刚子，连累你了，肯定是因为我。"

"我一路跟你到这不是为了诉苦抱怨，而是告诉你真假张芳的事。"

蔡文轩立刻提起精神，聚精会神听徐刚继续说下去。

"真张芳在 2004 年刚满 17 岁时外出打工，同行的是村里女同学，她们坐船去了广东，先落脚佛山，去了电子厂当流水线女工，然后在 2004 年末，她独身一人到了东莞，和小姐妹也断了联系。"

"东莞？"

"对，肥佬开的这家皇冠明珠和当时东莞很火的一家名为清泉明月的洗浴中心很像，当时东北的洗浴文化还不发达，而东莞则是中心。肥佬就是照搬过来，所以他肯定去过东莞。"

"你调查过这家清泉明月吗？"

"早因为涉黄涉黑关停，我猜想，当时假张芳很可能就是在东莞冒用身份的，肥佬可能也在东莞。说不好，马里奥也在。"

"大概是这样。"蔡文轩打开自己的小本子。"我查了封存的皇冠明珠人事档案，假张芳一开始就不是普通的服务员，很快升到了大堂经理，很有实权，管理小一百号人，而那年她才刚 20 岁。"

"可她为什么必须得冒用别人的身份，假张芳身上是不是犯了什么事？"徐刚不解地问。

"张芳和肥佬的关系看来不简单，应该不仅是男女关系，还牵扯到很多其他的——"

一个人突然推门而入，那爽朗的笑声和一身浓重的烟味，蔡文轩不用看都知道是谁。他立刻和徐刚对了个眼色，事到如今，躲是躲不了，也不用躲了。

蔡文轩想着那个戴红领巾削了一地苹果皮的自己，突然笑了，起身回头，热情地喊了句："马队，你怎么来了？"

可门口还站着的另一个人，蔡文轩却没想到。

第十一章
神秘老三

世外高人

"乐哥，收拾收拾跟我走。"

秃子一清早敲开阿乐的家门，单刀直入领着两个人直接闯进来。

"去哪？"

"我也是奉命行事，啥东西也别带。"

阿乐又做了一夜的噩梦，混混沌沌被砸门声惊醒，一时还没反应过来。

"走吧，来的时候塞车，都迟到了，上午9点就得赶到。真什么也不用拿，穿上衣服就行。"

阿乐推脱要去洗手间，他从牙缸拿出针孔摄像头刚准备放进裤兜，就听秃子又在门外嚷嚷。

"对了，临走手机给我，强哥吩咐的。"

"为啥？"

"强哥说了，你现在必须得专心练拳，这关系到佬爷的面子，庄家那不能再失手了。"

阿乐迅速删除手机里与梦静的所有联系方式，把摄像头丢进马桶，看着冲得一干二净。他心里毫不慌乱，只是没了手机，联系不到梦静，这麻烦可不小。

阿乐孑然一身跟着秃子上车，他察觉出秃子今天很怪异，之前的谄媚不见了，一路上一句话不说，到了目的地就闪人，显然不愿久留。

这是一个寒酸的农家小院，空空荡荡，正房里只摆了张饭桌，东厢房是一面冷炕，西厢房用作仓库。

邻居的狗怀着敌意吠叫不停，唤起了各类家禽齐鸣。阿乐计算行车时间和速度，又趴着大门缝听不远处来往行人的口音，他基本能断定，这个小院就在九子市辖内的一个村落里。

这院子虽简陋却收拾得干净，而且就在这一两天，院子里还留着扫帚扫过的印子，他刚一迈进来外面就栓了两道锁，能听见那辆载他来的面包车驶远了。

阿乐冻得厉害，先生火烧炕，看来一时半会也出不去，只好裹着羽绒服缩在冷炕上，只听院门上的铁链子"哐当"一声掉了地，心也跟着沉下来。

阿乐推门出来，见是个五十几岁的男人，中等身材，长脸大眼，方口阔鼻，一看装扮就是当地村民。

"你就是阿乐？"那男人一口老烟枪的破锣哑嗓子，舔舔烟卷，如今自己卷烟丝的人可不多了，这人仿佛活在过去，从头到脚散发出格格不入的劲儿。

"干啥？"阿乐充满敌意。

"佬爷看中你了？你小子挺幸运，他看中的人不多，活到如今的更少。"他那口烟熏的黄牙一露，顺势蹲在地上抬头瞅着阿乐，足有五六分钟。

"你想干啥？别磨磨唧唧。"

"我看了你小子的拳，厉害是厉害，你知道自个儿的弱点是啥不？"

阿乐则懒得搭理。

"下盘无力。你小子的步伐够快，但都是闪躲移动，你的拳再厉害，有人抢你的下盘，就完了。"

阿乐哭笑不得，冷笑一声："你懂拳击吗？不懂别瞎说。"

那汉子"嘿嘿"笑了几嗓子。

"懂不懂，你们的腿就是配合拳的，你能进攻吗？你防得了上身，你能防下盘吗？你小子走运，打的四场拳我都看了。第一场对手太弱，第二场那个胖子，算你聪明找到喉咙的弱点，第三场那个号称'黄金甲'的软蛋，只会防守，给了你机会，第四场那黑大个是你们拳击那一挂的，你小子确实快，我反复看了几遍，你步伐灵，拳头准，而且这一次，你终于毒了。以前你好像都在打着玩，这最后一次，我觉得你小子是块料。"

阿乐仍当耳旁风，那蹲在地上的汉子也不急，依然操着一口极重的东北口音沙哑说：

"所以佬爷才决定找我，教你点本事。"

阿乐不屑地打量这个农家汉子，一身过时的味儿。

"你能教我啥？"

汉子挺费劲才站起来，伸了个懒腰，露出红秋衣，对阿乐招招手。

阿乐只哑然失笑。

"我不打老年人。你碰瓷怎么办？"

"来嘛，打死我你就直接晋级了，去终极赛场。"

"凭啥信你？"

"这是庄家的意思。"

一说庄家，阿乐立刻提起兴致。

那汉子露出一口黄牙，"你小子不敢？"

阿乐握紧拳头，全身上紧发条。

汉子却不摆架势，就等着阿乐出拳。

我管他是谁，阿乐一记刺拳冲出，在这三分之一秒内，那人却已左右出了两掌，正打在阿乐两侧的肘与腕，顺势把阿乐斜推到一边。

阿乐回身，那汉子仍冲他招手道："咋那么慢呐？再来！"

论快，阿乐从未输过，可今天这人却赶在他拳锋前出了两掌，那胳膊抡起来如电风扇的桨，根本看不清。

阿乐抱起拳架，快速环绕移步，锁住那纹丝不动的汉子，那股力量顺着脚腕子又蹿上来，阿乐竟有点庆幸，这杀人不眨眼的恶性，现在他正需要。

那力量顺着脊梁灌注全身，又是撕裂般的疼，似乎有口炮顶在那，已由它不由己了。上膛的炮弹击向那手肘，"腾"的一下冒着火星就出去，阿乐用尽全速度击打，毫秒间，老汉却微抖嘴角，露出丝黄牙，那最突出的骨节已触到汉子没剃的胡渣上，虎口却钻进股凉风，那是三九天里的刺骨之寒，风刀霜剑切在拳上，阿乐拼命想扎住步伐，却见那汉子回身扫腿，顿时狂风骤起，在被抛起后落地前的一刹，阿乐知道，自己输了。

"咋了？要紧不，你可别给老子碰瓷。"那汉子又蹲下来卷烟丝。

阿乐正被踹在大腿根，已站不起身。

"你这什么拳脚？"

"咋样，想学不？"

阿乐只龇牙咧嘴揉着大腿。

汉子倒"嘿嘿"一笑，说道："你是冠军不假，但在这地儿，啥头衔都不好使知道不？花把势没啥玩意。"

"这到底是啥拳？"

"咱东北自己的拳，南拳北腿知道不？"

阿乐摇摇头。

"你们这帮年轻人净学些咋咋呼呼的洋玩意，文趟子拳！记住了！就你这样的，遇见跆拳道或泰拳，你根本近不了身，还使啥拳呀？你收拾干净，明天跟老子老老实实练拳。"

阿乐还是不应答。

"咋了？你知道吗，我刚才收脚了，你知道我使出全力你会咋样吗？

低碎迎面骨，中断膝盖，高绝户，我留你一小命，还心里没啥数呢？从今天起，每天给你送三餐，你就待在这院子里练拳。"

"练到啥时候为止？"

"练到你给我打趴下，你就能出去了。"

阿乐看着院门又被锁紧，这男人说是庄家的意思，看来庄家对自己不是一般的关注。这男人手快脚狠，如果练会了这套拳法加上自己的拳头……他突然兴奋起来。

阿乐一瘸一拐回屋倒在炕上，全身筋骨像散了架，一闭眼就睡着了。这一觉昏天暗地，那些之前的噩梦串在一起，加倍恐惧，梦静流着血泪的脸越来越近，阿乐不禁高呼一声"梦静！"，突地坐了起来。火炕烫得他浑身湿透，阿乐隐约觉得身边坐着个人，联想刚才脱口而出的话，心里一惊，恐惧瞬间压了下来。

抉择时刻

老局长的老伴拎着保温饭盒回来时，对满屋子的人颇感意外。蔡文轩身旁站着徐刚，正对他们的是马队和另外几个人，老太太眼花，仔细才看清，热情迎上去。

"陈局长您怎么来了？"

"陈局长今天带着工会的人来看望老领导。"

蔡文轩面色不改，只推着脸色煞白的徐刚到一边，给陈局长留出上前的空档。

陈可锋对他俩视而不见，全程只和老局长的老伴嘘寒问暖，送上了慰问品，不到一刻钟就带着工会干事离开。

马队也一句没说，只跟在后面。

待这帮人走远，徐刚一屁股坐下来，念叨着："完了，完了。"

老太太握住蔡文轩的手，神色焦急道："出什么事了，孩子？"

"没事，阿姨，这小子就这样，我们先走了，您多保重。"

"别，孩子，我有话对你们说，其实我早想说了。"老太太回身把门关严，却又望了望徐刚。

徐刚知趣先离开，约好明晚再碰头。

老太太又确认安全后，抓住蔡文轩的手说："老头子嘴很严，我清楚这是纪律。你是个好孩子，我看在眼里，他昏迷后，你来得最频。今天我跟你说的事情，只能咱俩知道，明白不？"

蔡文轩也紧紧握住老太太的手。

"这次住院，他就感到不好，所以他写好一份实名举报信，已经签好了名字，就为了以防万一。"

"您知道信的内容？"

"我知道，因为他说一旦发生突发情况，让我亲手将信交给组织。"

"是什么？"

"揭发陈可锋的贪污腐败问题。"

"您交了吗？"

"哎，我给整丢了！"老太太哭了起来，蔡文轩赶紧安慰。

"您别哭，怎么丢的？"

"我锁在家里衣柜的抽屉里，非常隐蔽，其实老头子昏迷，我就有心思拿信出来上交，但却找不到了。"

"别人偷了？"

"对。但家里根本没被翻动过，肯定是熟人。"

"您家有谁常来？"

"老头子住院前，雇了个临时护士，白天帮忙照顾，其他人往来我都在家。"

"那这护士一定有问题。阿姨，信上写了什么？"

"具体的老头子不让我看，我就是家庭主妇不掺合他的工作。"

"为什么老局长不直接举报？"

"他说还没拿到最关键的证据，但已经调查出了陈可锋的部分问题，比如受贿材料。这个老头子，没有百分百把握不会冒险。"

"信的事都有谁知道？"

"没有，就我知道。"

"一定有人替老局长调查过这些事，那个人估计也知道。"

"可那个人是谁？"

蔡文轩被问个正着，他只胡乱套上大衣就离开了医院。

应该还有一条线在替老局长调查，如今这人很可能已投靠陈可锋，这真是绞在一起的乱麻。

自己成了陈可锋的眼中钉，还连累兄弟徐刚，说不定下调的消息也是真的，真假张芳、鲁军之死，还有马里奥，这一切的谜团如翻滚的雪球，向他砸来，可蔡文轩却被缴了枪，赤手空拳只能干瞪着即将发生的雪崩，他能怎么办？这千钧一发间，他想到了梦静。

也许终于到了要戳破这一切的时刻，蔡文轩潜意识看了下手机上的日历。

今天是 2019 年 10 月 18 日，早上下了入冬的第一场雪，标志着这座北方小城正式进入了冬天。

鬼魅之夜

10 月 31 日即将过去的零点时刻，敲门声仍在继续。

门镜透着走廊里昏暗的暖光一闪一灭，那个脚步始终在游荡着。

梦静的脊梁如浇在冰水里，大脑分裂出另一个声音不停呼喊着："没事的，一切都能扛过去，快点收拾好材料，稳住！稳住！"

而门外，他的声音像手枪上膛的叩击。

"开门，我知道你在里面。"

这一句就让梦静汗流浃背，尽管发抖，她还是走到门边。

"这么晚了，有事吗？"

"拒我于千里之外？"

"已经半夜 12 点了，你来我家不好吧。"

"你说的也是，我真是在夜店玩惯了，那我在楼下恭候，一起吃个宵夜如何？"

"明早不行吗？今天实在太晚了。"

"恐怕不行。"那声音顺着门缝说，一阵凉风正钻进梦静的耳朵眼里，"因为我现在想你想得厉害！"

他笑起来，午夜走廊里空旷的笑声混入呼啸的北风，真是不寒而栗。

"给你 15 分钟，否则我还会上来。"

15 分钟后，一脸平静的梦静走向一辆跑车。

天知道她到底经历了什么，因为双手颤抖，重化了三遍妆，镜中人真光彩夺目，活到快三十岁，她却一直在和这身美貌角力。

刚入青春期，梦静就搬出父亲与继母的家去住校，上大学就做家教供自己读书，就业时非要选男性主导的社会板块，只要她愿意施展美貌，就会有不劳而获的捷径，过上很多女人梦寐以求的生活。在当今看脸的世界，她的外表就是一张通行证，可梦静偏要和自己较劲，那股与生俱来的犟劲儿一上来，心里反而坦然了。

梦静望着镜子里这个光彩照人的女人，喃喃自语起来："梦静，楼下那个人是魔鬼，你应该害怕，但你就这样认输了？就因为自己是女人，就得娇弱？就得示弱？就得讨人欢心？你走到今天，从来没依仗这身皮囊，都是硬靠自己的聪明和勤奋得来一切，堵住所有质疑声。这一切的努力，都是为了……"

一想到张严，梦静一阵心酸。

"这条路是你自己决定要走的，当初你自大地认为能扛住这一切，今天，就绝不能认输！梦静，你给我听好了，我绝不允许你认输，像个战士，比男人更爷们，没什么能打倒你，除了你自己。"

梦静握紧拳头，带着精致的妆容，一分不差上了那辆跑车。

"欧先生，您总半夜敲女孩的房门吗？"梦静淡定地先下手为强。

"不，怎么说——"欧航单手开车，另一只手揪着耳钉，半梦半醒笑道，"是女孩半夜总想敲我的门。"

梦静翘紧二郎腿，绷着全身。

"你以为我会霸王硬上弓？"欧航扫了眼梦静哈哈大笑。

梦静则不卑不亢，上车前她就编辑好了准备发给蔡文轩的求救信息和相关证据的草稿。

"为什么大半夜带我出来？"

欧航的跑车直冲上跨江大桥，突然急转掉头停住，桥下是融进夜色的江面，欧航笑着下车，走到副驾驶为梦静打开车门。

"带你来吹吹风。"

梦静看着鬼魅般的欧航俯视着自己，仿佛随时会露出利齿。

"都11月了，你竟然带我来江边吹风，真够浪漫。"

欧航没理睬那冷嘲热讽，跨上桥面的行人道，趴在围栏上。江面已封冻结冰，听不到任何水流声，更像一片阴霾的天空。

"你为什么带我来这？"梦静不敢看向那黑暗，只抬头寻找隐约现身的月光。

寒风中，穿着机车夹克的欧航盯着那一片凝固的江面，笑说："现在的冰层冻得还不实，尤其今年是暖冬，冰层脆得很，你知道最适合干什么吗？"

梦静抓紧栏杆，"不知道。"

"最适合抛尸！"欧航忍不住又笑道，"人扔下去砸出一个大窟窿眼，隔天又冻上了，神不知鬼不觉，来年开春，尸体早就泡烂了。你说，有没有人这么干过？"

欧航把头偏过来盯着梦静。

梦静竟也笑出来。

"说不定是社会新闻的好题材呢。可惜这周边监控星罗棋布，没什么机会下手。"

欧航拍掌大笑，直不起腰。

"你这么漂亮的女人，竟然还这么聪明，难怪我会对你神魂颠倒。到我家里喝一杯？"

突然一辆车驶进空旷的大桥，梦静下意识回头，那车在经过时突然踩了下刹车，好让他们看清了彼此的脸。

是那个警察！

梦静顿时心头一惊。

文趟子拳

从天蒙亮开始，邻家院子的公鸡几乎每刻钟都打一次鸣，硬生生叫起在硬炕上彻夜翻来覆去的阿乐。

他拿起脸盆推开门，昨天那个农家汉子已蹲在小院中央抽着卷烟。

"那公鸡第一次打鸣开始你就该爬起来练功，为了叫你起来，公鸡的嗓子都哑了。"

"练啥功？那个文什么？"

"文趟子拳。"

"那我得练到啥时候？我还有事呢。"

汉子掸掸裤腿站起来。

"你要这么赶时间，现在咱就开始吧。"

阿乐仍一脸发蒙，看那汉子自然站立，双手垂侧，全身放松，静立片刻，突然转身，左脚一步，上身下沉，左弓右曲，双手缓缓上提于胸部再推出，并大喊一声：

"虎踞静待！"

接着汉子紧跟左脚前成弓步，左掌向前立拳，拳眼朝上，右掌变拳收于右腰际。

"顺步引身！"

跟上个顺步右拧，左脚横迈一步，两腿下蹲马步，双膝外展，左拳经右臂下前穿，拳眼向上，右拳缓拉于右肩前成平拳，拳心向下。

"盘马弯弓！"

那左脚向身后背步微屈，胯下坐；右脚跟抬起，脚尖点地成虚步。双拳由身前向上向后缓缓抡下，拳心朝上，左拳平胸，右拳附于左肘旁。

"倒步劈砸！"

左脚又前迈半步，脚尖外摆，身向左拧，右脚上步脚跟抬起，贴于左腿后，两大腿夹紧下蹲成闪步。同时左小臂上抬，右拳经胸前收至左肘下。

"闪步巅拳！"

再次左脚上步，脚尖外摆，身左旋，右脚上步脚跟抬起贴于左腿后成闪步，同时两拳心朝上相抱于体前。

"盘旋抱拳！"

两腿下蹲成大虎坐步，双拳变掌，左掌向体前下插，右掌翻转上托，胯下沉，目视前方。

"抢身托天！"

再撤回身后，落于左腿成虚步。右掌变拳拉回身体前，拳心向上，左掌变拳收回腰间。右脚向左前方绕步，右拳变掌向前缓缓伸出，高与肩平，掌心向前，小臂微屈。左脚向右前方上绕步，双腿下屈成虎坐步，同时右掌变拳捋回腰间，左拳缓缓打出。

"绕步捋打！"

那汉子左脚向右脚并拢，身体直立，双手从体侧上抬过头，手心向下翻转，双手再经胸前下落至腹部，分落身体两侧，收了这套拳。

"这是啥，太极？"阿乐只冷眼旁观。

汉子不理只左脚前迈，手从两侧提起，内收于胸前，身沉下弓，两腿呈虎坐步。

"虎步功！"

汉子只又蹲下来，慢悠悠说："八式站桩是文赵子拳入门必修课，而虎步功是首要功法，这套拳谱给你，连招式加心法都在上面，你小子有底子，自己琢磨一下，我再教你。"

"就这软绵绵的，还能碎迎面骨？别逗了！"

"动不必见于形而必存于心，小子，你要能打赢我，我立马开门放人，否则就算你是孙猴子，也得被我压在这五指山下。

说完他扔了本小册子就出了门，那是1983年出版的小书，书体早已破烂不堪，还沾着反胃的秽物，甚至有几页连片看不清字，封皮上人形模模糊糊，只有那加黑的书名仍然清晰——《戳脚——文趟子拳》。

阿乐从小在正统的体制内训练拳击，如今落这荒山野岭，仿佛武侠小说里跟世外高人学武的情节，实在令人匪夷所思。

他仔细瞅遍这破烂小院，终于瞧见大门上角的监控。

果然有人监视着这里的一举一动，阿乐假装自己毫无察觉，但他必须得尽快联系上梦静，否则，身陷险境的绝不止他。

第十二章
达成合作

暗中观察

周一的市公安局行政办公室，所有人都在匆匆忙碌，只有蔡文轩无所事事，他像被人遗忘了，无关紧要地坐在那，从上班坐到下班。

他偶然看手机才发现今天是 10 月 21 日，正好是徐刚的生日。和陈可锋医院狭路相逢的第二周，徐刚被派到外地学习，大概要两三个月，他唯一信任的人也断了线，所以对徐刚更倍感内疚。

如今的蔡文轩再怎么硬装开朗，别人也一眼能看出变化，黑眼圈和干纹带走了他往日脸上的光芒，他像大病初愈的人，久不见阳光。

他日思夜想在琢磨着难题，关于真假张芳，关于举报信，关于协助老局长调查的人，当然还有梦静。

蔡文轩苦恼地又打开记录本，再次从头开始捋着张芳的经历。这个假张芳在 2005 年冒名顶替，2006 年生下一子。2015 年皇冠明珠关停之后，和鲁军开起饺子馆，实则继续为肥佬一伙服务，经营地下拳场。

鲁军死亡，她被林阿花监视，在赴警局的路上，被杀人灭口。

这个女人跟着肥佬一步步走到如今，从最初的发家，到中途隐退，暗中做非法拳赛生意，最后遭遇车祸被灭口。突然，蔡文轩冒出了一个惊人的想法。

"难道，她就是马里奥？"

显然没人会认为马里奥是个女人，肥佬趁机杀她夺权也不是没可能，如果她是马里奥，说明这个团伙要重新洗牌，或者肥佬担正，或者换了新庄家。

但这些都是一个假设，大胆夸张的假设。

而另一个女人梦静，也许来不及那么多假设了。在跟踪调查她这几十天里，蔡文轩想尽办法挖掘这女人的一切，甚至调查了她的经济财务状况。他实在找不出这女人拼命的原因，但也找不出她与恶为伍的任何迹象。蔡文轩判断梦静这种近乎偏执的全身心投入，很可能是因为某种私人原因，再与非法拳赛组织一联系，大概率是私人恩怨。

蔡文轩正在苦想，好久才听见有人一直喊他。

是办公室主任正朝他招手。

主任三言两语说清楚人事调动决定，蔡文轩作为青年业务骨干被抽调支援开发区派出所。

主任反复强调调令很急，今天就得办完手续，蔡文轩欣然接受任命，半小时就收拾好私人用品。办公室表面一切如常，蔡文轩知道这门里和门外肯定有无数张嘴巴在议论他，瞧吧，这小子这回算真栽了。

越是处在绝境，蔡文轩越要精神抖擞，他捧着箱子和迎面而来的所有人热情寒暄，就像是因赶着升迁赴任而兴高采烈。车一驶离市局大院，他才真丢了魂，只漫无目的开车，晃神才发现竟开到了高速路口。

蔡文轩将车停在一边，车水马龙渐渐跟着夜色而四散，只有他仍留在原地一遍遍在想。

这条路他还能走得通吗？

陈可锋、马队摆明把他当明靶子，自己被缴枪，如今更难上加难。

被边缘化就等于失去第一手情报，徐刚也被调离，只剩他自己单枪匹马。

蔡文轩的心情很复杂，委屈、不甘和焦虑轮流占据他的情绪。他并不是情绪化的人，心理状态很稳定，有超出常人的从容，但这次，他心慌了。

蔡文轩毫无头绪，只一根根连着抽烟，这是条死胡同吗？自己做得对吗？他竟罕见地怀疑起自己，深陷迷茫中。

他在车里抽了整整一包烟，落了满身烟灰，掐灭最后一根烟，踩下油门。

此刻，蔡文轩终于确定，现在唯一的出路只有梦静和赵乐。

他打开跟踪梦静的检测器，坐标显示在城中最高档的西餐厅，看来今天这场约会不同寻常，一瞬间他联想到群玉山上的套牌车。

蔡文轩等在餐厅门口差不多四个小时后，梦静才走出来。今晚她简直惊艳，仿佛走红毯的盛装女星，而她男伴的颜值也不遑多让。

这男人乍一看偏阴柔，但全身的线条又充满力量，那张俏脸甚至比绝大多数女人更美艳。

那个男人亲自为梦静开车门，待梦静驾车驶远后，他并没着急离开，而是目送了片刻，才低头和身旁的人交代了几句，突然从冷酷里蹦出几声笑，身边的人也跟着笑，他们这才心满意足地扬长而去。

蔡文轩被一种怪异的感觉占据了，每当他着急想起来就在嘴边的话或者想起支离破碎的记忆却无法将它们组合起来时，身体都会出现这种莫名其妙的感觉。这次，他笃定见过这张脸，可又确信从没见过这个人。

"这个比女人还美的男人是谁？"当蔡文轩自言自语问出这个问题时，答案已呼之欲出。

他迅速翻找手机相册，终于找到那张面部画像，那正是根据林阿花的记忆速写而成的。

这男人惯用美色和毒品控制女人，看来梦静是要有大麻烦了。

想到这，蔡文轩不动声色地发动汽车，直奔向梦静的家。

埋头苦练

阿乐仰天瞅着日头终于从东边露出头，自己已经满头大汗练了两个多小时。普通的一天，通常凌晨四点半他就自然醒来，开始慢跑，变速跳绳，没器材就做一百个俯卧撑，然后移动空击，现在又多了一个训练项目——八式站桩。

每天那汉子盯着阿乐练习几十遍八式站桩，阿乐身体条件优越，反应敏捷，第三天就打得像模像样。

午饭是一饭盒土豆炖豆角，阿乐狼吞虎咽，饭盒顷刻就见了底。

"你小子叫赵乐，他们都叫你阿乐，为啥？像个香港古惑仔的名。"

"没为啥，就是好记。"

"听说你爸也是练拳击的？"

阿乐只又添满了米饭，没吱声。

"哎呀，要你是我儿子就好了。"汉子"嘿嘿"笑着。

阿乐仍闷头吃饭。

"我这一身好功夫算折到我这了。"

"你可以开武馆，收徒弟。"

"这村子除了满地跑的孩子就剩下我们这群半死不活的老人，年轻人连过年都不咋回来了。"

"那不正好教小孩。"

"那你以前听说过这门功夫吗？你们这群小子都一门心思去学拳击、跆拳道、泰拳，谁学这土玩意？这祖师爷留下的好东西都糟蹋了。"

"所以你教我这种打黑拳的人，这不糟蹋？"阿乐鄙夷地撂下筷子。

汉子只笑，又蹲在那卷着烟丝。

"你叫啥？"阿乐拿出仅剩的一盒香烟扔给他。

"呦，你可真奢侈，这一盒得二十多吧。"汉子抽出一根在闻。

"你到底叫啥？"

"按老规矩，你应该叫我师父，现在规矩都破了，我在家里排行老三，有叫我三哥、三弟的，你这个辈，应该叫我三叔。"

"那我就叫你老三。"阿乐不忿地倒在炕上消食。

"你叫我狗剩子都行。"

"老三，你也打黑拳吗？"

老三笑着，把那根烟塞进兜里。

"现在不打了。"

"你为啥要帮肥佬？"

"这跟你说不着。"

"这要了多少人的命啊。"阿乐想起了阿飞，喃喃说道。

老三也脱鞋上了炕。

"那你为啥来打？"

"为了钱。"

"对嘛，能上了这拳台的，都是为了钱。"

"你替肥佬教过多少人？"

"没几个能到我这里来的，来的，都是好把式，不超过 5 个。"

"他们都赢了终极赛场？"

"这个更不清楚，生死我也不知道。这些都由不得自己。"

阿乐突然一把抓住老三的手："可我得活着，我还有老娘，还有家人，还有……"

"女人？"老三"哈哈"笑。

"这截脚确实厉害，我服气，我想尽快学会。"

"快也得个把月，想学精得三五年，脚功不是一天行的。"

"那能来得及吗，庄家不是要我打一场吗？"

老三双手枕在脑后，晃着脚。

"庄家也奇怪，要你和欧航同场竞技。"

"欧航你也认得？"

"我教的那三五个人里就有他。"

"他学了几成？"

"他压根瞧不起文趟子，所以你得赢他，给我长脸。欧航是肥佬现在的头号拳手，这小子娘里娘气，招式更阴损，心狠手辣。小子，你要想活命，好好安心跟我在这把文趟子练扎实了，以你的天资，赢他不成问题。"

"赢了他，就能进终极赛场？"

"你啥都不知道？"老三立起上身说道，"这终极赛场，可不是肥佬一家在玩，真正操盘的是庄家，他手底下养的那些不像人。肥佬以前选出来的人十场输九场，包括那欧航，去了两次都败了阵，你可知道那些畜生的厉害？"

"我听说每个季度都会有集训营拔选选手，拿到入场券就能到手100万。"

"你小子还知道不少。庄家最大的盘在每年的12月31日，眼瞅着就剩一个半月了，你小子赶紧再去打几套八式，明天我正式教你。"

阿乐应声下炕，最终的成败，和这几条人命，全在这几十天，一想到这，那股力量又涌上来。他大喝一声，拳下生风，阿乐回头发现老三正趴窗偷看，但此刻在看自己的绝不仅仅只有老三。

开诚布公

蔡文轩被新分配进的派出所在开发区的工业园区里，因为整个园区还在建设中，工作量不多，所长又说不着急分配工作，这留给了蔡文轩大量可支配的时间。

欧航的底细，他查得一清二楚，梦静是在以身犯险。

目前的困局，和身在危险中的梦静，让他终于下了决心。

10月31日，10月的最后一天，蔡文轩又守在梦静家门口，快到半夜，那个窗口仍亮着灯，他看见梦静悄悄从窗帘缝隙看过来，显然自己暴露了，这女人很机警，蔡文轩便将黑车移到更偏僻处，下车边抽烟边观察。夜里降温，他冻得原地打转，看仍没动静，正要离开，此刻一束车灯却打在自己车上。蔡文轩灵敏猫身一躲，那辆豪华跑车熄了火，他定眼看，正是欧航。这一瞬间，蔡文轩想到几种可能，也许这两人根本就是一伙的，或者这男人准备要对梦静下手。

蔡文轩跟着欧航潜入楼内，看见电梯停下的楼层后走楼梯上去，好在楼梯间没感应灯，才顺利听完他们之间的对话。

此刻，蔡文轩反而冷静下来，也许这就是最好的时机。

当夜的凌晨3点，欧航才送梦静回家。蔡文轩一直盯梢，这两人竟然在寒风凛冽中谈了两个小时。

梦静知道蔡文轩一直都在，甚至没锁家门，蔡文轩推门进来，看见梦静疲惫不堪地倒在沙发里。

"你跟踪我多久了？"

"从你盯上赵乐开始。"

梦静毫无力气，只坦然面对这一切。

"相亲也是提前计划好的？"

"这些都不重要。告诉我原因，你这么拼命的原因，否则我有理由怀疑你的动机。"

梦静把张严留下的全部证据都交给蔡文轩，九子市，这是他还没有发现的线索。

蔡文轩快速浏览全部证据材料后，心里做出了判断，他的直觉没错。

"所以，你愿意和警方合作吗？"

"我早就想报警，但没关键证据。"

"我只想问你，从现在起，你愿意和警方合作吗？"

"我愿意！"

"那我们就谈谈你和赵乐的整个计划。"

直到天明破晓，他们之间的对话还在继续，两个本该困倦的人，却越说越清醒。

"我说的全是真话，我可以跟你回警局做笔录，但请你们想办法救救阿乐还有他的妈妈和哥哥。"

"刚才你和欧航在聊什么？为什么这么长时间？"

"他好像是喝醉了，一直在讲在体校的事。讲了两个多小时，其实是自言自语，我根本不知道他在说什么。我感觉他把我当成了另一个人，以前他认识的人。"

蔡文轩喝光了黑咖啡。

"最后一个问题，那天晚上你在群玉山顶见的人到底是谁？"

梦静却三缄其口。

"是谁？"

"我不能说。"

"那你跟我回局里，看你说不说。"

"这件事去哪我也不会说，我保证不会危害到任何人，以后时机到了，自然你会知道。现在阿乐最重要。我已经几天没他消息了，他说过五天没联系就说明在危险中，请你帮帮我们。"

"你愿意相信我？"

梦静神色坦然道："今天我们能开诚布公讲这些，就是因为我们已辨别出彼此到底是敌人还是朋友。"

蔡文轩会意一笑，却又问："那你觉得赵乐可靠吗？"

"我们俩已经把命都交出去了，土话说是绑在一根绳上的蚂蚱，你说我觉得他可不可靠。阿乐年轻气盛，最近情绪波动很大，但他绝对有潜质能进入终极赛场，马里奥出面钦点他和欧航对决，现在就是千载难逢的机会。"

这句话正击中蔡文轩，为了这个机会，他等得实在太久了。

第十三章
双线汇合

犹豫不决

在一百公里外，头发蓬乱的阿乐蹲在那个小院里，看着院子立起的几个木桩，老三一早就钉进土里，推了推算结实，才罢手。

"文趟子拳有九个完整的拳术套路，三十二式，二十四式，软四趟子，燕行拳，等等，你这个算速成班，我就教你几招实用的。虎步功和八式站桩你这几日练得不错，果然十年的拳头不是白练的，我今天就教教你最亏的腿功。"

老三背身对木桩，后起一脚，整条桩子飞出，阿乐一闪，只差分毫。

"蹶腿，是文趟子拳最重要的脚法，左腿向前跺，右脚拔劲向后撩起，脚跟子发力，左脚跺和右脚蹶同时进行，才能使出劲来。我们这行，都知道'蹶子脚，看家宝'，教你这招是因为它简单易学，使得出劲，最关键，是力气沉足，我们文趟子拳就是从蹶脚而来，这是必会的本领。"

"拐腿，文趟子拳的看家腿法，右横步，左腿屈膝抬起跟上右腿，同时右腿侧面绷紧弹出，力量在腿外侧，出腿于膝盖下，若右腿发力点在脚底，出腿高于膝盖。左落、右起必须同时。这腿法最灵活，可近可远，可攻可守。远则丈余，近可贴身。发腿的力量讲究用绷弹劲，练得好，就像你的拳头一样，肉眼看不见，"腾"的一下，脚像弹弓出去，对方就被撂倒了。可练好这腿力一般需要几年的苦功。"

"咋能练好？"

阿乐看着老三这拐腿的功力，如秋风扫落叶，和他拳的速度相差无几。

"一般先掌握腿法，然后绑沙袋练习，最后就像我一样踢桩。先是木板，然后是原木。这原木都径口过半尺，高六尺，埋地三尺。你先练好这两种腿法，直接上沙袋，练好了再上桩。"

"得多少天？"

"按常理得一年半载吧。"

"那不按常理？"

老三把手兜进袖口瞅着仰脸不忿的阿乐。

"你先练吧，我得看你能成啥样。"

"离12月31日没几天了，你让我从童子功开始练？"阿乐狠踹圆木桩，只疼得暗里呲牙。

"肥佬让我带你两三个星期，成了，你就上一层楼，不成，就拉倒。"

阿乐又想到梦静，问道："你这儿有网吗？"

"开玩笑，村头早通网了，啥八卦消息都知道！"

"那我想去上个网行不，实在想打游戏。就一个小时，真的，就一个小时。剩余时间都玩命跟你学。"

老三犯愁地瞅着阿乐。

"行啊，三哥，叫你三叔也行。"

"这摄像头知道干啥用的不，上头也不信我。"

"师父，求你了。"阿乐拽着老三哀求。

"呦，我今天真是连升几级啊。"

"真的求您了。我不玩几把游戏，心痒得没法练功。"

老三摇了摇头，说："把这两个脚法练好了，中午吃完饭给我戴上沙袋，明白不？"

"网，网呢？"

"中午吃饭！听不懂人话，就这脑子还练功啊？"

老三嘟嘟囔囔走出院子。

晌午，吃罢午饭，老三偷偷拿出最新款的智能手机。

"可以呀，老三。"阿乐一把抢过来。

"你小心点用啊。就半个小时，我待时间长了，上头有意见。你小子可是个人物，肥佬看你看得紧。"

说完，老三晃着腿上炕，片刻响起呼噜声。

阿乐拿起手机就下载网盘，信号时断时续，进度条好像静止，肉眼看不出任何变化。

这揪心的等待，他一秒都不想忍，又啃起手指甲，一使劲咬掉块皮，一股腥味入口。

焦虑等待后，网盘里的文字竟让阿乐措手不及。

"阿乐，警方已经找上我了，现在你必须立刻想办法联系一个叫蔡文轩的警官，他的微信号是……"

阿乐瞥了眼睡得正香的老三，登上自己的微信，刚通过认证，对方立刻发来语音邀请。

"你是赵乐？"

阿乐走向屋子的另一侧，并没回答。

"我知道你和梦静的事了。我叫蔡文轩，是市局专案组的警官，现在，我想和你见一面，十万火急。"

阿乐只咬住指甲，还是不出声。

"其实我们早就开始注意到这个犯罪组织，一直在搜集证据，阿乐，我们需要你。"

阿乐却挂掉电话，删掉微信，在网盘留了一句话：

"等我再联系你，不要轻易相信警察。"

抱团取暖

阿乐的这句话，让梦静大感意外，她不明白阿乐到底在怕什么。此刻她正在报社的地下车场，等着蔡文轩赴约。

梦静小心留意车外的任何动静，却全然没发现站在车后的蔡文轩。一旁观察的蔡文轩干脆恶作剧地敲击后车窗，跳上车对一脸煞白的梦静报以灿烂微笑。

"我看你这黑眼圈，估计又熬夜了吧，这下头脑清醒了？"

梦静又怕又恼，还不好呛声，蔡文轩更觉得有意思。

"放轻松好吗？现在我们是一个团队的，至少你还多了一个我。阿乐还没消息？"

"没有。他说会联系我。"

"他还说啥了？"

"不是拍照给你看了吗，就这一句。"梦静被阿乐搞得思绪很乱，甚至有些摇摆不定。

蔡文轩看得分明，收起笑，决定坦诚相待。"我们之间的合作必须以完全信任为前提。在我们开始之前，请你务必考虑清楚，你到底愿不愿意相信我。"

梦静沉默片刻，说："那你完全相信我吗？"

蔡文轩毫不迟疑地点头。"之前的几十天里，我对你、对赵乐都做了充分的预判。结果是，你们不会是对立方，更不是敌人，所以我才要争取你们加入。我个人肯定完全信任你们。至于我是什么样的人，你也可以进行各种调查。"

"可你为什么没说实话。你已经不在市局，听说被下调到派出所。"

"不愧是著名记者。我的情况太复杂，有些事不便说，但我们是殊途同归。现在路就一条，抓住马里奥，你、阿乐、他的妈妈和哥哥都安全了，我也完成了任务。"

"你自身难保，开什么空头支票？我还不如去找马队，至少他说的算。"

"那你觉得我花了两个月跟踪你是为了啥？邀功？我还跟你相亲，把你的爱好摸得一清二楚，这都不是我该做的，但我做了，因为我相信自己的判断。"

蔡文轩咄咄逼人，梦静也丝毫不让。

"合作的基础是信任，但别忘了，还有一条是平等。但现在明显信息不对称，我把我们的所有进展包括张严的证据全交给你了，而你呢？说实话，我感受不到合作的诚意。"

蔡文轩之前只想把梦静和赵乐当成自己计划的一部分，现在要彼此共享信息，他不得不犹豫。

"看来没想好的是你，不是我。"梦静打开车锁，发动汽车，只等蔡文轩下车就要扬长而去。

蔡文轩联想到自己的遭遇，恐怕也别无选择了。

"你知道鲁军和张芳吗？"

梦静听到这两个名字只觉得耳熟。

"城西的饺子馆。"

梦静恍然大悟，蔡文轩简略介绍了真假张芳的调查情况，梦静速记下来，反复研究笔记，才又说话。

"这个假张芳2005年在东莞认识了肥佬，偷了真张芳的身份后，跟随肥佬一起从东莞到本地，2006年开始在皇冠明珠酒店上班。要想偷换身份，只有两个可能，真张芳亲自同意，或者这人死了，而假张芳恰好知道这件事。无论如何她们之间的关系肯定不一般，女人嘛，一旦亲密了，什么话都会告诉对方。"

蔡文轩点头称是，梦静继续说。

"在东莞和皇冠明珠很像的那间洗浴中心叫什么名字？"

"清泉明月。"

"我觉得也许有必要去一趟东莞。欧航盯上我了，我走不了，你去，可以找当地的警察配合。"

"我有苦衷，现在调查不宜公开。"

"你说话总是遮遮掩掩——"

"牵扯到警局内部的事。"

梦静盯着蔡文轩，他也一脸疲惫，看起来和自己一样，好久没睡个安稳觉了。

"我有个同学就在东莞做记者，也是跑社会新闻的，路子挺多，你去了东莞找他，借口你自己想吧。"

蔡文轩下车前，认真地说了声谢谢，他们都没认真看对方一眼，就分别驾车离开。

梦静刚驶上地面一眼就看见院门口停的那辆招摇的跑车，它故意打开远光灯，让梦静无处可躲。蔡文轩的车也跟上来，见此状他没踩刹车，只绕过梦静，直面驶向那辆跑车，跑车里的男人如等待猎物般兴奋地笑着。

蔡文轩甚至现在就想下车铐住这个鬼魅的男人，却收到梦静的微信。

"你快走，我拖住他。"

这一刻，他们彼此更强烈感到某种情感，也是同病相怜的后遗症——抱团取暖。

彼此试探

阿乐的夜晚再次被噩梦吞噬了。

梦静走在用骷髅头堆砌的群山上，她边走边拼命呼喊，却发不出一声，可确实有人一直喊"阿乐！阿乐！"。

那是阿飞的声音。

阿乐就在这血淋淋的空间，眼见梦静艰难跋涉地走向自己，耳边响彻哥哥的嘶吼。他手脚都被铐住，动弹不得，转身撞见警徽上明晃晃的光，一皱眉，醒了。

乡村的夜如旷野，风止，连呼吸声都挥散消失，阿乐披上衣服想出去透气，才发现今早大雪封门。这雪铺天盖地，只见院中央的圆木桩如几个雪人矗在那。阿乐踩进深雪，像噩梦中的梦静从血水中趟过，他打了个哆嗦，心慌起来，又把拇指放进嘴边。

警察找到梦静，本是好事，终于有人能保护她，可他为什么会排斥甚至害怕警察？

阿乐现在也搞不懂自己，有时，他甚至会害怕自己。上次拳台上他差点杀人后，他就避免回想起当时的一切，那影形相吊的影子被雪夜拉长，他只想回到过去，成为简单而执著的拳手。

阿乐深叹一口，抬头却见一丝光透过灰暗的暴风雪，在遥不可及的地方隐隐发亮，那意味着雪马上就要停了，白天会是个大晴天。

正式练拳前，老三和阿乐用了个把小时才扫清残雪，腾出空地练功。

老三甩开铁锹，抖净全身。

"文趟子拳腿法多用于进攻，手上多用于防守，正是上身紧凑，下身灵活，配你的拳击，可以让你上下并攻。昨天你练了拐腿和蹶腿。文趟子拳一共有八腿：丁、踹、拐、点、蹶、错、蹬、碾。你要重点练习最具有攻击性，也是看家的拐、蹶，另几种会在套路中用上，时间有限，我做你跟着学。"

说罢，老丁摆开架势，脚尖一扫。

"丁腿，就是用脚尖、脚掌这些脚前侧的位置攻击对方膝部以下，尤其是脚踝和胫骨，最经典的一个招式叫挑手丁腿。当对手右快直拳击来时，成左虎步，两手虎口绷圆向上，左前挑其肘，右挑其小臂，对方必然手臂上扬破功，同时左脚踢其胫骨，这胫骨，也就是老话说的迎面骨，实战中你可以由拳到掌，适合那种和你身材差不多的对手，高大的不行。"

"还有一种在近战中很有效的侧身腿法，叫蹬腿，先侧身右弓步，双腿跳起半尺，空中两腿互换，左腿落后成弓，右腿下落蹬直，中心在左，冲力在右，其中一招叫滑步提手蹬腿。对方向头部劈下，此时成左虎步，右脚滑步到左脚后跟处，左手上提对方的上臂，这时他会收手，你就要使出蹬腿，跳蹬起击中脚踝或脚面，蹬腿起宜轻，落宜重，就是要砸中目标，伤其弱点。"

老三亲身演示了几次，停下来喘口气。

"三日不练废了半世功，人真是不服老不行。"

阿乐这几天除了练腿，还对老三给的小册子倒背入流，书上提过这两式，老三一上手，阿乐更开了窍，不到半天就掌握了要领。

老三送饭时在旁瞅着阿乐练习，显然也吃了惊。

"闹半天，你就是评书里常说的练武奇才啊！"老三打开铝制饭盒，是香喷喷的大白菜炖五花肉。

阿乐连手都没洗，三两口就吃完了。

"你小子学得可真快，一看就基本功过硬，速度是有了，但使劲的力道还是欠点。"

"你以为打拳击光练胳膊？我天天做绳梯训练，还有跳箱、跳绳、单脚跳，拳击的体能训练强度比你们这个大多了。"

"你也别狂，还是得勤奋。除了吃饭睡觉，你得日夜练习，这腿法必须像你的拳头一般有力才行。"

"嗯，我知道。"

老三边砸吧烟，上上下下打量了阿乐几回，操着口沙哑嗓音说："不少人夸你天生是块料吧？"

阿乐只仰面喝了一茶缸水。

从 13 岁入拳击队开始，几乎所有带过他的教练都说过这句话，阿乐背课文不行，但拳路和招式一点就通。练拳第一年就出去比赛，面对年长四五岁的拳手毫不怯场。禁赛之前，阿乐根本不知道什么是失败。

老三蹲在阿乐身边，徐徐吐出烟圈，长叹道："你小子算是骨骼精奇、万中无一的武学奇才吧。"

阿乐噗嗤笑了，说："咋了，你准备给我本《如来神掌》吗？"

老三呆看了他片刻，也"嘿嘿"笑了。

"老天爷赏你饭吃，可惜没早几年学，否则一定会让更多人知道咱们东北还有一路叫文趟子的拳脚功夫。"

阿乐不讨厌老三，还觉得难得有些亲近。

"那你为啥学功夫？"

老三仰望日头，眯起小眼睛说："我爹呗，我说了你可能不信，我年轻时，也是万里挑一的人才，这靠自个儿天生的悟性，别人学不来，也抢不走。可老天非要绝我们这一家的本事。"

"那教你儿女呗。"

"咳，别提了。我就一个闺女，在大城市生活，生了娃，我老伴也在那头照顾，留我一个老棒子守在这，他们哪也不让我去，我寻思着遇到有缘人就教教他。"

"那咱俩算有缘人吗？"

老三又双手插进袖口只"嘿嘿"笑着。

"你是咋认识肥佬的？"

老三继续瞅着大日头。

"十几年前我们都在南方混，他帮过我，也可以说救过我，那时我们都是能为了兄弟豁出命的人。算了，别扯淡了，上头嫌我们进度慢了。你天资这么高，只要自己平日肯练功，早晚能体会到文趟子的厉害。"

"师父。"阿乐拽着他袖子。

老三回头一脸鄙夷。"咋了，又想玩游戏？"

"就10分钟，我打一局，你在旁边瞅着。"

"我闲的，你等着。"

午休时，趁着老三午睡，阿乐再次打开手机，他打开网盘看见了梦静的留言。

"我们必须无条件配合警方行动，而且我对蔡文轩也进行了考察，他是值得信任的人，尤其现在这个状况，我们也必须信任他。想抓住马里奥，就必须配合警方早日破案，别忘了你的妈妈和哥哥还在危险中。一定联系蔡文轩，记住，一定。"

阿乐的手指甲只剩下小指还能再啃啃，他用力咬疼自己，妈妈和阿飞就像两块巨石压在他的胸口上，他对这个蔡文轩毫无所知，但他愿意相信梦静，对方几乎是秒接了电话。

"赵乐，是你吗？"

阿乐发出一声"嗯"。

"现在情况很紧急，我需要你的配合。"

阿乐没回答，只听着对方焦急的呼吸，而那个声音也焦急起来。

"现在情况紧急特殊。包括梦静也有危险。"

"什么危险？"阿乐急了。

"她被欧航盯上了。欧航这个人很危险，我担心他会随时对她下手。"

那股力量"噌"的一下在阿乐的血液里瞬间燃烧起来。

"你不是警察吗？为什么不保护她？！"

"这件事一时讲不清楚。我要尽快见你。"

"我怎么知道你是不是来抓我的？"

"赵乐，现在是你的机会，如果你愿意抓住这个机会救梦静，救你的亲人，还有救你自己，就来见我。时间你来决定，我等你。"

阿乐挂掉了电话，回头却见老三正看着自己。

第十四章
正邪之间

半明半暗

蔡文轩一早就坐在空旷的候机大厅里，手机铃声格外响亮。

"你怎么样？欧航他要干什么？"蔡文轩既焦急又略带责备，撞见欧航半明半暗那天，梦静发微信告诉他等消息，别主动联系她，结果等了整整两天。

梦静却很平淡地说："暂时没事，他又约我吃饭，估计他还在怀疑我。"

"那就不要和他独处，饮食上一定要格外注意，他有滥用毒品的前科。我一个好哥们叫徐刚，我不在这几天，你可以随时向他求助。千万别轻举妄动。"

"这个我会注意。关于假张芳，我琢磨了几天，越想越奇怪。"

"怎么了？"

"假张芳为什么要偷换身份？从照片上看，她的年龄和真张芳应该相仿，一个十七八岁的女孩有必要改头换面吗？要办身份证，还得回海南户籍地，还需要户口本原件这些东西，如果真张芳不情愿，估计很难办下来。"

"我也判断真张芳很可能把自己的身份卖了。"

"可能性很大，警方能不能通过面部识别找到真张芳？"

"这个我再想办法。"

"关于肥佬和假张芳的关系，我不认为是男女关系，或者说不是单纯的男女关系，她应该是个很关键的棋子，否则不可能用鲁军来掩护她。"

"你知道吗，我一度脑洞大开认为张芳就是马里奥。"

"阿乐说庄家让他参加比赛，说明马里奥还在。地下钱庄——肥佬——饺子馆——鲁军尸体——张芳之死。林阿花说过饺子馆地下室还有一具尸体，说明死了两个人，另一个人是谁？张芳为什么不跑？"

"根据林阿花的说法，张芳本来是要撤离的，东西都收拾好了，可她却没走，林阿花觉得张芳像在等什么，所以我判断张芳是要等尸体被顺利运走后才撤离，但没想到鲁军的尸体先暴露了，警方追踪过来了。"

"找一个人，对你们警察不是难事吧？"

蔡文轩沉默了，他无法解释马队正在操纵张芳这个案子，他侧面打听了几次，马队处理得非常神秘，关于案子他得不到任何消息，可鉴于马队长和梦静认识的关系，他决定还是不透露警局内部情况。

梦静换了一个思路继续追问："好，那我提几个问题，你试着回答。第一，饺子馆没有张芳，单单林阿花在店里，可不可以运尸体？你在监控里也看了尸体是半夜被包装后运走的，所以张芳在不在有必要吗？第二，张芳本人很可能在 2005 年就跟在肥佬身边，可以说是元老了，如果真想掩护她，她完全可以躲在幕后，就像马里奥那样不露面，不比这种清苦日子强多了，你说她为啥还受这苦？表面和鲁军假扮夫妻，过清苦的生活，还得经营地下拳场，张芳简直是潜伏的女特务，太忍辱负重了。"

蔡文轩一时竟答不出来。

"那你说答案是什么？"

电话传来梦静的一声轻叹。"如果能回答这些问题，我早抓到那个混蛋了。我只想提醒你，关于这个女人，不止一种判断，包括这个案子一切细节，有时候太执着，反而会更盲目。这些问题我会继续思考，东莞之行一路顺利。"

梦静的思考倒给了蔡文轩另一个思路，果然人还是需要交流的，他终于能和别人痛快聊聊这个案子了，那并肩站在一起的感觉，真好。蔡文轩心情明媚得不禁哼起歌来，仿佛重回昔日那个乐观开朗的自己。

在蔡文轩登上飞机前往东莞时，九子市的那一处小院里，阿乐已练完晨功。他照例完成那一套拳击的体能训练，然后开始踢桩，现在他鸡鸣则起，每天除了三餐和睡觉，几乎都在打拳踢桩。老三进院时，阿乐正双拳击打绑在鸭舌帽檐上的网球，网球被一根皮筋牵引，随着阿乐的挥拳节奏而弹跳，抛物线快速叠加模糊，只能看见阿乐面前飞舞着一团草绿色的气流。

"这法子好啊，你小子眼神挺好用啊，妈呀，我都眼花了。"

阿乐收拳夹住网球。

"这练的就是反应能力，咋样，我也教你一招吧，你那掌也可以这么练。"

"拉倒吧，我这老花眼，鼻梁骨都能被球砸折了。你不光是奇才，还是个武痴啊。"

阿乐抬腿扫风，笑问："你看我现在的腿法咋样？"

老三频频点头，又呆看了几个招式后说："还是欠点意思，你拳击得天天上沙包，我们这得天天踢桩。练拳不练功，到老一场空啊！"

那天撞见阿乐打电话后，老三装了糊涂，没再提这茬，可阿乐心里犯嘀咕，如果现在出事，真就前功尽弃了。

"估计没几天了，你不教我些更厉害的招式？"

"关于蹶腿和拐腿我教你两招，你这四腿四式练明白了再串上连环步和鸳鸯腿。现在你来击我的面，用全力。"

"拳头无眼，你可想清楚了。"

"废那个话，是谁把你踹地下的。来，用你的右直拳使劲冲我脸来！"

阿乐听罢即回手出拳，这拳只用了1/5秒，即200毫秒，而人类眨一次眼睛需要400毫秒，所以这一切都成连片的影子，等阿乐看清已仰翻在地。

"绷肘拐腿。对手用右手攻击面部，左侧身横步，左手变拳，上绷弹开对手小臂，同时左腿拐出踢其小腿。上绷下拐，对手只能后仰跌倒。这一招只在分毫啊。"

"你说的倒容易，你咋比我的拳头还快。"

"这个拐腿啊，我们这行有个形象说法，就如一个人踢向挂满露水的树，露水抖落却落不到那人的身上。就在这滴水之间，拐腿可一放一回。可这功力特别不好练，要由短及长踢桩，最后是跑蹿踢桩，离两三丈远，蹿步跑动，脚尖如蜻蜓点水，轻快而过，最后发力踢桩。没几年不行。"

"你给我那书上写过，我看到了。"

"文趟子拳就这本书，现在早成了废纸。"

"你还有啥招？"

"嗳？学上瘾了？是不是不输你那个拳击？"

阿乐真挺喜欢这套功夫，招式简单，却招招好用。

"再教两招呗。"

老三指着阿乐又"嘿嘿"笑。

"那你再来打我。这次你随便打。来啊！"

老三一招手，阿乐起身，疾步走来，既然随便打，阿乐准备攻其不备，出手腹部，未入身前，先面露微笑。嘴角的笑容正在顶峰渐收，却突然撑平消失，只张开嘴巴，呼喊了几句又被撂倒了。

"你咋没等我出手。你这算耍赖！"阿乐被侧摔在地嚷嚷着。

"等你，我傻啊！你在终极赛场碰见外国人，还得用英语问人家'您先出手还是我先'，以武会友啊？"

老三又摆出刚才使出的招式。

"这招叫翻身拨缠。对手走近时，突然左蹶腿踢向对手的前腿，这时对手肯定出右拳击打你的背部，你要立刻收起刚才发蹶的左腿，向后翻转将右臂从对手的臂下穿出，将他的手臂拨打出去，同时丁腿击打，记住了，冲着迎面骨。脚力够了，对方必然侧摔出去。这些招式软软绵绵，就是强身健体，想要伤人，还得靠这些！"

老三指着那些原木桩。

"你要有天能踢断了桩，才算真正出师。可是现在的年轻人没有这口气。"

阿乐羡慕起老三的高超身手，由衷表示钦佩。

"老三，你这拳脚厉害，不该只在这村子里。要不文趟子拳咋办？"

老三又"嘿嘿"干笑几声，继续卷烟。

"听说沈阳那些地方还有协会，也有人练着，可大多是强身健体。我看过不了几年这拳路快成太极、保健操喽。"

这一老一少蹲在屋檐下看着晌午的太阳，轮着抽一根烟。

"老三，你不想问我啥？"

"问也白问。"

"那我能问你点啥吗？"

"啥都白问。"

"三叔，我也算是半个学武之人，我以前是为了当冠军，现在是为了赢钱，你说有意思吗？"

"我爹是在沈阳学会了文趟子拳，他是个武痴，可当时这门还不算正宗的武术门派，连参加武术比赛的资格也没有，可他就想找人比试，后来疯癫，被送回村里，要不就得进去。然后他就逼我学，知道为啥？希望我长大学会了，好和他比试，可没等到这天。这本拳谱就是1986年我特意去沈阳买回来的，他当时病得爬不起来，我听别人说出了本文趟子的拳谱赶紧买回来，他看了一遍才闭眼。这一晃三十三年了，那年我十八。"

"三叔，我学不是为了打黑拳。"

老三瞅着屋檐下那个监控，点点头。

"我知道。"

"我哥被他们抓走了，我得去找他。"

"他叫啥？"

"赵飞。"

"嗯，我想办法打听打听。"

阿乐忘了弹烟灰。

"你有啥办法？"

"肥佬也许会给我个面子。"

"这是个杀人的买卖。"

"嗯。那天跟你打电话的，是个警察吧。"

阿乐抬眼，瞅着老三，屋檐下被阴影划了道斜线，老三半身在明，半身在暗，阿乐回眼，才发觉，自己也是如此。

花花世界

蔡文轩到达东莞的第二天，就找到了清泉明月原来的总经理，那人进去蹲了几年牢房，出来在重点中学门口开快餐店，生意火爆，一年前在校门口勇斗持刀伤人的精神病患者，被当地媒体广泛报道，而梦静的那位同学正是曾经采访过他的记者。

蔡文轩觉得也许真是天道酬勤，和梦静达成合作后，运气似乎也转了个弯，回到他身边。

那人仔细瞅着假张芳的近照和真张芳模糊不清的照片。

"她们当时都在 16 岁上下，这个女人年轻时应该是个大美女，另一个瘦小的女孩来自海南农村。"

"清泉明月从不缺美女，对这个漂亮的倒没什么印象，但这个瘦的，好像有一些印象，我老家也是海南的，有时会搞些老乡聚会，没记错的话这女孩应该是保洁队的。"

"她叫张芳。"

"这我真记不清楚了。"

"那谁能记得这些女孩？"

"当时有个女主管，也早嫁回老家了，我可以把照片发给她。这个人认人很厉害，生面客人只要来一次她就记得，几年也不忘，是招徕生意的活招牌。"

那个'活招牌'果然名不虚传，不到几分钟就认了出来，大嗓门很泼辣地扯起来。

"这两个小姑娘我都有印象，尤其是那个漂亮的，是个北方人，长得很成熟，但说自己未成年没办身份证，差不多是离家出走。找她的客人还挺多，干了一两年就走了，真名记不得，小名叫花花。另一个女孩是保洁，手脚挺勤快，这小姑娘来是想赚大钱，但外形不行只能收拾卫生。"

至于真假张芳的关系，她就说不清楚了，前总经理仍一个劲说着这女主管当年眼力如何厉害的趣闻，几乎没客人能逃出她的眼睛，似乎相较于女员工，她的重点更放在男客人身上，于是蔡文轩灵机一动，把肥佬的照片发了过去。

"唐先生。这个人可不好惹，当年他是背着人命官司的。"

"什么人命官司？"

"听说当街打死了人，但后来没证据就不了了之了。这人的拳脚很厉害，三两下就把人打死了。"

"现在倒看不出来。"蔡文轩想不到如今大腹便便的肥佬十几年前还是个高手。

"但唐先生出手很大方，我对这种客人都记得牢。"

"那他点过花花吗？"

"嗯，点过，对了，自从花花走后，唐先生也不来了。"

"唐先生和你们老板谈过生意吗？是不是总来？"

"我们老板是香港人，很少在这边，没听说唐先生是老板的朋友，而且他算不上总来的常客。"

蔡文轩心生疑问，既然没达成合作也不是常客，肥佬为什么能带走假张芳，而且将清泉明月照搬过去？这背后一定是有高人指点。

"这个唐先生都是自己一个人来吗？"

"后来总和一个人来，看年轻也不大，我们都叫他大发哥。"

蔡文轩立刻把嘴唇紧贴耳机，却导致声音模糊不清。

"那人长什么样？"

"五官平平淡淡，算得上丑，这么说，我想起来了，这人经常来点花花坐台。"

"是那个干瘦的小寸头吗？"前总经理附和着，"这人刚开始和肥佬打了一架，那阵仗太吓人了，后来两个人又成了兄弟，好得很，我还有印象。后来还有个叫老三的乡下人也跟着他俩，反正这三个总来。"

"你们能帮助我们做画像吗？不会耽误多少时间的。"

蔡文轩不便透露警察的身份，只用钱来交易。

拿到钱的"活招牌"配合度更高了，开始滔滔不绝讲起花花。

"这丫头很有主意，性子刚烈，客人有钱不顺她的意也不行，惹了不少事儿。倒和唐先生他们相处得很好。她没一句真话，说自己16，至少得有18。走也不说一声，没规矩。"

"另一个瘦女孩呢？"

"她听话，也没干多久。过了好几年我在广州碰见过她，大变样，而且带了个小孩，应该结婚了。"

"确定是她吗？"

"确定得很，因为她老公在旁边她还不想认我。我眼多尖呢，一下就认出来了。"

"广州哪里？"

"上社那边，开了个小档口。"

"你确定吗？"

"认人这方面，我从没失手过。"

"如果再见到唐先生带来的那个人，你还能认出来吗？"

对方只迟疑了几秒就肯定道："能确认。"

蔡文轩当天下午就坐高铁到了广州，火车上徐刚安排好了上社警方协助调查的相关事宜，具体费的周折徐刚没说，蔡文轩心里却清楚。

假张芳的线看似就从她无声离开东莞时断了，却留下了一个最大的谜团，肥佬身边的人到底是谁？

那人的画像很快出来了，是个左脸留疤的普通男子，普通到离开照片就根本记不住他的样子。身材壮实，细长的肿泡眼，蒜头鼻，方下巴。

这个人究竟是不是——

蔡文轩脱口而出了"马里奥"这三个字。

师徒一别

阿乐的一天基本始于凌晨 4 点，他像打沙包一样疯狂踢桩，脚的背、侧、掌、根都附上了角质化的硬皮，那是表皮磨掉后换来的保护甲。早上七点来钟，叼着卷烟的老三晃进院子，阿乐已经将圆木桩踢得松动，老三就压平土，又固好木桩。

"今天是你在这的最后一天，明儿上头就把你接走了。玉环步，鸳鸯腿你还不熟练，需要下功夫。我说的技击二十法你可连可拆，也要多加练习。"

"咋？这就完了？"

"文趟子拳你只学个皮毛，手法你还没正儿八经学。我们有九个完整的套路，包含着手、腿、步的协作，单一套大连环拳就 48 个组合，108 个动作，你还差得远。但你的腿法基本上七七八八成形了，只要每日按照小册子苦练，很快就能在擂台上见成效。"

阿乐突然冒出一丝失落。虽然走出这院子，他就能见到梦静，就能上赛场，就能去复仇救人，却还是失落，全身空落落的。在这个小院子里，他没了焦躁不安，连指甲也啃得少，每天只想着练好一招一式，就像他刚学拳时那样，一头栽了进去。

"咋还舍不得我？"老三又把手套进袖管笑着。

阿乐回身出了一击蹶腿正踢中木桩，仍满不在乎，一脸高傲。

"你就不能教点绝招啊。不是每个门派都有致胜的法宝吗？"

老三上前推了推这桩，又退后几步，突然左腿跳起，落下前，右脚拐腿腾空踢出，那桩子被拦腰劈开，碎了阿乐一身木渣。

"我去，这是街霸？"阿乐只愣在原地。

老三转了转胯骨，似乎扭到了骨头。

"我这把老骨头不热身不行了。这叫腾空腿法，离地悬起腿击，长距离力量大，这个加上拐腿，威力加倍。文趟子拳的腿多是高中盘腿法，但也要小心，一旦目标不中，必须迅速收腿，配上借步和倒步，以防对方偷袭。这些天，能教不能教的，我都倒给你了，接不接得住，就看你自个儿本事。"

"我走后，你干啥？"

"养鸡养鸭养猪，再混一两个月就过年，我也能见着家里人了。"

阿乐收拾完木头残渣，见老三还蹲在台阶上望自己，那位置恰好是监控的死角。

"你该练套路练着，我说你听，指不定一会儿没机会说了。你哥我打听出来了，是夏天被抬出拳台的。"

阿乐一击拐腿猛击，几乎脚骨都碎了。

"要的就是这个劲儿！听说在8月庄家的拳赛上，他被人打下擂台，好像被打得特狠。"

"对手是谁？"

"外号'恐龙'，是个老毛子，有人样却有如恐龙的筋骨。"

阿乐迅速跳步踢桩，木桩纹丝不动，裂开的却是他自己，好久没上头的那股力量拔地就起，只咬牙切齿问道："那家伙到底啥样？"

老三挪了几步蹲麻的腿，继续说道："以前古书里写张飞'身长八尺，豹头环眼，燕颔虎须，声若巨雷，势如奔马'，这人是张飞的两倍，凶煞里透着狡诈，要我说还得加上一条——心如蛇蝎。"

"你也教过他？"

"不，是会过他。那人好像在老毛子的特种部队待过，那才叫身如闪电。"老三走下台阶，要阿乐和他对招。

阿乐使出挑手丁腿，老三借步躲开，又顺着耳边说："我输了，仗着腿脚快免了一死，当时只能听见风'嗖嗖'地在刮，那人却看不见影，你说吓人不。"

阿乐回身一招翻身拨缠，突然左蹶腿踢向老三，老三腾空借步又躲开了，却不击拳。

"这是庄家的头号拳手，凡他出场，庄家一定会现身。"

阿乐再用鸳鸯腿一阵猛攻，老三只连连退让。

"那年底的终极赛场他会出现吗？"

"肯定会。庄家赚大钱就指这个盘呢！"

"所以庄家也一定会来？"

"怎么，你在这等着下套呢？"

阿乐一愣，老三即踹上胫骨，所幸收力，否则还得人仰马翻。

阿乐猛退几步才刹住，用上二十击里的点踹连环腿擒住老三的左臂，侧踹向老三腹部。

老三微微一笑，上身收力却没躲，被踢出几米远。他揉着肚子爬起来，又"嘿嘿"笑着。

"你踢翻我，可以出师了。"

阿乐上前扶起老三，"是您抬手。"

老三又上下打量了阿乐几番，竟有几分不舍。

"你是我这辈子见过最拔尖的人才，这话不掺水。小子，你可不能辜负这身能耐，说不定能赢那'恐龙'。"

听闻"恐龙"两字，阿乐破口而出："怎么才能和'恐龙'碰面？"

"'恐龙'是庄家的头牌，你想会他就必须先过欧航这关，你们之间的这场拳赛，估计就是庄家在选人。"

"你为啥什么都知道？"

"当年在南方，庄家、肥佬和我都干过不少荒唐事，我们曾经是兄弟，但现在，不好说了。"

阿乐心里一惊，问："你见过庄家长什么样？"

"见是见过，但如今他不知躲到哪去了，消失了好几年。"

"你为啥还为他们卖命？"

"我闺女在大城市的房子还有几百万的贷款呢，再说不是你想走就能走得了的。"

"你不告发我？"

"这买卖迟早得有砸的一天，我不如我爹活得坦荡，我爹疯也疯得理直气壮，我给文趟子拳抹了黑，这事早该了结了。"

"你们三个咋认识的？"

"说来话长，十几年前，我染上赌瘾，欠了一屁股债，跑到东莞打工，遇到了——"老三停下，因为他听到了远处的犬吠和滚滚的车轮声。

"你记下我电话，向警察同志求情，算我自首得了，这买卖我真不干了，我也不想操心我姑娘了，以后能让我到深山里一个人安静练功就行。"

砸门声响起，东强手下的秃子在嚷嚷，进来几个人不由分说收拾好阿乐的衣物，秃子边剔牙边凑近这俩人。

"三叔身子骨还这么硬实。佬爷让我来带人，乐哥，走吧，这破地方没待够啊？"

阿乐被推出门，踏出门槛前突然回头，朝老三拱手鞠了一躬。

"三叔，以后有机会，我一定跟着您正经学好这文趟子拳。"

老三立在日头下，躬身眯缝眼，双手习惯性地钻进破棉袄的袖口，一擤鼻子，又"嘿嘿"笑了几声，含着这笑意扯开嗓子。

"最后我送你段《文趟子拳歌》，小子，你听好了。"

文趟师祖胡奉三，北腿短打立新篇。

饶阳得腿段兄弟，参悟内外真灼见。

修炼研磨数十年，文趟始能世上传。

拳法高超精腿脚，连环专打中下盘。

八法拳理明真谛，千溪万流归总源。

开张紧凑明气力，连随单靠谋略言。

展翅绵长中内劲，旋转拥抱巧周旋。

虎步功成初建树，八式桩发功夫拳。"

老三这拳歌喊得声嘶力竭，阿乐坐上车，只听到这几句。车驶出许久，竟隐约又传来，一阵恍惚，才发觉是自己在出声背诵。

"乐哥，你可别走火入魔喽！"秃子从副驾驶扭头怪异笑着。

阿乐冷下脸，眼罩盖住眼前，只能听见驶进了热闹地段。

"我们去哪？"

"别问了，乐哥，从今天起，你一切活动都听安排，我一定会给你伺候得明明白白，放心。"

阿乐没理，只想着如何能和梦静见上一面，还有蔡文轩。

"乐哥，你和欧航的这场比试，你可一定得赢，那小子可狂妄了，仗着皮囊好到处玩女人，就这种烂人也能得到佬爷的赏识。哪像你，这几天听说你腿上功夫飞涨，那个花花公子还在那玩女人，听说最近和一个女记者打得火热。到时你可得死劲捶这小子！"

阿乐"腾"的一下，就像扔进沸水里的螃蟹，钻骨的灼热燃遍全身每一个毛孔，越挣扎，就越绝望。

那个叫蔡文轩的警察说得没错，现在除了信任，已别无他选。

第十五章
情花有毒

失控边缘

下午 5 点是报社的截稿时间，所有人都在做最后的校对修改，梦静却根本无心工作。今夜，阿乐要和蔡文轩碰面，这两个人能不能谈拢还未知，而她已知的，是欧航正在楼下等她下班。

言谈举止间，梦静隐约感到欧航身上疯狂而颓废的瘾君子气质。欧航纠缠自己的目的是什么？如果是怀疑，应该早下手了；如果不是，更不妙。

那天在桥上，欧航一反常态地和她深聊很多过去的事，反复回忆体校的经历，他接近自己一定有原因，也许和他的过去有关？梦静正在琢磨，突然被实习生推了下，两个人都吓了一跳。

"静姐，主编找你。"

主编曾是梦静母校新闻学院的教授，算是她和张严的老师，他看见梦静也面露惊讶。

"小梦，你最近是不是病了，同事们都很担心你。"

"没事主编，只是肠胃的老毛病。"

"你上班总心不在焉，而且整个人样貌大变，你自己保重身体，如果还想休息，我也可以给你假。"

"谢谢领导，我再想想。"

"那我说正事，也算不上是正事，但我得先让你知道。"

主编拿出了一份样报。

"这是明天要登的广告，有个客户定了整版，因为先签了合同，现在不得不登，但确实有些不合适，我也批评了相关办事人员。"

梦静拿过样报，上面只写了五个大字：

我爱你，梦静。

仿佛有无数只虫子从那几个巨大的黑体字里飞出，围住梦静的脑袋，她只能听见胡乱的杂音，只能看见主编不断蠕动的嘴巴。

她走出主编办公室，手里攥着那份样报，一切突然安静了，聚在一起的人们滑着办公椅回到工位，关系不错的同事过来打听八卦，梦静看着她和张严的合影，脑子里却全是阿乐。她抓起大衣，冲下楼，欧航正靠在车门抽烟，看见她后，笑了。

"今天提前下班，难得。"

梦静展开那张样报，欧航如鉴别假钞一样高举着报纸。

"你们报社的美工品味太差了，这都已经改了好几次了，凑合看吧。"

"你到底想要干嘛？"

"这个还不明显？请念出这五个大字。"

梦静惊恐地后退一步，才发现行人都在有意无意打量他们这对外表过分亮眼的男女。

"欧先生，我想你有误会。"

"嗯，是吗？我以为你也正有此意呢？否则为什么我的一次次邀请，你都欣然赴约呢？如果不是对我有好感，那只能剩一种可能，就是心虚。"

"我不清楚你的话。"

"美人儿，你知道最让男人着迷的女人是什么样的吗？就像你，这么漂亮又这么难懂，你是我唯一搞不懂的女人，我越想搞懂你，就发现你，越神秘。"

欧航一把将梦静拉到胸前，食指轻划她的脸蛋。"不要让我失去耐心，我心里可住着一个魔鬼，你要把它放出来，它会把你撕碎的。"

梦静清楚欧航很可能刚嗑完药，正在丧失理智的边缘，她必须想办法抽身，本能扫向四周寻找机会，只见有个人蹲在不远的花坛后，都不用细看，她就差点惊呼起来。

欧航顺势抱住了她，耳鬓厮磨间安慰着梦静，以为是自己吓坏了她，梦静偏头看向那个身影，摇摇头，那人才又蹲下。欧航低头想吻她，梦静一偏头，挽住他的胳膊，快速上车。

跑车经过花坛时，她和他对视了一眼，然后，她离开了他的视野。

花坛后的阿乐只能闭上眼，一切都失控了。

踏上正途

蔡文轩在筒子楼里等了一个小时，人还是没来。

过去几十个小时他飞去东莞，赶去广州，又坐夜机回来赴约。就在十二个小时前，他终于见到了真正的张芳。

如今化名为陈果的她已三十出头，生了三个女儿，因为婆家重男轻女，刚怀上第四个。在上社开了十年的早餐店，才能如此顺利找到人。

在警方的审讯中，真张芳很快承认协助他人伪造身份的事实。警方反复询问原因，真张芳只说是钱，假张芳给了她六万，当时她在东莞认识了现在的老公，决定用这六万元到广州试试运气。

审讯过程中，蔡文轩很少发言，他始终观察这个过度操劳的少妇，她之前是毕业合影里那个模糊的少女，现在虽憔悴却生动分明。

当地警方结束提问后，征询蔡文轩的意见，他才开口，这些问题从知道有真假张芳以来，就长在肚子里，如今熟透快烂了根。

"她为什么会选中你？"

少妇一只脚从拖鞋滑出来不断蹭着另一只脚背。

"这个罪名不轻，你肚子里还怀着一个，主动交代对你和你的孩子都好。"

少妇的脚趾头使劲扣着脚面，划出了一条白印子，她第一次抬头看蔡文轩，才发现这个警官长得很帅。

"那个时候我没文化，出来打工干流水线太累了，听说东莞机会很多就去了，我生得太丑，只好当保洁，工资还是比以前高很多。但所有人都嫌我，只有花花愿意和我一起。"

"花花是哪里人？"

"听不出来，肯定是北方人，说话很标准。"

"她原名叫什么？"

"我刚才说了，没人知道，我只知道她叫花花，应该比我大一两岁，她是从家里逃出来的，她说永远也不想回家。"

"为什么逃？"蔡文轩从保温瓶倒了一杯热牛奶，推给她。

少妇捂住牛奶，迷茫地看着蔡文轩，偶然露出当年少女的影子。

"她亲生父母死了，就剩个继父，虐待她，她说自己就算死了也不会回家。可继父还是不肯放过她，曾经把她抓回去好几次，她费劲力气才跑到东莞。"

"所以她需要另一个身份？"

张芳点了点头。

"钱是唐先生付的？"

张芳惊讶地再次抬头。

"也许吧。反正出面和我谈这件事的是唐先生。"

蔡文轩把另一个人的画像推向张芳。

"这人是唐先生的朋友。"

"他总点花花？"

"他很喜欢花花，不过花花的老客很多。"

"他是什么样的人？"

"很少说话，但很喜欢唱歌，他一来，会和花花一唱好几个小时，花花也很喜欢他。"

"他叫什么？"

"我只知道他叫大发哥。还有个叫老三的，那阵他们总来。"

"花花走后呢？"

"再没见过，我也去了广州，我真的只知道这些。"

"当年唐先生、大发哥、老三，经常和花花见面？"

"对，一周至少一两次。"

"他们说了什么？"

"这我真不记得。"

"花花走之前说过什么？"

"她说要去北方过新的生活，换了身份，那个混蛋继父再也找不到她了。我真的只知道这些，警察同志，我还得回家喂奶，求求你放了我吧！"

十二个小时前的审讯历历在目，蔡文轩又扔了一个烟头，插在那一小堆烟头上。看表，已凌晨三点，赵乐很可能爽约，可蔡文轩并不准备走，既然他来，就一定要等到这个人。

突然走廊尽头的感应灯亮了，一个斜长的影子在昏暗中走来，在快要看清脸时，灯又灭了。

"你为啥没走？"

这就是他们俩的开场白，因为欠费水电早停了，趁着月光，蔡文轩坐在屋中央的桌旁，只见那个影子穿梭在各屋打包东西。

蔡文轩为了这一刻等了这么久，他愿意再等片刻。

终于影子定在他面前，挡住了窗口的月光。

"因为我相信你会来。"

这是他们之间的第二句话，之后是良久的沉默，他们在连月光都没有的黑暗里，注视着对方。

"你想我干啥？"

"帮我们，也帮你自己。"

"怎么帮？"

"你进入终极赛场时，马里奥能出现，我想这就是最好的收网时机。所以我希望你做我们的内应，把地点和相关人员摸清楚，尤其是要搞清楚马里奥是谁，当天他会不会在场。"

"你答应我两件事，你说的我会做。"

"只要不违法乱纪。"

"第一，我妈妈被肥佬盯上了，你帮我想办法。"

"梦静已经告诉我了。阿姨住的医院有他们的人，我已经设计好了转移方案，保证三天之内将阿姨转院到安全地点。"

"第二，这是我们男人的事，梦静必须撤离。我看见欧航那个王八蛋在纠缠她，你必须要保护好她。"

"这个我保证。那谈谈我对你的要求？"

蔡文轩递给了阿乐一支烟，他明知道阿乐不喜欢抽，但也很清楚为了面子这个小年轻会装得稀松平常地接过去。阿乐边吸边皱眉的神态全入了蔡文轩的眼，这和他原本勾勒的那个热血冲动、高冷孤傲的年轻人形象基本符合。

"第一，我们三个现在是一个团队，这个团队暂时由我指挥，所以你必须按我们计划行事，尤其在你哥哥这件事上，一定不能冲动。"

"你让我见死不救？"

"不，是有勇有谋。"

"你意思我头脑简单？"

阿乐纹丝不动，蔡文轩却感到一股杀气。

"赵乐，一定要救你哥哥，也一定要抓住马里奥，可你现在整个人像炮筒，一点就着。"

阿乐双拳砸在桌上，一只玻璃杯摔碎在蔡文轩的脚边，但蔡文轩丝毫不退让，只斜靠在椅子上冷笑着点了烟。

"如果单靠拳头就能解决一切，你一定是赢家。"

"可你呢？不也得千方百计找到我这个头脑简单的人，要靠我这双拳头？"

蔡文轩笑了，但即便在困意疲惫的折磨下，他还是笑起来。

"阿乐，现在少了我们哪个，这案子都是死路一条。你要有其他办法，也不会同意见我。我的第二个要求，是你一定要进入终极赛场，我相信这个过程很艰难，甚至——"

"你见过这些人打拳吗？"

"我们知道至少有四个人死在了拳台上，他们像垃圾一样被抛尸在街头，阿乐，我清楚那场面什么样儿。"

"那些人都是为了钱？"

"因为各种原因吧，也许是贪婪、欲望，也许是逼迫无奈。我知道你最初是为了钱，可现在一切不一样了，阿乐，你现在是在做一件有意义的事——"

"少给我唱高调了！你答应我的要求，我就答应你的。"

阿乐把门打开，蔡文轩笑着起身，在关门那刻，蔡文轩出手顶住。

"一定记住我的话。"

"你也一样。"说完阿乐狠狠关上门。

老房子里空荡荡、静悄悄，阿乐瘫软地倒在床上，为了甩掉秃子，他想尽了办法才抽身出来，还要赶在天亮前回去。今天的一切乱极了，他不能睡，却还是沉沉地睡过去。

蔡文轩走出楼道，看见远方有了微亮。他已经快48个小时没睡觉了，头脑却是这几个月来最清醒、最放松的状态，因为他确信，经过这么长的蜿蜒曲折之路，他终于走上了正确的道路。

以身犯险

为了加快计划，和阿乐碰面的第二天，蔡文轩就在报社停车场约见梦静，他单刀直入地让梦静向报社请长假，然后出国，甚至帮她找好了去洛杉矶的语言培训班，在马里奥落网前，他要求梦静不能回国。

梦静不吵不闹，只当着蔡文轩把那些宣传册撕得粉碎。

蔡文轩面不改色，从包里又拿出一沓更厚的宣传册。

"这个不满意，有的是选择，美国不喜欢，去英国学伦敦腔……"

梦静终于控制不住自己，不顾形象地大喊："你让我走？你知道我为了这个案子付出了多少吗？"

她气得想冲下车，却发现车门被锁住了。

"放我下车！"

因为委屈和气愤，梦静整个人都狂躁起来。她要去打开蔡文轩身边的开锁键，却忍不住对他发泄怒火，而蔡文轩始终保持冷静，任由她打闹。

梦静终于意识到失态，最近因为焦虑，她情绪失控的次数越来越多，蔡文轩递上纸巾，她才发觉自己哭了。

"你不走，我和阿乐都没办法安心，欧航这个人太危险了，你出国后，我们也能随时沟通，你还是小组成员。"

蔡文轩本想捂住她颤抖的手，梦静却恢复常态，端坐回去。

"你们这是在性别歧视，看扁我是个女人。"

"你这从何说起？欧航是个啥样的混蛋不用我多说了。"

梦静整理好自己仪表，沉静一会才说："蔡文轩警官，我是一名记者，也是这个计划的发起者，请你们充分尊重我。我是个女人，可我的决心和付出一点不比你们哪个少！那天半夜我赴约欧航，就下定决心，不查出真相誓不罢休，谁也不能阻拦我。"

"可欧航是个陷阱，我不能眼睁睁看你掉下去！"

"我和你想的恰恰相反，我认为欧航是一个机会。阿乐通过终极赛场这条线索往前走，而我得去验证阿乐所获信息是否属实。马里奥是个很狡猾的人，如果有圈套，阿乐随时有生命危险。"

蔡文轩无奈地叹气，他没想到梦静这女人会如此倔强。

"你现在送上门，知道后果是什么？可能被强奸，甚至是染毒！我以为阿乐头脑发热，没想到最疯狂的是你。"

"那如果他爱上我了呢？"

蔡文轩哑然失笑，笑声既嘲讽又疯癫。

"我以为你是个很理智的女人。咱们这是警匪片，不是无脑的恋爱偶像剧。怎么着，霸道总裁爱上你了？那你去劝劝他能不能来自首，现在我就可以收队了！"

梦静那股火又冲上来，正对着同样有些冒火的蔡文轩，两人的火苗相撞后，还是蔡文轩先投了降。

"我们都冷静冷静，必须要非常认真地讨论这件事。"

"我一直在很认真很负责地说这件事。请问欧航这么百般纠缠我的目的是什么？"

"也许他在反侦察。"

"记得那晚我们在大桥上谈了两个多小时。"

"当然，我都做好他动手的准备了。"

"那晚他也许是醉了，或者刚吸完毒，时而清醒时而糊涂，不断讲着以前体校的生活，讲在散打队被人欺凌的经历，那天我就强烈感到，他可能把我当成了另一个人。可能是职业病，我又重新调查欧航在体校时期的那段经历，结果真被我发现了，一个女人。"

蔡文轩看着那个女人的照片，倒是和梦静的轮廓有几分相似，但五官气质则平淡普通很多。

"这女孩叫邱梦，也有个梦字，当年在体校练习跆拳道，他们大概从十五六岁就在一起训练，应该是他的初恋吧。后来欧航因伤人入狱而离开散打队，他差点杀了一个人，奇怪的是我查不出那人是谁。小道消息说，那人好像是体校领导，强奸了邱梦，可怜的邱梦后来吃安眠药自杀了。欧航出狱后成了社会闲散人员，有一次差点被好几个人打死——"

"让我猜猜，是肥佬救了他的命。"

梦静挺意外。

"对。你怎么知道？"

蔡文轩突然意识到，或许救他的人不是肥佬，而是马里奥。

"你接着说。"

"然后，他就走上地下拳手之路。那天，我竟看见了他的泪。"

"鳄鱼的眼泪，他只想玩弄你。"

"他有太多机会可以对我下手了，可他没有。"

"你是不是患上了斯德哥尔摩综合征了，女人为什么总有个玛丽苏的梦呢？他是条毒蛇，他没咬你，不能说明他没毒。"

"那他现在的所作所为怎么解释？我敢说，他现在一定会等在报社门口，每天四点就开始等我。"

"监视你啊，傻瓜！"

"那为什么要登报？"

蔡文轩真的快要崩溃了，双手抱头喊着："为什么？那他为什么骗了那么多女孩？他是个疯子！梦静，你头脑必须冷静下来！你可能和那个邱梦有几分相似，但又能说明什么？你不是邱梦。"

梦静只从容地补好了妆，"我很冷静，今晚我就要鉴定这个人到底是不是爱上了我，欢迎你在一旁做见证。"

"男人的嘴，骗人的鬼。"蔡文轩仍一脸不屑翻了个白眼。

"那由你来做这个判断。"梦静靠近蔡文轩，蔡文轩闻到她身上的余香突然浓烈起来。

"如果欧航是真的爱上我，你必须同意我按自己的计划继续下去。"

说完，梦静按下蔡文轩手边的开锁键，扬长而去。

隐忍不发

城乡接合部，带小院的平房里，阿乐病了。

那个早晨，他想起身练晨功，却发现自己动弹不得，脑门上冒着火。还是秃子发现，给他喂了药。

如今秃子带着两三个人轮流监视他，阿乐不明白为什么自己突然这样重要。

他烧得迷糊，梦里妈妈用手背轻抚他滚烫的额头，仿佛小时候，他喊着妈妈，然后哭起来。

他好像是醒了，但仍在梦里，整个人向下坠落，妈妈的笑容化成了遥远的一颗星，而他掉进了黑洞，朝着那颗星攀爬上来，才发现，只是钻进更深的黑暗里。

他烧了整整两天，才被送到医院。

在梦与梦的间隙，一道光投来，他终于醒了。

阿乐睁开双眼，看见的第一个人却是肥佬。虽在混沌里，但老三的话他记得清清楚楚。

"你病得不轻，身上的毒日积月累，终于爆发了，看来，你有心病啊。"肥佬的语调仍是平缓柔和，甚至还有一丝慈祥的笑意。

阿乐只闭上眼，毫无感情地表达谢意。

他听到肥佬那浑厚的笑声迸发出了一种愉悦感，于是睁眼看着肥佬。

"老三说你是他这辈子见过的唯一的练武奇才，能让他说出这番话，我没看走眼。阿乐，你就是我一直在找的那个人。"

"什么人？"

肥佬只笑着手捻佛珠，又说了些无关的话，阿乐无心听，微微皱眉。肥佬见状也不久留，拖着肥胖的身躯，几乎一步一停向前挪，缓慢打开门，却没急着走，只说了一句话。阿乐顿时大惊失色。

"阿乐，你生病时，你妈情况不好，我帮她转到一线城市的大医院了。你放心，只要拳赛赢了，你们母子就会重聚。你和欧航的比试定在下周三，只有五天了。"

阿乐顿时炸了，病竟好了几分。

为什么不早相信蔡文轩？

阿乐面目苍白地质问自己，只见护士推车进来，本来说笑的秃子见状退出门外。

那护士很年轻，阿乐看着针头扎向自己时，做了一个决定。

"我有个紧急的电话，能借你手机用一下吗？"

小护士不解地看着他，阿乐满头大汗，嘴唇发白地又重复了一遍，小护士才掏出手机。

阿乐迅速找到蔡文轩的微信，这一次他选择相信。

但蔡文轩却拒绝了语音邀请，只发来一条消息。

"不方便，文件留言。"

发完信息后，蔡文轩就把手机扣在桌面，会议还在继续。

离开市局已经一个月，再回来一切都没变，不过自己的身份成了基层派出所的民警。

阶梯会议室里，蔡文轩坐在最后一排，因地势有利，把前几排看得清清楚楚。陈可锋坐在第一排，而马队在第三排的最边上。

阿乐的来电足以说明情况紧急，可他还是不能留下任何文字信息和语音留言，任何级别的风险在如今这个阶段，都是致命的。他一遍遍等待网盘里的更新，看着阶梯会议室满腾腾的人头，不禁又想起那个百思不得其解的问题，那个帮老局长秘密调查，最终又出卖信息的人，到底是谁？

老局长只会将这件事交给自己最信任的得力干将，蔡文轩又闭上眼，他脑海里过了几十个人名，但没一个能比马队更有分量。如果是他，一切都说通了。

从8月召开百日动员会开始，蔡文轩认识的那个马队就变了，他多疑敏感，而且处处针对自己，不到三个月就彻底缴了自己的枪，现在回想起来，也许一切都不是偶然。

陈可锋的调令虽没下来，但前途肯定一片大好，老局长就算醒了，也即将退休，马队做的这道选择题似乎没有难度。

蔡文轩苦笑了一下，再打开网盘，看见阿乐更新了关于他妈妈被挟持的信息，也备感懊悔，本来定的是今夜秘密转移，晚了一步，打乱了整个计划。赵乐的心态始终不稳定，甚至处在亦正亦邪的边缘，这绝对是不利的消息。

他确认了阿乐所住的医院，今夜得想办法和阿乐再见面。

掌声响起，看来会议结束了。蔡文轩戴上警帽，想快速离场。关于马里奥的一切仍是千头万绪，还有阿乐和梦静这两大难题，蔡文轩特别想赶紧冲进厕所抽一根烟，好好想下一步的计划，两步并三步冲出去，还是被人流挤在门口，迟迟无法离场。

突然有人拍了一下他肩膀，只闻着那刺鼻重焦油的烟味，蔡文轩也知道那是谁。

"马队，好久不见。"

马队从上衣兜掏出烟，蔡文轩表示抽不惯，为了图人少安静，两人一同来到楼下的男厕，烟头燃尽前的这几分钟，只剩他们两个，甚至连丝毫噪音也没有。

他们先默默抽了会儿烟，蔡文轩斜眼打量对方，马队面目如常，而自己越抽，那口气就越顺着胸腔垒上来，蔡文轩吐出悠长的烟圈，他必须得咽下这口气。

"派出所习惯吗？"马队笑着开口。

"闲得要死。"蔡文轩轻松地笑着，越这个时候，他越要轻松从容。

"小蔡，人生嘛，要从长远看，现在的失望不代表以后，现在的得意也不一定能持续多久，你觉得呢？"

蔡文轩猜不透的问题不会轻易回答，只敷衍过去。

"你走之后，案件进展很顺利，我们已经找到关键人物，年内就将实施追捕，等任务完成写总结报告时，你之前的一切努力都不会被磨灭。"

这绝对是今天的第二个坏消息，蔡文轩猜到马队口中的关键人物一定不是深藏不露的马里奥，也许只是个为了交代而交代的替死鬼。

终极赛场的比赛仍按原计划继续，说明马里奥根本不慌，他认为自己手上的牌输不了。

蔡文轩强迫自己继续笑着：说道"那恭喜马队了，才一个月就破案，真是神探。"

"你不想知道是谁吗？"

"这是机密，我现在是民警，知道纪律。"

马队只竖起大拇指连连称赞："小蔡，你真是好同志，前途不可限量。有好消息我会第一时间告诉你。在开发区有什么事情，可以来找我，我还有个会，你好好干。"

蔡文轩看着马队抖擞的身影，只把水龙头开到最大，他冲着水流无声呐喊嘶叫，如果这时有人突然闯入，一定会认为蔡文轩疯了。

男女之间

梦静从报社大楼的落地玻璃窗瞥向楼下那辆刺眼的宝蓝色跑车，她跟蔡文轩打赌，欧航爱她，这一次她赢了。

那晚，梦静欣然赴约，蔡文轩则在暗中观察。

整个餐厅都为这对夺目的男女倾倒，梦静流露的含情脉脉让她整个人通体散发着柔光，连一旁的蔡文轩也惊讶于她的美貌。

"你是我见过最美的女人。"昏暗的灯光投射在欧航的半张脸上，他晃着酒杯，想从梦静的脸上寻找些什么。

"那你比最美的女人还美。"梦静一边轻撩卷发，一边饮下杯中酒，醉眼朦胧，娇艳欲滴。

"我一直觉得这个世界上的女人，尤其是美女太千篇一律。而你不同，你让我想起了很多。"欧航说得越来越慢，显然被什么干扰了，整个面孔都在下沉。

"想起了什么？"

欧航又戴上了诡异的面具。

"永远失去的过去。干杯，美人。"

梦静看准了欧航的情绪波动，决定单刀直入，只微张红唇，轻叹一声。

"说这么多，还不是看上我的脸。所以，你下一步想怎么对我？"

"不，不。"欧航撇嘴晃着红酒说，"这样就不好了，特别庸俗。"

"我只是个普通女人，你无非想骗我上床。"

欧航拨开眼前的乱发，握住梦静搭在酒杯上的手。

"宝贝，这你就太小看我了，也太小看你自己了。"

"所以，你想怎么样？"

欧航没回答，继续吃下一道菜。

梦静看见隔着一张桌子的蔡文轩做了个嘲笑的鬼脸，幸灾乐祸地吃起意大利面，于是梦静决定让这两个男人看看自己的能耐。

"我有点事想求你，你看我这样也应该猜到，我最近天天失眠，看病吃药也不好用，再这样下去，我真要疯了。你是开酒吧的，也许会认识一些人，卖那种东西的。"

此话一出，这两个男人同时放下刀叉，蔡文轩一直在瞪她，她却不看，只等着欧航的回答。

欧航又开始切牛排，用力撕扯筋骨，刀齿划过瓷盘，发出让人头皮发麻的噪音，尽管侍者上前相劝，其他宾客议论纷纷，可欧航还是不停。那声音仿佛是在拆解一个人，而不是一份七分熟的牛排。

梦静和蔡文轩再次目光相对。她仿佛在等待公布期末分数的学生，得做好考砸了的准备。

"这份给你。"欧航终于停下来，很礼貌地向四周点头致歉，然后把那几乎切成一丝丝的牛排递给了梦静。

"我不会上瘾的，只是为了缓解头疼而已，我听说有人这么做，效果还挺好。"

欧航吞下带血的肉，那噪音又再次重现，有宾客已起身离开。

"那你知道那些人最后的下场吗？"欧航擦干净嘴角带血的肉汁。"就像这盘子里的肉，任人宰割。"

"我只需要微量的，你用不着这么紧张。"

梦静故作轻松地笑了，她用余光看到蔡文轩已经起身，也许这件事她走得太远了，可她还想再试一次，为了这个计划，为了张严，还有为了被她推进旋涡中心的阿乐。

"你就这么在乎我吗？"这句台词在偶像剧里生硬老套，可在男女之间，却永不过时。

"不要破坏我的梦。"欧航自饮了一杯。

"没关系，反正酒吧街这么大，一定——"

欧航差点要捏碎梦静的手腕，两个人的手交织在一起猛烈地颤抖。

"如果你敢碰那玩意儿，我就杀了你，还有杀了卖给你的人。"

欧航猛烈喘气后才放手，把餐巾扔进梦静的盘子里，转身就走。

蔡文轩对于梦静的冲动非常不满，但又拿她没办法。这个机会太有诱惑力了，可他还是不想让一个女人冒险。

当晚两人在地下停车场僵持了两三个小时，都互不相让，一向烟瘾不重的蔡文轩抽了整整一包烟，把烟盒揉成一团，这个问题困扰他已经很久了。

"你这么不要命，不怕吗？"

"怕死了，所以才夜夜失眠，估计你也睡不好吧。"

"我是职责所在，你为了什么？"

梦静想脱口而出，却卡在嘴边，犹豫半天才答。

"首先我是个女人，张严是我的爱人，我必须帮他得到公正的对待，或者说复仇。刚开始真是一时冲动，但随着调查的深入，发现还有这么多受害者，如果再让他们为所欲为，不知还有多少人会被卷在里面。可能是出于职业本能，而且我这个人又特倔，反正我决定要走到底，必须要揪出马里奥，这样才能告慰张严的亡灵。"

蔡文轩没回应，只是继续等待，所以两人尴尬地沉默了几秒。

"说完了？"

"说完了。"

"可你之前说找欧航，是为了不让阿乐遭遇危险。"

梦静心里一惊，这正是刚才她犹豫没有立刻回答的原因，阿乐始终在那，无论她想不想，他都在她的脑海里。

"这也是一方面原因吧。"

"这原本是私事，但现在是非常时期，我必须要知道你们之间的关系。"

"无可奉告。"梦静无名火上来。

"如果你们之间是恋人关系，你和欧航这样相处，势必会影响阿乐，包括他的状态。所以我要知道。"

"我们完全是两种人，而且我比他大五六岁呢！"

"所以呢？"

蔡文轩也开始较劲。

"你想我说什么？"

"我不干涉你们的情感，但我知道你在阿乐心中很有分量。"

"可那不是爱情。"

梦静斩钉截铁地中止了蔡文轩的提问，但那到底是什么，她却无法回答。

醉酒雪夜

阿乐坐在街头一家大排档，塑料棚子里烘着电暖气，让每个掀帘子进来的人都兴奋地跺净鞋上的雪。

秃子几个喝多了先回去了，阿乐是故意灌醉他们的，论酒量，阿乐没遇到过对手。蔡文轩确认安全后走进来，径直走到隔桌。

周围稀稀拉拉几个人喝着大酒，老板娘在和老家亲人在语音聊天。独自一角里，阿乐和蔡文轩斜对而坐。阿乐先举起酒杯，在空中停顿一下，先干为敬。

蔡文轩酒量一般，但酒胆很大，见此状，解领口，撸袖子，摆开了东北老爷们喝酒的架势，连干了两杯奉还。

阿乐则还了三杯，蔡文轩直接干了一瓶。阿乐就用牙起开两瓶酒，瞬间灌进肚子。

蔡文轩按住太阳穴，打了个嗝。

"这节奏太快了，你让我缓缓，趁我清醒，赶紧说正事。"

阿乐扫了眼满脸通红的蔡文轩，放下酒瓶。

"我妈怎么办？"

"你母亲的下落我们正在追查，怪我行动太慢。"蔡文轩尽管酒已经堵在嗓子眼，还是又灌了一杯。

"一定得让我妈安全，我无所谓，你一定得让我妈和梦静安全。"阿乐也跟着又干了一杯。

提到梦静，蔡文轩却无言了，不知怎么开口。

阿乐看出蔡文轩在沉思，大概猜到几分。

"她不肯走？"

"你应该比我了解她，这么倔的女人，我也第一次见。"

"她不倔，就不会有我们这次见面。"阿乐想起梦静，又是愁滋味，只好饮酒解忧。

"她是个很勇敢的女人，却太冲动了，我来见你其一是希望你能出面劝劝她。"

"其二呢？"

"我要清楚知道你的下一步计划。"

"那你的呢？"阿乐举起酒杯。

蔡文轩也苦笑着给自己斟满。

"我也必须得为自己正名。"

"这不是你的计划。"

蔡文轩被阿乐呛在那，一时无言，这几个月他的遭遇，他孤军奋战的境况，如果开口讲，估计能聊到天亮。

"阿乐，我们需要一个熟悉彼此的过程，你和梦静之间也不是一时就达到这种默契的。"

"我能为她去死，为你可不行。"

阿乐的直言逗笑了蔡文轩。

"她对你来说这么重要吗？"

阿乐避而不答，冷酷地保持距离感。

"你的计划到底是什么？"

"你要先打败欧航，参加终极赛场的集训，最终脱颖而出。12月31日，进入藏在九子市某个角落的终极赛场，确定马里奥在场，行动收网。这个过程会很艰难、很危险。"

"那你干嘛？坐享其成？"

"马里奥非常狡猾，我得确认你得到的每一个信息是否真实可靠，而且要搜集足够的证据部署最终行动。想实施这种规模的抓捕，过程非常复杂。我的工作，就是随时对你搜获的情报进行分析，制订下一步方案，并识别其中的危险和圈套，说白点，我就是你的智囊团。"

"那梦静足够了。"

"梦静是个很优秀的女人，但她没经过侦查训练，而且有时太情绪化。我们的行动想最终成功，抓住马里奥，就必须思维缜密，不容闪失。"

阿乐喝着闷酒，突然冒出一句："你觉得马里奥会上钩吗？"

"那得看我们配合得默不默契了。"

阿乐低头看着酒菜，嘀咕着："其实马里奥不马里奥的，我根本不在乎，我只想找到我的妈妈和哥哥，然后回到以前平静的日子。我真是太倒霉了。"

"不，你不是倒霉。"蔡文轩从手机里翻出一张照片，是东强、秃子还有阿乐的朋友胖三在烧烤店把酒言欢的场景。

"这个胖子是你发小吧，你被查出服用违禁药品之前是不是见过他？"

阿乐夺过手机，把胖三的脸放大数倍，却仍不敢置信。

"我们一起吃了顿饭。"

"估计就是这个时候给你下了药。阿乐，现在你该清楚了，这一切不是倒霉、偶然，而是一个圈套。我调查过很多地下拳手，有些是自甘堕落，但很多人是被逼无奈，为了挣钱给亲人治病，为了还债，还有人就像你一样，是被他们做局骗进来的！"

阿乐胃里翻江倒海，跟跄冲出去吐了一地。

酒醒了，他只觉得全身发冷，原来没穿大衣。雪依然在飘，渐渐盖住恶心的呕吐物，一片无瑕的洁白。

蔡文轩把大衣披在阿乐身上，两人一深一浅在大雪里走着。

阿乐麻木到忘了冷。他暂时还无法从震惊中摆脱出来，当初他以为是厄运逼他做了这个选择，可没料到真正的厄运却是他从小到大的朋友。

"阿乐，我知道你很难接受，可这只是冰山一角，多少个我们还不知道名字的人被他们控制，像角斗士一样供他们取乐。马里奥一日不除，这个团伙就像不停息的杀人机器，不知还要牵连多少人、多少家庭！"

"别说了！"阿乐停在前面，"我一定要活捉马里奥，还有肥佬、东强、秃子，我要把他们一窝端了。"

"阿乐，现在是千载难逢的机会。"蔡文轩走到阿乐面前，"你愿意相信我吗？"

蔡文轩伸出手，阿乐瞅瞅却并没握，只一个人径直走进雪中。

"阿乐，遇见任何危险和难题都可以来找我，我们是一个团队。"

除了踏雪声，没有任何回应，蔡文轩裹紧大衣朝着相反方向走去，他越走越热，面红耳赤，汗流浃背，干脆跑了起来，突然感应到什么，他转头回望。鹅毛大雪中，那个人正朝他远望，仿佛矗立的雪人，却又一回身消失于一片白茫茫中。

第十六章
一场恶战

恶战前夕

外人看阿乐，更勤奋了，也更沉默了，全身心投入拳击和文趟子拳中。

他醒得一天比一天早，嘴里默念文趟子拳口诀，负重踢桩，脚化脓出血，磨出一层新肉。

东强昨晚来看他，搂着脖子要和他喝酒，秃子等人在旁起哄，阿乐被晃来晃去，要在以前，以阿乐的脾气，知道东强等人陷害他被禁赛，早一拳把他们打得满地找牙，可现在他得忍，蔡文轩说的那些话进了他心里，现在不是用拳头解决问题的时候。

阿乐忍下来，边笑，边痛饮。旁人尽兴而去，阿乐则一夜无眠，他盯着天棚的霉湿印子，回想自己的遭遇，他必须得扳回这局，反败为胜。

想到这他腾空一击拐腿，那埋地三尺深的木桩子晃着，向后歪下去。

阿乐想起老三，也许这小老头和自己一样，正蹲在天井瞅着日头从天边升上来，就像在瞅什么盼头。

秃子刷着牙推门进院，满口白沫，支支吾吾说话，一般人肯定听不清，只有阿乐知道，终于到了要和欧航硬碰硬的时刻。

阿乐又被蒙眼送到目的地，他掐着时间，应该是到了九子市。他被带到一处地方静等，根据体感判断这应该是冒着地下水寒气的洞口，风从波面吹过，冷飕飕刮进他的身体。

"阿乐，进去别多话。"

这是东强的声音，接着，他扶着一个人的肩膀开始下坡，叮叮咚咚的水声，从四面八方传来，然后阿乐被摘掉眼罩，是一处百十平方米的石洞，插着几个火把，像死人的墓室。火把被忽远忽近的风吹得忽隐忽现，岩石缝里渗出的水珠仍在嘀答作响，仿佛倒计时的秒针。

"阿乐——"

"阿乐——"

"阿乐——"

那回声混在风里，携带着水面的寒气，顺石缝而来。

那是男声，又像是女人。显然经过特殊处理，音质尖锐。

阿乐收紧丹田，目不斜视，开始练习扎桩。他现在不能慌了阵脚。

也许马里奥就在此处，阿乐必须要打动他。

"阿乐——"又传来一连串回音，新声盖着旧语，层层叠加，仿佛几个和声部。

"我注意你很久了，阿乐。你赢是为了什么？"

阿乐不答，仍在练拳。

那回声此起彼伏笑着，如呼啸的北风，尾音还没散去，却换了一个人说话。

"阿乐——"

这两个字让阿乐浑身颤栗，那回响散开，却从未走远，在水库，在体校，在母亲病房的走廊那头，在那一贫如洗却其乐融融的饭桌旁，那个声音，阿乐听了二十多年，一点不会错。

"阿飞——"

那个似男非女的声音再次传来。"阿乐，记住不要跟我玩花样，只要我想知道，一切都逃不开我的手掌心。"

阿乐突然膝盖发麻，阿飞的声音虚弱微小，不是生病就是遭人胁迫，马里奥把自己调查得仔细，竟把阿飞牵扯进来当筹码。

但阿乐又长舒一口气，还好，人还活着。

蔡文轩没说错，马里奥果然狡猾。如果马里奥知道阿飞的存在，那会不会也知道他配合梦静调查张严死亡的内情，这也直接威胁到梦静的安危，联想到欧航一系列举动，阿乐觉得自己就是颗骰子，输赢早由不得自己。

而他的对手欧航，正在全力备战。

梦静到健身房时，欧航刚打败跆拳道陪练，早些时候还踢伤了泰拳教练，状态像嗑药后神经错乱的亢奋。没有对手，他就疯狂踢沙包，直到累瘫倒地，梦静递上毛巾和水，湿透的欧航散发着性感的汗味，他有些迷惑地看着梦静。

"你看起来气色不错，看来不用嗑药也能睡着了。"

梦静清楚自己的计划，她必须要俘获欧航的心，才能挖出一条新路。

"确实，心情好了，睡眠就好了。"

欧航难以置信地看着梦静春风拂面的笑脸。

"你真是个猜不透的美人。"

梦静制止了欧航伸来的手。"不，你不说你不想这么急吗？"

欧航笑着翻身起来。"这个世界上的女人还没有我得不到的。"

"那咱们就试试。"

欧航刚想继续调情，发现了几个膀大腰圆的人进来，兴奋地和他们击掌相庆。

"美人，给你展示一下我的绝活。"欧航冲梦静一眨眼睛。

梦静笑着假装坐在一旁补妆，却偷偷打开手机摄像，她的计划算是真正启动了。

清泉明月

经过那个雪夜，蔡文轩对阿乐有了全新认识，阿乐不再是原本头脑简单的愣头青，而是铜墙铁壁下，充满了愤怒、焦躁和不安的年轻人。

他不也是这样吗？每天走进办公室前他都逼着自己笑，强装若无其事，讲一些根本就厌恶的笑话。就算是在派出所，也逃不出马队的眼线，他得装出一副吊儿郎当的样子，打消他们的顾虑，确保行动计划正常进行。

而行动的核心，就是阿乐。

蔡文轩坐在办公室的角落里，所有人仿佛都无视他的存在，他只专心记录、思考。

如今阿乐走进了马里奥的视线，比想象的顺利，可问题是，为什么会这么顺利？马里奥的拳手这么多，他为什么会注意到阿乐，还指定阿乐和欧航对战，蔡文轩本能地觉得古怪。

而肥佬和马里奥之间的关系也很微妙。当年在清泉明月与肥佬、老三、花花过从甚密的那个大发哥是谁？

徐刚已经在比对那个男人的画像，这个工作繁杂，徐刚还在外调中，没有权限，估计一时出不来结果，蔡文轩得另想办法。

东莞，一切都源于十几年前的东莞。马里奥为肥佬摆平血光之灾，让假张芳脱离了继父追踪，也许还帮过老三，这可能是一种控制手段，但也可能只是巧合。

于是，老三这人自然走入了蔡文轩眼中。按前期资料，他曾在东莞与肥佬、大发哥、花花过从甚密，几个人称兄道弟，算是组织核心人员，这老头突然说自首，蔡文轩自然觉得奇怪。

琢磨了几天，他决定还是去会会老三，单枪匹马，探个究竟。

从沈阳的文趟子拳协会开始打听，不到一周就锁定了老三的身份。

他本名肖元，和老婆生活在九子市拳头镇谢家屯，那是他老婆的娘家。屯里只剩三十户农家，前后屯离着十几里，和国道也有四五十公里的距离，是个前不着村后不着店的小村庄。这人一直处于无业状态，年轻时赌博犯事被拘留过，查不到其他案底。村里其他乡亲说，他也是近五六年才跟媳妇回农村，之前都住在城里。

找到人时，老三正躺在雪刚化的墩子上晒太阳，他瞅见蔡文轩，二话没说跳下来，往山坡上领。

冬歇的农村人影难觅，大家都窝在家里唠嗑打麻将，眼见路越来越偏，蔡文轩不禁紧张，这个瘦小的汉子能把阿乐踢飞，自己估计还没站稳，就得歇菜。蔡文轩揣着小心跟在后面，盘算这个老三的意图。

他们隔着些距离走上覆盖着雪迹的山顶，松柏连绵，盖住严冬。老三插进袖口靠在树干上，打量起蔡文轩。

"你不想知道我是谁？"

"你眉眼间有股气，应该是警察。"

蔡文轩只笑。"阿乐和你说过我？"

"人呢，不自觉会流出一股气，骗不了人。"

"你信我吗？"

"我信阿乐。"

"你们也没认识多久，为啥信他？"

"功夫场上，拳脚无情，但还是得讲究一个义字，没这个字，不如去直接打枪痛快。"老三掏出烟卷又闻起来，"阿乐能为了哥哥趟这个火海，下这份功夫，就是个顶天立地的汉子。有些人睡在一个炕上十几年也靠不住，有些人，看一眼，就错不了。"

摆在蔡文轩面前就是两条路，信，或者不信。

蔡文轩内心充满了怀疑，可跟了这个案子三年，他第一次离这个组织的核心圈层如此近，无论如何他都要试试。

所以他面露微笑递上一根烟，"那我们一样，我也信阿乐，所以我也愿意信你一回。"

老三只从耳朵后掏出根手卷烟，吹了口烟嘴，咳出口浓痰。

"信不信由你，没个强求。"

"十几年前，你在东莞？"

老三点着了烟，有滋味地抽了一口。

"那你认不认识一个叫花花的女人？"

"花花？"老三愣住了，枝上的残雪飘落，盖住了这个沉积多年的身影。

"那是很久以前的故事，你想听吗？"老三将烟头插进雪里，冒出一团白烟。

厄运降临

阿乐听见一个人正在走近，石洞的回音效果把一切声音都放大了十倍，仿佛一个巨人在迈着步子，不紧不慢而来。

阿乐闭上眼睛，脑子一帧帧过着动作，这些天他全在琢磨他的拳和戳脚如何融为一体，现在是时候了。

欧航善用腿，阿乐决定就用腿来出击。

身穿紧身运动衣的欧航，像电影里的高手，开始原地跳跃热身。

"什么讲究？"阿乐仰着下巴。

欧航边跳绳边歪头笑说："准备好了，说一声。"

"那就开始吧。"

阿乐抬腿迈出虎步，双拳置于胸间，高手对决，胜败只在毫发之间，他如今下盘扎得更稳，欧航善跆拳道和泰拳，估计很快会近身上腿，击打自己的上身，正好留给了文趟子拳脚法专攻中下盘的余地，加上自己眨眼间的"直拳＋刺拳"，阿乐觉得自己有七成把握占得先机，可他全估计错了，因为他错过了梦静留在网盘里的关键信息。

"欧航目前学会了一种新的擒拿术，尤其臂力和指力非常威猛，甚至能倒立用手指行走，出手极狠，招招致命，你一定要小心这套拳。"

梦静这个外行自然不清楚，这就是 20 世纪 80 年代初曾在全国武警部队推广的黑龙十八手，以前只有武警特警才能学。这套拳法招式简单，专挑致命穴位下手，可以说遇指指折，遇骨骨断，官方定义为高强度攻击性搏命式拳法。中此招非死即伤，压臂、断腿、戳眼、锁喉、插裆，下手狠毒，易走火入魔，因此后来部队禁止练习。

阿乐和欧航站在一线，鼻尖相对，仿佛触到刚从湖面凿开的碎冰，卷着阴冷划过鼻尖。

欧航为了这次交手，找了几个复员军人，他知道阿乐正在苦练文趟子拳，他就是想废了阿乐的双腿。

今天是截脚文趟子拳杠上了黑龙十八手。

可阿乐还以为欧航会专攻散打，散打是远踢近打靠身摔，和文趟子拳一样都注重腿脚功力，所以阿乐只原地跳动，不主动进攻。

阿乐目测欧航比自己高 5 ～ 6 厘米，185 厘米左右，有着完美的体脂，尤其腹部肌肉发达结实，在比赛中算 70 公斤级别。身高体重，阿乐都处在下风，如果贸然近身，被欧航缠抱，不占优势。

双方试探了几拳后，欧航突然左右闪动，飞腿侧踹阿乐左侧腰部，阿乐左臂横肘一挡，留出半个身位的空档，欧航下步同时前上压带至右肋，右指前戳，直捣阿乐右眼，阿乐再抬右肘防御，却觉得下盘发冷，低头见欧航左手成鹰爪直啄裆部，如是以前恐怕只能束手就擒。但只见阿乐左腿在前，右腿成虎坐步，抬右脚后退半步，左脚贴地拉后，正是文趟子拳里瞬间后撤的"倒如马"。欧航手指掏空，攥成一团。

这一切都发生在瞬间，将画面放慢两倍才能看清他们的招式，现场如秋风扫过，胜败就在眨眼间。

"你真下作。"阿乐喉咙发紧，吐了口痰。

欧航只鬼魅一笑。

"才开始呢，你等着吧。"

说罢他稍转左步骑龙，拿手上架，右拳只勾阿乐面部，阿乐正想上身闪躲，然后下身使出连环点踹腿，但欧航突然右拳变掌直插击裆。

紧要关头阿乐使出右直拳反击，这倒让欧航抓住空档直接提膝滑步侧踹阿乐的脖颈。阿乐只觉得耳朵进水，脑袋沉甸，被掀翻在地，咬紧牙关翻身而起，躲过欧航直击胸口的那脚。

阿乐想用力晃醒脑袋。欧航招式毒狠，稍一晃神不仅是事关输赢，而是事关生死。

正在阿乐还神志不清时，欧航就使出第三招，他只左手突然一扬，一把沙子砸进阿乐眼里，阿乐用力夹眼，本能拳脚乱打设定防线，左腕却被三根手指擒住，沙土间他挤出一丝眼缝，看见欧航已顶膝上肘，这要被挨上，胳膊怕是折了，到时他只能任人鱼肉。阿乐想挣脱，但欧航的手指如钻骨的铁钉，如今只有一招，就是翻肘背身蹶腿，去击打欧航支撑的小腿胫骨，断了他一边的腿法，可这个代价可能是自己左臂就此废掉。毫秒之间顾不得犹豫，只能断臂求生，那骨折断裂激发的刺骨钻心的疼顺着上肢到达中枢神经，阿乐来不及叫喊，扭身，左脚内跺，右脚拔地后撩，全身气力下沉于脚跟，正中欧航的右腿胫骨。

欧航躲闪不及，被甩翻在地，阿乐就此挣脱，左臂却没了知觉。只不过三个回合，五分钟，阿乐断了左臂，欧航重伤右腿。两人如丧家之犬，蹲地猛喘。

"你小子对自己够狠啊。"欧航撑地起身，右小腿只能虚撑，重心放在左边。

阿乐只觉万箭穿心，脑袋像灌了水对一切都反应迟钝，脑震荡的症状越来越明显，眼睛里的沙子揉也揉不完，他始终看不清前方，密密麻麻的虚汗盖了几身，顺着腋下滴着汗珠。

阿乐现在只靠求生的本能在应战。每一秒，对于时间极度敏感的阿乐而言，都苦不堪言。

阿乐握紧拳头，摆好战姿，用骨节的疼痛唤醒自己。根据直觉，欧航真正的狠招还没使出来呢。他得活着，为了妈妈，为了阿飞，脑子里却又钻出梦静的脸，在如此逆境中，只出神几秒，欧航的死招已近在咫尺。

欧航靠的不是普通的散打路子，根本就是动物的搏杀撕咬，野狗掏裆，蟒蛇绕颈，处处险招。阿乐刚从窒息包围中探头，欧航已在他腹部前合掌变拳。梦静说这小子能用指头倒立行走，看他的身形和刚才攥腕入骨的指力，这双拳要打在肋上，自己得粉身碎骨。欧航把身体拉近，是看见了阿乐左臂骨折留出的上身空档，于是阿乐将计就计，转攻近身。

文趟子拳的丁腿恰好是这种近身前腿法，阿乐心中默念拳谱，只右腿呈虎步，左腿伸直前发，这个腿法短促有力，专攻脆弱的脚踝，阿乐是冲着欧航受伤的右小腿而去。该腿重点在于发力前的贴地摩擦，借助脚掌与地面的作用力产生短促有力的冲劲，将力量集中攻于踝骨上方，那恰好是小腿最薄弱之处。此腿法使好，欧航新伤压旧伤，右腿一废，阿乐就使出"直拳＋刺拳"，配上连环拐腿，占据上风。

欧航的手离自己的肋骨有大概三十多厘米，按他的拳速一秒多就能贴上，阿乐遂擦腿发力，可脚掌还在地面没蹭出去，那双拳已经近身。

自己太慢了！

阿乐暗惊，唯一躲避的方式只能是摔身倒地，但这样就将绝对的主动权交给了欧航，现状是能活一秒算一秒，阿乐只后坐屁股，力争控制上身，欧航可不会轻易饶手，他截肘横来，刮起的阴风已先冲到阿乐的太阳穴。阿乐只坐地蹬腿，用尽踢木桩时的十分力，脚尖点过去，试图想再伤欧航的右腿，可欧航已占据身位优势，抓起阿乐衣领，并扣着阿乐骨折的左臂扬身背摔，瞬间碎石扎背，欧航跟步抄手夹臂锁喉。

阿乐的脖子被死死锁住，欧航单膝顶住他的脊柱，瞬间，阿乐仿佛灵魂脱壳，从没人能这样羞辱般地战胜他，如果刚才那一脚击中，两个人将会倒置，但现在什么都救不了他了，他眼前涌进无尽的白色，没有空间和时间之分。阿乐知道自己的生命已进入了倒计时，他想挣脱，可全身已被欧航牢牢夹住，毫无还手之力。

阿乐生平第一次真真切切感受到，对死亡的恐惧。

一切都化作一个光点，不知道是洞顶的灯泡，还是微薄的日光，或是即将散开的瞳孔光晕，反正光点朝他下坠，而他的身体下沉得更快。仿佛从塔尖摔下来，这一次，他是彻底输了。

在拳台上，阿乐从来不知道输的滋味，以前看着对手鲜血四溅的那刻，竟还有一丝兴奋。可这一次，他只能任由自己不断下沉，原来死亡是这样，是一头栽下去的感觉。

在意识消失前，他于心里默默念了一声，对不起。

这个"对不起"，他要说给太多的人听，想来自己才 23 岁，却做了这么多亏欠人的事。

是冷风吹醒了阿乐，再醒来他已经躺在自己的小破床上。

不可能，欧航不会留活口的，自己是灵魂出窍了。

戴金链子的东强吐了烟头，烟灰烫在他的左手上，骨折的疼痛让他回到现实中来。

"你小子命大，庄家救了你一命。你骨头断了，今年的终极赛场别想了，老实养着吧，等过完年再战吧。"

东强垂头丧气扔了些钱，就走了。

阿乐强忍着站起来，走到厕所洗了把脸，自己除了面无血色之外，确实是活生生的人，为什么他能活下来？阿乐反问自己。可一想那场拳赛就忍不住恶心，吐了一地。

阿乐又疲惫地倒床睡去，睡醒后终于清醒过来，一切历历在目，包括濒临死亡前白茫茫的世界。

到底有多少拳手面对过这孤独至死的恐惧，以及在死前最后的挣扎？明明已经认输，为什么那些紧扣在他们喉咙上的手却还是不肯放开？这一切到底是因为什么？

当阿乐眼睁睁等待死亡降临时，仰面看着欧航的狰狞狂躁，竟想起前不久，自己就骑坐在别人身上发狂，那类似嗜血的兴奋感历历在目，想不到有一天自己也会成为输家，任人践踏。原来是这种滋味。他是活生生的人，不是等待屠宰的公牛，他有活下去的权利，擂台上的所有人都有。可现在呢，他们成了面目模糊的动物。

太可怕了，阿乐想，这种可怕要比死亡更深。

第十七章
酒后真情

时光倒流

冬天里，谢屯的晌头特别长，爷们喝酒打牌折腾着，吃过午饭，一天就过了大半。老三倚在炕上，桌上的酒肉吃个干净，而蔡文轩也不挑食，吃相像狼崽子，啃着苞米。

"现在能说说她了？"

老三甩灭了手中的火柴，砸吧着烟味，唠了起来。

"2004年，我为了攒钱给女儿上大学，跟着村里几个亲戚到广东打工，在工地盖房子。就在那时候，我学会了赌博，起初是几十块，后来越赌越大，欠了好几万，直到那帮人要卸我的胳膊腿，才知道后悔。老婆和闺女都等着我汇钱，我却输个精光。走投无路，就开始偷东西抢劫，骑摩托抢下夜班的女人。我就这样认识了花花。"

"当时她在清泉明月坐台？"

"我都是凌晨四五点下手，不用猜都是干这行的。"

"然后呢？"

老三忘了弹烟灰，烟在绿色毛背心上烧了个洞。

"我拿刀顶在她喉咙上要钱，她说，钱可以给你，但有个条件，你得要我的命。"

老三的烟灭了。

"我哪敢杀人，这是作孽的事，我一个老爷们被这小丫头吓了一跳，她倒好，塞了张名片给我，说请我光顾清泉明月。"

"这女人胆子这么大？"

"一打男人也不换。我知道清泉明月消费特别高，攒了些钱才敢去，没想到她还挺红，我等了半个晚上才见着。她就陪我唱歌，好吃好喝招待着。一来二去，我就看上了这丫头。"

"看来花花年轻时是个大美人。"

老三嚼着花生米苦笑着。

"那时我迷了眼睛，早把老婆孩子抛一边。花花唱歌特别好听，就像百灵鸟，唱得最好的一首歌，是邓丽君的《往事只能回味》。可我没钱，只好再去抢，把抢来的钱都花在了她身上，渐渐地我竟然不去赌了，女人比赌博上头。"

"你是怎么认识肥佬的？"

"抢他钱呗，我经常守在清泉明月周围，瞅机会下手，没想到这老伙计也是个高手。那时候我们都还是精神小伙，他是练柔道的，我俩打得难解难分，不打不相识，还成了哥们，后来，我就跟他们混了。"

蔡文轩抛给老三一支烟，自己却摸不着火机，老三从灶台下捡出一枝燃着的柴火，两人凑上去将各自的烟插进火苗里。

"他们？其他人是谁？庄家？"

老三不再言语，显然关于庄家的一切不是能随便说出口的。蔡文轩必须要摆出一切尽在掌握的高姿态，所以饶有深意地笑了。

"肿泡眼，蒜头鼻，方下巴。"

"你既然都知道了，还来问我干啥？"

"他叫什么？"

"我认识他十五年了，可我真不知道他叫啥，当年我们叫他大发哥，但是真是假就不知道了。"

"他现在在哪？"

"2015 年，发生了两件大事，皇冠明珠关了门，而庄家没了人影。谁也不知道他去哪了，我想肥佬也不一定知道。但庄家却对一切都了如指掌，你说是不是神了？"

"你们三个为什么从东莞回来？"

"庄家和肥佬都想发财，而我想回家。"

"你知道花花办假身份证的事吗？"

"嗯……"老三欲言又止，蔡文轩正等着这节骨眼。

"花花到底是谁？她到底和庄家、肥佬是什么关系？"

老三掐灭烟，又把双手插入袖口。

"她是庄家的女人，我只能干瞪眼。我们三个在东莞靠打黑拳赚了第一桶金，两百万吧，在那个时候是巨资了。庄家要回来自己干洗浴中心，但他不出面搞，把肥佬推在前面，花花帮他管账。我啥都干不了，只能去打打拳。"

"他们是什么时候开立地下拳场的？"

"2005 年末吧，就在洗浴中心地下，庄家开始设局。那时候不像现在这么血腥，只是受伤。结果客人的胃口越来越大，他们想见血，甚至不在乎有人被打死。我这个人小富即安，闺女上了大学，我也帮她买了房，2013 年就退下来了，以为就算了，没想到肥佬找上门，让我帮着带人。"

"庄家呢？后来他怎么样？"

"原本我们三个在东莞都是出生入死的兄弟。庄家救过我的命，我拿他当大哥，没当老板。但这王八蛋钱一多，兄弟就没了。可能，是我太笨了，跟不上他俩，这么多年，我也不管他们的事了。"

"你知道花花死了吗？"

老三的脑袋不断向后磕着墙面，那规律的节奏，仿佛他的心跳。

"嗯，知道。一切都回不去了。如果她没遇见我们，说不定在哪活得潇洒着呢。可这就是命吧。"

"她为什么死？"

"我只知道她和庄家撕破了脸，她知道那么多秘密，庄家一定不会留活口的。还有我，我不找你自首，指不定哪天也是这个下场。"

"她的孩子呢？"

老三发起愣，被蔡文轩又叫了几声才回神，摇头表示不知道那孩子的下落。

老三把自己卷好的烟让给蔡文轩，蔡文轩第一次抽生烟丝，呛得鼻涕眼泪直流。

老三又"嘿嘿"笑起来。

笑声中，从 2019 年的九子市到 2005 年的东莞，时光如幻灯片，一帧帧回放，星辰变幻，岁月穿梭，电光石火间，蔡文轩眉头一皱，抓住了那个定格画面。

"你们当年在皇冠明珠怎么打拳？"

"表面上皇冠明珠地上七层，地下两层，但实际是地下两层半。那个夹层，就是赌场。最尊贵的客人才可以享受这项服务。"

"为什么什么风声也没有？"

"你不知道庄家有多聪明，他就是九尾蛇，什么都逃不过他的眼睛。他会仔细筛选客人，精心挑选拳手。"

"鲁军想必你也认识。"

"我们都打黑拳，他以前是特种兵，一身硬功夫，当时我们两个都算是王牌。"

"算起来你打了五六年的黑拳，应该赚了不少，为啥你不走？"

"我姑娘在一线城市要买房，还是要学区房，这得多少钱啊。而且我也跑不了。"

"啥意思？"

"入了庄家的眼，化成灰，也得是在他掌心里。今天你来得正是时候，监控被庄家的人拆走了，说要换新型号，否则，这院子里摄像头老多了。庄家就喜欢控制别人的一举一动，他有点强迫症。"

"可他却放走了自己的女人，跟了鲁军。"

"花花是女子，也是头倔驴，没人能拉得动她。"

"他们为什么闹翻？"

"这只有他们俩知道。反正皇冠明珠散了，大家就各奔东西，花花的事我也是后来才听说，没想到是鲁军。"

"后来花花又跟鲁军帮肥佬看场子，在饺子馆地下支起了擂台。"

"花花不是一般女人，能从畜生继父那死里逃生出来，就算是庄家也拧不过她。不过她毕竟还有个孩子，听说庄家很喜欢这个儿子。也是因为这个儿子，花花才硬气。以前在皇冠明珠，真正说得算的，是她花花，肥佬不过是个掌柜。当时的她就是庄家的传话筒。"

"庄家不信肥佬？"

"庄家不信任何人。"

"老三，你想争取宽大处理，就必须得提供些有效线索。"

老三耷拉眼睛想了一会儿，嗓子更沙哑了，甚至口齿不清。

"警官，我争取宽大处理，我可以告诉你一件事，在集训营里，有一只箱子，我知道庄家放了很重要的东西。"

"里面放的是什么？"

"这我不知道，反正是重要东西，听说肥佬也在找呢。"

突然老三来了个电话，对着手机"嗯"了几声，脸色甚是难看。

"是肥佬来的电话，阿乐输了，而且输得挺惨，还受了伤，听说很重。"

蔡文轩听到这话，只先想到阿乐的安危，反而忘了他们的计划，下炕穿上外衣就走。

老三送蔡文轩出了院子，在打开车门的一瞬间，老三突然趴着蔡文轩耳朵说了一句话，顿时让他大惊失色。

难掩真情

48 个小时，阿乐没有任何消息，梦静和蔡文轩快疯了。

前 24 个小时，两人还能维持正常的工作和生活。到了第二天，彻夜未眠的梦静出现了精神恍惚的症状，仿佛整个人都在幻觉里，蔡文轩担心这是抑郁症的倾向，坚持要陪她一起等消息。为避人耳目，俩人在黎明时分自驾到市郊一处民宿安顿。整整两个小时的车程，梦静一句话没说，只断断续续流泪，而蔡文轩也低落地沉默着，几乎每隔 10 秒就会刷新一次网盘。

梦静一整天滴水未进，关于厄运的各种遐想时刻钻进她的脑袋，一旁的蔡文轩除了等待也没有其他办法。蔡文轩陷入了沉思中，也许是他们对比赛过于自信，严重低估欧航的实力，才导致现在的局面。一切都可以再重来，最重要的是阿乐能平安回来。蔡文轩这才意识到自己会不自觉地想到阿乐。他知道阿乐的所有资料，见了几面后，颠覆了之前他对阿乐的刻板印象。他们才彼此熟悉，愿意尝试着信任对方，现在他们的计划才刚刚开始，一切却戛然而止了。等待他们的是什么？他不知道。两个人坐在客厅里，大雪下了一整天，日落时分雪下得更猛烈，蔡文轩递给梦静一杯燕麦牛奶，强迫她必须喝掉。

"是我害了他。"梦静混沌中说的这句，一天内呢喃了上百遍。

她披头散发倒在沙发里，虽然已许久未见阿乐，可他的样子却越来越清晰，如果他真出了意外，她脑里的那根弦就彻底断了，她就成了无线飘荡的风筝。

恍惚间，只听蔡文轩大叫："他留言了，留言了！"。

梦静惊醒过来，发疯般冲上车，这个举动在蔡文轩意料之外，却又在情理之中。

阿乐的伤要比想象中严重，他昏迷了两天两夜才彻底醒来，脑震荡的后遗症让他几乎下不了床。普通多人病房里充斥着痛苦的呻吟，家人间的埋怨，以及护士查房的忙乱。秃子的手下还守在门口，阿乐不清楚自己下一步的命运。

隔壁床是个没有亲人陪护的阿姨，瘦小安静地躺在那，盖上被子根本看不出人形，阿乐侧脸看过去，那个弱小的身影好像妈妈，想到现在她也孤零零地躺在某张病床上，眼泪突然就模糊了双眼。阿乐太想妈妈了，他想抱住妈妈说一百遍、一千遍"对不起"。隔床的阿姨有感应地睁开眼，看着在躲避目光的阿乐，艰难起身从抽屉里拿出了一根新鲜的香蕉，递给阿乐，笑着说是自己儿子买的，很好吃。

阿乐整张脸都抽动起来，慌忙用被子盖住脑袋，在一片黑暗中，他终于能痛痛快快地哭了。

这一次，阿乐觉得自己真的一败涂地，再也爬不起来了。

梦静在寂静的医院走廊一路狂奔，引得坐在阿乐病房门口的男人看过来，千钧一发间，追上来的蔡文轩假装和梦静是吵架的情侣，顺势拽走了她。

梦静几次挣脱未成，满面泪痕，蔡文轩一脸心烦，倒伪装得恰如其分。

"阿乐在里面，你为什么不让我进去，你是不是疯了？！"

"疯的是你，你和我暴露了，阿乐就彻底完了。"

蔡文轩拖她楼下无人的走廊，想让两个人都冷静下来。

"他能躺在这个病房，就说明没生命危险。情况比预料的好。"

梦静冷笑一声说："反正他对你而言也失去了价值，一个工具人是断胳膊还是瘫痪，估计你也没兴趣知道。"

蔡文觉得自己真是四面楚歌，可他也没力气再做辩解。

两个人就在这有些阴森的走廊里，默默待了很久。

"你喜欢他，对吧。"蔡文轩直视着惊讶的梦静，"再怎么解释，喜欢一个人，是藏不住的。"

梦静一天未进食，突然感到有些眩晕。

"承认喜欢一个人，有这么难吗？"

她想张嘴反驳，却一句话说不出口。

"无论多难，无论心里认定彼此多不合适，但就是爱上了那个人，这算不算爱上了一个不该爱的人？"

"你还有时间做情感顾问呢。"

梦静很苍白地嘲讽，蔡文轩只苦笑，说要上楼打听阿乐的病情，并让她待在原地。

在昏暗的走廊里，梦静已无路可退。她再也不能逃避这个压在心底的问题，到底爱不爱他？

她回想和阿乐经历的种种。他们初遇时的激烈争吵；第一次知道他上擂台的那个下午，她紧张得心跳几乎骤停；在六中大庙的街口，他看着自己嚼着泡泡糖吹出大大的泡泡，难得露出的笑容；天台上，她靠在他肩头睡着的那个秋夜；相守在阿乐母亲病房里怦然心动的清晨；被人群包围而不得不紧紧相拥的那个时刻；还有在天井里不欢而散的那次回忆，那天走出天井，她曾偷偷回看，阿乐一个人在落败的群楼间，望向自己离开的方向。在这个大千世界里，她和他一样孤单。在无数个即将崩溃的时刻，阿乐都给了她最后的希望，为了阿乐，她不会放弃。就像反复出现的那个梦，只有阿乐紧紧抓住牵在梦静手里的铁链，在惊涛骇浪的梦境中，他们彼此相依为命。

梦静这才意识到，自己好久没梦到张严了。为什么会这样？她无法解释。

蔡文轩通知她立刻上楼，门口的男人去0上厕所了。蔡文轩守在门口，将梦静一把推进病房。

病人和家属都在吃晚饭，只有阿乐不吃不喝闭眼躺着，是隔壁阿姨推醒他，指了指门口那个漂亮姑娘。

当阿乐看见梦静的第一眼，他突然觉得好疼，本该早有的痛感在一瞬间爆发，锥心蚀骨般地撕裂着身体，喉咙的一股腥热几乎要喷出来，哪怕整张面孔已不受控地痉挛，他还是咬住发抖的嘴唇，冲她摇摇头，再次闭上眼睛。

蔡文轩推门，不由分说地拽走正在痛哭的梦静，才恰好错过了那个监视的男人。

阿乐望着被猛烈关上的门还在那反复开合，嘴里的那股温热突然冲了出来。

"大夫快来啊！有病人吐血了！"

"护士！有人昏过去了。"

几个医生护士冲过来，与蔡文轩梦静迎面而过。

梦静哭倒在蔡文轩的怀里，蔡文轩干脆把她抱出了医院。

"脑震荡后遗症，左臂骨折，他整体情况还行，你别太担心了。"

可蔡文轩的这些安慰的话，只让梦静哭得更凶，他知道现在最好的办法，就是让她一个人静静，确实，他们三个都需要好好地静静。

兄弟醉酒

城中村的一条废火车隧道，寒冰漫过铁轨，延伸进夕阳。

阿乐出院的当天，他们三人决定在这条隧道里碰面。

太阳未落山蔡文轩就等在那，为了抵御严寒，他点了一堆火烘暖四周。夕阳落下前，阿乐终于拖着长长的斜影缓缓而来。

阿乐头部和胳膊都绑着绷带，但还是很灵敏地接过蔡文轩扔过来的烟。

两人就这样边抽烟边等待下班过来的梦静。

"还疼不？"

阿乐摇摇头。

"你怎么蔫了？"

"你说我为啥？我现在是废人一个，还得活蹦乱跳啊？"

蔡文轩知道阿乐心里难受。按理说现在的阿乐不宜饮酒，但蔡文轩觉得现在正是一醉方休的时候，于是拖出早就准备好的一箱啤酒，用筷子打开瓶盖，掏出买好的花生米、猪头肉。

"来吧。"

蔡文轩把整瓶酒递给阿乐，阿乐如久旱逢甘露，一口气干了。蔡文轩也不甘示弱，紧随其后。

"你要心里不痛快，就发泄出来。是爷们，千万别憋在心里。"

阿乐将瓶子砸碎在铁轨上，金属将声音传导进乌黑的洞穴深处。

"说吧，阿乐。有啥说啥。"

"我为啥要说给你听？"

"那你还有别人能说吗？"

"那我为啥要说出来？"阿乐一生怒，连全身骨头也跟着疼。

"你喝闷酒，就说明你憋着事，都是男人，不用解释。"

阿乐又喝光了几瓶酒，倒在墙根迷迷糊糊。蔡文轩把他拉到旧沙发上坐。

"你干嘛约在这冻死人的鬼地方？"

"是啊，没想到梦静会迟到。"

阿乐听到梦静的名字心里一紧，那天梦静的泪流进了他的心里，快要溢出来了。

"阿乐，我们可能还不是朋友，但我们是伙伴，是队友。这几天我反复想，这件事我有责任，认为你理所当然能赢。对不起，可能我误判了情况。"

"关你啥事？"阿乐还是一副高冷的模样。

"感谢你的付出，输了，也不代表行动失败。你可以继续潜伏在那里，等待机会。"

"东强对我态度180度转变，爱理不理，我还有什么机会？"

"现在出现了一个新情况，所以才有了今天的会面。阿乐，你需要帮助的话，我愿意全力以赴。"

可阿乐只想一醉方休，他又开始喝酒，蔡文轩就陪着他，一来二去，两人都迷迷糊糊，竟搂抱一团，试图要摔跤，结果都倒地不起，彼此说着胡话。阿乐的闷酒越喝越醉，干脆在地上打起滚，人生第一次这样释放自己的全部。他搂着蔡文轩的脖子不停讲着自己曾经的运动生涯，讲老爸黑子的严厉，讲梁教练如何牛，讲他如何痛快打败一个个对手，讲那些精彩的拳赛，讲那些偶然、甚至搞笑的胜利。

这场酒后吹牛炫耀的比试，蔡文轩也不遑多让，从警校大大小小的各种表彰，再到警队多次立下的各项战功，他都讲了个遍。

等到梦静赶到时，只看到这俩人横躺在沙发上缠抱一起，鼾声大作。这场面卸掉了梦静原本的忐忑，让她哭笑不得。

到了夜深，他俩才陆续醒来，蔡文轩看着柴火烧得正旺，满地的酒瓶也不见踪影，猜到大概，只扯开了嗓子喊："呀！梦静你来了。"

这话让阿乐瞬间反射弹起来，胡乱整理头发，穿好衣服，才看清一旁偷笑的蔡文轩，遂一脚蹬过去。

梦静给两个人递过矿泉水，等他们酒醒。她一直避免看阿乐，所以只冲着蔡文轩讲。

"有个消息不知道是好是坏。欧航的腿伤很严重，也许参加不了集训营。"

"你又去找他了！"阿乐勃然大怒。

梦静并不搭理，仍冲着蔡文轩说："欧航在打类固醇，而且严重超量，我觉得他疯了。今天傍晚肥佬神秘来访，他们在病房里密谋了十几分钟，有人把守，我没法靠前。"

在两个男人不以为然的目光中，梦静掏出了录音笔。

蔡文轩竖起大拇指，梦静按下开关。

肥佬："情况可不妙。"

欧航："他不来了？"

肥佬："你们两个人都受了伤，现在看都不会是'恐龙'的对手，比赛不精彩，他应该不会现身。"

欧航："也许他的目的就是让我们两败俱伤，是不是他识破了？"

肥佬："不，我认为没有，12月31日的比赛一切照旧，我听说恐龙已经在九子市了。还有三天，如果你没被召入，一切计划都白费了。"

欧航："我今天打了五针，估计后天可以出院，你捎个话，一定要让我入选。"

肥佬："我怕你没命上擂台。"

欧航："那个阿乐呢?"

肥佬："这小子,始终不跟咱们一条心。他知道得太多了,如今没有价值,我自会处理掉。"

欧航："你确定箱子在那?"

肥佬："非常确定,你一定得赢,还得找到箱子。"

欧航："你有把握我们能成功?"

肥佬："六年了,为了这一天我等了六年。"

欧航："你答应我的事,别忘了。"

肥佬："事成之后,不再有欧航这个人了。"

录音播完了,三个人都沉默半晌。

"肥佬的目标不是赢拳赛,而是要当话事人。这也是我要告诉你们的。"蔡文轩说。

"你怎么知道的?"梦静惊讶问。

"那个老三说的。肥佬在拉拢老三。而且他也提到了一只箱子,在集训营里。"蔡文轩说着下意识望向阿乐。

"那怎么办?我这次输了,怕是进不去集训营了。"

阿乐懊恼起来,刚缓和的情绪又跌进谷底。他还气梦静不问自己的伤势,也不理自己,只顾着和蔡文轩讲话,觉得自己被边缘化,更加自卑。事实上是梦静没有勇气面对阿乐,她不知道自己的答案,甚至决心要斩断这份情丝,免不了显得冷漠。但他们一旦目光交织,就谁都拔不开了。

蔡文轩故意打岔,两人只好撇开头。

梦静紧张得握紧录音笔,说:"我今天来,就是因为阿乐有危险,得想办法让他先撤。"

蔡文轩虽心有不甘,但也没办法。"阿乐,你必须得撤了。看来肥佬随时会动手。"

阿乐更是不甘，妈妈和哥哥如今下落不明，他不能就这么放手。

"我走了，整个计划就落空了。"

"未必。欧航练了这套黑龙十八手也许有机会进入终极赛场，只要能引马里奥现身，我们就赢了。"

阿乐腾身一跃而起，与蔡文轩贴面怒视道："所以你准备把梦静当成诱饵，引这个痞子上钩？"

蔡文轩无言以对，可他暂时也想不到其他办法。

"你上次答应我的两件事，都食言了，你在我这没信用！"阿乐拽起梦静要走，但梦静却纹丝不动。

"你准备留下？还是你真喜欢那个小白脸？"

梦静的手停住，只将这只胳膊抢在半空，就耗尽她全部的力气。绝望、憔悴和无力，三重重压下，梦静与崩溃的距离，比那个巴掌离阿乐的脸还近。

阿乐愣住了，他似乎在等那记巴掌落下，却被人打中另一边脸。他瞬间清醒，本能攻击对方，不费吹灰之力将对方压在身下，可蔡文轩却不认输。

"赵乐，你以为只有你自己牺牲？每个人都为了这个案子竭尽全力！梦静为什么要留在欧航的身边？还不是因为要保全你！你以为单凭你这双拳头就能打倒马里奥？你拳头再厉害，怎么能打碎影子？！"

阿乐放开他，又蹲在地上，仰头看着正悄悄哭泣的梦静。他心里乱极了。

蔡文轩拽起阿乐，把他推到梦静身边，逼他认错，阿乐却不知道该如何开口。

梦静只硬下心，擦干眼泪。

"别浪费时间，你的任务完成了，可以撤了。"

这句冷冰冰的话让阿乐的心彻底凉了。

"你们就是想把我一脚踢开，比肥佬那帮人也好不到哪去。从现在起我不会再相信你们。"

阿乐快步冲出隧道，蔡文轩箭步拦在前面。

"你左手用不上，你是拳手，知道意味着什么！"

"我的左拳废了，可我的双腿好好的，我能从欧航手里捡了条命，多亏了文趟子拳。如果不是我没练到火候，恐怕，我早赢了。"

"你要用文趟子拳去打终极赛场？"

"加上我的右拳。"

"你有几分把握？"

"十分，我有十分！"

这两个人对视片刻，蔡文轩低头沉思后，说："好，我信你。"

坦诚相对

梦静和阿乐只有三米远，隧道的夜风绞痛着两个人的神经。两个人都沉默，可心里清楚，此番暂别，不知何时能再见。

阿乐是没法说，他说什么？说她每个夜晚都会出现在他的梦里？说他在生死一瞬，因为想到她的脸才死里逃生？还是说，他真的，爱上了她？阿乐23岁的人生里，第一次出现了一个女人，他闻着她身上淡淡的香气，只觉得自己是痴心妄想，又缩在那低头啃起手指，手指的咸味刚入口，一只温热柔软的手又把它拽了出来。

阿乐全身发抖，差点一头栽倒，梦静也不知道为什么会握住阿乐的手，他的指甲被啃咬得光秃秃的。

"你都多大的人了，怎么还咬指甲？"

阿乐满脸羞红想抽回去，却发不出力。

梦静知道，根据心理学分析，成人啃咬指甲是心理情绪的折射。他一定是因为紧张、抑郁、沮丧、自卑才这么做的。褪去一切高冷孤傲的外表，阿乐就是个缺乏安全感的小孩，垂头蹲在那沉默。

那只手像一块冰，被她紧紧握住。

"阿乐，没必要把什么都憋在心里。"

阿乐突然意识到自己哭了，嘴里又流进了咸味。

"下次，如果你再想啃指甲，我就会紧紧握住你的手。"

阿乐想起了幼儿园时自己啃指甲，是因为每天都是别的小朋友先走了，只剩下他一个人等着父母来接。小学时啃指甲，是受到同学排挤，老师也不喜欢他，终日一个人独来独往。进了体校，他长大了，却啃得更厉害，父亲老黑、梁武教练、体校领导，所有人都指望他出成绩。他心里害怕、不安，从没人可说，也不想说，只把指甲放在牙齿间，啃了又啃，流血、脱皮、结疤，一点点让他的心更坚硬。

从来没人对他说过这句话，阿乐突然手足无措。

其实梦静在说这句话之前，她根本不确定，是否真的爱上了阿乐。这个问题让她彻底失眠。他是个比她小好几岁的拳击运动员，而她是个理性的女记者，相识之前，她连一场拳赛都没看过。这到底是什么感情？因为内疚引起的怜悯，还是同病相怜的依赖？

但当阿乐像个无助的小孩咬指甲时，她却毫不犹豫地伸出手，那颤栗从他的手指传到了她的掌心。

"如果我不在，你可以摸摸这个。"

梦静从口袋里掏出找师傅订做的羊脂玉玉牌，特意刻上了"平安"两个字。这种寓意的东西梦静以前从不信，现在是为了保佑阿乐，还是让自己能心安？反正，她亲自把玉牌戴在了阿乐的脖子上。

阿乐一摸温润的玉牌，真仿佛一根葱白似的手指，他不禁贴在唇边滑动。

蔡文轩本想给他们留出更多的共处时间，可时间不等人，他抽了两根烟又走回隧道，看到他们难分难舍的模样。

"只有三天时间，得让肥佬甚至马里奥对你另眼相看，唯一的机会就是你比欧航要更有冠军相。"蔡文轩看了眼阿乐身上的绷带，"你确定可以？"

"确定。"

"那你对欧航下战书,理由是不服,所以主动挑战欧航。这次挑战一定要大张旗鼓,欧航虽然在用胆固醇,但他伤的是小腿胫骨,而你伤的是左手,他下盘不稳,我不相信他会应战。你们都需要喘息机会,这个机会就是集训营。"

"一旦欧航答应了呢?"

蔡文轩直接问梦静:"你近距离看,他能应战吗?"

梦静肯定地摇摇头。

"欧航想让肥佬保他进终极赛场,他的目标是'恐龙',是马里奥,并不是你。跟你玩命是因为马里奥在看着,我有百分百把握,他不敢应战,而且多一个你,肥佬也多一个赢的机会。"

梦静沉思片刻,对蔡文轩的说法表示认同。

"进入集训营是第一步。肥佬就是想引出马里奥,如果你状态好、斗志强,就是双保险,他没理由拒绝。"蔡文轩掏出一部手机,"这部手机是 GPS 双定位的卫星电话,最长 72 小时待机,可以使用城市网和卫星网,可以在无通信信号的野外使用,但前提是没有巨大遮挡物。如果是地下,接入外接电线最多只能是地下 20 米。一旦训练营在地下,你要想办法找到靠近地面的地方,然后联系我。让我知道现场的情况。"

"如果集训营里不允许携带电话,怎么办?"

"到时我们会做专业处理,将电话内嵌在你运动鞋鞋跟里,只要不开机,电子探测器也检测不出来。"

"你怎么有把握我能进集训营?"阿乐迷惑地接过电话。

"不,我没把握,但我会做好最周全的准备,这是我的 B 计划。"

蔡文轩接着转向梦静说:"现在起我和你也单线联系,你也有部专用手机。你的任务是保护好自己,再监视肥佬和欧航的一举一动。其余什么都不要做,等我指示。如果发生任何紧急情况,立刻打电话给我或者徐刚。记住,你的安全是你最重要的任务。时间不早了,梦记者,你先撤,我要跟阿乐再谈几句。"

梦静回头与阿乐互望,一番依依难舍。

在离开前，她再次跟蔡文轩谈起那个关键的女人——花花。

"如果马里奥是个'影子'，那这个女人就是最接近'影子'的人。"

"我也这么想，她毕竟是马里奥孩子的母亲，一定是他曾经最信任的人。"

"也许也是唯一能伤害他的人。"

"你到底想说什么？"

"花花性子刚烈，不会轻易被驯服。她为什么甘愿过平凡的苦日子，也不再当马里奥的女人，这一定有原因。"

"我已经竭尽所能调查她的全部人际关系，遇见马里奥后，花花成了提线木偶，而且隐藏得很好，或者说是马里奥把她藏得太好了，她连影子都不算。"

"还有个地方你遗漏了。"

蔡文轩挑眉，满脸疑问。

"饺子馆。"

"警方都搜了那里几遍了。"

"我给好处费让周围邻居留意，他们说这两周内至少看见过有人打开封条进去了两三次。花花一定留下了什么秘密，现在看，这个秘密也许就在饺子馆。"

蔡文轩浮出敬佩的笑意，然后目送梦静离开，转身扔给阿乐一根烟。

"这女人不仅长得漂亮，还聪明，在古代就是做甄嬛的料。"

阿乐生气地掰断烟扔到一边。

蔡文轩笑得更欢，"咋的了，暗恋啊？"

"这个也得报告吗，警察同志？"阿乐双目一瞪，火气又冒上来。

"嗳嗳！你除了像张飞一样瞪眼还有没有其他表情？"

"我跟你很熟吗？"

"刚才都喝'断片'了，还确定不了咱俩的关系？"

阿乐厌恶地甩开企图搂在他肩膀的那只手。

"我说你为啥那么信任梦静，原来是爱上人家了。"

"胡说！"阿乐拉上棉衣大步要走。

"她也喜欢上你了。"蔡文轩不紧不慢地抽着烟，笑看又磨蹭不愿走的阿乐。

"你是不是没谈过恋爱？"

阿乐白了他一眼。

"也是，从小就在拳击队，也没个女的，一谈还遇到这么个大美女，你小子真够走运！"

阿乐咬着棉衣的拉链头，喃喃说："我也没文化，就剩这双拳头。"

"你看过那个奥运拳击冠军的媳妇不？是个贼漂亮的主持人，还在央视工作过。自古美人配英雄，不是瞎说的。"

"我算哪门子英雄？"

蔡文轩直视阿乐，收起笑容。

"阿乐，现在你就是无名英雄。"

"我是为了我妈和我哥。算不上！"

"你换个想法，你现在做的，会挽救多少人的母亲和哥哥？会救多少条人命？会救多少个家庭？"

阿乐沉默了，这他从没想过。

"阿乐，英雄不用轰轰烈烈，但一定得救死扶伤，惩奸除恶。你帮人民警察打击犯罪团伙，就是无名英雄。"

从欧航拳下死里逃生后，阿乐想了很多，他以前并不愿意思考这么深刻的问题，到底自己这身本事的意义在哪？以前他只想赢，一场接一场地赢，为了冠军不顾一切。职业生涯终结后，他又能做什么？阿乐刚站在地下拳击赛场上时，觉得忐忑不安。但当酣畅胜利到来时，他被怒吼般的欢呼簇拥着，第一次体会到了拳头无边的威力。在台下这些赌客狂热甚至膜拜的注目礼中，阿乐甚至觉得自己就是个王，他拥有拳头，就可以为所欲为、无所不能。

现在，他是个输家，像个被众人抛弃的垃圾，贴着死亡逃生归来。他突然意识到，自己并不是万能的，他也会输，只要在拳台上混下去，厄运迟早会降临。

阿乐还是习惯性地高冷，假装在哆嗦。"真麻人，少给我戴高帽。"

蔡文轩却抓住阿乐的双肩，让他无处可躲。"阿乐，我这话句句都掏心窝子，我需要你，但你也需要我，还有梦静。这件事我们必须一起扛，就像是上战场的战友，是毫无保留的信任，你能为我豁出去，我也能为你去拼命！"

阿乐怪不好意思的，他习惯拒人于千里之外，蔡文轩的坦诚让他无所适从，只好双臂挡开，抽身出来。

尴尬中，阿乐想到一件事，他盘算了很久才打算向蔡文轩开口。

"他们知道阿飞是我哥。"

蔡文轩一惊。

"谁？"

"比赛前，一个人用扩音器跟我说了几句奇怪的话，还有我哥的声音，他说什么都逃不出他的眼睛。我觉得那是——"

"马里奥！一定是他。"

蔡文轩思路快速旋转起来，赵飞改头换面隐藏身份，却没能逃过马里奥的眼睛，马里奥真是个幽灵，无孔不入，无所不知。这一切交织在一起，让先前的几个猜想有了轮廓，他心里下了盘算。

蔡文轩还需要证据去论证，只好先岔开话题。

"阿乐，我真心希望我们能成为战友，人都得慢慢相处，希望我们来日方长。现在说说正事，是关于终极赛场的行动方案。"

阿乐和蔡文轩目光相对，两人的眼里突然钻出了火苗，熊熊燃烧了起来。

第十八章
蛇之七寸

痛彻心扉

蔡文轩被调到开发区派出所一个多月,新所长仍没交接他具体工作,只偶尔派他参加市局召开的各种会议。工业园的配套设施正在完善中,辖区群众少,倒是有大把时间可以专心办案。今天是 11 月 28 日,明天就是入围集训营的截止日,阿乐如果不能进去一切都将功亏一篑,梦静每天都在走钢丝,后头还堵着陈可锋和马队,而马里奥这个鬼影仍纹丝不动,甚至更捉摸不透。现在他们是腹背受敌,不进则败。

那晚梦静的一席话倒提醒了蔡文轩,从平面图看,饺子馆地上地下各一层,共 240 平方米。地上除了餐厅和后厨,另有一个两室套间住着花花和鲁军,一个单间住着林阿花。地下是两个仓库,一个是储物间,另一个就是拳场。

这几天蔡文轩去了饺子馆三趟,果然门上的封条曾被人替换,风吹雨淋个把月,封条上不可能有如此鲜红的印章。

进门后仔细辨别，能看出有新留下的脚印，不止一人。

一切家具表面完好，对，只是表面。蔡文轩如猫嗅食物，一件件检查过去，终于在卧室大衣柜边发现了一道很浅的灰印子，只几毫米宽，柜边其他地方都贴合在灰尘里，只有这一道印子。

他口含手电筒，继续检查每件家具的脚边处，又找到了一些乎其微的痕迹。此人手法专业，精心处理了脚印，一般人极难察觉。

如果马里奥来过这里，只有两种可能：他已销毁证据，或者一无所获。

蔡文轩是违反规定进入饺子馆，时间有限，他拍摄了现场的每个细节，和照片较劲起来。梦静也获得了一份拷贝，这条线索是她发现的，正是依靠女人的直觉。

回到派出所，蔡文轩茶饭不思琢磨起饺子馆的各处细节。中午，户籍科的女同事帮他打饭上来，无论在哪，他都是女人缘最好的那个。蔡文轩嘴上无意识开着玩笑，心里却全是疑问和压力，他胡乱扒了几口饭，突然手机响了，听惯的提示音在这一刻却如石头划过玻璃的噪音，让人瞬间心里发毛。他正要接听，却有人几步冲进来，是所长边戴警帽边嚷着："快！小蔡，老局长不行了！"

蔡文轩头脑一片空白。所长也曾是老局长的部下，他开车载着蔡文轩，途中断断续续聊起三十年来老局长的一桩桩事。蔡文轩有的听过，有的是第一次听说，甚至不敢相信。

三十年前，刚工作的老局长是市局田径队成员，在运动会上曾打破记录，差点被专业队挑走。二十五年前，他在追捕罪犯中救下了一位女教师，那人后来成了他的妻子。二十年前，他被抽调到西北贫困乡扶贫，染上传染病差点死在当地。十五年前，他成为市局领导，侦破了黑社会性质犯罪团伙，然而独子被绑架，他孤身一人换了儿子，最终抓到凶手。局长儿子因为恐惧，不久赴美求学，从此很少回家。往后这十年，是蔡文轩和老局长一起共事的十年，他不用想，都能数出来那些事。

专案组成立后，有一天早晨，老局长约蔡文轩到城郊钓鱼，两个人钓了一天一无所获。蔡文轩百无聊赖只能玩手游，老局长仍沉着气纹丝不动，小鱼上钩他也不收。日落收竿前，他终于钓了一条大鱼，两人一起收线才拖起那鱼，那时候老局长说了一段让蔡文轩终生难忘的话。

"这片水域，钓者众多，大鱼为什么不肯上钩？是因为它们不会轻易咬饵，所以活下来成了大鱼。你得让它确信，这只是水中的一颗食物，无论怎么试探，线都是松的，除非钩子刮进了它的喉咙，否则就必须等待，等待它确信，而那一刻就是收竿的时机。"

蔡文轩在所长有些琐碎的讲述里，越来越清醒，等待，他现在只有耐心地等待这个时机。

医院大院里停了好几辆警车，从他们后面超上来一辆商务车，蔡文轩认得车牌，那是陈可锋的专车，只不过下来的不只是他，还有其他几位领导，而最后下车的那个人正站在台阶上等着蔡文轩。

蔡文轩闭上眼，默念着说服自己就是个孤独的钓者，想钓上这条大鱼，鱼竿就必须与海融为一体。

这信念战胜了悲伤，蔡文轩上前紧紧拥抱着那个人，并轻呼对方："马队。"

"听说人已经走了，15分钟前。我们也是刚开完会，晚了一步。"

马队面无表情，连烟味也没有，两人一起等待医院里慢慢爬坡的电梯。蔡文轩抽了下鼻子，他不能哭，尤其在这个人面前。

他们沉默地走进病房，老局长的儿子没赶回来，只剩下老伴一人挨个和大家握手。老太太很平静，她只是用力握住蔡文轩的手，两人默视了一秒，他这才流了泪。

蔡文轩独自离开熙攘的人群，陆续有同事赶来，他走出医院，阳光正好，仿佛一切都没发生。对绝大多数人而言这是个阳光灿烂的周五，有对周末的美好期待，但对蔡文轩而言，一切都在乌云密布中。他像一根脱线的风筝，在风雨里飘荡着。

蔡文轩曾坚信老局长一定会康复，重新主持大局，会见证自己所做的一切努力。可现在，最坚强的后盾没了，一直激励他的力量也随着老局长的离开而消失了。他觉得自己浑身发冷，像衣不蔽体地走在寒冬中，以后这条路该怎么走？

手机铃声响了很久，蔡文轩才接通梦静的电话。

"我现在不方便，一会儿打给你。"

"不，现在立刻在饺子馆集合，我发现了重要线索。"

放手一搏

那个灯牌少了偏旁的烧烤店，东强和秃子几个仍在大声喧哗，和阿乐命运转折的那天一模一样。

是秃子先发现了阿乐，但他懒得搭理。现在阿乐负了伤，又成了一文不值的穷小子。

"你不老实养伤，跑这来干啥？"东强不高兴地吐了一地鸡骨头。

"强哥，我想让你跟佬爷带句话，我想和欧航重赛。"

秃子和另外几个混混猥琐大笑，阿乐抬肘反击，直接把笑得最大声的人拍在墙上。

东强又嚼着鸡架，冷眼看着，灌了一杯酒。

"在我这逞能没用，拳头得擂台上见，你折了拳头，咋打？小子，看在你给我打赢了那么多场拳赛的份上，我算保你条命，见好就收吧。你先养着，来年再战不迟。过了年，还有好几场，我下了重注。"

阿乐一脚踹折秃子的板凳，自己在东强身边坐下。

"不，我就得进今年的终极赛场。"

东强打量着阿乐的腿，没言语。

"您找我不就是冲着终极赛场吗？那些小场子，强哥您放在眼里？"

东强嚼着花生米，又干了一杯，仍不言语。

"欧航他进没进集训营？"

"还不是因为你！这个小白脸腿都重伤了，他凭什么进？！"

其余几个立刻嚷嚷起来，阿乐不善言辞，那晚蔡文轩几乎是一字一句教他如何把这股火蹿起来，这是他们关于终极赛场计划的第一步。

"强哥，那场我输也是因为欧航使诈，他那招数太下三滥了，我输得不甘心。他现在是重伤，进了终极赛场也是白费，不信就再打一场，今天我就下这战书，就约明天中午 12 点。"

秃子等人立马附和起来，东强自是不甘心。但蔡文轩早料到即使阿乐提起这话茬，东强也不敢轻易冒犯肥佬，所以还得再加一把火。东强现在负债累累，他想通过阿乐翻身，蔡文轩就押这种赌徒心理，所以让阿乐接着再来一下子。

"强哥，这不是我面子的问题，这关系到兄弟们的将来，让那小子得意，我们还能有好果子吃吗？"

蔡文轩就是要通过阿乐的嘴，点醒东强，因为欧航，他的地位将会岌岌可危。如果欧航进了终极赛场死了倒好，一旦他赢了，地位和声望都会猛增，肥佬现在上了年纪，东强苦心经营了十几年的算盘，就散了一地。

一荣俱荣，一损俱损，欧航要上位，他们这一脉的人都好不了。

阿乐看东强犹豫，蔡文轩教给的他下一句话就派上了用场。

"东哥，我是你的兄弟，就听你一句话！"

这无疑给东强摆了一道，看着群起激奋的兄弟们，他已经没别的选择，或者说，也许他等的就是这个机会。

东强让众人安静，上了厕所，又在原地打了几个转，终于拨通了肥佬的电话，阿乐则在一旁盯着，随时准备添火。

"佬爷，您方便不——有这么个事儿，阿乐刚来找我了。这小子像头倔驴，根本不听劝，嚷嚷着非要再和欧航再打一场，把我这搅得天翻地覆，您说我咋办？"

电话那头好久没有声音，东强也不敢催，大家都竖起耳朵等着，只见一个慵懒的声音在说："你倒把难题推给我。他是你找来的，不行你一个枪子儿崩了他得了。"

所有人屏住呼吸，秃子将目光移到阿乐身上，阿乐仍一脸满不在乎。

"佬爷，阿乐是个人才，是我万里挑一选出来的，要不，您再让他试试？"

话筒那边沉默片刻，最后说了句："现在带他来见我。但你得告诉他，今夜，他可能死在我这，问他还来不来？"

阿乐猛地一句："来！"肥佬听罢，只哈哈大笑，挂了电话。

两个小时后，在午夜交界时，阿乐来到九子市肥佬的院子，院子和之前来的时候不同，现在这里静寂无声，天上连颗星星都看不到。他被告知要站在院子里等，零下二十度，几分钟人就冻透了，可他硬生生站了半个小时。阿乐知道，肥佬在试自己。肥佬现在肯定不信他，这当下就算冻得脚趾头都没知觉，他也得挺在那。

终极赛场，他必须得进。

为了妈妈，为了阿飞，为了梦静。蔡文轩说得对，肯定有和他一样被骗进地下拳场的拳手，他们和家人的性命也在危险中，这伙人不灭，还会有越来越多人和他一样的遭遇，梦想被拦腰斩断，家人被胁迫，生命朝不保夕，这该死的一切该结束了。

阿乐握紧拳头，这双拳是为了争夺竞技比赛的冠军，而不是用来打以暴制暴的黑拳。

那久违的斗志被点燃，今晚，阿乐誓要死扛到底，这是他反抗的最后机会。

忽然一人飘至他的眼前，如同鬼影，阿乐看着那双如深洞的眼睛，似乎能听到一个人在呼救，是梦静的声音。

"欧航，我想，和你再来一场。"

欧航披着貂毛大袄，仿佛传说中雪原上的人物，眉目清秀，却神态阴郁，他倒笑了，说："我现在一刀就能宰了你。"

"东强他们就在门外，我死了又能咋的？我随时都想好了死，不差你这一下子。"

欧航拔出匕首轻划他的喉咙，血渗出来，阿乐却因为冻僵，毫无知觉。

"你为啥要和我重赛？"

"我不服！我赵乐从 13 岁开始打拳，就靠着不服的劲儿打到今天，你使那种招数，我凭啥服你？"

"你以为这是英雄大会呢？赢了才是王道！"

强风扫过，阿乐绷不住，滑出一步。

"你和我不一样，你现在可以拿钱走人了，我的人就在你妈身边，你同意，现在就能带着你妈走。这是我费了好大口舌向佬爷求的情。"

阿乐闭上眼，他该怎么办？

"赶紧走吧，这不是你待的地方。"

"怎么，你怕了？"这话冒出来，阿乐觉得自己失控了，他做不了别的选择，为什么？他说不清。

欧航鬼魅一笑，月影无踪，只剩下这双眼睛发出的光。

"你是真不怕死。"

"如果我输了，任杀任剐，但你我都是爷们，别把老娘牵扯进来，没劲。"

"你为了什么？"

"不为什么，就是为了赢，我觉得输得窝囊，不服！"

"你呛我，觉得我不敢和你比？"

"我不知道，我只信拳脚。"

"你左手废了，就学了半吊子的土玩意儿，能赢得了我？"

"那你小腿骨是怎么裂的？"

欧航一听伸手就是一掌，阿乐全身冻僵了，只用最后一口气出脚，差点再次击中欧航受伤的位置，欧航显然心有余悸，一步跳出几米远。

阿乐见状，只扯开嗓子喊："佬爷，欧航腿伤未愈，敌人薅住这个弱点他必输无疑，为啥不给我一个机会？"

远处一阵笑声传来，是肥佬的声音。

"阿乐，你功夫好不假，但你的心好不好，我不知道。"

蔡文轩早已给阿乐想好了答案，理由是因为钱，有了那价值 100 万的入场券和终极赛场的巨额奖金，他可以带着母亲远走高飞，但这个理由阿乐说不出口。

这千钧一发之际，他却想起在那个小破院子里，老三说起关于武痴父亲的故事。也不知道为何，这个很糟的故事却让他记忆犹新，被冻到神经麻木的此刻，阿乐早记不清蔡文轩教他的说辞，只无意识地开口。

"因为我不信，我有打不赢的对手！"

"就算丢了性命也愿意？"

阿乐觉得自己像根被踢倒的木桩子，直挺挺斜向地面，那白雪间似乎有一个洞，是那座废弃的隧道，梦静猛然回头，流下一行泪，似乎深处还有个人，他觉得应该是蔡文轩。阿乐深吸口气，落雪呛进嗓子，寒气刚入嘴，就被一团熊熊烈火覆灭。那火球冲出阿乐的口，飞进这黑夜。

"我愿意！"

阿乐喊完就摔倒在雪里，深深睡去。但梦里他知道，自己未出一拳，已赢了对手。

破解密码

蔡文轩的车刚进巷口，看见梦静的白车竟明晃晃停在饺子馆门口。这种暴露行踪的低级错误让他一下子就爆了，直接在电话里把梦静骂了一顿。一通狂喊后心里总算透了亮，他实在憋得太难受了，胸口快要爆裂，却又无处撒火。可一喊完他就立刻后悔，不知该如何圆场。

电话那头梦静没辩解，只将车停在更安全的地方。她听到蔡文轩气息平稳后，才开口，没问他发火的原因，只对自己的鲁莽道歉。

蔡文轩的烟没了，又一天滴水未沾，犯了低血糖，快速嚼着口香糖，强迫自己迅速镇定。

"咱们别浪费时间，我一会还得赶回去。你为什么非要现在约我来这？"

话音未落，梦静就给蔡文轩发了张图片，是花花梳妆台的照片。梳妆台的每个抽屉他之前都检查过了，没有夹层，里面空空如也。

"你看过照片，什么都没有。"

"就是因为什么都没有，我才奇怪。没有一个女人的梳妆台是空的，再懒的女人都会放些化妆品在上面，何况是花花这种爱美的女人。"

蔡文轩调出了梳妆台的照片，除了一些杂物，确实一件化妆品也没有，但如果花花准备逃走，收拾起来也不奇怪。

"警方当时查到她的行李里有化妆品吗？"

"这我得查一下。"

"不用查了，你给我的文件我早核了，没有，一件化妆品也没有。女人要出远门不可能不带上这些，原来我以为是在饺子馆里。所以她的化妆品哪去了？"

"有这么重要吗？"

"那个叫林阿花的女孩不是说花花最喜欢买化妆品和衣服吗？看来你也不怎么了解女人。"

"我们扯远了。"

"不远，今天你进去就找化妆品。"

"这就是你的重大发现？狗屁！"蔡文轩又差点失控。

"我刚从同事那听说，因为修地铁，这一排门头房马上要拆了，说不定明天就轮到这个街口，欧航让我陪他去海边养伤，今天夜里就走。我没时间了。"

"你是不是疯了？"蔡文轩已没力气再喊。

"不，我一点也没疯，他现在根本没心思想女人，他要全力养伤，肥佬把他弄进终极赛场的集训营里，一周后集训，时间不等人，他在喝一种中药，必须要禁欲调养。"

"所以你就没危险了？"

"记不记得上次录音里，肥佬和欧航说，他们要在集训营里找一只箱子。这箱子能在集训营，说明里面的东西很重要，我得搞清楚，他们到底在找什么。不谈这事，你现在进饺子馆，现场连线，我们一起找，我在外面给你放风。"

蔡文轩平稳情绪后，戴上口罩再次潜入饺子馆，这里的一切他都摸透了。今天阳光很好，一切都一目了然呈现在那，花花居住的套间他曾做过地毯式的搜索，甚至敲过每一块地板寻找暗格。

梦静盯着手机画面，分析着："消失的化妆品，可能是花花藏的，或者马里奥找人拿走销毁了。现在我们只能赌一把，是花花藏起来了。如果我是花花，我绝不会藏在起居室里。"

蔡文轩听罢直接转向餐厅、后厨，又把两个仓库翻了一通，仍一无所获。

"怎么样？我检查得够仔细吧。"蔡文轩被虚汗浸透，明明是寒冷的地下室，却在不断冒汗。

"现在怎么办？"蔡文轩实在扛不住坐在台阶上。

"现在回到楼上。你走到收银台后。"

蔡文轩走到指定位置。

"你慢慢地拍一圈全景镜头给我，记住非常缓慢,不要漏掉任何细节。"

蔡文轩照做，一面贴着菜单的墙，6 张桌子，通向后厨的门帘，摆着酒水饮料的柜台，收银台和那上面供奉的财神爷。

梦静让镜头倒转一圈，停在那供奉财神爷的供台上。

"嗯？"蔡文轩低头仔细查看。供台并无异样，只在香炉台上发现了几颗金米，近看是镀金的，应该是寓意讨个好彩头。

梦静闭上眼，再睁眼，幻想自己成了在收银台后忙碌的花花，她目光所及之处，正是这金灿灿的香炉。

"把香炉的米倒出来。"

梦静又重复一遍，蔡文轩才照做，大米里有一支唇釉，是今年大火的网红款。

"马里奥知道透了花花，猜出了她可能把证据放进化妆品里，于是一不做二不休全都搜走了。可他还是不太懂花花呀。为啥那上面要放几颗金色的米，这就是信号，一旦被人翻动，根本无法恢复原样。"

"福尔摩斯啊。"蔡文轩打开唇釉，倒出来一张防水材质的纸条，洗掉上面的唇釉，是一组号码。

"23.15.67.05。"

"这会不会是局域网的 IP 地址，共享给参与赌博的玩家。现在我就去找人破解。"

"这也许就是马里奥为什么要杀花花的原因，这 8 个数字一定很重要。"

蔡文轩握紧这个字条，这是个谜团，也许是钥匙。

第十九章
击楫中流

临危过关

阿乐从全身冻僵中苏醒过来，东强正和几个人打麻将，见他醒了，东强端着碗热汤，竖起拇指。

"佬爷同意了？"

"你这么玩命当然是同意了。佬爷要见你，就现在，抬也得给你抬到地方。"

说这话间，秃子几人上来连着被褥一起将阿乐扛出去。

虽在发烧，阿乐思维却很清晰，肥佬还在怀疑自己，他得取得肥佬的信任。

蔡文轩之前和他分析过，肥佬目前最大的敌人是马里奥，他们算不谋而合，要狠狠抓住这点。

正堂上的肥佬身披毛皮大褂，手里把玩着核桃，笑呵呵走来。阿乐斜靠在椅子上，肥佬给众人个眼色，顷刻只剩他两人。

"你小子，命硬。昨晚说的可是实话？"

"哪句？"阿乐不轻易答。

"你好像脑瓜子突然开窍了，以前就是个木头疙瘩。你为啥非要跟欧航较劲。"

"就想分个高下。"

"钱我给你，老娘还你，你还不走，到底有啥企图？"

"那他欧航也不缺吃喝，为啥还像条疯狗？"

阿乐直视肥佬，肥佬一挑眉，片刻才笑。阿乐也不慌张，蔡文轩告诉他对待这些人就是要以静制动，现在不是较劲的时候，得让肥佬信任自己，才能过了这关。

"老三对你是赞不绝口，说你是个奇才，我看也是个武痴。"

"输赢都得整得明明白白。"

"如果你赢了终极赛场的比赛，想干啥？"

"我能干啥，金牌也拿不了，在哪不是混口饭吃。"

"怎么个混饭吃？"

阿乐心里一咯噔，这话才说到点子上。蔡文轩可没教过他这个，他得自己应对。他一紧张本能想啃指甲，想起梦静给的玉牌，只含在嘴里，顿时心静下来。

"我就是糙人，书念得少，什么都交给拳头，现在又多了双腿，如果能打遍强敌，也算对得起自己这么多年的辛苦。"

肥佬笑不作声，仔细掂量阿乐，这五分钟里，阿乐没底，似乎肥佬也没有。

最终肥佬费劲收着肥大身躯坐下来。

"阿乐，我认识你不过一两个月，可我认识欧航好几年，他能拼命豁出去，我看，你也有这个胆量。我们习武之人，就敬你们这种汉子，有种！"

阿乐沉住气，仍不动声色。

"庄家早看上你了，特别关注你，他眼光可不是一般的高，你小子前途无量。"

"我不认识啥庄家，我只认得您和强哥，其他人不好使。"

肥佬的笑意突然消失了，他目不转睛盯着一脸无畏的阿乐，而阿乐此刻就要演成一根筋的武痴，这才是肥佬中意的角色。

"阿乐，看来我还是不太了解你，还是你变了？以前你看我们哪都不顺眼，现在你咋的了？"

他咋的了？阿乐才恍然大悟，是那股不可控的力量消失了，就像退烧后，脑子异常清醒起来。

"佬爷，我不是木头，现在我被外面的人嫌弃，也没地方可去。想来想去，不如跟着您混，我不怕死，就怕日子无聊。"

肥佬这才大笑起来。

"阿乐，集训营的事我办妥了，但你可别以为进去了就是终极赛场，每年都有尸体从那里抬出来。你想拿到入门券，至少要打两场拳，进去的可都是这个。"肥佬在阿乐的鼻尖上竖起了大拇指。

"不就是'恐龙'吗，我听老三说过这人。"

"看来老三真和你处得不错呀。庄家每年在全世界搜罗世界级的高手，为的就是这个一年一度的终极赛场。每个季度的集训营会选出 2 名拳手，一年共 8 名。庄家手底下还有几张王牌，这'恐龙'就是头牌，也是这两年的擂主，想碰见他可不是容易事。"

"佬爷想让我打谁？"

肥佬停下手里的核桃，紧紧攥住，说道："你和欧航的任务，就是要逼'恐龙'现身，其他的不用管。"

肥佬是想引马里奥现身，阿乐心里明白，却明知故问。

"庄家会来吗？"

"你希望他来还是不来？"

阿乐撇嘴冷笑道："他爱来不来，反正我都得痛扁这头'恐龙'。"

肥佬仰头大笑起来，又竖了个大拇指。

"阿乐，别高兴太早，一口吃不成个胖子，你左胳膊受伤，先过了集训营这关再说，我们这有位神医，专治骨头的伤。明儿就去瞧瞧。今天就好好在家和老娘团聚。既然你是我的兄弟，我不会再为难你，但你也得担得起这份情义。和欧航的比赛就算了，没意义，现在起，你们俩要合作拿到终极赛场的入场券，年年都是庄家赢，该轮到下一家坐庄了。"

"谢谢佬爷栽培！"

"别谢我，要谢就谢你那半个师傅吧。我要杀了你，老三就得跟我翻脸。"

"三叔是个高手。"

"也是个傻瓜，十几年前我们一起在东莞混，你看他现在还蹲在农村，三脚踢不出一个屁。"

"可他的文趟子拳真是厉害。"

"当年更威风，我们几个曾在东莞打遍天下无敌手，那时候只想着吃喝玩乐，还有泡妞。这时间一去不复返了，现在他还能打拳，而我前几年得了痛风，一路长膘，现在连走路都费劲，时间呐！"

说罢，肥佬若有所思走出门外，在院中央想比划几下腿脚，却终作罢。

阿乐跑回家，一进门就看见气色大好的妈妈早包好了饺子等他回来。他狼吞虎咽吃着刚出锅的白菜猪肉饺子，妈妈坐在旁边转着碗沿喝热腾腾的饺子汤，母子一句话没说，只静静待在一起。阿乐知道，蔡文轩安排的车已到楼下，他又必须要和妈妈分别了。

妈妈把阿乐的衣服叠好放在床头，阿乐上前牵起妈妈消瘦的手，妈妈差点落泪。自从戴上拳套后，阿乐就再也没牵过妈妈的手，他觉得自己成了小老爷们，不能再婆婆妈妈。他领着被病痛折磨而过早衰老的妈妈，走出充满了他们一家四口回忆的楼房。

妈妈没开口问原因，只在所剩的时间里探出车窗摸着阿乐的脸，就算汽车驶出很远，仍有一只手在摇摆，最终在视线里成了夕阳中的一道光。

一切如退潮的岸，寂静无声。

阿乐原地驻足很久，好让眼泪干透，才绕到楼后，仔细观察四周，确认安全后才上了蔡文轩的车。

早等候多时的蔡文轩啃着汉堡，为了掩饰身份，他戴上一头青绿色的假发，穿了一身非主流风格的衣服，还到车行租了辆改装车。马里奥连阿飞都能查到，他得小心一切。

阿乐拿过另一个汉堡，也大快朵颐。

"饺子没吃够？"

"嗯，演戏比打拳累。"

蔡文轩忍不住笑，阿乐还是一本正经地吃东西。

"吃饱跟我走。"

"去哪？"

蔡文轩扔给阿乐一瓶发胶。

"头发整整，去表白。"

吓得阿乐全身一抖。

"你疯了？我哪有心情干这个？"

蔡文轩哼着小曲，发动了汽车。

"等你有心情，人家都嫁人了！坐稳喽，你哥要飙车了！"

逆流而上

在机场大厅，梦静早到一个小时，因为蔡文轩通知她到机场有要事商量。

她按照指示来到一个很偏僻的面店，店里只有无所事事的服务员和一个裹得严实的男人。那人指了指斜对面的桌子，梦静等服务员走远，才搭腔。

"蔡警官谍战剧看多了，跑这接头来了。"

"是我。"

那个斜对面的男人遮住脸，只剩下一双熟悉的眼睛。

梦静手中的筷子掉在地上。

"你疯了，来这？"

"你真要跟他去？"

"这是任务，你有你的，我也有我的。"

"可没人给你布置这个任务。"

"我们没时间可浪费了，必须得搞清楚肥佬的计划。"

"只要我赢，计划就能成功。"

梦静敏锐扫视着周边的人流，又假装吃起面来，不再搭腔。

阿乐只毫无办法地待在一旁，这一切和他计划的完全不同。来的时候，蔡文轩还和阿乐排练了一路。

"记住，最关键的一点，是深情凝望。你说话能怼死人，最好少说，不说更好。就含情脉脉望着她，把你们这次弄得和生离死别差不多，能哭就别收着，像你这种木头桩子哭，估计会让她心软。"

"她会因为我流泪而感动吗？"

"你怎么不信呢？你虽然傻了吧唧，但长得帅，身材好，嘴这么笨肯定不会花心，还挺招女孩喜欢的。说的我都恶心了，但这都是实事求是，当然和我还是有一定差距。"

"那你咋追女孩？"

蔡文轩瞬间精神抖擞。"我就没开过这个口！以前上学我座位抽屉里的情书都往外冒，不得不集中处理，我拒绝都拒绝不过来——"

"你女朋友是不是特漂亮，像天仙一样？"

蔡文轩也只好讪笑道："我那仙女呢还没下凡，你呀就把你的小姐姐抓紧了。你要不下手，那我就不客气了，实话说，我们俩那才是男女颜霸。"

"梦静看不上你——"

"呦呦呦，她是看上你了呗。"

阿乐想到这笑了，还得意地笑出了声，才发现斜对面的梦静和远处的服务员都在看着自己。

"你疯了？"梦静生气地放下筷子，"有话非得当面说，打电话不行？"

"恐怕不行。"阿乐说完又低下头。

梦静一愣，哭笑不得，她用筷子搅着面条却一口不吃，面汤越来越浑，她得停下可又停不了。

阿乐使出吃奶的劲儿让自己哭，夹巴得眼睛都疼，可眼睛不仅没湿润，还越发干涩，把自己憋成个大红脸。他看哭不出来，终于结结巴巴开口，梦静的手机却响起来。

他俩都看得分明，来电人是欧航。

"接吧，别耽误事。"阿乐起身要走。

梦静看着闪动的手机和正擦身而去的身影，突然一把抓住阿乐的手，隔着棉手套，梦静的手指扣着阿乐的掌心。

"我等你回来，我们一起逛街吃饭看电影。"

五秒后，梦静在他的身后接听了电话。

蔡文轩在安检口徘徊着，总算等到欧航和梦静一行人入闸，蔡文轩还特意拉低了墨镜，梦静看他一身奇装异服，差点笑出声，蔡文轩吹着欢快的口哨，梦静的心突然安稳下来，她不动声色跟着欧航一行走进闸口。此行能否化险为夷，完成任务，就全靠她自己了。

蔡文轩目送梦静远去，眼看快要半夜 12 点，这漫长的一天总算就要过去了。

他拨通了阿乐的电话。

"喝一杯？去我家，地址发你，小心点。"

蔡文轩的单身公寓访客很少，除了徐刚，马队也曾来过几次，和他们一起涮火锅、喝酒的日子好像就在眼前，如今，坐在火锅对面的却是阿乐。

"阿乐，算岁数，我大你八九岁，但我得先敬你三杯。第一杯，是为了你的胆识和拳脚，没了它们埋不了这条线；第二杯，为你的付出和牺牲，感谢你愿意加入这个行动，把寻找哥哥的事先放在一边；第三杯，预祝你马到功成，未来你可能得入好几道鬼门关，我在这里先为你壮行。"

蔡文轩连干了三杯啤酒，锅里的肉和菜都煮烂了，两个人都没下筷子捞。阿乐自己闷着喝了一杯接一杯。

"没劲了啊，东北爷们儿喝酒就是你来我往，这算咋回事啊？"

阿乐又斟满了一杯，站起一敬，一句未说，一口就干。

"你为啥敬我总得说清楚吧。"

"谢谢你。"

"谢我啥？"

阿乐琢磨一会儿，又摇摇头。

"不知道还谢我，说明咱俩快成老铁了，再干一个。"

"我打拳拼命是为了赢，你当警察这么玩命是为啥，升官发财？"

蔡文轩端着酒杯，满脑子都是老局长。

"我为了啥？也许就是一个承诺、一次命令，我必须得完成。"

"承诺？我的承诺是获得全国冠军，现在看根本不可能了。"

"阿乐，任务完成后，我一定会帮你解禁，你的拳击之路还远着呢，我还等着哪天刷手机能看见你拿冠军的新闻呢。"

阿乐还是不解，继续追问："你是警察还有点道理，可梦静她只是一个记者，这么玩命，我真不懂。"

"你这个木头疙瘩，她是为了你啊！她留在欧航身边就是怕你掉进圈套，欧航是你的对手，说不好你们在集训营还有一战，她得获得更多的信息帮助你。"

"或许还是因为她以前的男朋友吧。人家才是男才女貌。我算啥，她会真心喜欢我？还不是因为可怜我，或者内疚。"

阿乐嘴里含着玉牌，他渐渐不再啃指甲，只整日叼着玉牌，这毛病不好改，阿乐知道这是心病。

"我说你这个大傻瓜！她甚至准备牺牲自己了，这还不算爱？老天对你真是偏心，把梦静这等大美人给了你这根木头，没天理啊！"

阿乐只着涩地笑了，心里美滋滋的。

"你这人说话咋跟讲相声似的？"

"做人就得学会开心，越难你就得越开心，哭着骂着战胜它，都不如笑着。没人让自己开心，就得自己逗自己。"

蔡文轩苦笑着又喝了一杯，老局长去世所带来的痛楚似乎这时才触及心里。一切回忆都像把刀，如果不喝醉，什么都伤不到他。而现在他赤膊以对，伤口开始肿大，连阿乐都看出蔡文轩的异常。阿乐看过这个警察愤怒、严肃、调侃和大笑，却从没见过他悲伤。

阿乐想起之前的绝望无奈，因为感同身受而拉近了彼此的距离。

"我不知道该叫你啥，蔡警官？"

"叫声哥，这么难呐。"

"蔡哥，你害怕过吗？"

这个问题从木头疙瘩的阿乐嘴里问出来，听得蔡文轩有些心惊。

"阿乐，你现在害怕？"

"嗯，有点。"

"怕什么？"

"怕死。我以前觉得自己不可能输，这次和欧航交手，如果出拳晚个 0.1 秒，我就见阎王了，我才知道，自己不一定能赢。现在左手坏了，更不一定。"

"你想过退出吗？"

"刀架在脖子上，我们都退不了。"

蔡文轩想到孤立无援的自己，想到永远离开的老局长，想到前途未知的将来，他喝空了瓶子里的酒，趁着醉意说："阿乐，我说自己不害怕那是瞎扯。我也跟自己斗争，告诉自己干脆放弃吧，这不过就是个案子，还有很多其他的案子可以办。我可以选择回到那个熟悉的生活中，变回大家都喜欢的小蔡，可以选择过安稳的人生。但有时候，我们必须得逆流而上，因为这不是道选择题，而是我们必须要这么做。"

阿乐看着醉意朦胧的蔡文轩，他没穿警服，甚至有些邋遢，因为醉意而双颊潮红，正左右摇着脑袋，似睡非睡地眯着眼，偶尔也会鼓起腮帮子打个酒嗝，也会絮絮叨叨没完没了，也会肆无忌惮大笑，也会嘟嘴生闷气。这个警察从没这样鲜活真实、搞笑可爱，阿乐觉得他不再是有距离感的蔡文轩警官，而是一个哥们，一个大他几岁的兄长。

他不禁想起阿飞，未被生活所迫时，阿飞也曾是个开朗爱笑的人，上课时阿飞总调皮捣蛋，爱接话茬，但从老黑去世那刻起，他们兄弟俩都变了。

"阿乐，你为什么突然会害怕？"蔡文轩摇摇晃晃指着他。

阿乐细想起来，慢慢答："我怕，是觉得可惜，因为我想好好地活。以前在拳击队，一眨眼就是冠军冠军，吃饭睡觉打拳，除了赢，我不在乎别人，甚至我哥。如果我在乎，我一定能察觉出来他的事情，可我光顾着自己了。"

"你是运动员，必须得专注。"

"现在我不想这样活了。"

"是因为爱上了一个女人？"

蔡文轩笑着碰杯，阿乐只迟疑看着自己的酒杯说："如果这次我们成功，能找回阿飞，我一定会……我不知道该怎么说。"

"你一定会珍惜他们。"蔡文轩反手又给阿乐斟满一杯，"我刚送走了一位老领导，没能实现对他的承诺，才明白过来，人生真的只争朝夕，所以才让你主动去表白。"

"一想到她和欧航在三亚，我就觉得自己特别无能，这是我们老爷们的事，不应该把她牵扯进来。"

"我在她的腕表里放了追踪器，而且给了她应急电话，如果出现意外，我准备提前抓捕欧航。"

"什么名义？"

"毒品，欧航有毒瘾，他戒不掉，这样他们也不会起疑心，就算酒店例行检查。"

阿乐一愣，有些不好意思地说："那你咋不早说？"

蔡文轩仰头又干了一杯，无意间踢倒酒瓶，如多米诺骨牌，围着他们倒了一圈。

"咱俩这次算喝透了，阿乐，我答应你保护梦静，就一定做到，你信任我，我不能辜负这份信任。这是我家的钥匙，如果日后外面不好相见，你可以随时来找我。"

阿乐摇摇晃晃站起来，冲蔡文轩抱拳，再喝下一整瓶。

"我老娘和梦静交给你了，蔡哥！"

"冲你叫我哥，你就放心吧。"

蔡文轩立刻也回敬一瓶，跌跌撞撞走到阿乐面前，本想来个拥抱，阿乐却尴尬地直躲，两个大男人一时有些手足无措，还是阿乐先伸出手，两人痛快地击掌为誓。等转头才看见，窗外天色已微亮，阿乐知道，真正的险境才刚刚开始。

第二十章
对手凶猛

虎穴狼窝

肥佬介绍的那位神医确实精于治疗跌打损伤。阿乐连敷了几天药，原本无法动弹的左臂，就可以小幅度活动了，这会对动作流畅和肢体发力起到关键作用。阿乐边治疗边做康复训练，加上本身底子非常优越，康复程度惊人，这让东强等人喜出望外。

这天他结束体能训练，刚疲乏地睡下，就被人强行推醒，又是秃子。

"阿乐，收拾收拾上路吧。把能带的衣服都带上，我们帮你收拾。"

秃子等人不由分说开始装行李，这次来接阿乐的不是小面包车，而是一辆高档商务车，自动开门后，东强正在里面。

"阿乐，今天我送你一段，出城后会有另一批人来接你。"

阿乐头脑清醒得很，爱答不理地上了车。

"阿乐，你如果能进终极赛场，我就有大面子。这趟来就是要告诉你一些绝密消息，听仔细着，别漏了。"

阿乐冷眼旁观一脸紧张的东强。

"集训营就设在上次你和欧航比试的山洞里，在九子市的一片荒山里，据说庄家养了十几只高加索犬，跑出来准没命，所以你进去了，就出不来。"

"被刷下来的呢？"

"那里就是虎穴狼窝，人进去就算活着也被扒掉一层皮，你得做好这个心理准备。"

"为啥现在跟我说？"

"说早了，怕你反悔不敢进。"东强讪笑，又接着说："集训时间是两个星期，里面教官叫猛子，以前是个大力士，能拖火车头走的那种，一掌能把你脑壳子拍碎了，所以你别招惹他。"

"我惹他干嘛？"

"这小子出名的欠揍，你一定得忍，他就是庄家的看门狗，听他的就是了。"

"那'恐龙'呢？"

"那是庄家的宝贝疙瘩，你知道庄家靠'恐龙'赢了多少钱吗？"

东强伸出五个手指头。

"五千万？"

"五个亿！"

"咱这小城才多大？盘口能这么大？"

"是咱东三省，还有港台地区，甚至全国。你是真不了解庄家的实力，每年终极赛场门槛是1000万，要赌就赌个大的，你如果拍死那个'恐龙'，一个亿不是问题。"东强攥紧阿乐的肩头，"好兄弟，我准备拿家底来买你，现在你可是肩负着我们兄弟几个的身家性命。"

阿乐还是一脸冷漠，反问道："我输了呢？"

"你输了，佬爷没了面子，我没了家当，你——"东强阴冷下来，"没了命。"

"啥意思，我不能输？"

东强回身斜靠，歪嘴兜住秃子敬上的烟。

"不能，你输不起。"

阿乐听出这话里的意思：一旦输了，即使'恐龙'不杀他，肥佬不杀他，东强也会杀了他，这才是他来的目的。

"强哥，那你太高看我了。"

"这才是赌博！欧航这王八蛋天天在打激素，他输不起了，我也输不起。我这些年欠了庄家的赌债，就靠这次门清了。"

"庄家还给你放钱？"

"庄家？"东强冷笑，"庄家可没情意，这一次我还不上，他肯定得要我的命。"

"所以你才来找我，想翻盘？"

东强不答，只塞给了他一个信封。

"集训营的管事人，是当年和我一起混过的，你叫他坤哥，进去后，把这个信封给他，他会照顾你。"

车子突然急刹车，是一辆灰色SUV横在路上，秃子等人骂骂咧咧，准备跳下车干仗，东强瞅了几眼，只把阿乐棉毛领子立起来，又拍了拍。

"人来了，阿乐，上路吧。"

蠢蠢欲动

此时此刻，在三亚的沙滩上，梦静正望着大海发呆。

和欧航在一起的日子要远比想象中平静。

欧航每天上午会进行康复调养，午睡后，下午四点他们才会见面，然后一起在泳池边吃晚餐。晚上八点欧航还需要进行康复训练。两人每天见面的时间才三四个小时，见面时，欧航也很少说话，完全康复似乎很艰难，他的胃口一般，又瘦了不少。关于比赛他只字不提，梦静也不会问。

她此行的目的就是要知道欧航恢复的程度和更多肥佬的计划，她得想方设法接近欧航，才能安装准备好的针孔摄像头。

所以梦静才会站在这片沙滩上，她正等待欧航赴约，可他却不见踪迹。

梦静等了又等，终于放弃等待准备回酒店，却听到从海面传来了口哨声，乍一听以为是海鸥在叫，她定神才发现有个人正站在白色帆船上。

梦静登上帆船后，天色突变，风雨将袭，欧航坐在甲板上，仰望天空，丝毫没有返航的意思。

在乌云密布中，欧航更像是个吸血鬼，不过是脆弱、苍白、被阳光照射而濒死的吸血鬼。

梦静坐在他身旁，开始了她的计划。

她先温柔地假装关切地询问："你还能去比赛吗？别勉强了。"

欧航牵起惨白的嘴唇，并不回应。

"这么短的时间，你打再多的激素也好不了。"

"你倒是第一次关心我。"

每一个被欧航盯住的女人都不免会春心荡漾，所以梦静必须得全神贯注回应这个随时施展诱惑的"吸血鬼"。

"不过是一场比赛，你也不缺钱，不至于吧。"

欧航目光一横，甩出一道冷光。

"你怎么突然在意我的事？"

"那你就根本不该带我来！"

欧航用吸管喝着倒满冰块的番茄汁，只顷刻就吸光了所有汁液，冰块紧缩一团，他一松口，冰凉的痛快感瞬间麻痹了神经。欧航过瘾地笑了，舔了舔嘴角，分明就是个嗜血的"吸血鬼"。他的目光到处游走，却始终在梦静身上打转，然后轻轻说："可惜，你并不喜欢我。"

"那你为什么还带我来？"

"因为我迷上你了。"欧航恢复好久不见的放荡不羁，抚摸起梦静的手。

梦静瞟了眼，把手抽回来。

"所以你，为什么会来？"欧航目光沉下，就像假寐的猎豹。

"你清楚自己的魅力，但我不是你的'炮友'，这点你早清楚。"

欧航双手捂着脸，大笑起来，转身走向船尾。

"如果我想，我会有一百种手段，相信我，你不会知道会有多龌龊。"

"我当然清楚。"

"那你还敢来？"

"男女之间的博弈，谁先认真，谁就输了。"

梦静骄傲地盯着欧航，眼看那苍白英俊的脸正消失着光泽。

"我真是自作自受。今天我得提前训练，先走了。"

梦静反手抓住欧航，这让对方的脸色更加惨白。

"让我见识见识你的本事。"

这话让欧航已无法拒绝。梦静只看了半个小时的训练就有些喘不过气。欧航小腿重伤，还要进行负重上百公斤的杠铃训练，体能教练全程拿着皮鞭子，每个动作必须在五秒内完成，如果超时欧航就得吃上一鞭。所有训练无缝对接，普通人只练五分钟就得废了，欧航拖着病腿练了一个半小时。他挨了五鞭子，胳膊上留下了血印。训练完成，教练助手都退下，梦静拿着毛巾走在他面前，此刻欧航没了鬼魅，更像落难的美男子，虚弱得蜷缩成一团，梦静把毛巾展开，盖在他身上。

"你为啥这么拼命？"梦静猜想一定是有原因。

"我为什么要告诉你，你算我什么人？"

欧航狡猾地笑了。

"那我猜一下，是不是因为要复仇？"

这是一次很大胆的试探，搞不好前功尽弃，梦静只若无其事地看着他。

"我调查过你，十年前你因为故意伤人而入狱。是因为这件事？"

欧航身体僵硬起来，像是一具凉透了的尸体，闭上了眼睛。

"你还知道什么？"

"我还知道你为什么伤人。"

欧航抽动嘴角。

"你知道那个人是谁吗？"

"我查了，但没查出来。我也只是个记者而已。"

"那是因为你根本查不出来，十年前，有人早动了手脚。"

欧航缓缓睁开眼睛，盯着天花板上被铝箔胶带包裹的纵横管道，它们仿佛盘旋横梁的银蛇，在慢慢蠕动。

"十年前，我因为伤人入狱，出来后到处惹是生非，经常在迪厅打架，有次差点被人打死，是他们出面救了我。他们问我能不能打一场，赢了给我五万。我就去了，结果赢了，他们要招我当黑拳手，我说钱不重要，但有个人必须得帮我除掉。"

"是谁？"

欧航撇开目光，继续说："是当年我打伤的人，我的仇人。我真恨自己为什么只捅了他一刀，没把他捅死。后来我出狱了，就想亲手杀了他，却发现那个人当了警察，所以只好找他们帮忙。不久他们告诉我已经解决了那人，还拿出证据给我看，于是我就开始打拳。他们逐渐用药物来控制我，剂量有限，不会损伤运动神经，还能让我在比赛前特别兴奋。我就再也戒不掉这玩意儿了，开始醉生梦死，反正一切都毫无意义。直到去年，我才发现那个人根本没死，不仅没死，如今还飞黄腾达。"

梦静紧张得喉咙干哑，每次呼吸都像在拉扯声带。

"他是谁？"

"你为什么想知道？"欧航又鬼魅笑了，"还是算了，知道了你会很危险。"

梦静按住欧航的头，让他无处闪躲。

"是谁？我想知道。"

欧航用手指压在梦静柔软的嘴唇上。

"为什么？"

"因为我想了解你的一切，疯狂地想。"

欧航审慎地打量起梦静来，突然脸色一变，推开了她。

"这件事你别管。"

梦静突然有种奇妙的预感，这一切或许都是一个圈。

"你就不想知道，如果我成功了想干什么？"

梦静只想敷衍了事，欧航却难得地眉飞色舞起来。

"我想重新开始另一种生活。再继续糟蹋下去，我活不了几年。我想定居在三亚，一年四季在这里看海、喂海鸥。你觉得怎么样？"梦静尴尬地笑笑，伸手想去拉欧航起来，却反被拽进怀里。

欧航的嘴唇越来越近，梦静迟疑了，她可以随时打紧急电话逃脱，或者做出牺牲，可她哪个都不想选。

四大高手

阿乐又被带进那个山洞。

这里仿佛是火山的洞穴，热得人发燥，还混着霉味和臭鸡蛋味。他被带到自己的房间，每个房间外面都上了锁，像是单人牢房，没窗，只吊着低瓦灯泡。阿乐从鞋跟内取出卫星手机，没信号，他必须要找到洞口才能和蔡文轩联系上。

他正含着玉牌琢磨着怎么找到那只箱子。突然隔壁房间的门被打开，像用三合板打成的墙壁那头进了个人，只打了个喷嚏就震得石壁落了层灰。

接着斜对面的房间也被打开，是一个脚步轻盈的人走了进去。一个下午，阿乐听到了四种脚步声，连同欧航和自己，正好六个人。

这四人里一个在做力量训练，一个不停咳嗽，一个像疯子自言自语，剩下那个一直在笑，笑得阿乐心里发毛。

晚上有人来送饭，是顶级牛肉和沙拉，送饭的是个年轻小伙，白白净净，个头不高，大概20多岁。

"坤哥在哪？"

小伙子目不转睛看了他很久，才说："你咋认识坤哥？"

"我有事找他，你叫啥？"

"大牛。"

阿乐瞅着这个和名字相差甚远的小个子，没憋住笑。

大牛突然很恼火，转身要走，阿乐不会说软话，只反手拽住他，小个子一个跟头摔在那，更气得满脸通红。

"大牛，不好意思，我是东强哥的人，你能不能帮我捎个东西给坤哥，拜托你。"

"做梦！"大牛使劲一推，阿乐却纹丝不动，大牛赌气绕过他锁上了大门。

这一夜，阿乐睡得不好，噩梦一个接着一个，好久没梦见的骷髅山又出现了，梦静还是一个人无助地走过骸骨，她仍在哭，被推醒时，阿乐发现自己也一把泪，那个大牛正斜眼瞅着他。

"长得还挺爷们，咋？现在就想家了？"

"昨天不好意思。"

"别废话，起床了，你们五个得晨练，别让猛子哥扒了你的皮！"

阿乐迷迷糊糊走出房间，其余四个人早已经站在门口了。

来不及多看，他们就被大牛带着走向山洞深处。一路上插着火把，分不清白天黑夜。跟着绕了几个弯，大牛停下，冲里面努努嘴，打头的阿乐先走进去，是一处圆形敞亮的空地，洞壁吊挂着钟乳石，水滴顺着他后脖领子流下来，阿乐全身一抖。洞中间盘腿坐着一尊"庞然大物"，那光头的大脑袋在打着圈。

阿乐知道这应该就是猛子。

"我喊谁，谁上前。"那声音摸遍了每一块形状各异的乳石，兜了几圈后，冲进阿乐耳朵里，他不禁捂住双耳，这么强的气流，只是一句话就掀起地动。

"赵乐，23岁，身高一米八，体重六十七公斤，曾是职业拳击手，连续三年省冠军。只打了五场，四胜一负，负的那场我看过录像，你输得冤。你的左胳膊骨折了，说不定右胳膊也得撂在这。跟三爷学了半吊子的文趟子拳，打得不错，现在主用腿。"

庞然大物语速很快，不给人分辩的机会。

"大马，马胜东！"

阿乐身后一个两米多高的大个子应声上前，阿乐之前打趴下过这样的大块头，可这个人虽人高马大却很机灵，脚步轻盈，落地无声。

"大马，老朋友了。30岁，两米，体重两百四十斤，摔跤高手，可谓身经百战，光集训营就来过三次，上一次差点就挑擂成功，希望你是最后一次来，再输，祝你死在擂台上。"

猛子冲大马一通乱笑后，将目光移向一位老者，此人白发褂衫，一看就像武馆收徒弟的老师傅。

"程师傅，霍式八极拳的老师傅。若要鬼神怕，八极加劈挂，程师傅是两种拳法集大成者，今年60岁了，打了十场，皆是胜绩。程师傅啊，还没有超过四十岁的人进过终极赛场，希望您老是第一个。"

猛子话锋一转扫向那小个头的泰国人，"巴蒂。这次庄家特意从泰国请来的拳师，外号'杀无影'，泰拳拳王。我都迫不及待想看你们挑战这只猴子了，泰拳的厉害，我就不多说了。"

那泰国人毫无反应，按着嘎吱作响的手指关节，一身杀气。

猛子的兴奋却在逐渐消失，只冲最后一个人冷冷说："这个疯子，我们叫他'家雀'，别看他现在好人一个，可是个彻头彻尾的疯子。练功走火入魔，得了失心疯，没有章法，发狂起来能吃人，今年打了六场拳，全胜，而且还给一个人开了膛，是吧，'家雀'？"

那是个很平凡的胖子，大肚腩，油腻头，穿着脏乱的运动服，像普通的玩游戏上瘾的肥仔。

"还有个美男子过两天才到。十五天内，你们都是我的'狗'，我让你们朝西你们不能朝东。早上五点起床，跟着我练，一个星期后，擂台比武，抽签分组。只有两个人能拿到入场券，你们也知道一张入场券值一百万。进入终极赛场，每赢一场奖金都翻倍。如果你们打败了'恐龙'，庄家给五百万，听见了吗？五百万！今年庄家提高了筹码，兄弟们，还等啥呢？玩命吧！"

　　猛子一掌拍碎了眼前的石墩子，众人随即散开，那位程师傅先从兵器架上拿起把花枪耍起来，这枪张牙舞爪，上蹦下砸，拥搓代缓，绕步回马，连环夹臂，突然枪头一转，直奔阿乐喉咙而来，阿乐虎步一退，枪头划过下巴，挑下块肉，若左手不受伤可绷住枪杆，现在只能眼看花枪顺着右手虎口收回。

　　这枪长过一丈，前管后锁，势如潜龙出入，根本近不了身，枪头总比拳头灵，这老爷子是在给自己下马威呢。

　　阿乐抹着下巴，闻声回头，只见那泰国的巴蒂飞肘击石，那石块瞬间为沫。他原地提膝转腰，甩手扫踢。左右两腿跳膝，落地踩于石阶，飞膝而落。巴蒂蹲地怒瞪阿乐，又蹬地起跳，双膝砸来，阿乐一闪，膝头刚好落于脚边。一个回合，泰拳凶狠的膝肘威力毕露，处处杀机。

　　一声怪叫，大马把装着各式杠铃器械的架子连盘甩出几丈，几百公斤的杠铃玩弄于他的股掌间，此人力大无穷，底盘稳健，被他抓住，定会被凌空摔个粉碎。

　　阿乐这一圈看下来，额头布了一层密汗，算上欧航，想赢每个对手都必得伤筋动骨，这次，他心里真的没底了。

　　"你傻小子愣着干嘛？"猛子攥紧拳头，一拳把阿乐打倒在地。

　　"你小子厚脸皮混进来，就为了进来找死？"

　　石头后传来微弱的笑声，是那个大牛。

　　"我要练木桩，这没有。"

　　"啥？你真要练戳脚？"

　　"我要木桩。"

　　猛子冷笑了一会儿才说："给你整！劈成板子正好给你做棺材。"

　　阿乐不想惹猛子，现在的难题够多了。偏头见那胖子在呼呼大睡，于是问道。

　　"他为啥可以不练功？"

　　"嘘！你最好小点声，当心吵醒他，吃了你。"

猛子得意地走了，阿乐一把上前拖出大牛。

"你刚才笑我？"

"就你这样，等死吧。"

"坤哥在哪？东强让我找他。"

大牛不搭理他，阿乐一路追上去。

"我真有事。"

"找他干啥？"

"你带我去，少不了你好处，都记在东强账上。"

大牛一副奇怪的表情打量阿乐，走前撂下句话。

"午睡时，我来找你。"

果然，这个大牛没食言，中午准时出现。

"坤哥同意见你，跟我来，一点声不能出，知道吗？"说完将阿乐的眼睛遮住。

顺着山洞走了几圈，阿乐觉得大牛在故意绕远路，反正摘下眼罩时，坤哥已经在那儿了。这男人更像房地产经纪人，很斯文地请阿乐喝咖啡，同时打开东强捎来的信封。

"看来东强真的在意你，十年前我们俩在北京淘了对虎符，一人一个。在古代，这东西一半在皇帝手上，一半在将军手里，凑一对更值钱。我要了这东西十年，今儿他才交给我。看来他是全抵在你身上了。不过看你的品相，不像黑马。"

"我才来一天，你咋知道？"

"因为你对这几个人没有胜算，当然如果你胳膊没伤的话能强点。我还买马，马的牙齿、骨骼、肌肉、耐力、弹跳我都研究得透透的，这跟赌拳一个道理。阿乐，你比你想的有名多了。自从踏进这个圈子，你就被大家认定是黑马，你的每场拳赛，你知道被多少人关注吗？他们通过互联网在全世界各地盯着你的每个招式，就为了终极赛场这一下子。如果你没失手欧航，算得上大热，可现在不行。"

"你怎么知道我不行？"

"赌博就是个概率问题，各种综合分析证明你就是不行。"

这个坤哥是把自己看透了，可阿乐不能输。

"强哥说你能帮我。"

"我会和猛子打招呼，让你过得舒坦点，要不猛子肯定会折腾死你。别的，我也不能替你上场啊。"

"是不是从集训营就开始下注了？"

坤哥笑道："你小子要比想象中的聪明，你的每一场比赛都不是白打的，尤其是上一场对欧航，你知道盘口有多大吗，说出来吓死你。"

"所以说，我是冷门，赔率会很高吧。"

坤哥瞬间明白阿乐的意思，可他得仔细评估这桩买卖是否合适。

"小子，你想要什么？"

"就像你买马，你一定会仔细研究剩下几个人的资料，他们的优点和致命伤，你都一清二楚。"

"如果庄家知道了，我们两个都会消失。知道为什么不是死，因为我们根本搞不清楚自己是怎么死的。"

"反正我会赢，谢谢坤哥。"阿乐起身告辞。

坤哥一边仔细瞅着信封，一边用手摸着精致的小胡子，说道："希望你能让我有下注的欲望。"

阿乐听罢只回身一脚把坤哥的实木办公桌踹塌了，大牛在一旁目瞪口呆。

坤哥笑着冲大牛说："你说得对，这爷们果然名不虚传。"

大牛躲避阿乐疑问的目光，故意将脸别到一边。

坤哥望着两人，又摸着小胡子"咯咯"笑着。

"这小子一听你来，乐得蹦老高，把你夸上天了，你简直是他的偶像。"

回去路上，阿乐追问了大牛一路，大牛只避重就轻，实在忍不了才嚷起来。

"我是见过你，可你根本没拿我当回事。"

阿乐实在想不出，连连问："你之前见过我？我们认识？"

"我以前也在拳击队待过，比你小5岁。而且我还认识老黑叔，我爸牛明武是他的朋友，记得吗？我爸经常到你们家去求教老黑叔招式。你第一次参加省青赛时，还是我陪你去的，当你的助理。你光顾着打拳，记不住我也正常。"

牛明武这人耳熟，他回想起是有一个红脸男人经常到他家，每次来都拎着两捆桃酥。后来他儿子也进了拳击队，名字叫啥真忘了，就记得是个小个子。

"还有次，我在体校门口被人欺负，你救了我。真一点都不记得了？"

"啊，好像是有这么一回事。你咋来这了？"

"学本事。"

"这能学到啥？"

"你能教我吗？你刚才使的啥功夫？太牛了。"

"文趟子拳。"

"啥？"大牛一脸迷茫。

"戳脚文趟子拳！"阿乐正色骄傲地说。

"那我就学这个。"大牛微微一笑。

一触即发

圆形训练场里，阿乐瞅着木桩发呆，左前方大马大喝一声举起两百公斤的杠铃，故意转腰冲着阿乐喊起来。

他们之间的视线却被巴蒂挡住，巴蒂正拖着奄奄一息的陪练，绕圈练习扫腿，嘴里喊着"赛呀！赛呀！"，左右腿如雷闪划过，夹着健壮的陪练，防护拳套早抵挡不住如龙卷风扫过的冲力，陪练只好缩着身体，不停用泰语苦苦哀求。巴蒂却没有收脚的意思，他停止移动，腿像鼓槌，原地疯狂击打陪练，汗与血如鼓面上的水珠，恣意四溅，最后他双手按住陪练的头以膝撞击腹部，虽然绑着腰封，但膝力如尖刀扎进腹部，陪练连连惨叫。陪练突然喷出一口血，巴蒂才停下，他揪着陪练的脖子把人拎起来，后退几步，突然右脚上步，左脚提膝，整个人腾空而起，左腿丁膝，如长剑出鞘，刺向陪练毫无防护的胸口，那一刻阿乐甚至听到骨碎的声音，陪练即刻如脱线木偶，瘫软倒地而猝。巴蒂落地收腿，闭眼双手合掌，转身离开。

这就是泰拳。阿乐心想。泰拳精于肘、膝、腿，截断进攻，简单实用，没有花架子，却凶狠残暴，招招致命。在格斗场，泰拳打死人的事件比比皆是。它和文趄子拳的某些腿法不谋而合，如果出脚时机对，泰拳瞬间能转守为攻。后踢、横扫、蹬腿，再发挥出膝击的威力，败者的下场就会像这个陪练。想进入终极赛场，泰拳这一关必须得过。

阿乐正嘴含玉牌沉思，却感一阵气流飘忽而来，这里无风无雨，却搅起了一个旋涡，擦着他身子转来转去。阿乐顺着气流望去，身穿白色练功服的程师傅，正缓缓打着太极，定神再看，招式不凡。

他两脚开立，两臂前平立掌，十指分开，虎口相对，两眼怒目前方，随势脚跟提起，脚尖立地。缓分两掌，一字平举，立掌向外，随势脚跟着地。吸气时，两掌暗劲伸探，手指后翘。

"出爪亮翅势。"阿乐喃喃自语。

那程师傅继续挪步。

"您在练易筋经？"阿乐继续说。

程师傅打完拳，捶打放松臂膀和腰部肌肉，毕竟年事已高。

"程师傅，昨天你要的那杆枪，为啥里面还带着圈？"

程师傅仰头漱口，吐在阿乐的脚上，阿乐却不急，耐心等着答案。八极拳他不了解，霍氏八极拳更没听过，但这个人刚在练习易筋经，一身白发白衣，特像武侠小说里的高手，引起了阿乐的一些憧憬。

"你这小兔崽子还懂得易筋经？"程老师傅吧咂着嘴，又吐出几片茶叶子。

"我小时候练过，我教练说可以锻炼筋骨。"

"你教练还挺懂行。看在这个份上，下周比武，我可以饶你一命。"

阿乐不禁一笑。

"那谢谢您老了。"

"你为啥不练功？"

"没为啥。"

程老师傅挽起袖子坐在石墩上。

"你小子目光如炬，骗不了我，你在探我们的底。"

"有用吗？"

"比武是台下十年功，生死一分钟。套路拳脚千变万化，防不胜防，能进这儿来的，输赢只在毫厘。"

"您说得对。您有那长枪傍身，胜算很大。您还没说，枪上为什么绑这个铜圈？"

"我这把叫六合大枪，是我们八极拳独门的玩意儿。八极拳听说过吗？"

"《一代宗师》里张震打的那套吧？"

"一代宗师？那李书文你知道是谁不？"

阿乐当然不知其人，程老师傅冷笑抖落干净褂衫。

"如果你酒量够好，我可以给你讲讲神枪李书文的故事。"

阿乐只觉得这名字耳熟，凝神细想，一拍手笑了。"我想起来了，有个日本游戏里的人物就叫李书文，打的就是八极拳。"

程老师傅拎着保温杯缓步而去，只叹了一口气。

"你知道日本人为啥把他加进游戏？是因为敬畏之心。一百多年前他一枪打掉武道教官的脑袋，行武以来未尝一败，一代宗师可不只有叶问。"

阿乐看着程师傅离去的背影，如果他有手机，一定会搜搜这位李书文的词条，却听闻一人在笑，那笑从未停止，也许只剩下他们两人的原因，这笑声越发阴森。

那个油腻的胖子还斜躺在角落，众人练功已三个多小时，只有他竟没换过姿势，打结的头发里留下的汗，在灰黑的脸上划出几条白印。他嘴里嚼着硬物，好像石子，突然用力一咬，一张嘴是血盆大口。他勾了勾如萝卜的肥手指，挑逗着阿乐。

而阿乐却不想靠前。猛子说这胖子能吃人，他得小心。

"胆小鬼，胆小鬼。"

胖子反复说这句话，喜和怒在他庞大的脸上交替出现，他语速越来越快，突然支起了上半身。

阿乐本能地后退一步，现在还不到对付这个疯子的时候，他转身快步走出洞口，正撞在矮小的大牛身上。

"看来你可真是胆小鬼。"大牛又被撞倒，赌气嚷起来。

"你突然冒出来干啥？"阿乐本想要扶他，却轻松拎起他整个身体。

大牛更恼羞成怒。

阿乐着急辩解："上次你说在拳击队待过，我又仔细想，确实有你这人，那时你就想跟我一起练拳，你以前叫徐犇吧，不叫大牛。"

大牛有些意外，也有些尴尬。

"你为啥在这，不继续练拳？"

"我爸死了，没法学了。"

"牛叔走了？"阿乐完全想起了这个人，老黑活着的时候不时会提起这个爱拳如命的男人。

"打拳打死的。"

阿乐心里一咯噔。

"你学本事为啥？"

"这你别管了。"大牛岔开话题，神秘说道："在这讲话千万小心点，到处都是盯着你的眼睛。"

阿乐环视四周，处处寒意。

第廿一章
第一道关

环环相扣

"23.15.67.05。"

蔡文轩研究了三天三夜，现在已经能排除这不是域名，基本确定这8个数字是一组密码。这个排列组合是保险箱密码的可能性最高，可究竟是什么东西让马里奥这么看重，甚至不惜杀了这个他曾经爱过的女人。

安静的办公室里，只剩下蔡文轩一个人，其他人都在出外勤。

徐刚的电话打断了这段毫无头绪的思考。

"我着急找你，在我家旁边超市的地下停车场见。"

徐刚被调到外地培训，他突然回来肯定是有突发情况。蔡文轩立刻赶往目的地。工作日的上午，超市停车场的空位很多，他见着徐刚的车就钻进去。

"至于这么神秘吗？"

徐刚一脸严肃地将车停放在隐蔽处，才说："你被马队的人跟踪了。"

"不可能，我这么无足轻重——"

"我看到监控你的视频了，他们把你贬到这，就是要引蛇出洞。"

蔡文轩只感一股酸水翻涌上来，打开车门吐了一地。

"你这毛病还是没好，一紧张就吐。"

蔡文轩根本没功夫听，只吐到满嘴发苦，才唤醒缺氧的大脑。被马队跟踪意味着自己一切计划都暴露了，阿乐、梦静，这可是两条人命。

蔡文轩强忍着，大声喊："梦静给没给你打电话？"

徐刚摇了摇头。

这一刻，蔡文轩真崩溃了。多少次他都在绝望的边缘硬把自己拉了回来，可这次却一头栽进去。他用拳头疯狂击打车门，满手血痕，声嘶力竭大喊，成年以后，蔡文轩从没这样，像个无助的孩子，除了哭闹，别无他法。

终于他精疲力竭地停下来。

徐刚只递给他一根烟，蔡文轩汗泪交杂在脸上，叼着烟突然神经质般疯笑起来。

徐刚也眼中带泪，他按住好友颤抖的肩头。

"是男人，就得直面惨淡。事已至此，你得尽快想办法整理手头的证据去举报，迟一步，你都自身难保。"

"现在没直接证据，他们肯定会逃脱，只有抓到马里奥才能揪出这些保护伞。马里奥能在此地兴风作浪多年，和陈可锋等人勾结不是一天两天了，这些人是马里奥的护身符。陈可峰这是在拿自己的政治生命赌博，本来他会前途无量，为什么会被马里奥控制？按照马里奥的尿性，他一定是抓住了陈可峰的把柄。"

蔡文轩快速思考陈可峰和马里奥之间的关系，旁若无人地自言自语，徐刚实在忍不住打断了他。

"你的计划到底是什么？"

"具体我不能说，我有两个线人，一旦暴露，必死无疑。"

"多久了？"

"几个月。"

"那为什么马队没动手，还让线人活着？"

蔡文轩大感不妙，依照陈可锋和马队的城府和能力，这背后一定有更大的局。

他沉下心，换回往日的神情，安静抽烟，丝毫看不出，一刻钟前他还是个崩溃的男人。

"你到底想干啥？"

"刚子，你还有老婆孩子，我就一个人，你就别掺和进来了。"

说罢蔡文轩就要下车，徐刚一把拉住他。

"文轩，差不多得了。老局长在天有灵也知道你已经尽力了，把自己搭进去，值得吗？"

这一句竟让蔡文轩泛上热泪，他只用力握住徐刚的手，又露出灿烂笑容，他没回答，是因为他不知道。

蔡文轩借了部手机给梦静打电话，没想梦静接听电话的声音却非常兴奋。

5分钟前报社的前辈刚见过那个受害者邱梦的家属，梦静奇妙的第六感又灵验了。

"一个消息，足以震撼你的消息。"

蔡文轩此刻非常沮丧，他无法告诉梦静，他们都如瓮中之物，身不由己。

"你猜，当年强暴邱梦的人是谁？"

蔡文轩回答不知道。

"你太没意思了，我都快兴奋死了！"梦静罕见地尖叫起来。

"别绕圈子了，大小姐。"

蔡文轩无聊地蹲在一个角落，突然蹦起来，他颤抖地说："你确定吗？"

电话那头的梦静也兴奋地发抖，"我很确定，欧航和我说完后，我就有强烈的预感，果然那个人的简历里有这一条。邱梦死后只剩母亲一人，女儿冤死却只能私了，多么绝望，所以这个王八蛋的样子，她记得一清二楚。而这个人，现在是一个警察，是你认识的警察。"

"是谁？"

"陈可峰。"梦静坚定地回答。

"陈可峰。"蔡文轩又念了一遍，全身也又抖了一下。

现在的局面真是一团乱麻。

十年前，陈可峰强奸了一个女孩，却躲过了法律制裁。马里奥承诺要为欧航报仇，但他却没这么做，毕竟市公安局的副局长这颗棋子，他不会轻易错过。

蔡文轩飞速思考，又开始自言自语："也许，他们我们的目标都是一致的，搞掉马里奥，妙啊，不愧是马队想出来的。"

所以马队掌握着自己的一举一动却没拆穿，唯一合理的推测就是这帮人也想找到马里奥。以马里奥一贯的作风，肯定会牵着这帮腐败官员的鼻子走。能威胁到他们的无非就是行贿受贿的证据，它们能在哪？

"我在欧航的房间里装了摄像头，记得上次录音里他们提过要在集训营里找一只箱子吗，这次他们又说了几次，一只箱子，是密码箱，里面一定放着重要东西。"

他们的眼前瞬间浮现出那只保险箱，而它的密码或许是——

"23.15.67.05。"

真容乍现

大牛领着阿乐走过一段阴冷的山洞，阿乐直觉和上次的方向不同。果然停下时，他感到了一股暖意，荒芜原始的洞壁中有扇木门，大牛转动把手，一束光投来，法兰西格调的红丝绒沙发上，正坐着坤哥。

还没等阿乐开口，大牛一脚把他蹬进门，随即反锁上。坤哥穿着三件套西装，像是在五星级酒店喝下午茶的商人，他泯然一笑，唇边特意修剪的小胡子文艺地抖翘，这不免让阿乐觉得奇怪，坤哥根本不像这个野蛮血腥的地方的管理者。

坤哥把一份牛排推给他，柔和地介绍了牛肉的显赫来历。阿乐觉得这个人在对牛弹琴，他一口吃掉了牛排。

"坤哥，咱们谈谈正事。"

坤哥食指轻抹胡须。

"有什么正事可谈？"

"这两场比赛，我得赢。强哥之前输得很惨，必须得赢回来。"

"我不管东强的死活。"

阿乐放下刀叉。

"那你找我来干啥？"

"不过请你吃块牛排而已，别太紧张，有冠军相的赛马在出闸前都是放松的，只在鸣枪那一刻才冲刺。状态出得太早不是什么好事。"坤哥举起红酒，品尝回味。

"你是谁？"

坤哥转着红酒杯，盯着他的双眼。

"你希望我是谁？"

阿乐不想多谈，起身敲门，却没人应。

"放我走。"

坤哥起身系上西装的排扣。

"现在恐怕不行。"

他轻盈地走向门口，那扇紧锁的门却开了，离去前，他笑着冲阿乐眨了眨眼睛。

"祝你好运。"说完关门上锁离去。

阿乐环顾打量着四周，这似乎是一间书房，又或是会客室，摆放着雕琢精美的欧式家具，阿乐站在其中，格格不入。他冷眼打量这一件件名贵精美的物件，琉璃璀璨的表面，透出不菲的价格，但阿乐却厌烦起来，他习惯直来直往，最厌烦这些把戏，可这里每个人都善于此道。无聊中他迷糊睡着了，在梦里听到了呼唤，有人在喊他，睡眼朦胧中，他环绕了一圈，却没见到一个人。

"阿乐，你好。"

那声音从墙缝里钻出来，是轻处理过的非常尖锐的男声。那声音他听过，就在和欧航决战的那天。

果真是他。

阿乐的心怦怦跳，立刻咬住玉牌。

"看你的表情，应该猜出我是谁吧？"

双拳瞬间要擦出火来，可阿乐必须要克制。

蔡文轩跟他再三强调，一旦见到那个人，无论怎么愤怒，都必须冷静得像根木桩子。

"我叫马里奥，欢迎你来这。我关注你很久了，要比你想象的久。"

"嗯。"

"阿乐，你是个很优秀的拳手，比我想的还要好，你不要命地来这，是为了那一百万？"

阿乐的指甲死命掐进肉里，可这点疼痛远不能让他冷静，所以他没法回答。

"你觉得我为什么非让你和欧航来一场比试？"

"我不想猜。"

"欧航是打败'恐龙'最热门的人选，而你只是个初出茅庐的小子，如果他连你都赢不了，更别想赢我的'恐龙'。"

"这和我有什么关系？我哥呢？你把他怎么了？！"阿乐压着火，像头要捕杀猎物的豹子，身体每一块肌肉都在充血膨胀，一蹬地他就能飞弹出去，把猎物咬得粉碎。

"阿乐，你和你哥会有相见的一天，但条件是你必须进入终极赛场。你哥落得这个下场，是因为他和一个记者在搞事，幸好我留了他活口，要不他早和那记者一起上西天了。阿乐，也许你就是我的下一个'恐龙'，可我的耐心有限。记住，想在这里生存，不光比拳头，更要比脑子，现在看来，你还不够聪明。"

阿乐正在琢磨着，那个毫无感情的声音却戛然而止，从回音里，他仔细分辨出那人最后一句话说的是：

"这一次，我下了你的注。"

突然门被打开，大牛等在门口。

"每个人他都会找他们谈话？"

"为了保命，少讲话。"大牛又给他蒙上眼罩。

在黑暗中，阿乐屏蔽了一切，听不到大牛絮絮叨叨的低语、山洞里偶然掉落的石子和经常出现的怪叫。他只一门心思想如何才能闯关成功，进入终极赛场，好救出阿飞。马里奥为什么会说自己不够聪明，到底自己哪不够聪明？

突然一队人从他身前走过，骤起一阵寒风，阿乐觉得毛孔竖起，待那些人走远，才小声问大牛，来者何人。

大牛只漫不经心地说："这脚下生风的还能有谁，欧大公子，欧航呗。"

阿乐心慌起来，如哮喘发作，大牛上前扶住他。

"不对。"

"什么不对。"

阿乐心里想：时间不对，欧航和梦静的航班本该在三天后，欧航提前来，一定是发生了什么事。

梦静？梦静！

恶犬来袭

阿乐闻声跟上去，那果然是欧航，他被带进阿乐左边的房间，现在是午睡时间，猛子命令所有人都要午睡一小时，下午3点再集中。阿乐不情愿地被推进房间，他贴着墙壁听了会，隔壁就像是空房间，在他收回身体那刻，一个低音从墙那边传来。

"你在？"显然欧航也贴着墙壁。

"你怎么知道？"

"别废话，一会儿集训，你借口上厕所，我有话说。"

这一个小时，阿乐是分秒难熬，可到了时间，猛子一个个踹门把他们从房间里拖出来，尤其是朝着欧航怪笑，突然一清嗓，吐了口浓痰在欧航俊俏的脸上。

大马和巴蒂都在怪笑，程师傅只闭眼默诵，而那个一贯疯笑的"家雀"却没一丝笑意，他冷得像一块冰，全神都在欧航身上。

"你是第一个敢迟到的人，给我小心点。我不管你们背后有什么人撑腰，进到这得听命于我。既然人都到齐了，那来吧。"

猛子舔着唇裂出的鲜血，他的大脑袋瓜子一个个顶撞入围者的脑门，然后狂笑。

欧航示意阿乐走在后面，只有大牛在监视他们的一举一动。

"从现在起我们结盟。"欧航低语。

"凭什么？"

"我们必须至少有一个人进终极赛场，这是肥佬的意思。"

阿乐觉得这不是假话，他和欧航都不过是杀死马里奥的棋子。

"你想干嘛？"

"我们之间不能交手，分别打败两个。"

欧航始终是个带着华丽面具的男人，一想到梦静可能落在这男人手上，阿乐压制已久的怒火又冲上来，他挑衅地回应："大不了我们再来一场。"

"别废话了，这四个都不好对付，祝我们好运吧。"

阿乐刚想反驳，却被暴躁的犬吠声盖住，细耳一听又好像是猛兽，前方的人已在洞口停下，阿乐不解，欧航却笑了。

"猛子一年一度的耍猴大戏又开始了。"

阿乐刚想快步上前，被大牛拉住，他小声说："这三关很重要，有人看着呢。"

"你啥意思？"

"有力气，别省着，把主动权掌握在自己手上。"

"你为啥帮我？"

大牛白了阿乐一眼，颇感无奈。

阿乐大步流星走进训练场，只见跟人一样高的铁笼里分别关着六只黑色短毛大型犬，长着巨大的头骨和关节，头部宽阔平坦，颌厚且弯曲，嘴角紧实，并不淌口水，体型敦实有力，四肢肌肉发达，在狂吠中，露出长舌和利齿，一看就是猛犬。

"卡斯罗犬，意大利黑手党的宠物，在西西里岛繁育。最初是为了驱赶牛到屠宰场，咬住牛以便屠夫屠宰，后来负责狩猎野猪。它们有着极高的敏捷度和极强的反应能力，号称是世界上最凶猛的犬类，甚至可以咬死藏獒和高加索犬。"欧航喃喃自语道。

"他要干什么？"

欧航一扬下巴，将阿乐的目光带到站在高处的猛子身上。

"你们六个听好了，想进终极赛场，除了要打胜两场，还要考你们三样本事：胆识、力量、速度。这三样都赢了的人可以主动挑选对手，对手必须应战，这个就是你们的排位赛。第一关胆识，参与者必须徒手战胜恶犬，我提醒你们，被它咬一口，就算不掉肉，也会得狂犬病，可以弃权。谁弃权？"

欧航趁乱小声说："我们想突围出去，就必须赢了这个排位赛，庄家设这一关肯定有他的道理。之前第一名几乎都晋级了。"

"你之前得了第几？"

欧航不悦地瞟了他一眼，说："第一。"

阿乐刚想笑，却见程师傅和"家雀"已经弃权。程师傅年事已高，想徒手打赢疯狗确有难度，这"家雀"似乎也不是真傻，清楚自己那口乱牙斗不过狗嘴。留下的四个人原地不动，猛子兴奋地抖着膀子，肥圆的肚子直颤，大喝一声，铁笼被打开，饲养员拽着发狂的猛犬。

猛子哈哈大笑，"各位请进笼子吧。"

阿乐闭眼沉息，第一个冲上前，进笼那刻，他盯着猛犬。它高约70厘米，矫健轻便，弹跳力强，瞬间就能扑上身。而且狗的耐力都很好，他们听命于主人，不会轻易罢休，甚至比人还难缠。他如果一拳击中狗的头颈部，它必然会发起对他下盘的攻击，毕竟那畜生长着四条腿，他躲闪再快，未必能躲得了它，所以阿乐的策略是诱犬上扑，寻找机会。

阿乐与猛犬互瞪，仿佛即将撕咬的动物。阿乐也张大嘴，凶狠地露出满口牙，躬身等着饲养员松掉绳子的那刻。卡斯罗犬那肥大松弛的红舌淌着拉丝的口水，一跃冲向他的胳膊，阿乐并不急躲闪，他在等，等它靠得再近一些。黑犬结实的身躯像射出的弓箭，它张开锋利大嘴，一排尖牙后的喉咙塞满了兴奋的粘液，被乱抖的舌头四处喷洒着口水，当第一滴粘液即将落在阿乐的掌背时，他才大喝一声提气迈脚，一个虎步侧滑闪躲过去，那滴口水只落在阿乐白球鞋的边缘，同时黑犬前掌触地，即转头再扑。阿乐同样不慌，这一冲大概需要 0.5 秒才能近身，对于一秒能出五拳、勤练截脚的男人来说，他可以更从容些。这一次，待黑犬的舌尖差点触到胳膊时，他才躲闪，又是差之分毫。那热气腾腾的短毛躯干就在他的拳边，他使出八分力的右拳直刺向它矫健的背部，卡斯罗中犬拳后即被横扫丈余，这一次它没再急着上扑，而是伸出长舌喘气，看来这拳打得不轻。

阿乐边发出吠叫，边双手落地，弓背呲牙，这一刻他就是和卡斯罗犬缠斗的猛兽。他挑衅般乱叫，横步移动，盯着那只黑犬，突然主动上前一跃，那黑犬顿时斗志激发，再次扑上，阿乐只反向腾空跃起，落在后方，他抓住黑犬细长的黑尾抡起砸向铁栏，黑犬重摔落地，阿乐再快步上前急踹其腹部，瞬间让它奄奄一息。阿乐见黑犬的舌已横在外面，眼睛却仍盯着自己，不忍再打，收回拳脚。他转身走到笼边，却又听到咕噜声，回身那犬颤抖着又站起来。它想用力吠叫，却更像咽气前的哀嚎，两只后腿已经骨折变形，只能瘫在地上，前腿依然奋力颤颤巍巍继续向前，它无法再上扑，只张着嘴，不断流下口水。

"你还是给个了断吧，卡斯罗犬只会血战到底，还不如让它死了。"欧航从旁边的笼子里走出，身后也横躺着黑犬。

"不，我不想。"阿乐盯着那斗志不灭的眼睛说。

他只转身走出笼子，仍能听见那犬在一步步上前，虽然它只能拖着后腿爬行，根本追不上目标。

突然一声枪响，接着是骂声，"废物，这死畜生。"

饲养员又踢了脚黑犬，才收起枪。

巴蒂正双肘夹住犬的颈部，疯狂地横扫顶膝，血从那松弛的舌头流下来，猛犬变成他的一具玩物。

大马不停摔着黑犬，他的胳膊流着血，应该被咬了一口。

阿乐默默看完这一切，走出山洞，欧航追上来。

"你连狗都可怜，真是菩萨心肠。"

"这狗不过是因为效忠主人才疯狂攻击敌人，可一旦失败，就被主人立刻除掉。"阿乐若有所思地说道，然后一个人走开。

欧航愣住了，因为他知道这也会是他自己的命运。

第廿二章
各有千秋

扭转乾坤

开发区派出所二楼办公室里只剩下蔡文轩一个人,他已经发呆了一个下午。

欧航的恋人被陈可锋强暴,而马里奥不仅没实现他对欧航的承诺,反而盯上了陈可锋。

从简历上看,陈可锋是个对人生有着清晰规划的人,他原本是长跑运动员,退役后在体校任职,年轻时长得不错,听说追了两年才追到现任的妻子——高官之女,从此调入警察系统,三年一个台阶升到现在的位子。大家都在说他老岳父退休前,会想办法把他调进省厅。这个人很谨慎,说话行事滴水不漏,根本想不到他会在十年前犯下这种错误。

2009 年他应该正和妻子热恋,欧航坐了五年牢,2014 年左右,马里奥盯上了欧航,从而发现了陈可锋。2014 年,陈可锋已经是一名副处级干部,在四区分局担任副局长,而皇冠明珠就在这个辖区内。

这一切都说通了。

关于欧航十年前的伤人案他也查到了，对外说是欧航公报私仇，陈可锋被捅了一刀，伤势不重，出院后就调离原单位，这件事也就不了了之了。

马里奥拿这件事要挟陈可锋，他必须得有证据。当事人死了，他能制服陈可锋的证据是什么？

陈可锋现在要高升，必须得除掉后患，蔡文轩这才恍然大悟，连连称赞："这个局妙啊，简直一箭双雕。"

这次行动，陈可锋表面上是为了端掉以马里奥为首的犯罪团伙，立下大功，实际是为了除掉心病，销毁证据，而蔡文轩自己无形中也成了这局里的一枚棋子。

蔡文轩反复播放欧航在三亚的监控录像，在欧航和肥佬的三次电话中，每次都会说起那只箱子，如果工具人不仅自己，还有肥佬一伙，这就更妙了。

自己的一举一动都在马队的眼皮底下，马队一定知道自己怀疑他是背叛老局长给陈可锋通风报信的人，他竟然还能如此耐着性子，这份侦查力和耐性，不愧是局里的刑侦第一人。

蔡文轩苦笑，自己还是太嫩了。

所长笑呵呵走进办公室，蔡文轩不自觉换上笑脸，却想起正是下调到这里至今也没分配工作，他才有时间放开手脚大干。蔡文轩每天都在琢磨案子，却没人在意他若有所思的状态，对他放任自由，这太反常了，他早该想到。

蔡文轩不能再坐以待毙，他走上前将所长的保温杯灌满开水，所长乐呵呵吹着茶叶，喝上口热茶。

"所长，看您忙一上午才喝上一口水，我在这干坐着，不合适吧。我都来了这么久，啥时候分配我工作啊？"

所长只笑着摆手连说不急。

"所长，我都快长出毛了，我急。"

所长是个老实人，不会撒谎，想借机走，蔡文轩上前拦住，认真问："您对我个人有意见？"

"不！不！"

"所长，大家都忙，只有我一个人闲着，我没做错什么吧？"

看蔡文轩真急眼了，所长才无奈说："小蔡，我们这个小庙留不住你这尊大佛，你只是暂时在我们这过渡。调你来之前，市局领导专门嘱咐说让你在所里静静心，好好思考，不用着急布置工作，大概两三个月后就回去了。这就是个临时调动，你说我还干吗布置工作？现在都12月了，转头过年你就回市局了，你就好好安生待着，这话不要外传哈。"

这次蔡文轩算彻底明白了，他们一开始就做了个大局，陈可锋、马队是请君入瓮，而他是自投罗网。也许从很早开始，跟踪阿乐和梦静那个时期，马队就盯上自己了，他们在借刀杀人，自己、阿乐、梦静都成了替死鬼，这一招真是阴险毒辣。

蔡文轩耳边是刺耳的鸣笛、尖叫和呻吟，可抬眼却是和谐的办公室场景，同事们都在井然有序地工作。

这就是他的处境，他被撕裂成两半，眼前的一切不是真的，但也不一定是假的，一定有一个模糊地带，可以变成一条新路。既然他们顺手牵羊，那他就偷梁换柱好了。

蔡文轩必须二十四小时武装自己，他看下表，梦静回来的航班快落地，他们约定半个小时后，在机场停车场见面。

从三亚回来，梦静整个人都虚脱了，很不情愿地上了蔡文轩的车。正抱怨之际，她看见蔡文轩摊开的手掌上写了几个小字：有人监控。

梦静的心更乱了。她以为跟踪的人是欧航，两人一路无话，停到公园，下车走向光秃秃的花坛。

"是谁？"

"马队。我们局的。"

"不可能！马队和我很熟，他为什么监视我们？"

"他可能和他们是一伙的。"

"一定有误会，他知道张严的情况，而且他知道你来找我啊。"梦静喃喃自语。

蔡文轩一惊，忙问："什么意思？"

"马队是张严的好友，当年张严留下的证据我也是第一时间拿去找他，我们都信任他。还有你不是总问我群玉山上到底是见谁吗，就是马队。"

"那你为什么不说？到底怎么回事？"

"因为他说，这事一定要保密。"

"那晚你们到底谈了什么？"

"他说，你会来找我，让我相信你，但不要告诉你。"

蔡文轩一时无语，他简直不敢相信梦静竟然会犯这种错误。

"他说这是你们内部机密，会有一个叫蔡文轩的警察来找我，但这件事不能对你讲。"

蔡文轩一时哭笑不得，只觉得自己像只猴子。

"所以你才会跟我相亲？"

"你一找我相亲我就知道是怎么回事了，你不戳破，我也不讲，毕竟那时候，我对你还不够了解。"

"他说不让你讲你就真不告诉我啊！你脑子里到底装了什么？"蔡文轩失控怒吼着。

梦静一脸惊慌，只结结巴巴地说："我能相信你，也是因为马队这句话，他是你的直属领导，我当然觉得这就是警方计划中的一部分。"

"那他说了不告诉我的原因吗？"

"没讲，但他强调如果想为张严伸冤，就得照他说的做，他们会在你后面支援，为了不打草惊蛇，不能透露给其他人。"

"那你俩自己单线联系得了，为什么扯上我？"

"他说他还有其他任务，不能出面。"

"他说！他说！你有没有脑子自己思考？梦静，我一直以为你是个绝顶聪明的女人，怎么能这么没主见？！"

梦静显然还在发蒙，事已至此，蔡文轩必须克制住愤怒，他仰天嗟叹，然后凄惨苦笑。

"他是和马里奥有关的腐败官员。你这个傻瓜。"

蔡文轩脑袋里的血流在倒灌，马队把每一步都设计得如此精确，真正的傻瓜是他自己。

指责埋怨都无济于事，蔡文轩必须马上调整计划。

"你给他提供过其他信息吗？"

梦静摇摇头，那晚之后，马队再也没跟她联系。

"我们输了是吗？"她强忍泪水望过去。

蔡文轩的眼泪也涌上来，但他硬给憋了回去。

"收起眼泪。我们立刻更换联系方式，新的电话、地址在这上面。"

蔡文轩说着假装拥抱梦静，顺势把纸条扔进她的外套，贴着耳朵说："现在，我要强吻你，你扇我巴掌，回到车里拿包并大骂我是混蛋，自行离开，仔细记住我说的每个细节。"

梦静点点头，接着蔡文轩低头吻了她。

梦静照做了一切，蔡文轩看她消失在夜色，遂点了根烟，揉着脸。这一巴掌还挺疼，尤其寒风扫过更是刺痛。上次吻女人还是好几年前，他只能如此苦中作乐，咬着烟走向车。如果从监控镜头看，蔡文轩应该像黑化的夜行者，浑身飘散着从未有过的杀气，而现在，他要扭转乾坤。

以智取胜

山洞圆形训练场。今天，猛子要考验他们的力量。

"你们每个人的体重不一样，现在有三块巨石，第一块一百公斤，第二块二百公斤，第三块三百公斤。把石头推到黄线处算得分，最大的石块是十分，第二大的五分，最小的一分，听懂了？"

猛子的话音未落，大马上前推动了最大的石头，并展示自己像花岗岩般的股二头肌，但他左手还没好，卡斯罗犬这一口咬得不轻。

"你挑战哪块？"欧航邪魅一笑发问。

"你哪块？"阿乐带着敌意反问。

欧航像鬼影一样飘上前，他双手摸着最大的巨石，膝肘定在石缝发力，却像冬天里打不着火的汽车发动机，石块上灰尘不断掉落，在原地颤动。欧航突然转身贴背，手脚蜷缩顶冲，他的体重不过140斤，此刻像要碾碎自己脊梁骨一样蹬地后撤，终于大石动了，欧航再憋气奋力，嘴如鱼鳃鼓胀，那巨石一厘米一厘米挪动。欧航的面色紫红，暴露青筋，双眼充血，仿佛吸血鬼见着清晨的阳光，做垂死前的挣扎。终于巨石前缘触到边线，欧航喷出一口血痰。从他全身肌肉的紧绷充血程度，阿乐判断这个疯子今天又打了好几支兴奋剂。

欧航走近他，嘴角还挂着血。"到你了，得玩命才能赢。"

阿乐头眼未动，就能闻到那股呛人的血腥味。他不急上前，只等着其他人选择。程师傅和疯子又弃权，显然他们已经放弃选择权。

巴蒂上前卯足力气去推最大的石块未果，显然他不想浪费体力，只选择中间的石块。

现在只剩阿乐，这一阵因为大量高强度训练，又掉了几公斤秤，现在去推最大的石块，就得像欧航那样玩命，可值得吗？

猛子骂骂咧咧起来，混乱中阿乐却想起马里奥曾说自己不够聪明，到底怎样才算聪明。马里奥设下这三道考题的目的是什么？

猛子边骂阿乐胆小鬼，边让人倒数计时，阿乐逾时则视为自动放弃。

阿乐听着倒数声，仍纹丝不动。在马里奥眼里，集训营里这些人不过都是卡斯罗犬，越忠诚疯狂，越讨他欢心。但再凶猛的卡斯罗犬也只是条狗，可他不是，他是个有头脑的人。

倒计时的最后时刻，阿乐走到最大石块前，先动手摸了摸，都是黄泥，这石头像一条胖头鱼，前宽后窄。

"磨叽啥？快推！"猛子怒气冲冲上前想揪住阿乐的领子，那手刚要近前，阿乐左手上翘推挑其肘，右脚一提顶在胫骨，只要他脚尖再稍用力，猛子就得抱腿原地打滚。猛子知道不妙，只等旁人解围。

阿乐不想误事，收了腿脚问："规则有没有说怎么推？"

"没有。你还想炸碎了再推？"

阿乐撤回几步侧身横步，突然脚起发力，脚尖如蜻蜓点水水纹未荡，蹿步若落叶流水静默无声，电闪雷鸣间他一记踹腿，落脚石即碎，那胖头鱼的尾巴已成了石渣。

"我只想用脚踢。"

阿乐冷笑着身靠碎石，缓慢的移动中，他看见欧航深如黑洞的眼睛，巴蒂带着杀气的咧嘴，程师傅阴冷的面色，大马野兽般的怒吼，还有角落里，"家雀"的疯笑。

此刻阿乐的胜负欲，比任何时候都更强烈。

欧航第一个鼓起掌。

"你比看起来聪明。"

阿乐冷漠呛声："你恰恰相反。"

欧航毫不生气，他穿着白色短袖练功衫，没了往日朋克风格的打扮，摘掉耳钉鼻钉，看上去只是个长相漂亮甚至清秀的年轻人。

"才说你聪明呢！真想和你打一场，可不行，我们目标是终极赛场。下一场考验的是速度，我们必须得赢，赢了就能选择对手，你想选谁？"

"我？"

阿乐盘算这四个人，程师傅耍大枪是好把式，大枪限制了进攻距离，想赢必须得让他脱手，何况这师傅还有套八极拳。巴蒂的泰拳只要稍不留神，瞬间就能被他摧城拔寨，而且他手腿进守严密有序，心狠力足，是这几个之中最难对付的角色。大马，就是大力士和摔跤手，吨位重，灵活性差，扬长避短，避开力量对抗，胜算会大。至于这个"家雀"，阿乐摸不透他的路数，他成天躺在一角疯疯癫癫的样子，像得了狂犬病的疯狗，但能进来这个赛场，想必绝对不一般。

阿乐望见一旁的大牛，上前与大牛勾肩搭背。大牛并不反感，冷眼看着欧航走远。

"这孙子贼精。"阿乐狠啐了口。

"我觉得你可以接受他的方案。"

"两个最厉害的都被我选上了。"

"那老头有病，耐力不行。泰国人，以你的拳脚，不用发怵。另两个，大马你可别低估了，他比你想的灵活得多，他进来三次，实力我最清楚，被他来一下子，你可完了。那个死胖子，才是狠人。欧航这个傻瓜，有好戏看了。"

"你为啥帮我？我真是你偶像？"阿乐难得打趣。

大牛却一本正经回答："我也不害臊，我从小从我爸那儿知道了你这号人物，看了你的拳，才去拳击队的。一点不掺假。"

阿乐怪不好意思地搔脖子。

"没想到我们会在这里相遇。"

"你被禁赛我知道，你进了这个圈子我也知道，所以我相信你能进来，也能进终极赛场。"

"我是没办法，你为啥留在这？"

大牛低头沉默。

"牛叔真是打黑拳死的？"

"嗯。"

"在庄家的盘？"

"'恐龙'听说过吗？"

阿乐瞬间提神。

"四年前，这头怪物第一次出现在终极赛场。我爸自小习武，可他不想我打拳，准备凑钱给我买个学区房，供我读大学，自己就去拼命。最后他挺进了终极赛场，却死在那头畜生手下。他坚持了七八个小时才咽气，但没人去救他。"

"那你还来这，要步他后尘？"

"不。"大牛眯着双眼道，"是为了复仇。"

泰拳锋芒

当夜阿乐一夜未眠，一早准时到了练习场，程师傅已在那扎马步运功，而欧航已大汗淋漓跑了几圈。

"还挺能睡。"欧航扔给他一瓶矿泉水，"想得怎么样，你选谁？"

"你太自信了，说不定轮不到我们选。"

"老头、疯子都弃权了，大马不是对手，唯一就是巴蒂，上一关他落后，我得赌这一把。"

"你不想让他选你，所以，你也不会选他。"

阿乐早猜到欧航这般用意，他小腿有伤，散打底子加上黑龙十八手，基本路数正撞泰拳，他没把握赢，所以想推给阿乐。

欧航并不否认。

"你不是结盟，是自保。"

"破泰拳必须要以腿反击，拜你所赐，我小腿还没好，根本使不出劲，你这脚能碎石，有胜算。"

阿乐回眼，巴蒂迈着八字步，正在缠绕虎口处的绷带。

"你对泰拳了解多少？"

"看过几部托尼·贾的电影。"

"印象如何？"

"心狠手辣。"

欧航此刻的神态恰好符合这个成语。

"泰拳运用人体的拳、腿、膝、肘，四肢八体作为武器进行攻击，所以又称'八臂拳术'。主要招数是刺拳、后手拳、摆拳、前蹬、横扫踢、膝撞和肘击。这种级别的高手肘击力量可达到两吨级别，膝撞的冲击力相当于时速五十千米的汽车。"

这时巴蒂已经走到戴手、腹护具的陪练面前，两人合掌，巴蒂的腿飞起扫向陪练耳旁，陪练差点躲闪不及倒地。

欧航仰着下巴，目不转睛盯着巴蒂，语调仍冷漠空洞。"他们特别在意小腿胫骨的抗击打能力，腿坚如铁，却又柔软如鞭，无论你多出色，如果无法越过泰拳的前腿，必输无疑。泰拳中最常用也最有效的两种腿法是前蹬和横扫。他现在练的是高扫踢，主要进攻脖颈、耳根、太阳穴和面部，实战中很少出现，但一出现，一招致命。一般在实战中，多用低式。前腿横扫踢击对手腿部内侧，再用后腿横扫踢击对手大腿内侧。这就是泰拳最让人望而生畏的低扫踢。"

巴蒂又横扫了陪练一圈，将陪练夹在他不断交换的双腿间，陪练只能双头护头，自求保命。

欧航看了看手表，说："他能连续左右横扫10分钟，是个圣斗士。"

巴蒂未喘停，脚前掌点地提膝顺势猛蹬对方腹部。

欧航语调中有了一丝兴奋，"前蹬腿，一般攻击对方大腿上部，对手大腿定会麻木，无法完成从后腿到前腿的力量传输，从而破坏攻击体系。攻击中段也可阻击对手，甚至让对方失去平衡倒地。泰拳中前踢策略是直攻对手中心线，或像打勾拳一样上击对手的下巴。为了增长距离，会使用脚前掌，这种攻击很难防御，因为它会从防守的两臂中间穿过。"

阿乐看了会儿巴蒂的训练，沉默不语。顷刻间，巴蒂把陪练逼到墙边，突然收膝猛抬腿上蹬，如长矛穿刺扎其面部，大脚趾顶在喉咙处，陪练全身哆嗦，连气也不敢喘，他回头看着阿乐和欧航，扬身收脚。

欧航冷冷和巴蒂对视说："面部正蹬，他在跟我们炫技。"

巴蒂果然蔑视地走过他俩，用沙袋练习肘击。

"我见过他的肘，很厉害。"阿乐说。

"肘击是泰拳第一杀伤武器，他们用肘头一寸叫鹰钩骨地方攻击，那是最坚硬的骨头，就像刀刃一样，一击必杀，可以从九个方向进攻，千变万化，还可抵御防守。平肘、迫肘、砸肘、盖肘、反肘、双肘，最狠的一招叫跃起砸肘，直接冲着头顶，是要人命的招数，天灵盖都能碎。"

阿乐一声冷笑，"看来你对泰拳很了解啊，应该亲自去过招。"

欧航同样冷笑，"正因为了解，所以我清楚我现在打不过他。"

"对我这么有信心？"

"怎么，你不敢？"

阿乐沉默，他真不确定自己能不能赢。

欧航慵懒地斜靠在石头上，无精打采起来。

"最后说说膝法。一般用于近距离扭缠。如果双方势均力敌，泰拳手喜欢用扭缠方式消耗对方，膝法就是近战的武器，最震撼的一招是飞膝。对方一旦离开膝击的距离，还可以迅速改为前蹬和横扫腿。"

"泰拳一般喜欢先用拳探路，对手双手防守一旦露出中盘，他们立刻会顶膝而上。扭缠决斗时，他们会抱紧对手的腹部，让对方呼吸困难。"

巴蒂应景开始和陪练练起膝法，顶膝"啪啪"有节奏地打在沙包上。

"你仔细听这个节奏，像什么？"

阿乐闭眼沉思，只觉像在踢桩，每一声都砸在他胸口上。

"心跳？"

欧航咧嘴怪笑，瞬间又换回了那张勾魂摄魄的面孔。"算你还挺机灵，这，就是泰拳的节奏。"

"你还想让我选谁？"

"我送你一个礼包，老头给你了。"

"人家有大枪，还是大礼包？"

"不过是花拳绣腿罢了。成交吗？"

"那太便宜你了。"

"你错了，他才是最难咬的那块骨头。"

阿乐顺着望去，角落里的"家雀"却早没了笑容，也正看过来，眼神如麻。

六合大枪

阿乐并不理会"家雀"，只身走到程师傅身边，他正好收了拳。

"你们俩在嘀咕什么？分猪肉？小心自己才是猪头。"程师傅吹着茶叶沫。

"我以前听过一句话，'月刀年棍一生枪'，程师傅您是高人。"

"知道的还挺多，我这些不过是花拳绣腿罢了。你还知道啥？"

"鞭怕直，枪怕圆。"

"你咋知道这些的？"

"我以前还想学功夫，看可多武侠小说了。"

"你知道六合大枪吗？"

"枪我见过，这么大的没有。"

"上前拎拎耍耍？"

阿乐上前一提握，这枪长过一丈，重有十斤，抢起容易，平衡困难，要好它远非一日之功。

"厉害。"

"你那脚也挺厉害，学了多久？"

"一个多月。"

"一个多月就可以脚碎大石？"程师傅正色说。

"每天鸡鸣而习，从不间断。"

"那你就是武侠书上的练武奇才啊。"

"不敢当。"

程师傅暗中仔细瞧他，岔开了话。

"你今天为啥没练？"

"四点就练了晨功，我在房间里装了个桩子。没办法，我习惯一睁眼就练。"

"倒是勤奋。和你过招也不错。"

"您为啥而来？"

程师傅泯然一笑。

"你小子话多。"

"觉得好奇，您不像亡命之徒。"

"你也不像。"

"对，我不是。"

程师傅沉思片刻才说："也许，我是。"

说完他抬腿要走，阿乐觉得意犹未尽而遗憾，却听见一声招呼，程师傅在朝他摆手。

"既然你不练功，就陪我在这走走，当散步，反正咱们哪也去不了。"

"正好闷得很，您上次说什么一代宗师的故事，讲讲可好？"

程师傅这才笑了。

"李书文，神枪李书文。"

他一抖手腕，打躬作揖。

"一百多年前的江湖上，流传着一句话，'刚拳无二打，神枪李书文'。李书文自小拜入八极拳四代传人张景星门下，先是学拳，后向师伯黄士海学枪，自己还修习了武林绝学易筋经、锻骨经和洗髓经，他是个真正的武痴，一门心思想着比武。他家附近有几棵碗口粗的枣树和槐树，常被他当作练功桩来用，结果那些枣树、槐树全被他的八极拳震死，连根都烂了。后来他练习打沙袋，从一开始的五十公斤，一直打到三百公斤。尤其是枪法最厉害，先扎粗树，后扎细树，最后扎铜钱，有传言他能扎死落在纸窗上的苍蝇，而不破纸窗，每枪必得摧枯拉朽。他是靠着两战威震天下。"

"第一次是袁世凯在天津练兵，当时袁世凯请李书文的师傅黄士海出任教官，黄士海年事已高便推荐李书文。李书文赴任，却因为身材矮小，遭到袁世凯武道教官伊藤太郎的羞辱。李书文哪能容得下这口气，一枪就点那日本人脸上，对方刚要反击，他枪头一扫，直刺喉咙，将日本人挑出厅堂。其他日本教官一拥而上，片刻都死在他的枪下，袁世凯连连称赞李书文真乃神枪。李书文因此一战成名，才能让日本人惦记他这么久。"

程师傅讲到兴头上，不禁眉飞色舞，练习场内其他人都在剑拔弩张，他们一老一少还能闲庭信步，讲的故事又古旧新奇，让阿乐不免有些迷茫。

程师傅已停不下来，继续兴奋说道："第二次更扬眉吐气。宣统二年（1910 年），俄国拳王马洛托夫在京城到处张贴侮辱中华的战书，令国人群情激愤，很多爱国武术家前去挑战却都败下阵来，无奈之下把李书文叫到京城应战。那老外见李书文瘦小，蔑视地吐了一口唾沫。这一下子就激怒了李书文，他随手一记'霸王挥鞭'卧风掌，打落对方左腮部一块皮。那老外还在晕着，李书文又出了一招'六大开抱肘'，眨眼功夫将马洛托夫肋骨打断，击下擂台。这一战让他威震京城，差一点就被封为五品顶戴、近侍卫队武术总教习。"

"后来张作霖亲自上门求拜，碍于情面，李书文才勉强成为奉军三军武术总教头，没成想又和张作霖的日本武道教官打了一架。当时双方连生死书都签了，日本教官摆开了阵势，可李书文只用了一掌，就碎了他的肩胛骨，如果不是张作霖及时制止，恐怕又要出人命。这就是李书文，四十年江湖未尝一败，后来他的徒弟在东北创立了我们这一派。故事说完了，好听不？"

"嗯。像在讲评书。"

"咱们东北江湖上的故事，比说书还带劲。可如今，没人愿听。"

阿乐双手抱拳一躬身，说道："程师傅，我想和您比试。请您指教。"

程师傅眼皮一抬，算回礼。

"承让承让，也正有此意。"

话未多说，只见如宿鸟归飞急似的乱势骤起，前呼后拥中，大吨位的猛子走来，他嚷嚷让众人集合，完成最后一项速度比试。程师傅充耳不闻般悠闲地挽着袖口，像是侠客不屑此道，可这道骨仙风的人物到底为何而来实在让人捉摸不透，阿乐没时间多想，就被猛子一把推到圆圈中心。他背后发冷，似有双眼睛，一直在盯着自己。

冰山一角

蔡文轩知道自己时刻活在被监视中，他除了用脑子思考，不留下任何证据。

梦静的同事再次联系邱梦母亲，当年案发后，邱梦报过案，最后选择私了。陪邱梦报案的女队友，如今是体校的一位领导。

邱梦死后，女队友仕途平步青云，这里面又微妙得很。

即使当时真有证据，邱梦已经去世十年，留痕太难，除非有视频影像，这种可能微乎其微，所以到底是什么证据？

梦静突然打来电话，蔡文轩假借去厕所，用新手机拨回去。

"邱梦的事有古怪。"

梦静这句话正中蔡文轩的下怀。

"我正想这事。是什么把柄落在马里奥手上？"

"邱梦之死。"

蔡文轩心头一惊。

"她难道不是自杀吗？"

"我看了她当时的博客，她在日志中写了自己原本计划要出国玩，甚至还晒了机票，显然她想走出来，她妈妈也证实了这件事。"

蔡文轩边点烟边说："看资料她是割腕自杀，地点就在她自己家。当天她妈妈出门办事，回来看见她倒在浴缸里。"

"割腕，血会流很久，这个过程漫长而痛苦，邱梦随时可以呼救，而我觉得她根本不想死。"

"是陈可锋动的手？"

"留着邱梦太危险了，他好不容易才追到高官之女。"

"会是什么证据？"

"我不是警察，但比起强奸案，陈可锋更怕这个，他得保住自己的一切。"

"符合逻辑，这就是陈可锋的定时炸弹。"

蔡文轩面色如灰，他突然想起了花花住所处找到的那一串密码。

"这会不会和那只箱子有关？"

"肥佬要当话事人，也需要陈可峰的扶植，这符合他们的共同利益。"

"陈可峰出面替他除掉马里奥，而他要做的就是引马里奥现身，这俩人搭档不错啊。现在就看阿乐能不能找到那只密码箱。"

电话那头的梦静不再说话。

蔡文轩知道她这心思，"阿乐会没事的，放心。"

梦静苦笑道："拳脚无情，里面全是高手，你让我怎么能放心？"

其实蔡文轩也答不出来，只宽慰说："无论如何我们都得赌一把。需要我带个话吗？"

梦静一时无言，她正坐在电脑前，写着关于这个案子的纪实报道。她盯着屏幕里纪实报道开篇的一段话。

"入秋后的第一次大风天，女记者终于下定决心去找 A，却差点吃了闭门羹。他体弱多病的母亲以为女记者是儿子的女友，三人吃了一顿气氛奇妙又尴尬的晚饭。女记者想方设法劝 A 加入计划，A 却始终冷若冰霜置之不理。那是个寒冷的初秋夜晚，她走出那栋旧楼，却下了此生最大的一次决心。"

"告诉他，我等他回来。"梦静说。

挂断电话后，那只密码箱的轮廓越来越清晰，仿佛顺着轨道滑向蔡文轩，但他还需要证据去验证这个想法。

今天是 12 月 12 日，一周之内，就能知道阿乐到底能不能杀进终极赛场，阿乐迟迟没来电话，说明他可能被人监听，集训营地点可能在室内，甚至是地下。

现在必须得赌一把。

蔡文轩一脚已踏出悬崖，浓雾弥漫，只听见金戈铁马包围而上，却依然什么都看不清，这才是最彻骨的恐惧。

他索性闭上双目，什么虚幻的陷阱都不看。

蔡文轩清楚马队的风格，表面大大咧咧，实则性格特轴，曾有个罪犯杀人潜逃，他锲而不舍追查十年，终于将其缉拿归案。没犯罪痕迹的凶案、随机分尸案、连环凶杀案……凡马队经手，管它十年、二十年，他都能咬住不放。那个人曾是他的偶像，现在，是对手。

这次，马队也施展出卓越的能力，但蔡文轩却百思不得其解：马队

288 / 拳 探

为什么要先找到梦静？这真是步臭棋，梦静一旦跟蔡文轩说了，计划就会被拆穿。当时存在很多不确定性，蔡文轩甚至还没下决心的时候，马队却行动了。

梦静说马队是张严的好友，难道从张严死的那刻起，马队就在下这步棋？

此刻派出所办公室里暖气热烘，旁人只穿着衬衣，只有蔡文轩披上大衣后还在打寒颤。

他整个人都陷进去，越想越冷，像掉进冰窟窿，再一抬眼，不知何时同事都已经下了班。他恍然看清时间已近晚上7点。一个他等待已久的电话终于出现了。

信号断断续续，组成了阿乐不完整的话，蔡文轩整理后听清楚他的内容：他过了三关测试，并选择了两场比赛的对手——泰拳的巴蒂和八极拳的程师傅。

"为什么不联系我？"

"在地下没信号，我是趁着放风到处乱窜，才找到了这个点。这个洞应该不深，长话短说，我发现了一些问题。"

通过三关测试后，坤哥又主动来找阿乐，这引起了阿乐的警觉，他必须得和蔡文轩商量下。

"这个坤哥很奇怪，他特意找我说接下来的两场都会买我赢。"

"这个坤哥也许是马里奥的传话筒，不过他们真的对你过分关注了。"

"不知为啥，我总觉得他就在我身边，像有只眼睛，就在旁边看着我。阿飞果然在他手里，他说只有我进入终极赛场，才能见到我哥。这次我得拼了。"阿乐知道自己只能进，可面对顶尖高手，根本没胜算。

蔡文轩也身心疲惫，曾经的阳光躲在乌云后，落不到他脸上。

"你怎么了？"阿乐察觉出不对劲。

蔡文轩仰头深吸口气，咬牙用力挤出一丝笑声。

"没事，没睡好。快说说里面到底什么情况，什么时候开始比赛？"

"三天后。"

"那两个对手是狠角色？"

"嗯。"

蔡文轩知道在高额奖金的诱惑下，这两场定是你死我活的殊死拼杀。

阿乐没想到蔡文轩会这么沉默，平常他总会噼里啪啦地讲个不停。

"你到底咋了？我没时间跟你打哑谜。"

蔡文轩也不知道怎么，本来该给阿乐"打鸡血"，他自己却焦虑起来。

"你凡事量力而行，生命安全第一位。"

阿乐吃了一惊，这完全不像他，往日的蔡文轩一定会半开玩笑活跃气氛，恶战在前，他还挺需要这份轻松。而现在，蔡文轩比他还紧张。

"那如果我输了，有 B 计划吗？"

蔡文轩早制订了几套计划。

"B 计划就是改为缉拿肥佬，让他供出马里奥。"

"你觉得这个事可行吗？如果抓肥佬有用，你早就结案了，这只会让马里奥彻底消失，再改头换面，这计划不靠谱。"

"那只箱子有线索吗？"

"这里像是迷宫，我一直找都没线索。欧航那小子估计也没找到，我今天还看到他偷偷摸摸在找。"

"想办法找到那只保险箱，记住密码是"23.15.67.05"，怎么找恐怕你得自己想办法，必须得借助里面了解情况的人的力量。这个我帮不了你。"

"好，我尽全力。"

"等你回来，阿乐，到时我们好好喝酒。"

阿乐的笑意停在嘴角。

"告诉梦静，别担心我，一切都会过去。"

蔡文轩站在窗口，夜灯初上，蜿蜒的路灯点亮了视线尽头，他带着未知的不安凝望前方。

"对。2020 年到来的那个夜晚，就是我们胜利的时刻。"

蔡文轩说完，觉得内心又充满力量，于是又对自己重复了那句话。

"2020 年到来的那个夜晚，就是我们胜利的时刻。"

第廿三章
连番血战

血战泰拳

第三关速度比试中，阿乐、欧航、巴蒂都顺利过关，10 秒内跳跃 10 个火堆，这对于阿乐来说并不是难事，没想到小腿有伤的欧航也能顺利通过。为抢在 10 秒内通过，最后两个火堆他直接趟了过去，受了些轻微烫伤，可欧航像个毫无痛感的机器，这种疯狂和倔强，让阿乐暗惊三分。

其余三位弃权，对战分组结果是阿乐挑战巴蒂和程师傅。两场比赛间隔一天。

战局敲定后，这六个人变化微妙，其他人只关注对手的举动，欧航的注意力却仍在阿乐身上，一早就逮住他问："准备好了？"

阿乐凌晨 4 点起来练腿，这时有些乏了，心里对欧航更厌恶。

"怎么，你怕了？可以退出啊。"

"你小子比我还疯狂。"

"你伤没好又烫了一腿泡，受不了可以理解。"

他们互相嘲讽着走进训练场，一眼便见西装革履的坤哥正吃着三明治。

阿乐小声说："你不觉得这个人很奇怪吗？"

欧航附和一声："嗯。"

难得他们达成了共识。

自从蔡文轩告诉阿乐欧航也在找那只密码箱后，阿乐就留意着对方的举动。今早碰见欧航鬼鬼祟祟从其他洞口钻出来，应该是还没得手。对这地方最熟悉的莫过于坤哥、猛子等人，其余人他也不清楚，突然阿乐目光一抖，落在坤哥身后瘦小的大牛身上。

坤哥站起来，正好挡住了阿乐的视线。

"你们需不需要热身？"

"热身？"

坤哥边点头边擦着自己的眼镜片。

"比赛前不需要热身吗？"

"比赛不是后天吗？"

"庄家说哪天就是哪天。"

在镜片的反光下，坤哥漂亮的胡须像极了柔亮的马鬃，猛烈的笑让它们跳跃起来，如烈马啸长空。

"你们谁先开始？"

除了仍在一旁疯笑的"家雀"，其余人都面面相觑。

"你们两个是擂主，谁先开始？"

欧航又添了新伤，显然不想当出头鸟。

阿乐不屑地瞟了他一眼，果断举手。

"你选谁？"

阿乐其实并没选好，巴蒂骁勇，程师傅老道，表面看巴蒂气势更盛，不过程师傅给阿乐讲了李书文的故事，又让他手上那把六合大枪看起来更出神入化。

阿乐看着一脸傲慢的巴蒂和仍在修炼易筋经的程师傅，当下做了决定。

"巴蒂？太让人兴奋了。"

坤哥露出的那口光芒四射的烤瓷牙和镜片交相呼应，他示意让其他人离场，只留下猛子和大牛。

巴蒂通过翻译说他要准备一刻钟，阿乐也开始热身，早晨状态还没出来，得尽快让身体热起来。

"为什么先啃硬骨头？"坤哥的笑还没收。

"因为他硬。"

这又加深了坤哥的笑意。大牛还在旁边，不停抖腿。

"你紧张？"阿乐淡定问。

"你自个儿不紧张？"大牛脸色涨红。

阿乐摇摇头。"一紧张就死了。"

"紧张死了呗。"

大牛露出孩子般的笑意，而阿乐凌空戳了几脚，他左臂没好，虽日日敷着神医的跌打药膏，基本恢复六七成，但还是出不了组合拳。那今天就来个铁脚对钢腿，再用右直拳最后一击。

突然洞口传来鼓响笛鸣，带着东南亚的信仰和独有的潮湿，徐徐悠扬而来。

只见巴蒂头臂绑着彩色辫环，双手合十举于额际，绕中心而转着祈祷。

阿乐看着巴蒂从未有过的安详的神情，问："泰拳手到底在每场比赛前祈祷什么？"

"置之度外的勇气。"坤哥抚摸精致的胡须，"以佛经所谓'不死'，'无痛'与'无畏'的心态自勉，摒弃痛苦忧虑，最后才是向先祖、圣贤祈求庇护。"

音乐止。

阿乐回头，巴蒂已换回冷血本色。

"开始。"坤哥忍不住又笑了，"今天的盘口有意思，两位请加油啊。"

巴蒂摆开双拳跳跃，阿乐拉开战架。两人隔在一米远的地方，巴蒂果然先用右直拳试探，跟着左脚低扫，阿乐双拳护体，闪步躲开。

两个人又原地移步半圈，巴蒂还在试探，因为身高比阿乐矮一个头，显然他想要打开中路，近身攻击，阿乐得先封死中路。突然巴蒂右腿正蹬，阿乐侧身躲开，接着又来左腿"啪啪"低扫两下，正好打在阿乐小腿后侧。阿乐犹如被铁棍抡了两下，瞬间麻木，他立刻后撤保持距离。可巴蒂左右直拳已杀来，阿乐虽躲避防守成功，却又挨了一记右腿中扫。

巴蒂几拳几腿连贯流畅，瞬间连续出击，阿乐疲于防守，根本无从施展文趟子拳腿法。

大事不妙，自己被带进了对手的鼓点，阿乐明白，他得跳出来。巴蒂跟上左右左一套组合拳，接着又是对阿乐腰部的一记中扫。

几个回合，阿乐品出来，这拳不过虚晃，扫腿才是目的。他得利用身高优势，重新调整他们之间的距离，并使出进攻的杀伤力。

巴蒂故技重施，阿乐早有防备，迅速后撤，让对方扑了个空。

两人又开始原地试探，都在准备变招。

果然巴蒂干脆右腿直蹬，阿乐本能用双拳挡住。巴蒂追击，迅速中扫，因为需要摆手发力，而露出了中路空档。阿乐决定就此反击，侧踹迎上，两腿带风立即崩开，脚尖刚一触地，翻身一击戳脚打在巴蒂的支撑腿上。巴蒂退了两步，估计也感受到挨了闷棍的疼痛。

双方各吃亏一次，打得难解难分。场边的坤哥端起红酒杯，欣赏得津津有味。

阿乐不想轻易进攻，对方腿法强劲，拉开空档，一旦施展双肘飞膝，自己赢面太小，所以必须等巴蒂先出拳。

可巴蒂却不再出拳，直接低扫阿乐小腿内侧，这一脚正贴在阿乐腕骨上。阿乐还没呲牙，另一侧高扫腿直接奔着他脑袋而来，阿乐依靠多年练拳的本能，脑袋下潜在空中划圈。这起脚之快，仿佛左右两腿同时完成。

如果挨了这一下，肯定半死不活，阿乐算逃过一险。巴蒂继续上下并攻，单纯防守早招架不住，阿乐必须施加压力，保持距离。文趟子拳的腿和泰拳的腿有几分相像，拐腿和扫腿相仿，踹腿和前蹬相似，不过发力点不同。文趟子拳的腿主攻中下盘，以脚底、脚侧发力为主。阿乐审时度势，决定放出杀招。

他侧身虎步，左右使出四个拐腿，直冲小腿胫骨，巴蒂迅速提膝防守。阿乐使了几脚终于发现空档，对方落膝时并没力量，而另一条腿又必须支撑，会留下一个微弱的空档，也许是一秒，也许一秒都不到，阿乐是从小和"秒"这个绝大多数人感受不到的计时单位较劲的，从一秒连胳膊都没伸直，到连出五拳，他清楚极了这是个转瞬即逝的机会，并迅速判断自己的腿到底能做出何种动作。这一脚必须如电闪，而文赵子拳还真有这招，名为"点腿"。点腿如剑，脚尖发力，专攻穴位要害。人的关节、手脚腕是最脆弱的地方，就算巴蒂腿部铁板一块，可这关节就是上面的窟窿眼，最脆弱的地方是膝盖上的软骨。一秒内，阿乐要发力瞄准击中，够了，时间足够。阿乐在慢镜头里找准位置，整个身体都钻进脚尖，抬脚落地时，巴蒂已人仰马翻。

巴蒂抱住膝盖呻吟，坤哥吃惊地呆在原地，猛子无话，大牛鼓掌，没几下又停下来。巴蒂赤背遍布汗珠，却又垫脚站起。这一下，普通人的膝盖早就骨折，可巴蒂仍咬牙拉开阵势，阿乐估计他坚持不了多久，就会使出必杀技。

果然巴蒂开始疯狂使用左右组合拳进攻，而且专攻阿乐受伤的左臂，下盘连续撞膝，嘴里不断高呼着泰语，像在为自己祈祷。原本受重创的巴蒂如有神力，贴身杀来，阿乐只能边防边退，因为距离太近，脚法施展不开，只能用右拳反击，几个回合间终于被巴蒂抓住中路空隙，一跃而起，巴蒂直接用自己的头部撞击阿乐的头，阿乐虽然已本能后仰脑袋，还是整个人被顶出去。

阿乐只觉得自己的脑袋又浸在水里，他不停甩头，想要倒出灌在里面的水，身体仿佛慢慢上浮，眼缝里钻进的那丝光是太阳光？是那个和阿飞游泳的下午吗？阿乐又睁大双眼，一个物件正从天而降，预计正中自己还需三秒，他上下一收，一骨碌爬起。巴蒂双肘落地，在本来搁着阿乐脑袋的地方砸出了一个坑。

阿乐头脑仍在混沌中，巴蒂的高扫踢就跟过来。阿乐只觉得耳朵里的水还没流走，那风又灌了进来，迷糊中只能后仰退避，这正中了巴蒂的算盘，接下来他将使用泰拳中一记真正的杀招，旋即转身蹬地发动飞膝攻击阿乐的头部。

即使意识模糊，即使身体不听使唤，即使已失去了平衡，阿乐仍在跟这个熟悉的"秒"竞争着，他要多抢这么一步，也许就这一步，就躲过了这记杀招的射程范围。巴蒂即将接近地面时，阿乐都无法判断，这一秒他能不能逃过此劫，直到那双肘擦着他抖动的脸颊，压在耳垂上才终见分晓。下一秒，或者说五分之一秒，阿乐最出名的右直拳击中了巴蒂的下巴。巴蒂口腔里溅出的鲜血，洒在阿乐的手腕上，再一记直拳，新的鲜血四散在各处。因为大脑迟钝，直到右胳膊实在抬不起来，阿乐才真正收手，这时巴蒂的脑袋像是个肉球，被血液包裹着。

阿乐上前摸了摸他的脉搏，确保巴蒂活着，才爬起来。

大牛冲过来高高举起阿乐的手，抱住他撒欢似地又蹦又跳。

"太帅了，偶像！偶像！"

大牛缠着阿乐时，坤哥也悠闲踱步过来，连连鼓掌赞叹。

"你果然不负众望，你的脚法是什么套路，无影脚？"

阿乐实在晕得厉害，只硬挺着说："我可以走了吗？"

"看来你真是个奇才，名不虚传啊！"

阿乐支撑不住，跪倒在地，远处的程师傅竖起拇指后悄然离开。

此刻阿乐的脑袋什么都装不下，不对，明明他现在只想一个人，也许她到头来只是一场悲伤的回忆，但他还是忍不住将那块玉牌含在嘴里，接着昏沉地睡去。

柳暗花明

保险柜到底在哪？

阿乐一直在想这个问题，和巴蒂比赛完的当晚，体力稍一恢复，他就各处寻找，差点在这座地下迷宫里走失，费尽力气才找回住所。一天一夜的尝试，让阿乐终于明白必须得找个帮手。

明天一早他就得和程师傅比赛，肯定是场恶战，最后的机会就在今夜，阿乐必须得尽快决定。

大牛送来晚饭，带着好酒好菜，阿乐留下他，两人讲起拳击队的趣事，相谈甚欢，突然阿乐话锋一转。

"你说要复仇，咋回事？"

"别管闲事。"

"你斗不过他们。"

"跟你没关系，别瞎操心。"大牛瞬间板起脸，准备要走。

大牛算是曾经的队友，父亲也帮了他几次，父辈还有交情在，但他们两个人到底是陌生人，阿乐不知该不该信他。话到嘴边，阿乐却犹豫了。

"你想说啥？"大牛早看出他的心思。

现在走错一步，就满盘皆输，但不走，就是死局。阿乐真是左右为难。

"肥佬派你们来，还有别的意思吧。这两天我瞅见欧航鬼鬼祟祟，你们想干嘛？在找什么？"

"我不知道该不该告诉你。"

"这山洞里的路十八弯，你们自己肯定绕迷糊。我可以帮你，但前提是你得给我好处。"

"这可不开玩笑，搞不好掉脑袋。"

"不就是肥佬想搞马里奥吗？"

"你怎么知道？"阿乐有些吃惊

"想搞倒马里奥，单凭肥佬一家不行，还得让坤哥帮忙。但肥佬在找什么却没和坤哥说，都是人精。"

"既然这样，我更不能告诉你了。"

"马里奥是我的仇人，你们整死他，就是帮我。"

"我怎么能信你？"

大牛把卫衣的袖子撸上来，他双臂上划满了小伤口，像蠕动的虫子。

"每过一天，我就会在身体上拉一刀，今天是我来这的第 424 天，我却仍然大仇未报。马里奥害死了我一家四口人，你说，我值不值得相信。"

看阿乐还在犹豫，大牛举起三根手指说："我以我爹牛明武亡灵起誓。"

阿乐握住大牛手指。

"大牛，你见过一个保险柜吗？"

大牛如停摆的钟表，当下立住。

"你到底要干啥？"

"不用紧张。里面的东西我不拿，只拍照，谁都不会知道。这事，你得咽进肚子里，坤哥也不能说，要不你的命也不保。"

大牛盯住阿乐双眼，阿乐毫不躲闪。

"能的话，你给我什么好处？"

"你开条件。"

大牛仔细琢磨了一会儿，才开口道："我看好你进终极赛场，入场券值一百万，给我一半，还得教我文趟子拳。里面的东西不准动，只能拍照。"

"成交。只能今夜。"

这一夜，阿乐屁股都没沾过床，隔壁偶尔传来欧航的鼾声。今天下午欧航和大马大战两个小时才决出胜负，赢得非常勉强，旧伤未愈又添新伤。

黑暗中门"吱"地自动露了个缝隙。大牛穿着一身黑色连帽卫衣，帽子下的脸像个黑洞。

阿乐也戴上帽子，警惕四周，跟在后面。

"这里有监控？"

"有十台，大部分在训练场、出入口，还有坤哥办公室。"

"现在去哪，坤哥办公室？"

大牛摇摇头，继续在前带路，几乎相似的洞口，他们进进出出几个回合，阿乐完全迷失了方向。终于走到一扇石门旁。

"这是哪？"

"你要找的地方。"大牛说完扭动开关，石门敞开，又是一间密室。

和坤哥繁复奢华的办公室比，这里就是冷冰冰的墓穴，一张落满灰尘的瘸腿桌子，一把吊椅。

大牛打开灯，椅子正对着一面电子监控墙，山洞每个角落的画面都在这，还有一处他没见过，那是个犹如巨型格斗场的山洞，宏伟得让人过目不忘，简直是斗兽场的复刻。

那桌上有几个手印，像刚按上的，还有台混音器。阿乐刚要去摸，被大牛抬手拦住。

"这可能是扩音器。"

"谁在这？"

大牛一脸无畏地说："这地方还有谁能有这个权利？"

是马里奥，阿乐的血热起来。他联想那几天与马里奥的对话，指着混音器问："他是在这跟我讲话的？"

大牛只冷笑以对。阿乐在监控墙上找到那欧式房间，发现竟然还能看到多角度画面，自己的一切被看得一清二楚。。

"你见过他吗？"

大牛摇摇头。

"那你怎么知道这个地方？"

大牛不停在椅子上旋转，突然点脚停下，蹬直腿指向一个角落。

"坤哥也知道这只箱子，但没有密码，想打开它的人很多。"

靠墙处有一个木制边角柜，款式老旧，像从农村淘来的旧家具。

打开，里面果然有一只保险箱。

大牛仰头露出脸问："你是要对付他吗？"

阿乐不置可否，走近保险箱。

大牛又把脑袋缩回到帽子，冷冷说："今夜我特意调了值班，巡逻的人还有一刻钟就会去值班室，加上我们回程时间，你只有五分钟，我劝你手脚快点。"

阿乐吸着鼻子，得先把到嘴的肉吃了再说。他开始滑动密码锁。那金属齿轮间的摩擦，仿佛一把正在上膛的手枪，转动六圈后，锁舌从凹槽里灵活地滑落。

保险柜里有一只鞋盒。打开，是一个本子和一个 U 盘。

阿乐翻开那本子，原本以为是账本，却没想到是一本日记，字体娟秀，一看就是女人的字，他来不及看，只迅速拍照，

大牛拿出准备好的笔记本电脑，迅速将资料拷到另一个 U 盘上。回去的路上阿乐憋了一肚子话，大牛也一样，分开前，阿乐拽住大牛。

"谢谢你。"

大牛翻了个白眼，"你说话算数吗？"

阿乐用力点下头。

大牛靠上前，"那个程师傅年纪大了有哮喘，估计明天他会急着砍你三把斧，挺住了，他撑不了多久。"

大牛戴上帽子，消失在寂静的山洞。

人枪大战

一夜未眠，阿乐却异常清醒，进入终极赛场，带证据走出山洞，今天他毫无退路。

阿乐吃过早饭就来到训练场，坤哥早已恭候在那儿。

程师傅还在修炼易筋经，那红缨大枪立在乱石中，仿佛准备出动的蟒蛇，正吐着舌头。

这枪表面发青，毫无疤节，笔直如切，锋刃透寒光。

坤哥又是懒散地坐在一旁，悠闲抽着雪茄，逗趣着阿乐。"这老爷子还得打两圈。我瞅你的脸色不好，面色发青，一夜没睡？"

阿乐开始热身，心再怎么想沉静下来，都会落在那杆大枪上，都说"枪乃百兵之王"，他只有手脚，此战怕凶多吉少，他得想办法撑过前

头的猛攻，趁其不备让对手脱枪。

这一番沉思让阿乐的脸色过于凝重，坤哥看在眼里，只上前抚摸着那把枪，说："你知道六合大枪的来历吗？江湖上流传着三种说法。第一种是因为六家枪法合而为一。头一家，是楚霸王项羽的项家枪，以霸王一字摔枪式为一绝。第二家，赵云赵子龙的赵家枪，以招式巧妙为一绝。第三家，罗家枪，卧马回身枪式堪称天下一绝。第四家，杨六郎的杨家枪，自成一派，也是一绝。第五家，白马银枪高思继的高家枪。第六家，就是小霸王项鸿家。将六家的枪法取其精华，故此才叫六合枪。"

阿乐表面仍在不紧不慢地热身，实际上明里暗里的目光全在那红缨枪头上。

"第二种说法，是因为练枪要讲究内、外三合共六合之力。内三合：心、气、胆；外三合：手、脚、眼。眼与心合、气与力合、步与招合。"

"第三种说法是因为其有六种主要枪法：'一合梨花摆头''二合凤点头''三合白蛇弄风''四合铁扫帚''五合拨草寻蛇''六合一截，二进，三拦，四缠，五拿，六直'。"

"说完了吗？迷糊了。"阿乐冷冷送了个白眼。

"小子，这枪的威力一般人没见过，今天你好好领教一下。"

这程师傅不知不觉已走到阿乐身边，他面色慈祥摸了摸枪。

"领教倒谈不上，练武之人最怕的就是无人可战，每天对着空气折腾，今天和高手切磋，也是幸事。"

说完，程师傅抱拳，阿乐回礼。

"你们两人恐怕得等一下。时间还没到。"坤哥又仔细整理袖口，走回座位。

阿乐和大牛对了照面，大牛向上瞟了一眼，阿乐跟着看了一圈，这里至少开着十台监控。

"等人下注？"阿乐若无其事收回眼神。

"好奇心害死猫啊。"反光镜片后，躲着坤哥捉摸不透的眼睛。

程师傅还在吹着保温杯里的茶叶沫，就像一个在胡同里遛弯的老大爷，从容中还带着点无聊。

"聊会儿，程师傅？"

程师傅没拒绝，就近坐下。

"聊啥，小子？"

"瞎聊。反正也是闲着。"

程师傅抖落起中式褂子袖口，露出干巴枯老的手，竖了个大拇指。

"你小子是条汉子，我输心甘情愿，我赢留你一命。"

"您这样的高手和年纪，为啥还来这玩命？"

"不理解？"

阿乐摇了摇头。

"我啊，年轻时候图个乐，用如今的话，是为了理想。成家立业后，虽然安分上班养家糊口，但放不下这杆枪。下岗后开了武馆，但招不上学生，武馆一年不如一年。"

"所以老了来这挣退休金？"

程师傅低声微咳，"钱是个糟践货，也是个好东西——"

话未说完，坤哥拦了一句，两人对视，恰似针尖对麦芒。

程师傅滚肩收肘，抬腕横枪。

"得罪了。小兄弟。"

阿乐握拳滑步，蓄势以待。

两人相隔丈余，阿乐盯着枪头寒光，程师傅手腕一抖，刺枪而来，红缨若梅，朵朵绽开，锋刺眉心，阿乐应招臂挡，那枪杆弹韧，正借力回弹。程师傅原地未动，送腕点扎，眨眼间枪头逼近阿乐胸口。阿乐如果侧滑，对手会很轻松回枪再扎，情急之下，他弓步下腰，红绫已绞在眼眶鼻尖，下身失盘，上身失位，只斜倒于半空，如果脚跟能再多撑 0.1 秒，就能凌空出拳，击打枪杆。可程师傅只抬腕挑拨，那枪就身似游龙，俯冲而来，阿乐只得顶身倒地，在平地上如风卷碎石快速滚动，程师傅连环扎开，在阿乐耳边擦起了电光石火。枪起枪落不足半秒，阿乐知道照此必得中招，天旋地转中，瞥到放着程师傅保温杯的石墩，近身只有此处可躲，但距离 10 米，此刻他已近力竭，程师傅说是不伤性命，但招招足力，刺中必死，只刹那恍惚，那枪头就挑破左耳，血溅一身，正呛进阿乐的鼻孔，若这时呼出血液，全身松懈必会中招。阿乐只能锁住丹田，稳住气息，在鲜血四溅中，蹬步躲于石墩后。

程师傅左扎右点，竟踫不到人。阿乐天资敏捷，尤擅躲闪，此招就是为了耗费程师傅的耐心，等待那个时刻——他沉不住气的时刻。

程师傅果然性急，踏上石墩做最后一击，阿乐已无处可躲，枪头寒光，如雷云闪电，急转直下，冲着眉心而来。这一枪程师傅十拿九稳，却忘了站在石阶，刺得准，也露了短。千钧一发间，阿乐为了求生，先出拳后躲避，瞬间两人同时中招，阿乐被擦破了半张脸，而老师傅的膝盖也挨了记闷拳。

这一回合才算结束，两人都喘口气，坤哥却不合时宜地搭腔。“精彩啊，精彩，这才是顶尖高手的对决。阿乐，程师傅只出了一点眉簒二刺心这两招，你就踉踉跄跄，哎呀，看来今天我得输钱了。

阿乐一甩脸上的血，又摆好姿势。

“再来！”

这枪变化无穷，让人眼花缭乱，枪杆柔软，借力打力，自己想赢除了要像刚才那样偷袭，还得让对方脱手。

程师傅已有些乏力，加上膝盖的伤，他必会速战速决，快速点扎。阿乐还是得先躲，耗费对方体力，静待时机。

程师傅扎住丹田，手抖红缨，脚下生风，枪如白线，阿乐分不清那枪头所指何处，心想恐怕这就是“棍怕点头枪怕圆”，这大枪一抖，枪头乱摆，神仙难防，如天马流星，成包围之境。

阿乐靠本能躲过几枪，也只是运气，陷进枪阵，难逃升天。这大枪长且沉，他不能让程师傅这么轻松甩枪。

想到这阿乐神聚体松，开始横向跑圈，枪是瞄准点扎，横向跑，必得抡直，以程师傅的体力，坚持不了多久，如果能跑到他身后，机会就来了。

阿乐脚趾抓地如虎，借步一趟，只两三个跨步，人便横跨了十几米，程师傅挑枪而追，阿乐过步点跳，如蜻蜓点水，枪差一招，几圈下来，红缨如落红，行将凋谢。阿乐一口丹田气膨胀炸开，一脚腾飞而去，正迈在程师傅身后，阿乐摆好了姿势，准备先出腾空腿，后出直刺拳，一招必胜。

却没想程师傅突然回身，枪如箭，身如弓，大枪搅起一阵风，出箭回线，高扎抵挡，单手探身发枪扎来，势如破竹，如直飞而来的匕首，御步单枪锁喉。

本来阿乐已算好了安全距离，没想到还是被划破刺中，勾到喉结，再探入几厘米，脑袋就能被挑落。他只能弯腰缓冲，那枪头却紧逼杀来，阿乐的上身已被枪扎住，脚跟即使跺地，也无力支撑全身。离落地还剩一秒，这是决定最后生死的一刻。他左脚提膝定胯，右脚如抽起的鞭子打在枪杆之上，枪杆被震成弓形，阿乐回收下巴，枪尖再次擦来。破皮的脖子汩汩流血，阿乐整个脑袋就像个血淋淋的肉球。

程师傅这几圈下来，元气大伤，已止不住咳嗽。阿乐在内心狂喊，坚持，再坚持一会。

阿乐不会给程师傅喘息机会，待对方收枪而立，就立刻跳入近身，双拳制枪，下身使出点踹连环腿，猛攻膝盖胫骨，大枪使不出威力，只得后退防守。阿乐继续强攻下盘，连出鸳鸯拐腿，点踹砸跺，程师傅双腿已经麻木发抖，阿乐又侧身放枪而过，转身抬手夹肘，程师傅的枪裹在肘间，阿乐手脚并力，上拳震枪杆，下腿蹶子翻。程师傅被上下击中，手中那枪如弹簧跳脱出去，滚到阿乐的脚边。阿乐握起枪，这枪早失了精髓，只成了一杆木头杆子。

阿乐双手和拳收身。

坤哥的笑声像是爆炸的气球，让人耳鸣。阿乐上前扶起程师傅，把枪还给了他。

"你是条汉子。"程师傅咳了一口鲜血。

阿乐任凭热血直流，想让疼痛唤醒自己。他俩坐在石墩旁，上面的保温杯纹丝未动，一场恶战却才偃旗息鼓。

阿乐把水杯递给仍坐在地上咳嗽的程师傅，他猛喝了几口水，却咳得更厉害。

"您说您图啥？刚才您可说话不算数，招招要我的命。"

程师傅吐着茶叶。

"我真想要你的命，你活不过我第一枪，你觉得你滚得比我枪更快？"

阿乐沉默了，回想一切，也弄不清真伪，坤哥兴高采烈离场，估计这一场他是发了横财。

一切归于平静，就像是开战前，两人安静地聊天，不过现在一个倒地不起，另一个满脸是血。

"您是一等一的高手，像您这样的人，不该来这。"

"那我该在哪呢？"

"您为啥学功夫？"

"因为看了武侠小说，想成为大侠。老邻居是武把式，跟着学，成了入门弟子。年轻时觉得威风，也干过不光彩的事。一心想练武，结果学没学好，班也没上好，穷个叮当响。儿子因为打架伤人被判了十几年，只剩一个病老伴。你小子幸运，要不是我得了病，三枪就能挑落你。"

"您气管不好吧，还是别为难自己了，好好回去安享晚年吧。"

程师傅艰难爬起来，他拒绝任何帮助，静静收拾好东西。

"回了，你拿到这一百万真是幸运，如果我能拿到多好。"

"您缺钱？"

"缺得很，小子，后会无期了。"说完，程师傅手握大枪缓缓走出洞口。

阿乐觉得五味杂陈，却被一句话惊了下。

"你可真神了。"

是大牛从石后走出来。

"你怎么还在这？怕我不给钱？"

"咳，要钱要命，你还不至于傻成那样。你咋一点不高兴？"

"为啥高兴？"

"要不是那老头子的病，你可未必能赢过他。"

因为一直在流血，阿乐整个人虚脱了，大牛拿出医药箱帮他处理伤口。

"谢谢。"

"以后我们是合作关系。"

"现在能告诉我你为什么要这么做了吗？"

大牛摇摇头，开始收拾药箱，阿乐看见一瓶药落在外面，递给大牛。

大牛只一瞟，"这不是我的，是那个老头的。"

药贴上写着一长串拗口的药名。

"这是啥药，没见过。"

"你当然没见过，是治癌症的。那老头得了肺癌，活不了几个月。"

阿乐拽着大牛帽子，问："你不说是哮喘吗？"

"说真话你还能下得了手吗？世界上的可怜人多了，先可怜自己吧。"

阿乐顿时头疼欲裂，那疼痛感从头顶蔓延到脚趾。

他是赢了！他是赢了？

第廿四章
无间有道

大雪将至

大雪将至。

梦静下了出租车，拉着行李箱走进机场，离开是她最不愿意的选择，如今却不得不这样做。

她在安检处排队，因为天气，航班延误，改签的人很多，人挨着人。她混在一个旅行团里，南方游客说着听不懂的方言在她身边叽叽喳喳，更凸显她的沉默。

她出神想着心事，是身旁的旅客提醒，才发现外衣兜里的手机已经震动了很久。

是一个陌生来电，梦静的直觉告诉自己是他，是她满脑子装着的那个人。

"是我。"

那声音比以往更加低沉。

"我听说你赢了，有没有受伤？"

"没事。落脚的地方安排好了？"

"嗯，一个表亲在南方的空房子。"

梦静周围聊得热火朝天的几位阿姨突然沉默，其中一个拿出纸巾递过来，梦静才发现自己已泪流满面。

那头也是沉默，或者他正在静静地听。

"我拿到证据了，很快就能结束，你要相信我。"

"对不起，阿乐。"梦静喃喃地说。

"不，我得谢谢你，能让我认识你，否则我的人生肯定一无是处。能认识你，我很幸运。"

距离飞机起飞时间所剩无几，梦静在队伍里，任旁人注视,默默流泪。

"你说愿意等我，是真心的吗？"手机里的声音也哽咽着,呼吸急促。

"我愿意永远等你，阿乐，我爱你。"

只有十几秒的沉默，却是颤动人心的漫长等待。

"我也是。"

梦静哭笑不得，"你也是什么？"

那轻轻的笑意，顺着颤动的声音，爬上了梦静的脸庞。

"我也爱你。"

梦静抬眼发现，马上轮到自己安检，匆忙挂了电话。她破涕为笑，这长久以来各种复杂情感捆绑在一起的压力，此刻如戳破的气球，瞬间消失。她掏出登机牌和身份证，正要微笑迈进黄线内，却被一个人猛拍肩膀，她顺势回头，立刻血色全无。

蔡文轩第一时间知道阿乐进入终极赛场并拿到关键证据后，像只疯狂的猴子上蹿下跳。

终于，子弹上膛了。

阿乐晋级当夜被送回城里，现被安置在一处民房，两人约定今天半夜交接证据。

蔡文轩兴奋过后又冷静下来，毕竟这只是阶段性胜利。

　　表面上他伪装成失恋颓废的假象来掩护梦静，实际已经开始制订最后计划。首要任务是要确认终极赛场的精准位置，手机肯定带不进去，入场前会被严格搜身，经过分析比对，亲自试验后，他准备将如米粒大的 GPS 追踪器粘合在阿乐的头发里。搜身的重点通常是脖子以下，假设阿乐被发现异常，他只要甩头就能抛下 GPS 追踪器，留下定位标记。

　　蔡文轩拿到证据后会连夜坐火车到省厅面见领导。老局长在世时曾叮嘱他，拿到证据后可以直接找老局长多年的战友、如今省厅主管纪检监察的领导，获得组织上的支援和信任，确保最终收网行动成功。

　　打定主意后，蔡文轩一直焦急等待阿乐的电话，但都凌晨 2 点了，依然没有任何动静。

　　恍惚间，蔡文轩才想起早该到达目的地的梦静，他发了微信毫无回应，打电话依然关机。

　　他们之间约定，梦静会在到达的第一时间报平安。

　　现在任何的不确定，都隐藏着巨大的危险。

　　他躺在床上瞪大双眼，突然大门传来金属的摩擦声，有东西正钻进锁眼里。

　　蔡文轩敏捷翻身做好防御，拿着台灯，悄声走到门口。

　　门锁一圈、两圈扭动，清脆的一声后，大门徐徐推开。

　　蔡文轩抢先一步劈砸下去，那人影抬手一挡，反手一抓，接住了差点摔碎的台灯。

　　"是我。"

　　黑暗中一个人捂住蔡文轩的嘴。

　　"你怎么来这？"

　　"这最安全，不要开灯。"

　　蔡文轩走进书房，拉上窗帘后，仍是一头雾水。

　　"你怎么有我家的钥匙？"

　　书房空空如也，阿乐一身疲惫，无奈说："你亲手给我的。"

　　"那我真是喝断片了。"

　　蔡文轩趁着月色仔细查看阿乐，确定他未负重伤，才松口气。"这房间啥也没有，我连书都搬出去了，就剩空架子。这是我唯一确认安全的地方，但你来我家可能会被盯。"

　　"黑暗中看不清我的脸，幸好你那个台灯没碎。"

　　"你该提前告诉我。"

　　"也许这部电话也被监控了。"

　　"现在闯进终极赛场，所有人都想要你。肥佬、坤哥、大牛、陈可锋、马队，也许还有马里奥。你是这盘局里定生死的棋。"

　　"梦静安全撤了吗？"阿乐只想知道这个。

　　蔡文轩不想欺瞒，如实相告。

　　黑暗里能听见阿乐粗重慌乱的呼吸，他急切问："会不会是欧航？"

　　"他是什么情况？"

　　"他和那个疯子，就像两条疯狗。他的脸整个毁了，鼻子被咬掉了，嘴也被撕裂变形。也许他不会轻易放过梦静，她到底离开了没？"

　　"一会儿天亮，我去机场查清楚。有消息第一时间告诉你。"

　　阿乐拿出的 U 盘，被蔡文轩攥在手心，他心想成败在此一举。

　　"那个本子上的照片你看了吗？"

　　"恩，应该是花花的日记，很奇怪，一个日记本怎么会出现在保险柜里？我还没全看完。"

　　尽管在黑夜里，蔡文轩仍感受到阿乐的焦虑，转身拿了一打冰镇啤酒，递给了阿乐。

　　"喝吧，喝个痛快。没什么比这个有效。"

　　阿乐仰脖就干。片刻两人就扔了满地的易拉罐。他们鲜少讲话，只频频碰杯，然后像个爷们一饮而尽。

　　窗帘缝隙里露出朦朦胧胧的光。

　　"行动一切就绪，等我消息。"

　　"我走了。保护好梦静。"

　　蔡文轩本想上前和阿乐来个拳手间的碰拳作为告别，可阿乐一脸嫌弃地杵在那。蔡文轩不由分说抓起阿乐的左手，硬和自己右手强行碰拳，阿乐假装发麻抖了下。

"你小子给我等着，等这案子完了，我给你喝桌子底下，到时就知道谁是你哥了！"蔡文轩一推阿乐。

阿乐翻了个白眼，"连上次给我钥匙都忘了，我能把你喝断片八百个回合。"

"行，一言为定。"

阿乐仰头冷笑，即轻声出门，悄然无声。

蔡文轩毫无睡意，天还没亮透就奔向机场。结果，梦静没坐上航班。他立刻坐立不安，梦静手机依然关机，她到底在哪？

蔡文轩后退一步，眩晕袭来，在这虚弱的旋转中，突然一个想法如一道闪电而过。他心里大惊，和昨天梦静的脸色如出一辙，血色全无。

王牌拳手

大醉后，阿乐果然沉沉睡去，却在自己的梦里精疲力竭。

梦静又走在骷髅山间，可这次她却没哭，也没呼喊，只目视前方，不停踏步走来，却始终走不到自己身边。他伸出双手想抓住她，只差分毫就能将她拽到身边。可是指尖那头仿佛只有无穷尽的海风，他只能徒劳地张牙舞爪。

阿乐被推醒时，满头大汗，真像刚被冲上岸。

"阿乐。佬爷有请。"

阿乐睁眼，还是秃子的满脸横肉。

昨天喝酒时，蔡文轩分析了阿乐现在的处境。欧航身受重伤，基本是弃将，肥佬肯定会将全部赌注压在阿乐身上。肥佬的目的是引出马里奥，蔡文轩决定将计就计。终极赛场地点神秘，肥佬也需要定位信息，他或者和陈可锋、马队联手，或者自己动手杀人。无论肥佬选择哪一个，都需要外部支援。阿乐现在得想办法利用这个资源，获得双重保障。

尽管心里没底，阿乐依然沉着冷静，刚跨进院门，肥佬就迎出来，和东强一左一右簇拥着阿乐落座于丰盛的饭桌旁。

东强脖子上又多了根金链子，得意溢于言表，眉飞色舞中都是穷显摆。

酒过三巡，肥佬抬手，东强等陪客就撤了。

肥佬很讲究地连干三杯。

"你真是个天才，这两场全是满堂彩。阿乐，你以后就是我的亲兄弟了。"

阿乐敷衍地笑笑，他不能松懈下来，否则就会因想起梦静而心乱。

"我一直把您当成大哥。"

"惭愧啊，阿乐，我以前还不够信任你，想想是我亏欠，只要你能好好打完最后两场比赛，我们兄弟一起发达。"

"只打两场？"

"对，你用表现征服了庄家，只要你能在接下来的首轮赢了下一个对手，第二轮你就能挑战'恐龙'。"

"为什么？"

"我哪知道。可能你特别入他的眼。"

肥佬摸着大肚，乐呵呵地继续敬酒。"一旦和'恐龙'交手，你就是向擂主发起挑战。赢了他，就能拿到五百万奖金，加上赌注所得，是一笔巨款。"

"那我就赢喽。"阿乐不屑地说。

"'恐龙'是一个被兽化的人，他生长在西伯利亚，从小和野狼一起长大，后来被逮进活人猎场做了五年人兽，在枪林弹雨间不仅没死，还弄死过好几个猎人，后来被招募为雇佣兵。是庄家慕名把他带回来豢养，他也只听命于庄家。他现在还经常四肢行走，就是庄家的一只'宠物'。"

"那为什么叫'恐龙'，不叫狼崽子？"

"如果恐龙不灭绝，它们会是这个世界上最强大的动物，庄家就是要养最强大凶猛的动物。"

"你觉得我打不赢他？"

肥佬抿着小茶壶。

"只要你是正常人，没可能赢，你觉得自己徒手斗得过'恐龙'？但你必须要战胜第一轮对手。赛程对你很仁慈了，别人要赢三场才能挑战'恐龙'。"

阿乐自然清楚，这几方人目标都不是输赢，而是马里奥。只要'恐龙'上场，马里奥大概率就会现身。

"你还会跟谁交手，现在不知道。刚刚得到通知，今年所有人入场都必须戴上面具，谁也摸不透庄家的脾气。进入终极赛场，一切就只靠你自个儿了。今天让你来，是因为我有件事想交代。"

总算说到点子上了，阿乐仍明知故问："需要我做什么？"

"里面有我的人，到时他会找你，让你干什么你就干什么，其他的你别问。"

"我不是只打拳吗？"

"阿乐，真想成为我的兄弟，就乖乖听话。五天后，庄家会派车来接你，按之前的惯例，你会被安排在酒店，然后在睡梦中被人运到比赛地。所有的赌客都是用这种方式到达。到了地方，自会有人找你。记住，遇到任何事都别慌。事成后，你可以拿钱远走高飞，我绝不会找你麻烦。"

肥佬正在等待答复，阿乐很冷静，只不过在假装犹豫。

"阿乐，我真没看错你。"

肥佬乐呵呵摸着自己的肚皮。

"我本来把宝压在欧航身上。可他太逞能，吸毒把脑子弄坏了，没用的废物。你左胳膊怎么样了？我吩咐那个神医，这两天专门治疗你的伤。"

"不误事。"阿乐想着这些人口口声声兄弟，心里全是利益纠缠，哪有什么义薄云天。

"阿乐，你出人头地的机会来了，就看你能不能抓住了。"肥佬眼睛笑成一条缝，更是慈祥。

阿乐只冷笑一声，说："您瞧好吧。"

永恒誓言

蔡文轩到航空公司、安检处、机场派出所询问后，都印证了他之前的猜想，梦静不仅没上飞机，还被警察带走了。

蔡文轩开车驶出机场，心里翻江倒海。马队终于出手了，他这一招真是出其不意，可能他拿到证据的消息已经泄露，怕是要提前收网。

这一切太过突然，蔡文轩头脑混沌，心乱如麻，毫无头绪。也许此刻有人在办公室等他已久，也许阿乐将根本无法走进终极赛场。

他胡乱开车，等门卫笑着和他打招呼时，才发现自己竟鬼使神差地驶进了市局大院。

他停好车，却没下车，只倒在座椅上，深呼吸。待心率逐渐趋于正常，蔡文轩连着抽了两根烟，看到所长来电时，他早已横了心，就是搏命呗。

所长告诉他，市局派了调查组，要求他立刻配合调查。

"我现在就在市局，肯定全力配合。"

蔡文轩挂断电话，掐灭烟头，开门下车。

23 岁从警校毕业调入市局，这条路他走了八年，今天却走得像是刚从警校毕业的新生。

当年作为新入职的警察，站在队伍中望着站在正门口台阶上的老局长，他们右手敬礼，齐声庄严宣读入警誓词。

此刻，蔡文轩整理好制服和警徽，心里跟着 8 年前的自己，默念着每一句誓词，昂首迈步踏上楼梯。

所有人都对这位青年警察气宇轩昂的身姿侧目，可蔡文轩心无旁骛、目不斜视，径直走到马队的办公室前，轻叩三声，高喊一句。

"报告！"

马队停下，里面几个人对他的出现都挺吃惊。

马队合上工作笔记，严肃地说："你不该到我这报告，你到走廊等吧，有人找你。"

可蔡文轩却一步不动，其他人见状只好先撤。

马队一脸不悦，一摊手。"你是什么态度？你可是出了重大问题，别跑我这里吹胡子瞪眼睛！"

蔡文轩一脸平静，却还是一步未动。

马队干脆就无视他。

蔡文轩去机场前，已将证据寄给省厅领导，他在等一个结果，也在等一个说法。

所以他干脆坐在马队面前，让对方根本躲不开自己。

马队只冷笑，"小蔡，你今天能走上执迷不悔的道路，我真是扼腕叹息，想不到。"

蔡文轩回以冷笑，"我也是，真没想到。"

两人一对视，仿佛时光倒流，他们仍在一起并肩作战，侦破大案，屡立战功。

有人推门进来，要带走蔡文轩。

"你走到今天，有没有反省？"马队一摆手。

"我没做错任何事，对得起警察的使命，对得起老局长的亡灵，也对得起自己的良心。"

说完，他立正却没敬礼，转身出门。

蔡文轩现在无路可退，阿乐马上进入终极赛场，梦静落在马队的手上，他得死扛，这样反而一身轻松。

对于审讯室，蔡文轩再清楚不过，只不过没想到有一天，自己会坐在对面。

蔡文轩正常喝水吃饭，没人来审问。这里没钟表，他估算着快要下班了，只困得趴在桌上。迷迷糊糊听到门打开，他试图让自己振作，可还是睡眼惺忪，但一见到对面那个人他立刻清醒过来。

是梦静，她很平静地坐在对面。

蔡文轩读不出她任何的表情变化，他琢磨着对方的策略。可瞬间，马队也走进来，他拖了把椅子坐在两人中间，不由分说开始自述。

"2019年9月9日，张严意外身亡，梦静在整理遗物时意外发现了赵乐哥哥赵飞的信息，发现张严生前一直在调查马里奥的地下组织。两周后，梦静找到赵乐，反复协商，双方同意合作，赵乐潜伏地下组织。同时你通过跟踪东强发现了赵乐和梦静，经过一段时间考核，你说服他们两人参与到追捕行动。随着欧航对梦静展开追求，你们等于展开了双线调查。赵乐在三天前拿到了终极赛场入场券，12月31日终极赛场上，马里奥很可能会现身。届时你们利用赵乐定位犯罪现场，最后收网。这些是否都属实？"

蔡文轩和梦静交换了眼色，都不准备开口。

马队只继续陈述。

"另一方面，你发现这个地下组织涉及官员贪腐问题，认为老局长在去世前就已经发现了线索，你继续跟踪调查，在这个过程中遭到排挤等一系列报复行为，这个情况是否属实？"

蔡文轩实在绷不住大笑，边笑边对马队竖起大拇指！

马队合上本子，斜靠上身，也笑了。

"而你怀疑的腐败对象里，有我，对吗？"

蔡文轩收起笑容，反正省厅的领导会收到证据，他不想过多纠缠，中了对方的计策。

"肯定有我。那今天我就坦白吧，向你们两个人坦白。去年秋天，老局长找到我，让我秘密调查陈可锋贪腐问题，因为事关领导干部声誉，所以调查在绝密的情况下进行，但我们始终无法找到他贪腐的关键性证据，虽然一切都指向了陈可锋和马里奥之间的关系。"

"马队长！"蔡文轩实在听不下去了，"我现在是被调查的对象，不是纪检监察员，您实在没必要向我解释这些，我也判断不了真假。"

"对，我是你的怀疑对象。"

"我可没说，一切都交给证据，交给组织。"

"当时我为老局长写了一份调查报告，但缺乏最关键的证据。"

蔡文轩突放冷箭，"那报告呢？我听说不翼而飞了。不知道是谁拿走了！"

"是我。"马队斩钉截铁回应。"是我把报告交给陈可锋了。"

蔡文轩被热血灌得全身发胀，不禁颤抖起来，但他不能失控，咬碎牙也要装作无所谓。可一想起老局长，泪已悬在眼眶。

"自从我退伍当上警察，是老局长一路提携我走到今天。"

"你还提老局长这三个字？"蔡文轩苦笑擦着眼泪，然后鼓起掌来，"马队，我真是对你佩服得五体投地。"

"陈可锋的问题有多复杂你清楚吗？这个问题必须得有实证才能扳倒他。"

"哇，原来你是卧底喽？"

"陈可锋当时已经知道我在调查他了，如果我再被调走，这个案子恐怕将石沉大海。老局长主动让我把报告书交给他，就是要取得他的信任。"

"真真假假，假假真真，现在都死无对证。我再重申一句，您犯不着跟我说。"

"这是老局长的视频，是在他昏迷入院前拍的，你自己亲眼看吧。"

马队打开墙角的电视，画面出现了戴着老花眼镜的老局长，可蔡文轩已被眼泪遮住看不清那面容。

"文轩，我这次病得很重，也许不能再见面了。你为这次行动所付出的努力和牺牲，我代表组织、代表我个人，对你表示感谢。这次行动的艰巨性、复杂性，是我们成立专案组时始料未及的，因为陈可锋腐败的问题，让这个案子进一步升级。马里奥是个罪犯，也更像个'幽灵'，他能逃脱法律制裁十几年，说明他是个狡猾谨慎、冷酷无情的罪犯。这是考验你的判断、逻辑和勇气的时刻，我相信你不会让我失望。马队长前期已介入调查陈可锋的贪腐问题，因工作安排，他会潜伏在陈可锋身边，暗中给予你相关支持，这是工作需要，希望你能理解。当你看到这则视频，就说明我们的行动成功在即。蔡文轩同志，不要辜负组织对你的培养和信任，放手大胆去干，祝你们旗开得胜。"

望着泪流满面的蔡文轩，马队扔给了他一根烟。

"把眼泪给我收起来！陈可锋为了自保当然会针对你，所以派人监视你的行动，我抢先一步派自己人进去，包括小陈跟着你，实际都是在给你打掩护，否则你和梦静早就暴露了。张严遇害后，梦静就来找我，当时我就意识到了这是条线索，但我不能轻举妄动，没想你这小子却捷足先登了，本来一切都按计划进行，但花花的死却让这个案子急转直下。"

"花花一死，陈可锋突然紧张，他已经准备要陷害你，好除掉你这个障碍，我想方设法拦下来，把你调到开发区，表面是贬职，实际是让你脱离陈可锋的视线，加快行动进程。没想你小子却在临门一脚犯糊涂，竟纠缠梦记者。蔡文轩啊蔡文轩，你蒸不烂、煮不熟、捶不扁、炒不爆，却倒在石榴裙下，真是个人物！"

蔡文轩一愣，他一时无从判断真假。

马队见状，只好拿出了一张文书。正是省厅刚下发的内部文件，文件里清清楚楚写了马队的相关调查内容。

"还不信？"

蔡文轩仍摇头。

"我的娘咧，我是被你定罪了？"

"你没说服我。"

"那我问你，我为啥要见梦静？"

"为啥？"

"就是怕她不相信你，不配合你。你贸然去找梦静，一般人会相信你吗？自己好好想想。那天你应该加班，怎么知道我去见了她？"

"怪不得你让小陈盯住我，可我是活猴子，我溜出来才发现你们见面，而且你用了假车牌。"

"那是为了保护梦静同志。你的一举一动都在我控制中，我想要搞你，你早歇菜了。你邮寄文件给他的那位老领导，我一直在单线和他联系，你现在可以直接打电话给他。"

马队把手机还给蔡文轩，蔡文轩在迷糊中听完那通电话。

"行了吧，我的蔡文轩同志！累死个人了！你认识我多少年了？！

到这步还不信我，真是让我心寒！"

梦静倒在一旁笑了。

"我就觉得奇怪。我们也是假的，他知道您暗中监视我们，演给您看的。"

马队倒吸口气，指着蔡文轩的手指都在抖。"可以啊，蔡文轩，我们行动组所有同志唾沫星子都快喷死你了！气得我连着一个星期没合眼！"

蔡文轩正一肚子火，他一怕桌子大吼："哪有您演技精湛！马队，您该改行当演员去啊，演那种阴险的特务特有说服力！整得我天天都快得抑郁症了！你们还喷我？我死了多少脑细胞，受了多少憋屈？你们知道吗？！还喷我！"

马队和梦静相视一笑，两人像哄孩子一样安慰委屈极了的蔡文轩，蔡文轩回想这几个月的遭遇，又差点哭出来，却看见电视里定格的老局长的笑脸，长长舒了口气，说："找到组织的感觉真好。"

马队用力抱紧他，又立即松手。"行了，别娘们似的，现在谈正事。陈可锋处在我们的全天监视中，暂时不动他，谈谈收网行动。"

蔡文轩也有无数问题需要解答，他急得结巴起来："我想知道……知道几件事。陈可锋是不是和肥佬联起手来对付马里奥？"

"这件事他没让我去办，但我可以确定他们之间达成了协议。陈可锋继续掩护他，而肥佬帮他搞掉马里奥。"

"您调查过陈可锋，应该很清楚十年前他性侵女运动员邱梦的事。"

"这方面事实已经很清楚了，当时陪邱梦一同报案的人我们控制起来了，她承认当年是被陈可锋买通，销毁了直接证据，导致邱梦不得不和解。"

"但您知道邱梦很可能不是自杀吗？我们怀疑陈可锋就是凶手。但U盘里并没有相关资料。2014年马里奥知晓陈可锋的这件事后，就关闭了皇冠明珠，把地下拳场生意做得更大，甚至翻了几番，这和陈可锋应该有关。"

"U盘里的视频很清楚地记录下了他们所有现金交易流程，马里奥全偷拍了。"

"最初是什么让陈可锋掉进马里奥的陷阱，我们还不知道。"

马队不想在这个问题上过分纠结，他必须要抓住主线。

"这个问题再说，花花的日记你看了吗？"

"看了，想不到，也是一段江湖往事啊。"蔡文轩感慨道。

花花记录的，与其说是一个女人的日记，倒不如说是一群男人的江湖。

马队拿出一个文件袋交给蔡文轩。

"这个花花本名叫徐茵，身世很苦，母亲改嫁后不久去世，继父是个禽兽。她15岁离家出走，身无分文，却能一路向南，从东北到了东莞，不简单。她与唐啸（肥佬）、肖元（老三）和马里奥在清泉明月相识，后来生了个儿子，却和马里奥反目成仇，是个烈性女子。这是我们查到的全部资料。这个女人很厉害，不仅留下了一本日记，还有一张照片。"

没错，在日记本里，有一张他们四人的合影。

泛黄的照片上，四个人站在海边，从右至左依次站着肥佬、老三、花花和马里奥。

马里奥和速写的面孔大致一样，细长肿泡眼、蒜头鼻、方下巴。他身材很壮实，身高和老三、肥佬差不多，却比他们都壮不少，身材几乎是老三的两倍。他带着帽子，站在海边目无表情。

而年轻时的肥佬身材还挺匀称，红光满面，笑得很开心。老三也还是一身东北乡下气质，笑容真诚。而十八岁的花花，更是人面如花，好不娇嫩。

事到如今，马里奥的真身终于浮出水面，但一些秘密仍藏在冰山下。

马里奥和肥佬曾是亲如手足的兄弟，现在不仅分道扬镳、反目成仇，还到了必须要铲除对方的地步。这里面一定还有很多未解开的疑问。

于是马队转向梦静，继续说："梦记者，还请你最后委屈下，欧航现在处在人生低谷，争取让他主动自首，这样才能摸清楚肥佬的全部计划。"

梦静点点头，蔡文轩也走上前。马队看了看两个人，严肃说道："我们一定要确保方案成功。马里奥有多狡猾不用说了，我们必须全神专注每一个细节，确保万无一失，否则根本抓不住这头老狐狸。终极赛场的场地一定会很隐秘，必须让赵乐提前做好位置勘察，让我们可以全面部署警力。"

马队看出了蔡文轩的疑虑。

"怎么了，临门一脚开始怂了？"

蔡文轩只笑笑，他没法说出口，是因为他有一种不妙的感觉。他们仿佛站在点球位的球员，只要轻轻一推就能取得胜利，可这一个简单的动作，却让他心慌起来。蔡文轩定神看向球门，仿佛看到马里奥正在门线处冲他扮着骇人的鬼脸。

"经过外围调查，这次很多赌客都在赵乐身上下了大注，就等着看赵乐和'恐龙'对决。"

"消息可靠吗？"蔡文轩仍有顾虑。

"记得上次抓的那个赌客吗？我只是表面放了他，实际一直在用他钓鱼。现在赵乐是大热选手，赌资翻了几番，当天估计能上亿，而且全是现金，不可能放心让别人插手，所以我敢肯定，马里奥一定会现身。"

蔡文轩却仍一脸心事，他那个心中的轮廓越来越清晰，但一切仿佛少了些什么，少了最后一块拼图，要不一切都无法自圆其说。

马队见他心神不宁，戴上警帽，正色命令："蔡文轩同志，地下犯罪组织收网行动正式进入倒计时，此次行动必须严格部署，精准侦破，万无一失，有没有信心？"

蔡文轩本能跳蹿起来，绷直全身，立正敬礼高呼："保证完成任务！"

待所有人都散去，蔡文轩一个人驾车到护城河边，看着夕阳中的冰面，慢慢冷静下来。他坐在河岸边的长椅上，边打开烟的包装膜，边从档案袋里掏出了一沓文件，花花是离马里奥最近的人，最后的那块拼图也许就在这里。

他仔细看了遍他们四人在海边的合影，这四个人的形象刻进了他的脑海里。他再翻开第一篇日记，那上面写满了秀气文静的字迹，像出自一位品学兼优的女学生，而非为脱离继父魔爪而落入风尘的女孩。

"2004 年 9 月 13 日，星期一。"蔡文轩轻轻开口说道。

徐茵日记

江湖往事

2004年9月13日　星期一

那两个东北的，一个膀大腰圆，一个不爱说话。膀大腰圆的一直想灌我酒，那个不爱说话的大哥就帮我挡酒，这俩人挺有意思。他们这阵子几乎一周能来几次，专点我的场，我总算不用垫底了，要不经理随时会赶我走。那个老混蛋一直在找我，我哪儿也不能去。

2004年11月8日　星期一

今天我是全场的冠军，大发哥和唐哥点了两瓶皇家礼炮，我可算在那些死丫头面前扬眉吐气了。那些人眼珠子都红了，活该。这两个大哥不知是干啥的，花钱如流水。我感觉不是正道来的钱。那个大发哥今天胳膊还缠着绷带，这种人惹不起，他说以前就认得我，可我却记不起来有这事。我得赶紧挣够了钱，有了钱，我谁也不怕，谁也找不到我。

2004年11月19日　星期五

今天我碰见了一个老乡，他家就离我家几里远，一开口我就知道这个客人是我家那边的。这个大哥人挺憨厚，他们都管他叫老三，他说上头还有两个哥哥，

他喜欢赌钱，赌来的钱就跑这来花，出手很大方，不宰白不宰。那个老混蛋就爱赌博，还让我去卖身，当他的摇钱树。我总梦见他那一口大黄牙，长着老茧的手在我身上乱摸。我得尽快找个靠山才行。

2004年12月27日　星期一

夜总会今天有人来找茬，幸好唐哥出手，帮我揍了那孙子。大发哥就在一旁看了眼，这次老三也跟来了，没想到他们三个还认识。

我为了还人情请他们吃了夜宵。这三人一直讲打架的事，讲将人怎么打折骨头、断了筋，反正听着瘆人。

老三常买东西给我，可我不喜欢他，他窝窝囊囊，不像个爷们。我得找一个顶天立地的汉子来保护我。

2005年1月2日　星期日

今天我给表姐打电话，那个老混蛋果然又开始去我姥家闹。老天有眼一定得弄死这个狗畜生。如果我也会武功，第一个就把这个老混蛋大卸八块。今天大发哥自己来的，这人也奇怪，从不唱歌，除了喝酒就坐在那听我唱歌，而且只听邓丽君的《往事只能回味》，我都唱了几十遍了还听不烦，我知道他心里一定有事。他给了我一万块，说是新年礼物。他大拇指指甲没了，一定是因为打拳，他说，这拳头就是他的本钱。

2005年1月21日　星期五

大发哥是个爷们，真正的大老爷们。他跟 10 个人干架，脑袋都开瓢了，硬是没认输，一声"疼"也没吭。唐哥和老三也豁出命，他们仨一人缝了十几针，还在医院里嘻嘻哈哈的。他们就没有怕的事。跟他们

几个待在一起我就心里踏实。

2005年2月8日　星期二

今天大年三十，其他丫头都回老家了，我带着张芳，跟大发哥、唐哥、老三一起吃了顿年夜饭。我们都是过年回不了家的人。唐哥这人挺有意思，满肚子笑话，比春晚小品还逗。老三还是闷葫芦，喝多了酒就知道傻笑。晚上我跟大发哥去开房，这人比我想得有人味。他家离我家不到三百公里，算是老乡，他说是欠了一屁股债才到东莞，必须要混出个人样再回家。

2005年3月14日　星期一

今天是我 18 岁生日，大发哥问我有啥生日愿望，我说想要一张身份证。我成年了却还是没名字，以前的鬼名字不会再用了，也不想每天被人花花来花花去地叫。我不想永远是个黑户。大发哥说他会给我想办法。我信他。大发哥这人挺有意思，不咋说话，却身怀绝技，打拳特厉害，听说光看几次动作，他就能模仿学会。他还能模仿我唱《往事只能回味》的样子，一个大老爷们竟学得这么像，真是有本事。

2005年4月4日　星期一

大发哥又受了大伤，我知道是打拳弄的。他本来胳膊就动不了，还非要和唐哥干仗。唐哥这人坏就坏在嘴上，他说这么打拳不是办法，想回老家单干，但需要本钱，得攒够两百万。两百万，我做梦都没梦见过这么多钱。他们三个商量要靠点小把戏尽快挣到钱，到时在东北开一家和清泉明月一样的洗浴中心，就发财了。他们问我想不想一起回去，我当然想，可没身份证，哪也去不了。

2005年4月22日　星期五

大发哥和唐哥大吵了一架，两个人真动了手，听说他们之前就是干架认识的。唐哥不是对手，大发哥差点下死手，吓了我一跳。老三这窝囊废在一旁也劝不住。我给唐哥拿纱布包扎，他问我愿不愿和他一起走，这可吓人，大发哥发起火来，比那个老畜生还吓人十倍。唐哥看样子要单干了，他说准备拿钱先回去。

2005年5月5日　星期四

唐哥犯事了。我不知道是啥，反正大发哥让我跟警察说，昨天晚上我们三个在一起。我也没怵场，很自然。大发哥肚子里的话，他想说就说，不想说，一句话都问不出来。所以我也不问，只想赶紧离开这。我表姐那头靠不住，如果那个老混蛋找到东莞，我就完了。

2005年5月17日　星期二

大发哥有些变了，有时会变成我不认识的人。他满脑子都是那些功夫、拳谱，听到谁拳脚厉害就着了魔，恨不得立刻去和人比试一场。在练武这一块上，唐哥和老三真心佩服他，他几乎是一学就会，脑子极灵，大发哥早把这两个人的功夫学会了，他们都说他是难得的奇才。可他太魔怔了，只一心学功夫，见到好功夫恨不得立刻学会，光我知道的，又学了几门，再下去，不走火入魔才怪了。

2005年6月6日　星期一

唐哥被放出来了，大发哥、老三和我去接他，这事还不能就这么算了，唐哥着急想逃回老家，大发哥没答应，他没说原因，但现在摆明他说了算。下个月大发哥和老三要去香港打拳，大发哥这一阵子又拜了师父学成了新功夫，听说更厉害，如果顺利会大赚一笔，他们都在等这个机会。如果有了本钱，就能回东北，我得想办法让他们带我一起走。

2005年7月7日　星期四

我总算是怀上了。我知道大发哥一直想要个儿子，幸好我肚子争气，后半生总算有了着落，有了大发哥没人能再欺负我。大发哥现在本事很大，从香港赢了一大笔钱回来，更像个大哥。他喜欢挣钱，但是也不太拿钱当回事，还是天天琢磨招式套路，只想着打败对手。我有时跟他说别这么较劲，他不听，只要他不想听，没有话能进得了他耳朵。

2005年7月20日　星期三

我终于拿到了身份证，终于有了名字。大发哥、唐哥、老三和我在海边玩了个通宵，第二天早晨我们一起找人拍了张照片，算是对这里的留念。我们马上就回到东北开始新生活，终于可以开始新生活了，不用再担惊受怕。我真是幸运，能找到大发哥这样的男人。

2006年5月16日　星期二

大发哥找人算命，说这天是这十年里最好的日子，所以我剖腹生了儿子，而我们的皇冠明珠也在这天开业，我们儿子出生的这天。大发哥很开心，我也很开心，老唐和老三都包了大红包。老唐的儿子四五岁了，这俩小子长大后可以相互照应。谁能想到，我还能过上舒坦日子，我的大胖儿子，妈妈爱死你了。

2006年8月14日　星期一

我手底下管着三十多个丫头，都是我亲自选出来的，生意好得想不到，每天数钱手都能酸。老唐刚买了大房，今天又开上了大奔。大发哥还是那一身行头，他也不在乎这个。可钱一多，账目大，也有些麻烦，大发哥从来不露身份，也不让我露，所以表面上老唐是大老板，账却是我在管。老唐最近又开始嘴欠，总话里有话，这事可难办。

2006年9月12日　星期二

他就是忘不了那个拳台，打得人血肉模糊的有啥好，这钱养姑娘赚得也不少，可这个人根本拉不回来。他就放不了自己那身功夫，能有啥用。日想夜想，心里只有些打打杀杀。这人的心越来越硬了，以前的大发哥不是这样的，是义气的江湖大哥，现在成天疑神疑鬼，怀疑肥佬骗他，怀疑别人害他，这生意再做下去，搞不好要死人的。

2006年10月31日　星期二

我就说不能干这生意，怪不得我右眼皮总跳，这下摊上事了，不是钱能解决的事。可我也不敢跟他吵闹，他一瞪眼，连老唐都没声了。这可咋办，我的小豆子才这么小。他现在脾气越来越暴，容不得人说话，我每天得小心翼翼看他脸色，我们娘俩才能好过点。现在钱也有了，生意红火，他到底是中什么邪了，疑心病越来越重，把自己关在地下室练功，天下武功这么多，他能学过来吗？！

2007年2月21日　星期三

现在是凌晨3点。我又睡不着了。他现在变得越来越怪，谁的话也听不进去，谁也不信。我问他为啥，他说江湖险恶，现在是干违法的事，为了小豆子，得想好一切后路。他千不好万不好，对儿子真是没话说，小豆子是他的宝贝疙瘩，可我真的受不了这日子了。挣钱永远都挣不够的，再说洗浴中心生意红火，为啥非要打拳？他和老唐闹得不愉快，老三只会和稀泥。

2007年11月1日　星期四

老唐来找我，说让我去劝劝，他想分家。我不敢说，他的脾气我俩都清楚，现在他说一不二，估计是老唐在外面当大爷当惯了，受不了这气，可他也跑不出"五指山"，当年如果没有我俩，他早进局子了。老三和我都不想他们兄弟俩伤和气，大家一起从东莞混出来都不容易，他可没这么好说话，他事事都想着赢，可人心最不好赢了。几年前我们在东莞漂泊，却活得挺开心，现在倒好，有钱，更烦。

2010年5月16日　星期日

今天收拾箱底又找到这个本子，正好今天是小豆子 4 岁生日，也算是巧了。这孩子越长越可爱，比我俩都强。写些啥呢，反正现在钱肯定不缺了，多得不知道要藏哪，等小豆子再长大些我就带着他出国上学，这鬼地方一天不待了，除了钱，啥都没有。他简直得了精神病，有时他就像个我根本不认识的陌生人，丝毫认不得。现在他就是变色龙，躲在后面，出了事也揪不出他来。他不仅要控制我的行为，还要控制我的思想，他能控制那群为他卖命打拳的家伙，可别想控制我！我可不是被吓大的。

2010年11月6日　星期六

这个姓张的王八蛋又开始打我，他现在比那个老畜生还可怕，我只是想带着小豆子去上海上学，接受好的教育，可他根本不允许我们俩离开他，他已经到了变态的地步。他就是个神经病，有迫害妄想症，他谁也不见，躲在暗地里，却什么事都要插一脚。我在皇冠明珠受气，我他娘也不干了，那个做财务的黄坤很聪明，可以让他接我的班，我只想带着儿子赶紧走。

2011年6月21日　星期二

今天我是彻底跟他闹掰了，他把我锁在卧室里，可我 15 岁就已经能从三楼跳下去逃跑。他就要控制你，知道你的一切，老唐、老三都躲着他，除了钱，他还有啥？有哪些破功夫？他就是个变态，满脑子想着那些打打杀杀，我看他就是走火入魔了。不能好聚好散，那别怪我鱼死网破。

2012年1月23日　星期一

今天是大年初一，我总算被放出来了，半年没下楼了。老唐看起来胖了好几圈，手上戴了好几只大宝石戒指，老三还是以前那样，听说不打拳了，要回老家，挺好。他整日穿着练功服，每天凌晨4点起床，练功雷打不动。

小豆子已经快6岁了，很聪明，但不是练武的料，这让他很失望，我松了口气。我一直告诉儿子，练武很吓人，一定要好好学习。

皇冠明珠现在是城里第一娱乐城，但最赚钱的地方却在地下拳场。钱是太多了，老唐当然想分家，现在一旦出事，都是老唐在外面撑着，钱却是他把着。这么多年我总算把老张看透了，冷酷无情，狡猾多端，除了真心对小豆子，估计再没真心对过任何人，包括我。我甚至觉得他会随时杀了我。

2012年7月2日　星期一

我又回到皇冠明珠上班了，我当然得服软，不服软一点机会没有。现在皇冠明珠到处是金子，我得捞到老本和儿子远走高飞。老唐还算有人味，经常给我点好处，反正这钱也落不到我手上，不如睁一只眼闭一只眼算了。现在抓住钱最重要。

2013年4月3日　星期三

这次我下定决心了。我儿子不能跟着这人生活，他得成为一个正常人。钱我准备好了，老唐说话算话，我帮他，他就帮我，现在最难的是给小豆子办护照。小豆子是鲁军在负责接送，鲁军这个人像木头，我得想想办法套近乎。

2013年6月16日　星期日

签证下来了，票买好了，钱汇出去了，等下周鲁军把我们送到机场，这一切就结束了。他现在基本待在乡下，我们几个月也见不到一次，老唐和老三都不清楚他在干什么，估计是练功练得走火入魔了，我一定得抓住这次机会。

2014年11月29日　星期六

我总算被放出来了，被关在农村的这一年多，儿子被送到英国读书，我想儿子想得都快疯了。这一年老三负责看管我，没受什么罪。我就是成天打麻将，喝大酒，然后发呆。老三和媳妇老了感情还见长了，老三不贪，钱够花就行，喜欢住在农村。

他亲自来接我走。一年没见，他头发掉了一半，看来我永远也摆脱不了他了。我们谈好，只要我听话，就可以见儿子。不知道鲁军怎么样，都是被我害的。

2015年3月14日　星期六

今天是我28岁的生日，他又问我有什么生日愿望。十年前我的愿望是一张身份证，跑得越远越好。十年后我的愿望是一个新身份，然后远走高飞。

他、老唐、老三和我又坐在路边的烧烤摊喝酒。和十年前不同，现在周围都是马仔，我们成了大哥大嫂。他平静地告诉我们，决定关停皇冠明珠，并满足我的生日愿望，放我走。他不解释，就是通知。老唐终于沉不住气，两人大吵一架。他俩之前经常吵，甚至动过手，却没像今天这样。老三只顾着喝酒，突然大嘴一咧，哭了出来。我也挺伤心，可他从来都没有心。

2015年5月10日　星期日

皇冠明珠关了，老唐不知道去哪了，老三彻底回了农村，其他人都打发了，我收拾好行李终于走了。钱我一分没带，以后可以和鲁军靠自己的双手生活。他说会照顾好儿子，但我必须还得听他的，否则我和鲁军都不得好死。无论如何，10年了，我总算逃出来了。

2015年9月6日　星期日

我终于能过上了平静的生活，好不容易租到了一个合适的门头，为了省钱，自己动手装修。饺子馆开起来了，全是毛票子，但心里踏实。鲁军人很好，虽然他身体有伤，但我不在乎，男人只要疼我，这些都不重要。我只想在英国的小豆子，只有过年才能见上一面了。他和老唐真的消失了，但我总觉得不踏实。

2016年1月10日　星期日

老唐果然来找我了，他说给我们在城西找了个地儿，比这个店面大三四倍。为啥他就是不肯放过我？老唐成了小兄弟嘴里面的"佬爷"，真想不到当年那个说话欠抽的胖子也混成了大佬。他真的消失了，连老唐也不知道他在哪，这是他的一贯伎俩，把别人推到前面，自己躲在背后，这样谁都抓不到他的把柄。听说，他现在的外号叫"马里奥"。他唯一的娱乐就是玩这个游戏，可我觉得他更像是一直躲在"马里奥"后面的绿衣服"路易基"。

2017年10月1日　星期日

老唐的儿子死了，车祸死的，鲁军一早就去奔丧了，这小子比小豆子只大个四五岁，听说是放学后在路上被大货车碾死的。我怎么有种不祥的预感，这事不是这么简单，看鲁军那脸色，恐怕有蹊跷。我也越想越怕，这些年，这俩人明争暗斗，如果真要闹到这一步，就真是势不两立了。老唐饶不了我，更饶不了我儿子。这个王八蛋，真是作孽。

2018年4月10日　星期二

我受够了，他就是要折磨我，可我就是恨他，恨死他了，比恨那个老混蛋更多，我不会认输。他越来越疯狂，几乎每周地下室都会抬走半死不活的人，他真是疯了。我可怜的小豆子，你好好在英国待着，一旦回来，我害怕老唐会对你下手。老唐摆明就是想反他，鲁军一直是他的人，最近总被叫走，不知道要干什么。老唐塞给我一个小姑娘，摆明在监视我。我觉得不对劲，不知道他们到底想做什么。

2019年3月14日　星期四

今天我 32 岁了，我的小豆子也快 13 岁了。我已经快两年没有见到儿子了，他长得比我还高一头，特别像我姥爷，越来越像，感谢老天，一点也不像他爸。这孩子一看就是娇生惯养的小少爷，特别洋气，一句洋文一句中国话，跟我挺生的。一问才知道，他有四年多没见他爸了，这个人自从成了"马里奥"后，就从世界消失了。我有时想，如果他死了多好，我就能和儿子团聚了。

第廿六章
旧事新篇

众叛亲离

蔡文轩反复看了几遍花花的日记，这些文字基本拼凑出十几年来他们四个人的历程。

看完日记后，蔡文轩的苦恼却越来越多。为什么这本日记会放在保险柜里？是谁放的？保险柜的密码为什么会在花花手上？动手杀花花的到底是马里奥还是肥佬？

这本日记呈现出的马里奥，是一个占有欲极强、多疑善妒、冷酷无情的人，绝对能称得上高手，并且习武到了走火入魔的地步，是个地道的武痴，他全身心投入到学武、习武、比武中，所以阿乐这样的奇才会走入他的视野。

至此这个形象鲜活地立起来了。他本姓张，来自东北，是一个相貌普通的男人，身高中等，却异常壮实，肌肉发达，长着细长肿泡眼、蒜头鼻、方下巴。

之前徐刚对马里奥的人物画像进行了身份比对，但因为没有权限无法进行专业调查，迟迟没结果。现在马里奥的资料基本完善，又有清晰的面部图像，专案组立刻组织专业人员搜索，经过三天三夜的日夜奋战，终于锁定了"马里奥"的真身。

张树发，出生于1968年，自小习武，父母早逝，13岁时就成了社会闲散人员。20世纪80年代因伙同他人斗殴等罪入狱两次，后因聚众赌博欠下巨额赌债，远走南方。这个人没交过社保，名下没任何账户和财产，无登记结婚或生子的记录，就像个独来独往的影子。这张脸已清晰地浮现出来，但"马里奥"仍是躲在暗处的幽灵，毫无踪迹。

蔡文轩疲倦地从这些问题中抽离出来，叹了口气，他已经在欧航的病房外等了两个小时，这意味着梦静在里面和那个人独处了两个小时。

如果欧航仍一意孤行，蔡文轩就准备拘人。

他已经打了十几个电话，这次梦静终于接了。

"你可以进来了。"

单间病房里，躺着一个像木乃伊的病人。

"他同意了？"

梦静点头。

可欧航只是闭眼。

"欧航，现在我们充分掌握你暴力伤人、教唆他人吸毒、诱骗少女的犯罪证据，希望你能配合调查，将功补过，争取宽大处理。"

欧航的声带仿佛沙漏，干涩微弱，又含糊不清。

"我可以配合你们，但我有一个要求。"

"什么要求？"蔡文轩注意到梦静苍白的脸色。

"我配合你们之后，请拔掉我的管子。"

蔡文轩和梦静相对无言。

"否则我一个字都不会说。"

"你非常恨马里奥吧，他骗了你，你不想让他绳之于法？"

欧航闭上眼睛，仿佛一具尸体。

梦静示意蔡文轩出去说话。

"两个小时了，我说什么都没用，他只求一死。"

"不行，这是原则问题。"

"那个疯子把他毁了，整个脸都被咬下来了，喉咙差点被咬断。"

"梦静，我提醒你，安乐死没有合法化，而且他是个罪犯，还要接受法律的制裁。"

"那你什么都不会知道。"

"我不能犯错误。"

两个人无奈地僵持了一会儿。

现在是分秒必夺的时刻，蔡文轩顾全大局，推门而入。"时间来不及了，先答应他，快来。"

梦静看着全身裹满纱布的欧航心情复杂，甚至有些于心不忍。

欧航听完蔡文轩的承诺，面无表情，只指着梦静说："让她动手。"

蔡文轩必须沉住气。

"你的要求我们会满足。现在谈谈马里奥和肥佬。"

"让她亲笔写一个承诺书。"

蔡文轩被惹恼，准备来硬招，梦静却抢先答应，快速写好签上姓名，交给欧航。

欧航抓住梦静的手，说："我信你，你不能骗我。"

梦静用力点头，一旁的蔡文轩很无奈。"快点说吧。时间紧迫。肥佬是什么计划？"

"终极赛场，就是他们的全部计划。其实拳赛只是幌子，肥佬联合黄坤，就是为了做局，引马里奥现身。"

"他们怎么能确定马里奥会出现？"

"马里奥是个武痴，这也是他唯一的弱点。他痴迷于高手对决，凡是能挑战'恐龙'的，绝对是顶级高手，他会忍不住到现场。还有因为钱。那天所有赌客都会带着用麻袋装的现金，现在冒出了赵乐这小子，盘口是这几年最大的，估计钞票都能堆成山，马里奥对谁都不放心，得看着这钱。"

"既然这样，肥佬何必费尽心机让你和赵乐闯进终极赛场？"

"'恐龙'是庄家的王牌，庄家不会让'恐龙'随意接受挑战，这个人必须得入了他的眼。为了这个，我疯狂训练了好几年，就是为了脱颖而出。可赵乐这小子一出现就能引起他的关注。进入终极赛场后，我们出战'恐龙'的可能性会很高。肥佬也是出于这个考虑，才破格让赵乐进了集训营。庄家选人向来眼光毒辣。一旦挑战'恐龙'成功，将会是一件大事。马里奥会亲自见新擂主，这是最有可能近身杀他的机会。肥佬在里面早安插了内线，他想要以最小的代价结束战斗，所以我们进去不仅要打拳，还得去刺杀。"

"马里奥和肥佬曾经是兄弟，现在反目成仇，为什么不分家？"

"马里奥才不傻。这么多年他躲在背后，底下所有人都听命于肥佬，如果没有肥佬，他会失去一切。肥佬是铁了心要分家，两人缠斗了好几年。"

"肥佬为什么不硬分？反正人都是他控制，马里奥就是个光杆司令。"

"那你就真的太不了解庄家这个人了。他能把人玩弄于股掌之间，这么多年，他握住肥佬太多把柄了。本来皇冠明珠经营得好好的，他非要执意关闭，让肥佬一番心血白费，其实就是怕肥佬壮大实力。现在拳赛多是通过互联网直播，庄家牢牢控制最核心的客户资源，肥佬就是干忙活，替人打工，当然不甘心，甚至几年前还雇过杀手，但没得手。那次刺杀后，马里奥再未露面。肥佬说自己一时冲动，没想到却埋下了大祸。"

"所以马里奥杀了肥佬的儿子？"

欧航大吃一惊，蔡文轩从容挑眉。

"我就是知道。"

"果然是优秀警官。没什么比死儿子更惨了，但马里奥现在也经历了这种痛。"

蔡文轩和梦静对视一眼。

"今年暑假，马里奥的儿子从英国回来，找他妈花花，被鲁军发现，肥佬就绑架了人。两人在对峙，都心知肚明，这是肥佬的王牌。"

"是肥佬让你找林阿花监视花花和鲁军？"

"这不过都是肥佬的棋子，包括鲁军，让花花爱上他，就是要削弱马里奥，只有老婆孩子才能伤害到这个怪物。马里奥果然暴怒，拼命折磨这两个人。在这个圈子里，大家杀人不眨眼，皆是局中人。所以花花不配做大佬的女人，太感情用事。"

"是谁杀的她？"

"这不重要了。马里奥知道是鲁军绑架他儿子后痛下杀手，就是为了震慑肥佬，没想到他死前留了证据给警察。在你们赶去饺子馆前，风声已经传出来，花花有时间逃，可她却偏留在原地，准备自投罗网。所以，是谁杀她根本不重要，她必须得死。"

蔡文轩没想到，花花在生命最后，一直在等待警察来拯救她和她的小豆子。十几年的江湖岁月，这个女人应该是倦了，一个个男人负她、骗她，最终连唯一的儿子也生死未卜，这是她为自己和儿子做出的最后选择。

"饺子馆地下室的那具尸体是谁？"

欧航冷笑一声，仍是阴郁鬼魅。

"马里奥的儿子。"

梦静只一哆嗦，全身寒冷彻骨，花花这个素未谋面的女人仿佛就活生生在眼前。她焦虑地等着儿子消息，没想儿子却在自己脚下的地下室里慢慢腐烂。

"你们知道肥佬这人多歹毒了吧？他故意将尸体藏在饺子馆的地下室，尸体用麻袋扎着，花花根本认不出，所以马里奥还是找不到儿子。要不是鲁军尸体被发现，这件事到现在还神不知鬼不觉。"

蔡文轩嗟叹苦笑道："你们还是人吗？是自相残杀的野兽吧！"

"对，这句话，你才说对了，所以我不想再这样活了。没想到，这位美女给了我最后一击。"欧航一笑就会撕扯到喉咙上的伤口，可他还在大笑，纱布透了一圈血迹。

看来终极赛场不仅是拳手间的终极对决，更是马里奥和肥佬的殊死一搏。

"你知道，肥佬在和警方腐败高层勾结吗？"

"知道，不过那人想一举歼灭，做个大获全胜的局面，肥佬不想失去这些赌客资源。他们之间还在博弈。"

"可你知道那个人就是你一直想杀的陈可锋吗？"

欧航突然没了呼吸，仿佛直接断了气。

蔡文轩继续问道："你知道邱静是怎么死的吗？"

"被他杀的。"

"你跟马里奥提过？"

"对。陈可锋当时已经是分局副局长，以我的能力根本动不了他。"

"马里奥找到了他杀人的证据，但他不仅没替你复仇，反而威胁陈可锋，让他成了你们这一犯罪团伙的保护伞。马里奥彻底利用了你，肥佬也是这样。"

欧航嘴唇微微发抖，但仍在反驳。

"肥佬和他不同，是个讲义气的大哥。他答应我会放我离开，我信他。"

蔡文轩冷笑道："你是不是在集训营为肥佬找过一只箱子？"

"这你们都知道，不愧是警察。"

"他说过那是什么吗？"

"说是和上头人交换的砝码，这个资源肥佬和坤哥都在抢，他们表面联手，其实都想自立山头。肥佬最后没办法才跟坤哥摊牌，利益共享，箱子里的东西才能拿到。"

"你们有密码？"

"花花也告诉了鲁军，这个傻女人。"

这怪极了，花花为什么还要藏密码？蔡文轩的心怦怦乱跳，是的，一切都越来越清晰了。

"你不知道那里面是谁的东西？"

"我只奉命照做而已。"

蔡文轩犹豫片刻，决定还是告诉他。

"里面装着的是陈可锋的受贿记录，肥佬为了拉拢陈可锋，帮他销毁证据。所以,这些人根本没有义字可言。"

欧航突然猛咳血痰,染红了雪白的病床。

"你不该跟他说这些。"梦静趁医生救治欧航的间隙对蔡文轩说。

"说了,他才能看清现实,他的话才真实可靠。"

等着护士处理完血迹,蔡文轩不顾阻拦走上前。

"马里奥到底是谁?"

欧航虚弱地摇了摇头,全身不住发抖。

"他真的消失了,这五年来没人见过他,包括肥佬。但他又在暗处时刻监视着我们的一举一动。反正,他就是个幽灵,无处不在。"

欧航情绪越来越激动,意识也越来越不清楚,蔡文轩一边努力唤醒他,一边大声问出最后一个问题。

"如果阿乐输了呢?"

"无论输赢,阿乐都不会活着离开那儿。肥佬根本不信他。"

欧航说完就昏死过去,蔡文轩迅速消化所有信息,他得立刻联系上阿乐,当下不假思索地起身飞奔而去。

梦静看着正在抢救中的欧航,轻轻关上门。一股莫名的忧伤涌来,她竟不清楚因何而起。

她孤零零地走向地下车库,看见自己车旁边的柱子上倚靠着一个人,虽然戴着口罩帽子,梦静却一瞬间认出了那个人,思绪混乱中,她不顾一切飞奔而去。那人见状推门闪进电梯间,梦静被门槛绊了一跤,踉跄倒在那人的怀里。

她摘掉他的口罩,露出了那张几乎每个夜晚都会出现在梦里的脸庞,于是,她不顾一切地凑上前吻起阿乐来。

阿乐惊呆了,不知所措地举起双手,他发梢下的脖颈被揉搓着发胀,嘴唇在摩擦间变得赤红,电流游遍了全身,他发抖地紧紧搂住她,她张开眼,迎接他的深吻。

"你怎么了?"阿乐轻声问。

梦静反复确认阿乐无大碍后,才倒在他的怀里放声大哭,阿乐的下巴抵在她的头顶，轻轻抚摸起来。

"你怎么知道我在这？"

"蔡文轩告诉我的。我马上要去终极赛场，所以想过来告别，其实只想远远看你一眼就好。"

"阿乐，我等你回来。"

阿乐点点头，又轻轻吻走梦静脸上布满的泪珠，梦静紧紧抱住阿乐，就像那惊涛骇浪的梦，只要他们紧紧依偎，一切终会风平浪静。

黎明之前

东北凌晨2点多的冬夜，一片呼啸的旷野上，路灯映出片片橙红雪花，簌簌盖上了夜行的脚印。蔡文轩迷失在摸不到四周的地带，顶着风雪，寻找早该出现的踪迹。他围着群楼绕了几圈，才从一楼那扇透出一丝光亮的窗户，看出了那个影子。

这个小酒馆由民居改造成里外两间，的哥和夜班师傅在外间凑了几桌，里屋只有阿乐一个人。

大盘装鱼，大碗盛肉，一桌子东北夜宵。后天阿乐就要动身，今夜是壮行酒。

蔡文轩脱了外套，毛衣也扔一边，解开衬衣领子，先要了两箱啤酒。

阿乐嚼着花生米，一脸不服。"咋地，今天想灌我啊？我还打不打拳了？"

"酒喝痛快了，事就敞亮了，来吧，小兄弟。"

"别小兄弟小兄弟的！"阿乐没好气地碰杯，两人呲牙喝了一杯钻心凉的啤酒，瞬间提起精神。

阿乐抢先一步给蔡文轩倒满，先举杯，讲话却别别扭扭。"那个，嗯……那啥，都在酒里了哈！"

蔡文轩忍俊不禁，"啥在酒里了？讲话磨磨叽叽的。你就说，蔡哥，谢谢你，我敬你一杯。多简单，你咋还害臊呢？"

阿乐满脸通红，连连摆手。"我可说不出来这么肉麻的话，反正你心里知道就行了。咦，一身鸡皮疙瘩。"

"我看你对梦静表达得很好呀，嘴也不笨啊。"

"那能一样吗？！"

阿乐得意地笑起来，脸更红润，现在想起梦静，心里全是甜。刚才他光在网盘跟梦静互道晚安就花了半个小时。阿乐发现自己还会说甜言蜜语，而且无师自通。

蔡文轩把酒斟满，双手握杯。

"阿乐，我正式敬你一杯。反正我是把你当兄弟朋友的。行动成功之后，我会经常约你喝酒哈，能遇到可以一起痛快喝酒的人是缘分。感谢你的付出，一切都会有回报。我总说，希望哪天刷手机能看见你拿全国冠军的新闻。"

阿乐却满腔话语哽在喉咙，说不出一个字，仰脖便干。

前途凶险，但两人都是爷们，就算满身伤痕，也得挺着。所以他们只痛快喝酒，一醉方休。

"阿乐，等你回来，到时咱们敞开喝，大大方方，不用这么躲躲藏藏。去最好的饭店，喝个一天一夜，大战几个回合，非得把你小子喝服了。"

"我这人天生犟骨头，还不知道谁把谁喝服了！"

两人哈哈大笑，几箱酒也见了底。

外屋一阵喧闹，似乎有人喝多了在大声嚷嚷，被其他人劝住，突然那人趁着酒劲，扯开嗓子唱歌，是东北男人在 KTV 必点的一首歌。

那首歌瞬间撩起整个酒馆的情绪，最后变成了众人合唱。大醉的蔡文轩用筷子敲碗沿打出节奏，而阿乐则不自觉地晃动身体。

他们争夺最后一瓶酒，却失手摔碎了酒瓶，两人一愣，然后笑得东倒西歪，情不自禁地一起高歌。

在你需要我的时候

我来陪你一起度过

我的好兄弟

心里有苦你对我说

人生难得起起落落

还是要坚强地生活

哭过笑过至少你还有我

朋友的情谊呀比天还高比地还辽阔

那些岁月我们一定会记得

朋友的情谊呀我们今生最大的难得

像一杯酒像一首老歌

两人互相支撑着走在黎明之前，远方依稀露出光亮。分别前，蔡文轩紧紧抱住阿乐，阿乐这次没再挣脱。

黎明之后，或胜，或败，他们都得一起去面对。

蔡文轩狠狠拍打阿乐的肩膀，为他壮行，阿乐同样狠狠反击，两个人一次比一次用力，你来我往地嬉闹。阳光照在他们身上，他们知道必须要各自回头，走向自己该去的方向。

阿乐用职业拳手的姿势和蔡文轩碰拳，转身大步流星消失于街口。

蔡文轩低头点了根烟，宿醉后的头疼唤醒了他的全部意识，终极赛场，终于来了。

一天后，阿乐被喂服安眠药后被运到目的地，等他醒来，已身在一个全白的暗室里，除了偶尔闪动的监控器的红灯外，一切都被白色覆盖。

阿乐洗了把脸，仿佛被埋在雪中，寂静无声。他摸着嵌在头皮中的GPS 追踪器，启动装置，开始拳击和文趟子拳的训练。他的头还在发胀，不久又重重倒在床上。半梦半醒中，他能感到有人正在抚摸自己的身体，好像在读一系列数字。再醒来时，还是无限伸展的白茫，好似一个永远不醒的噩梦。

阿乐头脑才清晰，一摸头底下有人留了东西。他假装如厕，背向监控，打开纸条。

"午饭，垃圾车见。"

肥佬的线人出现了，阿乐把纸条扔进马桶。房门随即被打开。

走出那扇门，阿乐闻到熟悉的味道，虽然这里更像一座白色监狱，但那种发霉和腐坏的臭味，让他确定他来过这，或者相似的地方。

午饭很丰盛，都是顶级鱼肉，口味清淡，除了服务人员，阿乐没见着其他入围者。他走到垃圾车前，看见一个画着箭头的盘子，正指向右前方的一个通道。阿乐左右打量，并没人在意自己，于是顺着所指的方向去。那是一段很长的走廊，是一眼忘不尽的红绿色，两种颜色对半涂抹在墙面上，就像永无交集的平行线。

有一只胳膊从墙壁伸出来，食指回勾了一下。阿乐走上前，是一条岔口，没了光亮，只能听见前方的脚步声。

阿乐和对方隔了几米，那人突然停下。

"东西在你回头的五米处，你原路返回。"

那股臭鸡蛋的味道越来越浓烈，阿乐喊住那个即将离开的脚步。

"这是哪？"

"你不用知道。指令都在包裹里。"

"这是矿井吧？我闻到了硫化物的味道。"

"地下 400 米，任何电子通讯设备都不好用。"

阿乐本能地退了一步，计划先失败了一半。GPS 追踪器没信号，警方怎么定位？

"你什么都不用管，动手时我会找你。现在赶紧回去。"

阿乐顺着原路返回，正见饭桌前坐着一个彪形大汉，他正琢磨这人的身份，却被人狠狠拍了一掌，阿乐定神一看是大牛。

"等你很久了。"

蔡文轩认为大牛可疑，有必要保持警惕，以免落入圈套。

阿乐不知该信谁，只好保持距离。

瘦得只剩皮包骨的大牛撇嘴轻蔑冷笑道："看来你忘了承诺。"

"钱你拿到了，这里不适合你，最好快走。"

"你到底是信我还是不信呢？"

"没啥信不信的，我现在没心情想这个。"

阿乐不想纠缠，他摸了把包裹，估计是枪，可大牛却不依不饶。

"过河拆桥都没好场。你是警察？"

大牛上前一步，把阿乐逼近墙角，随时都会有人经过。这个时候阿乐不能冒任何险，他只把大牛拉到一遍，小声说："我是谁不重要，你不是也想扳倒他吗？"

"还说不是，你一进集训营就和别人两样，那几个要不全身杀气，要不外强中干，就你始终心平气和。坤哥和我早押注你会是赢家。坤哥有自己的算盘，想渔翁得利，吃掉他俩呢。"

"我要是警察你不怕吗？"

"我有什么可怕的，反正目标都是他。"

"我听不懂你在说什么。"

"听着，如果我们合作，我会给你很多方便，条件是必须杀了他。"

阿乐和大牛都在相互打量，目光暗地交锋。

"你到底是谁？出入自由，还有这么大的权力。"

"因为坤哥。"

"他真信任你。"阿乐嘲笑起来

大牛仰起帽檐下的脸，神经质地怪笑，自嘲起来，"取悦一个同性恋，尤其是喜欢少年的同性恋，并不是难事。"

阿乐没想到大牛会为了复仇这么决绝，不惜用身体交换。

"这么恨马里奥？"

大牛继续笑着，"对，我就是这么恨他，我就是要他死。凭什么他能像狗一样对待别人？可我梦里见最多的人还是他。他呲着马里奥的鬼脸冲我笑。他让我家破人亡，把我整个人生都毁了。"

阿乐独自走回房间，果然是一把手枪和一个暗杀指令，指令结尾警告阿乐如不服从命令，他自己和家人将会被随时干掉。

阿乐打了一个喷嚏，仿佛一颗搅动整个湖面的石子，吹来的冷风缥缈孤寂。这间房里只有他一个人存在，他反反复复走着，无穷尽的白色带给他的不是安静，而是恐慌，他就像陷在无边的梦里，四处碰壁。

阿乐虚弱地蹲下来，他闭上眼睛，不知不觉又将玉牌含在嘴里。

嘴唇的温度让玉牌暖和起来，于是触发了那些关于梦静的记忆。他似乎记得她很少笑，总是一脸严肃、焦虑、忧愁甚至哭泣。阿乐咬紧玉牌，这一刻，脑海里的她笑了，甜美的喜悦包围过来，一切的壁垒都在这温度中融化，让他看清了自己。

阿乐捡起自律的信心，严格按照作息时间进行力量训练和专项训练，身体状态逐步恢复，左臂情况良好。无论是肌肉力量、弹跳、速度，阿乐都调整到接近最佳状态，甚至在头脑里画好草图，每个招式都像定格动画一样存在脑中。

此刻，阿乐比任何时候都迫切上拳台。

与此同时，市公安局专案组正在召开紧急会议，梦静也列席了这次会议。

阿乐最后的信号来自九子市废弃多年的赵家沟煤矿。

所有人都在沉默，如果再无法确认准确定位，就意味着不得不启动B计划。

马队连吸了三根烟，终于开口道："这个马里奥很狡猾，场地在地下，估计有相连的暗道，完全封锁难度很大。"

蔡文轩端起烟灰缸，帮马队掐灭烟头。

"马队，就按原计划执行吧。"

马队点点头，站在黑板前画图。

"收网行动全部参与人员必须72小时全时待命。行动分为四个小组。A组作为突击队，10人左右，选择最精锐、单兵作战能力突出的队员，潜入地下，随时援助蔡文轩。B组替补，20人，一旦发生火拼，必须顶上，快速控制局面。C组负责封锁，守住赵家沟煤矿相连的全部山洞。D组做外围支援，在附近10公里之内的全部路口设立关卡，以其他名义检查全部过往人员和车辆。"

马队讲了一天话，嗓子干疼，蔡文轩机灵地递了一瓶矿泉水，马队拉住他，让蔡文轩面对上百人的行动小组成员，接着说：

"同志们，我们奋战了上千个日夜，成败在此一举。我会在后场指挥，蔡文轩同志负责现场指挥，应对随时变化的情况。"

蔡文轩面露惊讶，马队将他提格至副指挥的角色，他一时难以适应。

马队没客气，捶了一拳蔡文轩说："别婆婆妈妈。小蔡，你现在是行动核心。根据控制的赌客交代，今年终极赛场要求所有人戴面具入场，马里奥肯定想要花招，倒给了我们机会。你要伪装成赌客潜伏，技术科已经完成指纹倒膜。能进入矿井的只有矿车隧道，一旦终极赛场的比赛开始，C组会立刻封锁矿车出入口。你的鞋底有夜光剂，重要地点要走出十字鞋印标记，A组要时刻跟上。确认阿乐见到马里奥的那刻就打开这支信号干扰笔，阻断行动组的无线电信号，记住阻断的强度是三强两弱，然后抓捕行动就会正式开始。"

蔡文轩笑着接过信号干扰器，迅速拔掉芯片，伪装成普通的钢笔。

"您看，熟练着呢，这两天就净练这个了。保证完成任务。"

"你小子可给我下了两个保证了。"

"您想听，说一百个都成。"

大家都从神经紧绷中暂时抽离，哄笑起来。

会议结束后，马队和蔡文轩又约在一起抽烟。而始终在一边旁听的梦静突然起身，径直走到马队和蔡文轩身旁。

"马队，我请求参加最终行动。"

两个男人面面相觑，蔡文轩想打圆场，却被梦静毫不客气地制止，她耐着性子等马队的答案。

马队认识梦静有些年头了，了解她的犟脾气。

"丫头，我说不行，恐怕你会不依不饶，但我确实不能再让你去冒险。你就留在指挥部，在我身边，你了解赵乐的情况，随时给行动出谋划策，这样你也放心，能知道第一手信息。"

"梦记者，欢迎加入。既然是小组成员，可必须得服从马队的命令啊。"蔡文轩也跟着笑起来。

梦静也不好再多说，只向蔡文轩伸出手，说道："祝你一切顺利，平安回来。"

马队也笑着拍蔡文轩的肩膀，"希望一切顺利，不要启动 B 计划。等任务完成，喝顿大酒啊。"

蔡文轩只是笑，那个消失很久的阳光帅哥似乎又回来了。

"那我可得好好干，好几个人都约我了，回来可得大醉一场。"

他说着走出会议室，不知不觉已近傍晚，层层剥茧抽丝之后，那个人清晰地出现在蔡文轩面前，他胸有成竹。

而下一个黎明，正是千钧一发之时。

第廿七章
没有赢家

王者争霸

阿乐坐在逼仄的空间内，他能听到这堵土墙的那头，有人正用着扩音器欢呼，下面浮动着一片嘈杂，这一切声波顺着土墙缝隙传来，就像是低音炮一样，环绕着他。

他听见有人在念着自己的名字。接着是几个人，一群人，全场，他们都在对他高呼。

"阿乐！阿乐！阿乐！"

大牛倚在门口，一甩头。

"祝你好运。"

阿乐轻快跳跃几下，大步走向另一条幽暗的走廊，那远方的光正涌来，他得挡住眼睛才能分辨一切。

一切仿佛回到了古罗马的斗兽场，天然石洞堆砌而成的深坑，让阿乐成为井底之蛙，他仰视四周，一群搔首弄姿、摩拳擦掌的看客正在骚动，所有人都戴上了马里奥的面具，时髦的高定男装配上莫名欢脱的马里奥面孔，一点没有盛装舞会的高级感，更像精神病院放风的病人。阿乐知道其中有一个是蔡文轩，他逆光仰头环视，终于看见端着红酒杯的那个人。

蔡文轩轻举酒杯示意，他早勘察了周边的情况，这里依据山洞本体修建，看台用三层混凝土制的筒形拱搭建，看台逐层向外展开，形成阶梯式坡度，每层用希腊风格的科林斯柱式点缀修饰。这就是罗马斗兽场缩小复制版，却依然显得气势雄伟，令人叹为观止。

蔡文轩从进门开始，就时刻观察四周。这里的工作人员都是黑衣西装，而赌客被禁穿黑色，为的就是一目了然。客人进入场地要进行三道关卡检查，然后在一对一陪同下将现金兑换成筹码。进入场地后，所有人就可以为所欲为，寻找任何感官刺激，穿着皮草的比基尼美女扭动腰肢，香槟的泡沫缠绕舌尖，这就是场癫狂的盛宴。

阿乐把玉牌含在嘴里，突然想起，他见过这个地方，在那个有保险柜的房间。那面监控镜头中，最大的画面就是这里，马里奥也许就坐在那里盯着自己。

海啸般的声浪顷刻淹没了一切，那些原本拿腔作势的赌客已经解开扣子脱掉西装，舞动手臂欢呼，甚至有人已经开了香槟。

阿乐还没弄明白发生的一切，那个躁动的扩音器的解说，把那个名字的尾音拉长到了天际。

"恐——龙——"

阿乐对今夜想了一万种可能，但唯一没想到的，第一个对手会是——"恐龙"。

阿乐摆好拳架，只见五六个黑衣人抬上一具盖着黑漆油布的庞然大物。

那油布冒尖的地方在微微起伏，而后庞然大物被放在擂台中央。

全场振臂高呼，有人冲场内喷洒香槟，落在那油布上，好似一场倾盆大雨。

阿乐冷静地站在一旁，突然那油布一掀，水花四溅，一只形如鹰爪的脚趾甲在地上磨着，那脚连皮肤缝里都是黑粗的毛发。

那脚趾关节活动着，"腾"地一甩，油布仿佛铁板砸向阿乐，被阿乐迎上一脚又弹回，正落于对手脚下。

他是人？是兽？

他更像是半进化状态的史前人类，汗毛密密麻麻一身，脸也没有一丝可辨认的余地，半蹲，双手着地，喉咙里咕噜着，真像呲着利牙的卡斯罗犬。

远看更是分明，这人身高肯定两米有余，因为毛发看不清身体状况，笨重得像只西伯利亚棕熊。

他突然双腿后蹬，一跃到阿乐近前，整个过程肉眼根本分辨不了，像是魔术，远处的蔡文轩看见阿乐大为吃惊。

这样一个庞然之躯，有这样的弹跳爆发力，早已超越人类极限。阿乐想起肥佬说过"恐龙"做过人兽，历经丛林逃亡的考验，他反应速度像头豹子。如果说阿乐习惯的时间单位是秒，那这个"恐龙"怕是毫秒。世界上除了鸟类之外速度最快的动物是猎豹，时速为 120 公里，也就是每秒 33 米，就算"恐龙"达不到这个速度，就他刚才的身手，一秒也能移动 20 米，所以肉眼根本看不见他的身影。

"这还怎么打？"阿乐嘀咕，怪不得他能连当三年擂主。

那"恐龙"突地上身站立，却还是像猩猩一样习惯性弓着上身，显然他更喜欢以四肢站立。

他要出拳了。阿乐暗想。

可"恐龙"出的却是腿，他后撤扭胯提膝侧踹，直达阿乐左侧肋骨，阿乐想躲，却逃不过"恐龙"的速度，阿乐不相信自己的眼睛，觉得自己是在跟一条八爪鱼搏斗，"恐龙"能在一秒内从两个完全不同的方向出脚，有好几下自己是挨着揍了才发现他已蹿到身后。阿乐之前想的套路全用不上，只左接右挡，未痊愈的左臂也使出全力。

在外人看来，阿乐就像被困在龙卷风里，蔡文轩甚至看不见两个人的出招换招，那家伙不该叫恐龙，应该叫旋风。

阿乐参加了大大小小上百场比赛，双方实力相当时，拼的就不再是技术，而是本能反应，也就是近些年常被说起的"肌肉感知力"。通过日复一日成千上万次的重复训练，调整肌肉和神经，也可以说是训练肌肉"潜意识"。天才运动员天生这种能力尤为出色，阿乐也是如此。

阿乐并不知道这些道理，他只知道自己能敏锐地预判，甚至在紧要关头肢体会比脑子快那么一步。那也许是拳锋所带来的气流变化或者别的，反正阿乐确实擅长于此。所以在和"恐龙"这场看不见对手、甚至实力悬殊的较量中，阿乐虽处在劣势，却还没到输的地步。

两个人缠斗已超过 10 分钟，阿乐能听出来，恐龙明显移动变缓慢，掀起的气流的延续时间在慢慢拉长。虽然自己又中了几脚，所幸没伤要害，得趁机跳脱出来。

充分感受气流后，阿乐算好"恐龙"的脚跟刚落，就扭身后拉，左脚抬起，碾击其脚面，这便是文趟子拳里的"碾腿"，用脚后跟踩跺，脚跟落地时，如同碾子砸在脚背。

练武之人有几处弱点，眼、耳、喉、面这些不用多说，还有一处往往被忽略，那就是脚背。

脚背神经密布，肌肉极少。主要由骰骨、3 块楔骨、5 块跖骨基底部的关节面组成，故受外力砸压很容易会脱节和错位。连接其的踝关节活动范围较小，用力击打或扭折，可造成韧带撕裂。

别的功夫多以勾、扫、打等招数攻击踝骨，但文趟子拳看似简单的一踩，却集中全力攻其弱点，只这一下子，就让阿乐跳出包围，喘了口气。

赌客见状更欢欣鼓舞，蔡文轩也松了口气，这 10 分钟内，阿乐就像铁锅里的大鱼，终于挣脱盖在上面的千斤顶，救活了自己。

这个"恐龙"来自俄罗斯，有雇佣兵背景，刚才那套腿法基本和他们预期的一致。

蔡文轩和阿乐曾专门对"恐龙"的招式进行分析，参考欧航的消息，认为对方最可能采用俄罗斯军队必修的一种格斗术——桑搏，这个词的意思是不带武器的防身术。

桑搏强调一招制敌，不主动进攻，后发制人。目的是用最短的时间、最少的体力制服对手。它的现代创始人融入了日本柔道的投法和打击技，所以桑搏的关节技同柔道非常相似。除了柔道中的手臂关节技外，桑搏中还可以使用腿关节技。重点是双腿的绞杀和摔打，上身更习惯借力打力。

"恐龙"脚面受伤后，被压制了速度，下面就该是硬碰硬的对抗。阿乐头顶只到"恐龙"胸口，他必须主动出击，找准巨人的弱点，于是先刺拳而去。突然阿乐被抓住手腕，有一只手按住阿乐肩头，并扫踢他下盘的支撑腿，对方手脚合力，瞬间让阿乐失去平衡，其实这招来自于柔道的足拂。

阿乐早想好了此招的对策，被扫过的一条腿离地，失去重心时，他又使出了另一只腿。这是基于集训营实战的经验总结，阿乐发现经过长时间练习腾空腿法，保持身体平衡变得游刃有余。尤其是在失去上身平衡的情况下，还能悬空起脚，这一脚他正是要击打另一处脆弱之处——膝关节。

"恐龙"连续中了两招，显然发怒了。他越生气越有可能使用桑搏的必杀技来速战速决。

对于桑搏的拥趸，没有什么比放躺对手更能解这口气了。"恐龙"绕过阿乐腋下抓住他的衣服，阿乐重拳击头，对方却仿佛毫发未伤，只下拉衣襟，重压肩头，再双膝发力，钳住阿乐身体，前腿压腰，后腿卡膝，两只腿分别压在阿乐胸部与大腿，仿佛给阿乐压上了一座大山。

"恐龙"干脆就用手折叠阿乐的上下半身，韧带如崩断的发丝，阿乐忍不住连连惨叫。此刻的"恐龙"成了旷野中那个与狼为伍的野孩子，他呲着利齿，仰头发出了狼一般的嚎叫声，似乎在召唤同类，或是炫耀胜利。接着他用那巨大的、长满毛的脑袋砸向困在原地的阿乐，这是最原始也最血腥的硬碰硬，显然"恐龙"希望他的猎物头骨碎裂。

阿乐张嘴有节奏地深呼吸，缓解韧带撕裂的痛苦，他看不见蔡文轩，但知道他就在自己的头顶。

蔡文轩攥紧围栏，满身冷汗，只在心中默念着：三、二……

当"一"数出来时，蔡文轩瞧见阿乐立起双掌，直击"恐龙"脑袋两侧，此招叫"双耳灌风"。

当空掌里的空气被迫压进耳道，剧烈的压力会让耳膜里的薄膜破裂，被攻击者会瞬间耳鸣，晕头转向，并伴有剧烈疼痛，即使是"恐龙"这样无坚不摧的庞然大物，那一层薄膜也不会比别人厚多少。

这是阿乐和蔡文轩精心策划的招数，身高差距巨大，只有两人同时倒地，"恐龙"脑袋靠近时，才有可能使出这招，但前提是阿乐能挺过桑搏的绞杀。

"恐龙"捂住双耳东倒西晃，如果不是阿乐天生柔韧性优异，双腿早就断筋，但他体力也已所剩无多，得赶紧使出最终的绝杀。

绝杀所向之处就是人体构架的中心——盆骨。盆骨就像是人体的地基，盆骨断裂，大厦将倾，而这座人体地基的缺口，就是耻骨。

耻骨是位于骨盆前方的两片骨头，中间有空隙而非紧靠在一起，两片骨头间靠韧带及纤维软骨组织连接，这个区域叫耻骨联合，也就是那个缺口。

阿乐双掌拍在关节上方，然后将汇集全身力道的掌向"恐龙"推去，那力道向"恐龙"的膀胱、肠道传导散播，将器官用力推向骨盆。为了这口气，他几乎把牙都咬碎，力道足以震裂盆骨盘，让本就脆弱的耻骨联合裂开。一旦耻骨断裂，任何人都将失去站立的能力，连在狼窝里长大的"恐龙"也不例外。此刻，这个巨人双膝跪地，捂腹抽搐起来。

所有人都不敢相信这一幕，连阿乐自己都没想到计划能成功。排山倒海的呐喊声瞬间响遍整个场地，而"阿乐"这两个字就是这一切沸腾的来源。

阿乐仿佛登基的新王，领受着众人的膜拜。可他却不为所动，只走上前，按住"恐龙"颤抖的肩膀。此刻的"恐龙"就像在等待安慰的小狼崽，在苦苦哀鸣，突然他双腿被拴住铁链，被一匹黑马拉下场，在地上留下了一道血痕。

现场兴奋得有些窒息，可阿乐的心越来越静。他丝毫没有胜利的喜悦，只冷眼旁观，目光找到蔡文轩，彼此微微点头，计划一切顺利。

天地巨变

从战胜"恐龙"的那一刻起,对于山洞里这些豪门贵胄、陶猗之家而言,阿乐就成了他们的新神,这跌宕起伏、荡气回肠的一场拳赛,倒下的看似"恐龙",实际却是某些面具下有苦难言的失意赌客。

"恐龙"那混杂着人与兽的鲜血散发着越来越浓烈的腥味,在尘嚣骤起的混乱里,以几何倍速弥漫开来,它们钻进每一个狂躁的唾液、舌头、鼻孔和眼睛。所经之处,如同野火,燎起了整片草原。

所有人都抛弃了尘世的身份枷锁,他们仿佛就是坐在斗兽场上的古罗马人,因痴迷残暴而狂乱难忍,所有人按同一个节奏跺脚呐喊,连他们自己都无法分辨这难以遏制的欲望根源是嗜血还是赌瘾。

当浪潮快要冲垮一切时,阿乐的下一个对手终于登场了。

蔡文轩因为要掩饰身份,只好跟从这种疯狂,但他内心却未掀起一丝波澜。

今天一开场就出其不意,阿乐已经赢了"恐龙",按规则已经是新的擂主,那下一个对手又会是谁?

场边牵上一个人,那人不高不矮,戴着脚镣手铐,却仍在一声声怒吼。显然这人已神志不清,除非他有神助,否则阿乐赢他不是难事。可蔡文轩只觉得怪,打从那人迈进这里,这怪的感觉就越发强烈。

随着一声锣响,那人被解开镣铐,立即发疯般冲向阿乐,可阿乐却如毫无防备般地被扑倒在地,被死死压住。

所有赌客显然大失所望,瞬间骂声高涨,蔡文轩登上护栏要看个究竟,不对,这情况不对。

擂台上的两人仍纠缠在一起翻滚,那人频频出拳,阿乐却只有躲闪,毫不还手,蔡文轩立刻大感不妙,他本能地嗅到了一股危险的气味。他再次环顾四周,所有人的目光都盯着擂台,而蔡文轩心里已打定了主意。

对手显然已疯得神志不清,这种人通常出手极重,阿乐恐怕撑不了几分钟。蔡文轩盯着只护住头部的阿乐,在喧嚣的灰尘和声浪里,密如鼓槌的拳头间，暗吃一惊，因为他看见了阿乐的眼泪。

阿乐做梦也想不到，自己苦寻的哥哥，竟是他终极赛场的对手。

从阿飞如一头怪兽被牵上来时，阿乐整个人就被震撼了。阿乐清楚，此刻的阿飞已完全丧失神志，是行尸走肉。可那张脸，就是 10 岁时，和他在水库游泳的脸；就是 13 岁时，和他一起打拳的脸；就是 23 岁时，那张他后悔没有好好说再见的脸。

当那个不能称为阿飞又不知道该如何称呼的疯子冲来时，阿乐就像是 10 岁时溺水的自己，一动也动不了。

那人压在自己身上，阿乐从对方的眼球里看见的都是自己的眼泪，身体的暴击根本算不上什么。赌客愤怒地扔下东西，阿乐看见一个玻璃瓶子即将砸在阿飞的脑袋上，他腾空一脚，踢开阿飞，徒手接住瓶子。

阿乐全身几处伤口都在汩汩冒血，左眼角更是肿成一条缝。

这一脚不轻，阿飞需要喘口气，突然一记皮鞭抽在他背后，他本能地跳了几步，却被几个人按住强行注射药物。另几个人按住阿乐，让他目睹阿飞全身癫狂发抖、充血膨胀的整个过程。

发狂的阿飞再冲过来仅需要 5 秒时间，对别人而言只是眨眼间，对阿乐而言，他可以做出无数个选择。

蔡文轩已经嗅到了浓烈的危险气息，就像一只脚踩进铁架的一刹那，另一只脚该怎么办？

阿飞的出现绝不是偶然，马里奥果然太狡猾。

蔡文轩必须撤退，A 组同志随时有危险，他得想办法尽快发出撤离的信号。他趁乱向场内丢了个东西，那东西和阿飞的拳头几乎同时出现在阿乐面前，是一瓶喷溅泡沫的可乐，他们约定，这代表最危险情况的暗号。阿乐现在本能地挡住阿飞的拳头，可那是张完全陌生的脸，失控的面部神经质地抖动着，液体横流，嘴巴像吐泡的金鱼，突然一瞬间，口腔、鼻孔、眼睛、耳朵如弹开的瓶塞，血崩如潮，向他袭来。阿乐没有做任何抵挡，阿飞的每一滴鲜血都落在了他的身上，他歇斯底里地嚎啕大哭，有人举起他的右手，宣告阿乐的胜利，赌客此刻有些意兴阑珊，四散而去，等待观摩下一场拳赛。

蔡文轩也跟着人群走向出口，却突然被人锁住手腕，几个黑衣人紧紧贴上来。

山洞里回荡着一个很尖锐的电子音。

"欢迎光临。"

阿乐立刻听出了那是谁。

第廿八章
烈火金刚

金蝉脱壳

蔡文轩和阿乐锁在相隔的牢笼里。

阿乐整个人仍在崩溃中，他毫无知觉。阿飞七窍流血而死的惨况反复出现在他脑海里，很多次，他以为哥哥已经死了，甚至接受了阿飞死亡的结局，连那些最可怕的噩梦都没法和刚才经历的一切相比。阿飞的血已经在衣服上结成暗红的血渍，他像穿着一身红衣。

"阿乐，你头脑得冷静下来，现在必须冷静。"蔡文轩设想了十几种可能，却从未想过会发生现在的情况。这个计划绝不是现在才崩盘的，一定在某个节点，埋了一颗坏种子。

"其实我早有所怀疑。"蔡文轩接着说。

"那你为什么不早说，到底是哪出了问题？"

蔡文轩歪头贴进阿乐的耳朵小声说："花花。"

"什么意思？"

"这就是马里奥的本事，引我们上钩，先用我们的手把陈可锋解决掉，然后在这里把肥佬解决掉，然后再把我们解决掉。真是一石三鸟。"

"到底什么意思？"

"马里奥决定消失的那刻起，他就是个幽灵，很可能换了另一张面孔，却把我们的注意力转移到他原本的样貌上。为什么你的哥哥会出现在终极赛场？阿飞为了不连累你们特意改变容貌换了身份，这一切难道都是偶然吗？花花为什么要留给我们一组密码，就好像是故意留给我们的线索。马里奥很了解你，阿乐，远比我们想的更了解。"

"这一切为什么不早说？！"阿乐急得直跺脚，懊恼悲伤愤怒让他处在疯狂的边界。

蔡文轩按住他狂乱的双手，将他拉近身边，再次耳语："马里奥除了武痴这个弱点之外，还有就是花花和儿子。他说了个谎话，却没法欺骗自己。我们已经识破他的谎言，但早说，就没有现在的局面，得让马里奥确信我们真上了圈套，他才会现身这里，我们才能亲手捉住这个幽灵。这就是 B 计划。"

说完蔡文轩隔着栏杆紧紧抱住狂乱脆弱的阿乐。阿乐刚刚遭受的一切，他能想到那会是多么撕心裂肺的痛，所有的言语都是苍白的。

蔡文轩 22 岁时在执行任务中第一次开枪击毙歹徒，虽然出色完成了任务，但开枪后他整个人都虚脱了，任何心理干预都没用，连他自己都怀疑自己可能干不了这行，是马队的一个拥抱救了他。当时马队这个糙老爷们二话不说抱住他，自小学五年级以后，蔡文轩再没和任何同性拥抱过，连父亲也没有，只觉得那不像个爷们。当时那个拥抱带来的释放，和前所未有的亲切，让他觉得自己可以不用每时每刻都坚如磐石，男人也同样需要温暖的拥抱，来放下一切的重担。

阿乐也好久没有过这样的拥抱，对面的那个人仿佛就是阿飞，正在安慰被教练责骂而偷偷哭泣的自己。

"哭过，又是条好汉！"

蔡文轩猛地一推，差点让阿乐跌个跟头。

突然牢房的门打开了，一个人径直走到他俩面前。

"我说过，马里奥是魔鬼，你现在信我了吗？"

阿乐擦干泪看清了穿着套头卫衣的大牛，这本就让他吃了一惊，可让他更吃惊的是，蔡文轩居然能开口搭腔。

"你总算来了。"

"Yes, sir！"大牛冷笑做了个鬼脸。

"什么意思？"阿乐摸不着头脑，轮流瞅着他俩。

"他，就是我们的 B 计划。"蔡文轩上前和大牛隔着栏杆击掌。

"是你让我提防他。"

"当然，否则怎么像真的。上次行动后，我们分析大牛的身份只有两种可能，一种是马里奥故弄玄虚的棋子，一种就是我们意外收获的神兵。我们对徐犇进行调查后，证实他所说情况属实，他父亲牛明武确实死在地下非法拳台，这小子为了报仇，离开拳击队后就四处流浪学武，还在少林寺待了几年，后来找机会认识了黄坤——你这傻子，这么牺牲自己，值得吗？"

大牛缩在帽子里，低声说："我爸一死，我爷、我奶、我妈再没钱看病，还成天哭，不久都死了。我成了孤儿，大仇不报，我不配是个人。"

阿乐仍毫无头绪。

"下一步到底咋办？"

大牛扔给了他俩各一套新衣服，说："这片山洞都是黄坤掌控的，而黄坤由我掌控，我早把他调教明白了。这牢房的监控我做了手脚，蔡警官你指挥吧。"

蔡文轩仍疑虑重重，总觉得不对劲。"马里奥知道肥佬联合所有人来对付自己，警察也在周边部署，下一步，马里奥要干什么？他众叛亲离，老婆、儿子死了，兄弟反目成仇。他今天的目标是肥佬，肥佬也有备而来，双方剑拔弩张，马里奥有没有胜算？他这个人可真难猜。"

"雷管。"大牛突然说。

"什么？"蔡文轩心头一惊。

"我发现矿道里埋了雷管。"

蔡文轩腾地起身，激动得有些语无伦次。"马里奥要毁了这里！他真是绝顶的老奸巨猾！既能杀了仇敌，还能解决警察，还有那些赌客，今天这些人少说拿来了上亿现金。这盘棋，马里奥下得好大，他将所有人一网打尽，然后金蝉脱壳。"

三个人只愣住一秒，然后异口同声地说："必须立刻找到马里奥。"

问题是，这矿山像是盘丝洞，马里奥到底在哪？

阿乐刚才再听到马里奥的声音就觉得耳熟，跟上次合成器处理过的尖锐电子音是一样的。马里奥必须监控一切，选择最佳撤退时机。

"大牛，记不记得上次放保险柜的房间。我确定今天听到的他的声音和上次一样，那里有混音设备，还有一面监控墙，你说，马里奥曾出现在那。"

大牛恍然大悟，连连点头。

"那地方也在这座矿山里吧，可这是地下三四百米，怎么上去，你知道吗？"

大牛毫不犹豫地又点了头。

蔡文轩听过阿乐的分析，觉得有把握，雷管会随时引爆，这可能是唯一的办法。当下三人换上大牛准备好的衣服，戴上马里奥的面具，混迹于人群中。

擂台上还在进行格斗，赌客们痛饮狂欢，奢靡放荡，并不知道快死到临头。

虽戴着面具，他们三个还是如芒在背，手脚发麻，又不能快速移动，表面故作淡定从人缝中穿行，实则每一秒都做好了被发现后惨遭毒手的准备。

大牛在前头领路，蔡文轩垫后保护，绕来绕去后，进入了臭味浓重的暗道。大牛突然停下了，搬了块大石踩上去，将脑袋探进上方的洞口。

蔡文轩拿着手机照明勘测，这是一条暗无天日的通道，洞壁一侧立着一排铁栏，如烟囱的爬杆，根本望不到尽头。

大牛又试了试把手，说："往上走300米，就是训练场。我爬过一次。怎么样？"

"上！"

蔡文轩脱下衬衣，撕成布条，缠绕手掌，并对了下手表，确定说："我练过攀岩，每分钟20米，争取20分钟内爬上去。保持呼吸，匀速前进。"

阿乐也脱下外套，缠好了绷带。

"用不着，争取10分钟上去。"

"好，阿乐你开头，我在后面照明，大牛，你不用勉强，你告诉我们上去后的路线，如果找不到我们就向洞口跑，注意安全。"

三个人互望一眼，阿乐掏出脖子上的玉牌，吻了一下，立刻矫健钻进洞口。蔡文轩立马也跟了进去，才发现这远比想象中难。首先是狂风的袭击。今天天气预报说有6级北风，可这通道里仿佛刮着一场飓风，寒流掀起的狂风从四通八达的洞口灌进来，夹带着飞沙走石，即便蔡文轩拼命咬住手机照明，他们也根本睁不开眼。

其次是铁栏的冰冷湿滑。零下二十几度的气温，他们只穿着单衣，铁栏杆已经结冰，手像浸泡在冰水里，需要全身核心力量上爬，最可怕的是脚底还打滑。蔡文轩已经几次差点失足，他能听见身后大牛不停叫喊，却只能顶着风，扭头给大牛加油。他们现在估计上了一百多米，已没退路。他抬眼再看，阿乐像只爬虫，早没了踪迹。

蔡文轩只能闭着眼睛，独自悬在暴风眼中，狂风拉扯想要撕裂他，而他依靠的只有自己的意志力。他感受到身体已渐渐没有知觉，稍有不慎就会踩空坠落，这是真正的步步惊心。

每上一个台阶，蔡文轩就会在心里默念"胜利就在眼前"，他的手脚已经是寒冷刺骨后的麻木，他甚至分不清是什么力量让手脚固定在铁栏上，当冷冰打透全身，身体条件反射地剧烈颤抖乃至抽搐时，他忍不住一遍遍喊"胜利就在眼前""胜利就在眼前"，嘴里是沙是土，他毫不在乎。

突然蔡文轩停下来，他仔细从乱风中分辨，这铁栏杆仿佛是一条生锈的管道，多年后被重新打开阀门，在墙壁深处被振动荡开，带着金属尖锐刺耳的摩擦声，在山洞的空旷里成了诡异的音符，穿透深处。蔡文轩立刻猜测，是前头的阿乐出问题了。听这速度，阿乐已开始自救，尽量减缓撞击金属的频率。蔡文轩拖住冻僵的身体，上臂卡进栏杆，收腿于腰间，无论如何，他都得撑住阿乐。

那混乱越来越近，蔡文轩闭上眼睛，腹部用力，仿佛要扛起千斤大鼎，可空气中瞬间只剩下沙石掠过锈铁的回响。

"你在干啥？"阿乐单手勾住栏杆，悬在半空。

蔡文轩已体力透支，仰头看上方的阿乐。

"救你啊。"

"你这样我们俩只能一起死。"阿乐后退几步想拉蔡文轩。

蔡文轩却拒绝了，抱着栏杆猛喘气。"你能不能别逞能，以为自己是蜘蛛侠呢？！死在这可太冤了。"

阿乐转身继续爬，速度果然慢下来，而且走走停停，一直在等着蔡文轩。

蔡文轩却愈发僵硬，他最后被阿乐拉出来时，全身已经冻得发紫。

可蔡文轩还不忘看表，只更焦急，"已经过去半个小时了，时间来不及，快走。"

可他的腿已经冻僵了，想爬起来都难。

如果阿乐不是习惯于每天凌晨 4 点在寒风中练拳踢桩，此刻也会这样四肢麻木。

阿乐想扶起蔡文轩，却遭到拒绝。

"马里奥要跑了，你现在就去找他，我自己缓一会儿，想办法让 A 组先撤。马里奥可能会有枪，不要逞能，见机行事。"

阿乐把蔡文轩抱到隐秘角落，蔡文轩的情况很不好，他开始咳嗽，身体发烫，阿乐把自己上衣全部脱下来披在他身上，只穿着白色背心。

"加油，阿乐。"蔡文轩意识逐渐模糊，陷入到全身发烫的昏迷里，可仍然无意识地反复说着这句话。

阿乐只把蔡文轩滑落的衣服重新盖好，起身赤膊上阵。

这个地方比起上次来时，寂静了很多，可能是和刚才强噪音的巨大对比，此刻这里就像个密封的罐头，除了阿乐自己的脚步声，一切都像在真空中一样。

顺着大牛说的方向和记忆里的画面，阿乐在几分钟内就找到了那个地方。

那扇门是虚掩的，仿佛已经恭候他多时。

生离死别

和上次来时的场景一样，那一排监控墙里都是格斗的画面，有几个人正像动物一样撕咬着对方。阿乐目光回移到监控墙对面，一张 L 型的办公桌旁边有一张高背椅，遮住了那个人的上身，一双穿布鞋的脚正翘在办公桌上。

那个人调试着桌面上的混音器，终于那个声音又出现了。

"阿乐，我们终于又见面了。"

阿乐敏锐地打量着那人四周，慢慢靠近。他看上去没任何武器，但不排除他手里正握着枪。

那个人慢慢放下腿，一蹬地转了过来，一个真人版的马里奥出现了。

他戴着"M"字样的红帽，红衣，蓝背带裤，脑袋上套了个卡通头套，栩栩如生，大鼻子还在微微颤动，如棉花糖的白色手指正抚摸着大胡子。

"为什么说是又见面了？"阿乐警觉地站在原地，因为这个马里奥，他认识。

"张树发，是你的名字？"

马里奥摇头摆尾，看似可爱。

"为什么叫马里奥？"

马里奥拿着麦克风说："你听过马里奥说话吗？就是这个声音，有意思吧，他还能开口说话呢。"

"你为什么——"

"嘘——"

马里奥按下遥控器，环绕立体声涌出了一首欢快的老歌，在整个山洞回荡。

"《往事只能回味》？花花说，你最喜欢这首歌。"

突然间，所有显示屏拼成了一个画面。

肥佬正拄着拐棍，带着一群人顺着隧道而来，马里奥不断切换监控，阿乐看得清楚，队伍里还有黄坤，甚至能听见一片脚步声。

他们越来越近，这首欢快的歌曲，显然为他们指明了方向。

听声音，再有两三分钟就能抵达门口，监控画面里，队伍中的每个人几乎都荷枪实弹，马里奥功夫再厉害恐怕都难逃这一劫。

阿乐刚想说话，马里奥却调皮地嘘了一声，并指着监控画面。

"三、二……"他戏谑地数道。

还未到"一"，突然一声巨响，那群人脚下裂开了一个黑洞，几十个人瞬间被吞噬了，那些凄厉惨叫融入寒风，呼啸个不停。

"这雷管的威力可以。"马里奥说着将歌曲音量调到最大，忘情跳着过时的舞步。

马里奥一个人跟着音乐独舞，仿佛回到了 2005 年的东莞，昏暗包间里，他、肥佬、老三正跟随花花的歌声，舞出那个年代最时髦的摇摆。

阿乐关掉音乐，马里奥像被按下了暂停键。

"但我应该叫你什么，师父，还是……"

"你们几个真聪明，咋知道是我呢？我还以为伪装得天衣无缝呢。"

"因为花花。"

一个虚弱的声音传来，马里奥和阿乐转向门口的蔡文轩。

蔡文轩全身烧得厉害，但他等待这一刻实在太久了，他要当着阿乐的面，拆穿马里奥的面目。

"那我从头开始说起吧。阿乐走进你的视线不奇怪，阿乐是个奇才，听说，挺像年轻时的你。你一直关注着阿乐，终于忍不住要亲自会会他，于是教他文趟子拳，实际上应该是近身考察他吧。肥佬说你对他赞不绝口，你应该很欣赏阿乐。"

"其实最初我会怀疑你，是因为阿乐说他和欧航恶战之前，你突然现身，并且放出了赵飞的声音。就在阿乐告诉你找赵飞的事不久后，赵飞突然以这种形式出现，当时就让我埋下了一个想法。或者你是马里奥的人，或者你就是马里奥。当然这是我无数个假设中的两个，直到花花出现。"

"你肯定没想到两件事。第一件，花花把密码告诉给鲁军，她要比你认为的更爱鲁军这个男人。这就说明密码根本毫无意义，她又为什么要藏起来？我们关注饺子馆是发现有人频繁出入，是你引我们上的钩，好了，那是谁告诉我们集训营里有这只箱子呢？是你，没错吧。"

马里奥欢快地拍了拍手。

"第二件，花花在密码箱里留下了一本日记。日记里明明说老三和花花第一次见面是在夜总会，可你却跟我说你是在打劫中认识的花花，说谎话说久了，你已真假难分。打劫相遇的，是你张根发和花花的故事吧。"

"最关键的就是花花还在日记里夹了一张照片。"蔡文轩拿出了那张海边的合影。

"相片上显示，你虽然和老三肖元长相身材差异大，但你们身高基本相同，而你又极善于模仿，从多年习武实践中练就了灵巧的肢体。这成了最后一块拼图，整容减肥后，扮演这个木讷的老三不是难事吧。但我没想到，你连声带都做了手脚，你毁了自己的嗓音，变成老三的哑嗓。"

"当巧合一而再，再而三出现时，这就是有意为之了，你的形象在我心中越来越清晰。但你太聪明了，想让你上当，必须要让你觉得自己聪明。"

马里奥摇晃着大脑袋，笑得很干涩。

"这个蠢女人。她竟然偷偷留下这些。我减肥了 40 斤，找了私人医生做整容手术，甚至做了声带手术，从此马里奥成为了一个幽灵。后来我知道了你们的计划，想着真是天赐良机，可以把陈可锋、肥佬和警察一网打尽。可你们不如我想的聪明，进度太慢了，低于我的预期，差点赶不上终极赛场的比赛，那这个游戏就不好玩了。我就故意让人在白天出入饺子馆，拿走全部的化妆品来引导你们，只要你们聪明，就一定能找到，然后警察也入局，这场游戏终于可以开始了。可这傻女人为什么要放一本日记？你知道吗，阿乐？"

"不知道，我也不太懂女人。"阿乐无奈地说。

马里奥放声笑了。

"她最后宁愿信警察，也不信我。女人啊，真的搞不懂。所以我真舍不得杀你，你和我年轻时真像，否则你早死了。"

"为什么要这样？"阿乐想不明白。

"为什么？说的对啊，为什么呢？"马里奥指着监控墙上正在进行的格斗画面，惨状让人不忍直视。

"我从小习武，一辈子就为了这个而活。钱都是王八蛋，我想用钱来买的，是像你阿乐这样万中无一的奇才。可悲吧，这年头只有钱，才能让人搏命，让我见识到最顶级的对决。四年前，我找到了'恐龙'，这三年我看着'恐龙'大杀四方，觉得好无聊，什么时候才能碰到一个能打败'恐龙'的绝世高手，于是让我等到了你。肥佬、黄坤是想着钱，老三想着老婆孩子，花花想着小日子，而我从第一天起，就是为了这个擂台而生的。这个擂台就是我心中的武林大会，就是我心中的武侠江湖。在这个擂台上，想活着就得凭本事，一代宗师又如何？这才不枉此生。"

"可你害死了多少人的性命，包括我哥！"

"比武就是愿赌服输，技不如人就得交命。"

"这是哪门子的规矩？！"阿乐怒吼起来。

马里奥突然冷冷厉声说道："这就是我马里奥的规矩，这些人为了钱，为了利，为了贪，走上这个擂台，所以生死由我，不由天了。"

阿乐一声长叹，做最后一次尝试，说道："你现在跟我们走，还能宽大处理。"

"哼，宽大又如何？钱又如何？死又如何？"

阿乐茫然不解，"你什么意思？"

"反正儿子也死了，老婆也死了，那些所谓的兄弟也死了，秦始皇给自己建了兵马俑，我比他厉害多了，给我陪葬的是活勇士。到了另一个世界，再大战酣畅一生。阿乐，你可以走，可以活着离开。其他人不行。"

马里奥"嘿嘿"笑着，手插进背带裤里。

"这些人都该死，你不同，你让文趟子拳赢了。我这辈子学了几十门功夫，就老三的文趟子拳最得我心意。我跟你说的那个故事不是假话，我爹真是个武痴，最后疯了，所以我也随了他的失心疯。这些年，我试图教过好多人，可没人稀罕学，你是我见过的唯一的奇才，已远在我之上，将来好好发扬这门吧！"

"老三人呢？"

"当年我们几个在东莞是过命的兄弟，如果能再选择，我可能就留在东莞，或者去佛山开个武馆。"

阿乐觉得口干舌燥。

"你没回答我的问题，真正的老三呢？"

"几年前，肥佬要杀我。我想不到他会这么狠心，我杀人不眨眼，可从没对他俩有过杀心。那天正是老三约我去钓鱼的日子，你说凶手是怎么知道他约我出去的？后来老三承认，肥佬给她姑娘在大城市买了套房，他为了套房，背叛了我。那一刻起，没兄弟了。"

"所以你杀了老三？"

马里奥拽着背带裤。

"他的家人呢？"

"他们都生活在一线大城市里。"

"你真疯了！为什么花花会离开你？为什么肥佬、老三会对付你？

为什么你唯一的儿子会……"

马里奥静止在那，阿乐也说不出剩下的话。

片刻后，马里奥的大脑袋又摇晃起来，无忧无虑般。

阿乐继续说："你说你父亲是武痴，是疯子！我看你才是疯子！文趟子拳我不为你也会学！你根本不配当练武之人！"

马里奥还是笑嘻嘻，说："你听过马里奥笑吗？我唯一玩过的游戏就是'超级马里奥'，简直着迷，这家伙笑起来，还有些吓人呢！"

说着马里奥做出'超级马里奥'里最经典的跳跃动作。

"你做人太狠了，你为什么要赶尽杀绝？！为什么要杀我哥哥？"

马里奥停下来，突然迈出了文趟子拳最经典也最基础的虎步，立掌上挑展开。

"阿乐，当没有任何牵挂时，你才能成为绝世高手。这个世界不公平的事太多了，但这个擂台绝对公平。"

说完马里奥从背带裤兜里掏出了一个遥控器。

"我启动装置后，你有 15 分钟的时间，以你的速度可以离开，向前跑，阿乐，不要回头。"

在马里奥要按下开关的那刻，阿乐飞腿蹬步跃起，马里奥微移轻巧躲开，一秒内，两人过手三招，阿乐竟一招未中，马里奥上身不动，只用腿做反击。

"给别人一个机会，也给你自己。"

阿乐喊完随即使出腾空拐腿，每招每式皆出自"老三"，也就是眼前的马里奥，两人同时进退，马里奥仍毫发未伤。

突然一个椅子砸在马里奥肩膀上，阿乐回头一看，蔡文轩已手拿铁棍冲来。

可马里奥只拍了拍白手套上的木渣，在铁棍即将顶在他的腰窝时，他如闪电般一蹬扎脚，直冲蔡文轩胸口而去。

这是夺命招啊。

阿乐拼命滑步横档，拦住蔡文轩，挺身挡在那脚尖前。

马里奥只轻碰了下阿乐的胸口，悻悻说："你愿替这个警察死？"

阿乐迈虎步而趋，说道："一切到此为止。"

蔡文轩挣脱出来，打开混音器按钮，用扩音器高呼："这里有炸弹，一刻钟内会爆炸，现在必须沿着矿车的方向逃生！我再重复一遍……"

原始野蛮的兴奋、张牙舞爪的癫狂，全被对死亡的未知恐惧所覆盖，所有人四散而逃。

蔡文轩一看手表，冲阿乐喊道："快走！阿乐，来不及了。"

阿乐和马里奥还在缠斗中，蔡文轩想借机偷袭马里奥，却被识破，被反手一推摔在混音器上。蔡文轩捂住伤口，却看见躲在门口的大牛，他们相互对了一个眼色，在阿乐全力出腿的刹那，两人左右同时用重物向马里奥击去，马里奥只回击蔡文轩这侧，一记重拳打在胸口，蔡文轩一口鲜血喷了出来。

而另一侧，大牛那根木棍子却正好砸在马里奥头套与衣服之间唯一裸露的脖子上，在马里奥踉跄的几步之中，阿乐瞅准机会，一脚踢飞马里奥的卡通头套，那个他熟悉的人站在了面前。

那人像是醉了一般，"嘿嘿"直笑，又把手习惯性地揣进背带裤，依然是那个破旧小院子里，手插进袖口摩擦取暖的农村老头。

哪怕阿乐的勾拳已触到他下巴，那人还纹丝不动，脑袋在组合拳的重击下如颤动的弹簧，阿乐终于停下来，那人又"嘿嘿"一笑，瘫倒在地。

"时光已逝永不回，往事只能回味。"

他用尽力气，哼唱了这两句。

那一刻，"老三"的笑脸，像他们蹲在房檐下同吸着一根烟时一样。

阿乐没回头，背起重伤的蔡文轩，跟在大牛后面朝出口飞奔。

"还有多远？"阿乐的腿快要擦出火星。

"最后一千米！"

阿乐日夜踢桩，想练就一番蜻蜓点水的功力，却拖不动越来越沉的蔡文轩。蔡文轩像是一汪水潭，四面八方的水流涌向这里。阿乐的小腿突然抽筋，单腿跪地，哀嚎一声，如荒野中孤独绝望的野狼，再挺身跟跄前行。

"算了阿乐，就到这吧，我……出去……估计也……活不了了。"

蔡文轩的头套拉在阿乐耳边，那一阵热风从耳膜钻进去，又裹着湿热的眼泪流下。

"不可能！"阿乐大吼一声，全身的血管在燃烧，烧得口鼻耳眼发红滚烫，整个人快要被熔化。

蔡文轩拍拍阿乐烫人的脸，说："你小子停下，还剩下不到3分钟，如果你……全力冲出去，还能活。"

说完，蔡文轩挣脱跳下，倒着地上声嘶力竭地喊："快跑吧！阿乐！快跑！别回头！"

阿乐只跪在原地痛哭。

微暗的光线，让蔡文轩恢复成了往昔那个英俊帅气的小伙，他身穿警服轻松地走进市局大楼，所有迎面走来的人都被他感染而露出阳光般的笑容。

"快跑！"蔡文轩的笑容定格在半明半暗的世界，"我还等着哪天刷手机能看见你拿全国冠军的新闻呢。"

阿乐怒吼着，惊涛骇浪卷来，他奋力探头，只奔着那越来越近月光的地方。

"阿乐，希望有机会，能痛快喝一场！"

那回声顺着洞壁而来，却淹没于火光之中。

尾声
平安是福

"阿乐！阿乐！"

他突然惊醒，好久没做噩梦了，走到客厅，餐桌上是准备好的早餐。

他用力回想，也许一切都不过是梦一场。

他收拾好装备，出发到拳馆，老教练梁武每天天没亮就早到等着他，他们要备战下一次的全国锦标赛。有空时，阿乐会坐高铁去沈阳，找一位老先生学文趟子拳，他想请老先生再写一本关于文趟子拳的书。

走出拳馆，阿乐才发现树梢已长满嫩芽，春天终于来了。

阿乐订了市区最知名的饭店，里面人头攒动。

他点了满桌子的菜，然后斟满一杯酒，放在对面。

"来吧，今天，我们痛痛快快喝酒，不醉不归。"

周围人纷纷侧目，对这个冲着空气喝酒的人。

他们最后一次见面，是在元旦之后的告别仪式上。

蔡文轩被追认为烈士，并被授予个人一等功荣誉。礼堂里千名公安干警集体向黑白照片中的蔡文轩敬礼以表示崇高的敬意，照片上的他仍年轻帅气，有着阳光般的笑容。

会后，马队穿过众人找到阿乐，这是两人第一次见面，或许也是最后一次。

他们走到停车场各自默默抽烟。

"这小子嘴刁，不抽我这重焦油的。"说完，马队又拿出一包新烟，点燃放在台阶上。

两人看着台阶上冒着星火的烟，各自默默连抽了三根。

等烟燃灭，马队用纸巾将烟头包了好几层，放进上衣口袋，然后严肃立正敬礼。"赵乐同志，对于你配合警方行动所做的一切，我代表市局表示感谢。这个案子事实清楚，很快会提交到检察机关。"

"可惜肥佬和黄坤都死了。"

"东强等人已经招认了，相关人员都已被批捕，这个团伙已经被连根拔起，并且警方抓捕了大量赌客，可以说行动成功了。"

马队想到了蔡文轩，但他努力控制抖动的嘴角，今天他不想再哭了，所以用力拔高嗓门继续说："陈可锋等人也被双规了，他供认当年灭口杀死邱梦的事实。马里奥根据欧航提供的线索，找到能证明陈可锋当时在现场的目击证人。当天有人结婚，清楚拍到了陈可锋出现在邱梦家楼下的照片。陈可锋的问题涉及很多人，纪委部门成立了专案组正展开全面调查。"

"欧航如果在天有灵，会感到宽慰吧。"

在农历新年前，欧航停止了呼吸，他陷入深度昏迷后，终未能再醒来。

"嗯，人真的会因为仇恨迷失自己，一失足成千古恨。"

"如果不是蔡警官——"

阿乐说不下去，马队只拍拍他，转身离去。一切的记忆向阿乐涌来。

他仿佛回到决战前的那个黎明。宿醉后的两人在路口分别，阿乐望着蔡文轩哼着歌渐渐走远。

"我还等着哪天刷手机能看见你拿全国冠军的新闻呢。"

蔡文轩笑着回头。

阿乐用尽全力点头，然后泪眼婆娑。

今后，人生就此别过。

大堂里的食客越来越多，梦静走进来，坐在阿乐旁边，她刚将纪实报告的手稿交给出版社，同时也给了张严父母一份。

阳春四月，一切复苏，在 2020 年这个特殊的春天里，阿乐和梦静更珍惜平凡而美好的每一天。

梦静举起酒杯，对着空气说："今天是你的生日，蔡文轩，祝你 32 岁生日快乐！"

阿乐握紧了，流着泪的梦静的手。